Ernst von Wolzogen

Die tolle Komtess

Roman in zwei Bänden, 1. Band

Ernst von Wolzogen

Die tolle Komtess
Roman in zwei Bänden, 1. Band

ISBN/EAN: 9783743321984

Hergestellt in Europa, USA, Kanada, Australien, Japan

Cover: Foto ©Andreas Hilbeck / pixelio.de

Manufactured and distributed by brebook publishing software
(www.brebook.com)

Ernst von Wolzogen

Die tolle Komtess

Engelhorns Allgemeine Romanbibliothek.

Eine Auswahl der besten modernen Romane aller Völker

Sechster Jahrgang. Band 1.

Die tolle Komteß.

Roman in zwei Bänden

von

Ernst von Wolzogen.

———

Erster Band.

Stuttgart.

Verlag von J. Engelhorn.

1889.

Erstes Kapitel.

In welchem der fremde Herr die Bekanntschaft des alten Hinrichs macht, der Leser einiges über die Leute von Räsendorf erfährt, und Fräulein Sophie vergebens erwartet wird.

Der Personenzug von Berlin hielt prustend und kreischend vor dem kleinen Bahnhofsgebäude des Haltepunktes Mellenthin an. Da das Wetter so heiter war, hatte sich der Stations-vorsteher seine neue rote Mütze aufgesetzt — sobald nämlich eine Wolke am Himmel stand, pflegte der Vorsichtige zu der älteren Garnitur zu greifen; hatte er aber die neue auf, so gab sich der ganze Mann einen Ruck ins Strenge, Wichtige hinein, reckte sich, nahm die Schultern zurück und zwirbelte den blonden Schnurrbart kecker auf. In stolzer Ruhe und mit einem wahren Feldherrnblick, als wenn er eine Parade abnähme, ließ er den Zug an sich vorbeilaufen, bis er zum Stillstand kam. Ein paar Bauernweiber mit Marktkiepen schoben sich langsam und plump aus der vierten Klasse heraus, und einem Abteil zweiter Klasse entstieg ein einzelner Herr. Das war alles für Mellenthin.

Der Stationsvorsteher wechselte einige leutselige Worte mit dem Zugführer und gab dann mit herablassendem Gruße die Erlaubnis zur Abfahrt. Drei Glockenschläge, und pol-ternd, wegmüde und faul setzte sich der Zug wieder in Be-wegung.

Der einsame Reisende zweiter Klasse stand, ein leichtes Köfferchen in der Hand, auf dem Bahnhofssteig und sah sich, die kühne Adlernase etwas hochgehoben, durch seinen goldnen Kneifer, den er ohne Schnur trug, rings um, als ob er jemanden suche. Da er aber außer dem Inspektor, dem Packmeister und einem Bahnwärter niemanden bemerkte, so schritt er auf den ersteren zu, grüßte leicht mit seiner Reisemütze und redete den Beamten an: „Entschuldigen Sie, Herr Stationsvorsteher, ist hier nicht ein Wagen vom Grafen Pfungk aus Räsendorf?"

Der Herr hatte so etwas Militärisches im Ton, etwas so Befehlsgewohntes in den festen Zügen seines sonnverbrannten Gesichtes mit dem kurzgehaltenen, dunkeln Vollbart, daß sich in dem aufgeblasenen kleinen Bahnbeamten der frühere Feldwebel getroffen fühlte. Er grüßte stramm mit der Hand an der Mütze und sagte: „Jawohl, mein Herr, der Kutscher aus Räsendorf erwartet Sie bereits. Ich irre wohl nicht — ich habe wohl die Ehre mit dem neuen Herrn Verwalter? . . ."

„Allerdings — das heißt, ich will mich erst dem Herrn Grafen vorstellen," versetzte der Fremde kurz angebunden und ging, abermals die Mütze lüpfend, davon.

Der alte Packmeister trat ihm an der Ecke des kleinen Bahnhofsgebäudes entgegen und rief ihm zu, indem er nur einen seiner krummen dicken Finger nachlässig an den Kopf hob: „Gu'n Dag ok! Na, Se sünd wol de nige Herr Entspekter von Räsendörp? Ja, ja, de oll Hinrich de het mi dat all vertellt." Und mit diesen Worten nahm er dem Herrn einfach das Köfferchen aus der Hand und schritt ihm voran um das Gebäude herum.

Da hielt der alte Hinrich mit seinen beiden alten Braunen, ein paar starkknochigen schweren Stuten, welche mit ihren mächtigen Formen in gar keinem Verhältnis standen zu dem leicht gebauten Jagdwägelchen, welches sie ziehen sollten.

„He! Dau, Hinrich! Nu hür man up to bösen, hier is be nige Herr Entspekter."

Der greise Kutscher saß stocksteif auf dem Bocke, in einen rehfarbenen langen Mantel gehüllt, die Beine trotz des warmen Wetters in eine Pferdedecke fest eingewickelt. Auf den Zuruf des Packmeisters wandte er rasch den Kopf, wie wenn er aus einem angenehmen Halbschlaf aufgeschreckt würde und schnitt seinem mutmaßlichen neuen Vorgesetzten ein so grimmig-komisches Gesicht, daß dieser ein verdutztes Lächeln bei seinem Gruße nicht unterdrücken konnte. Es war eine Grimasse, wie sie ältere Affen zu machen pflegen, wenn sie in den Paketchen, die man ihnen mit freundlicher Miene darreichte, ungenießbare Gegenstände entdeckten. Der Eindruck dieser Grimasse war um so schauriger, als der alte Hinrich in jedem Kiefer nur noch drei einzelne und noch dazu schiefstehende, schwarzgelbe Zähne aufzuweisen hatte. Auch waren seine Augen tiefliegend, rund, rot umrandet und wimpernlos, wie die einer Meerkatze.

Er lüpfte seinen hohen Hut ein wenig und sagte mit heiser bellender Stimme: „Sünd Se der Herr, den ick halen sall? De Herr von .... von .... ja, nu hew ick den Nam' vergäten!"

Der Fremde mußte lachen über den wunderlichen Empfang, der ihm hier zu teil wurde. „Ja, der Herr Von bin ich schon," rief er laut. „Nun fahren Sie man zu!"

Er sprang leicht in den Wagen. Der Packmeister schob das Köfferchen unter den Rücksitz, empfing sein Trinkgeld, und dann setzte der alte Hinrich seine Braunen in Bewegung.

„Sagen Sie mal, Hinrich," schrie der Fremde, als sie eine kleine Weile gefahren waren, „haben Sie denn für diesen Puppenwagen keine leichteren Pferde? Das ist ja ein unheimliches Fahren!"

Der Alte nahm die Zügel kürzer, wandte sein boshaftes Affengesicht herum und sagte mit Anstrengung hochdeutsch sprechend: „Andre Pferde? Oh, was werden wir keine andern Pferde haben! Aber mit die Ponnies, die hier eigentlich zugehören, da sind Frau Gräfin mit Kunteß Vicki zum Missionsfest gefahren, nach Pägelow. Kunteß Vicki kutschiert bloß die Ponnies; und was die Grabitzer sind, die sonst Kunteß Marie immer fährt, die müssen heute zu Hause bleiben, weil Kunteß nicht viel nachfragen thut nach die Missionsfeste!" (‚Müschohnsfeste‘ sprach er das Wort aus!)

„Aha! Nun weiß ich Bescheid," lachte der Fremde. Er lehnte sich so bequem zurück, als die steife Lehne des Sitzes und die geringe Federkraft des Polsters dies gestattete. Er hatte sich der Handschuhe entledigt und strich sich mit seiner sehnig mageren, vornehm geformten Hand über den ganz modern gestutzten Bart. Die kurzen Bemerkungen Hinrichs über die Stallverhältnisse genügten seinem scharfen Geist, um sich sofort ein ziemlich deutliches Bild zu machen von den Verhältnissen des gräflich Pfungkschen Hauses. Die Mutter, welche mit der frommen, gehorsamen Komteß Tochter und mit den ebenso frommen Ponnies auf die dörflichen Missionsfeste fuhr, die andre Komteß Tochter, welche sich aus dergleichen nichts machte, und der Graf selber, von welchem nicht die Rede war, welcher aber, nach diesem Kutscher und diesem Gespann zu schließen, jedenfalls ein äußerst konservativer, sparsamer und wahrscheinlich auch wenig lebenslustiger alter Herr sein mochte, — denn bei einer Spazierfahrt in diesem rasselnden, klirrenden Marterwägelchen, das mit fußhohen Sprüngen über jeden Kieselstein stolperte, konnte einem jede Lebenslust gründlich vergehen! — das alles ergab für einen Menschen von einiger Einbildungskraft eine wenig anmutende Vorstellung von dem gräflichen Hausstande.

„Hm, hm, wird wohl nichts für mich sein," murmelte der Fremde vor sich hin, indem er seinen weichen Schnurrbart nachdenklich durch die Finger gleiten ließ. „Dumme Geschichte, wenn es wieder nichts würde! Na, aber ich habe

doch schon so manches fertig gebracht. — Haha! Die Grabitzer
sind ihm für mich zu gut!" So ungefähr sprach er bei sich
selber und lachte dazu leise vor sich hin.

Sie lenkten von der Landstraße ab in ein Gehölz hinein.
Der Weg war erbärmlich. Der schwere Lehmboden beim letzten
Regenwetter tief eingerissen und in der Wärme der letzten
Tage zu harten Rinnen und Krusten eingebrannt. Das Unter=
holz, meist Haselsträucher, trat bis dicht an den Weg heran,
die Zweige einiger prachtvollen alten Bäume streckten sich hier
und dort in so geringer Höhe darüber hinweg, daß der alte
Hinrich sich alle Augenblicke tief verneigen mußte, um seinen
Hut oder gar seinen Kopf nicht in Gefahr zu bringen.

"Prächtig, prächtig!" rief der Fremde im Wagen ganz
laut; und leiser setzte er hinzu: "Aber wüste Wirtschaft! Da
gäb's was zu thun für mich."

Der Weg machte eine Biegung, und wie sich nun der
Mann im Wagen erhob, um, an dem breiten Rücken des
Kutschers vorbei, den neuen Ausblick in den Forst zu ge=
nießen, da knackte es plötzlich in den Zweigen zur Rechten,
gedämpfter Hufschlag erklang im Galopptakt, und etwa fünfzig
Schritte vor ihm sprengte in mächtigen Sätzen eine schlanke
Reiterin quer über den Weg, um blitzartig, wie sie erschie=
nen, in dem Dickicht auf der andern Seite wieder zu ver=
schwinden.

"Holla! Wer war denn das?" rief der Fremde eifrig
und berührte Hinrich am Arme.

Der Alte grinste furchtbarer denn je. Aber seine runden
Aeuglein rollten und leuchteten in seltsamer Lebendigkeit:
"Hehe!" lachte er heiser, "dat wier dei dulle Kunteß!"

"Die tolle Komteß? Wer ist denn das?"

"Dei dulle Kunteß, hehe! Dat weiten Se nich, Herr?
So nöhm'n dei Lüd uns' Kunteß Marie, hehe! Ja, Herr,
dat is Ein'!" Der alte Hinrich zwinkerte bedeutungsvoll
mit den Meerkateraugen und klappte ein paarmal mit den

sechs Zähnen zusammen, daß es ordentlich gespenstisch anzusehen war.

Der Fremde drückte sich wieder in seine Ecke und sagte laut vor sich hin: „Prachtvolles Weib! Reitet ja wie der Teufel!" Gleich darauf stand er wieder auf und verleitete den alten Kutscher zu einem weiteren Gespräch.

„Hören Sie mal, Hinrich, das ist wohl diejenige Komteß, welche die Missionsfeste nicht leiden kann?"

„Hehe!" bellte der Alte, und knallte ohne jeden Zweck den Braunen dreimal so laut um die Ohren, daß sie vor Verwunderung die großen Köpfe bedenklich zu schütteln begannen.

„Sagen Sie mal, ist denn kein Sohn im Hause?" setzte der Fremde seine Nachforschungen fort.

„Ne, bloß Dam's. J, Herr, mit bei Dam's, da is dat so. . . . Na, dat jeit mi ja wider nix an, hehe!"

Er trieb die Pferde aufs neue an, mit einem sonderbaren schlangenhaften Zischen. Ganz plötzlich aber riß er sie mit aller Anstrengung zurück, so daß der leichte Wagen einen heftigen Ruck bekam, welcher den Insassen unsanft auf seinen Sitz zurückschleuderte und die Pferde selbst dermaßen erschreckte, daß sie mit den Hinterfüßen aufgeregt zur Seite stampften und die größte Lust bezeigten, trotz ihres ehrwürdigen Alters über die Stränge zu hauen.

„Donnerwetter, was ist denn das?" rief der Fremde und griff nach dem Hüftbein, welches einen recht unangenehmen Stoß weg hatte. „Haben Sie einen Geist gesehen, Hinrich? Was machen Sie denn da? Sie wollen doch nicht etwa gar umdrehen?"

Aber der wunderliche Alte drehte wirklich um, obwohl der Wagen dabei bedenklich ins Kippen geriet und hinten eine junge Birke beinahe umgeknickt hätte, während auf der andern Seite die Pferde das Gebüsch niederstampften, daß es ein Jammer war, und dann ließ er wieder sein Zischen hören, versetzte den Gäulen einen leichten Schmiß hinter die

Ohren, und dann ging's denselben Weg zurück, so rasch sie laufen wollten.

Der Fremde bekam ordentlich Angst und schrie aufgeregt: „He! Hinrich, he! Was soll das heißen?"

„Dat helpt all nix," bellte der Alte, aber weiter war durchaus nichts aus ihm herauszubekommen den ganzen Weg über, bis er endlich wieder hinter dem Bahnhofsgebäude still hielt. Da nahm er seinen Hut ab, rieb sich mit dem baum= wollenen Handschuh in komischer Aufregung den kurz ge= schorenen Graukopf und gab endlich die Auskunft, daß ihm erst bei der Frage nach den Damen wieder eingefallen sei, daß er ja auch eine Dame habe abholen sollen.

„Eine Dame?" frug der Fremde verwundert und wußte nicht recht, ob er über den Alten lachen oder sich ärgern sollte. —

Der Stationsvorsteher war neugierig aus der Thür ge= treten. „Na, Hinrich, was wollen Sie denn nun wieder?" sagte er mit einem halb mitleidigen Lächeln, welches andeuten sollte, daß er die Schwäche des alten Rosselenkers genugsam kenne.

„Ick sall ja ein' Dam' afhalen. Häw ick Sei dat nich vertellt, Herr Büchting? Is dei Dam' nicht mitkamen?"

Jetzt mußte der Fremde doch laut lachen. „Mit mir sind bloß noch ein paar Bauernweiber ausgestiegen. Sollten Sie die etwa mitbringen?"

„Ne, ne, ein fin Mamsell ut dei Stadt, dei Fru Gräfin sich expreß för dei Wirtschaft up'n Schloß verschräwen het. Herrje, wat ward da dei Fru Gräfin seggen, wenn ick ahn' dat Fröl'n komm'! Sei hätt' mi all letzte Woch' en' ollen Dusselkopp heten, weil ick dat vele Bäden un Singen nicht mehr verdragen kann."

Jetzt platzte auch der zurückhaltende Beamte mit lautem Lachen heraus und gab dem Fremden auf seine Frage zur Auskunft, daß die Frau Gräfin wegen ihrer strengen Andachts=

übungen von ihren Dienſtleuten nicht wenig gefürchtet und auf zehn Meilen in die Runde verſpottet werde. Dann wandte er ſich wieder an den immer noch ſehr aufgeregten Hinrich und fragte ihn, von woher die Dame erwartet werde.

„Herrje ja, nu föllt mi dat allens werrer in. Da wihr un Hamburg bei Red'. Sei ſall mit den Tog von Ludwigs= luſt kommen."

„Ja, der kommt aber erſt in einer Stunde," ſagte der Vorſteher.

Und der alte Hinrich wickelte ſich aus ſeiner Decke, kletterte bedächtig vom Bock herunter und grunzte ganz ruhig: „Na, denn möten wir noch'n bäten täuwen."

Eine recht angenehme Ausſicht für den fremden Herrn, welcher ſo ungeduldig der entſcheidenden Stunde entgegen ſah, wenn er ſich dem Grafen würde vorſtellen können, und der, nachdem er ſchon den halben Weg zurückgelegt hatte, nun wieder von dem unheimlichen Alten auf dieſem ödeſten aller Bahn= höfe abgeſetzt wurde! Aber was war zu machen? Der dick= köpfige alte Hinrich holte den Futterbeutel hervor und ſah ſich gar nicht nach dem Herrn um, der doch vielleicht ſchon morgen ſein erſter Vorgeſetzter ſein konnte.

Der Stationsvorſteher, Herr Büchting, war der einzige, welcher von Hinrichs Vergeßlichkeit einen Vorteil zog. Er machte ſich zuvorkommend an den Fremden heran und ſuchte ihn mit jener Neugier, die allen wenig beſchäftigten Menſchen mittlerer Bildung auf ſolchen einſamen Poſten eigen iſt, über „woher" und „wohin" auszuholen. Er bekam aber nur unvollkommene, noch dazu widerwillig gegebene Auskunft, ſo daß er bald das Fragen aufgab und ſich darauf be= ſchränkte, einige allgemeine Bemerkungen über Land und Leute in dieſem Zipfel des geſegneten Obotritenlandes zum beſten zu geben.

„Der Mann hat etwas Heimtückiſches," dachte er, den Fremden von der Seite anſchielend. „Man muß ſich hüten, dem etwas über die Gesellschaft in Räsendorf zu sagen, der ist im stande, und steckt es heute abend noch der Frau Gräfin, was ich über ihre Andachtsübungen gesagt habe." Er wollte sich eben unter einem Vorwande zurückziehen, als der Fremde die rasche Frage an ihn that: „Ach, sagen Sie doch, was ist denn der alte Herr Graf für ein Mann?"

„Oh, ein recht lustiger alter Herr!" antwortete der Beamte ausweichend.

„Lustig? Das ist wohl kaum möglich!" rief jener. „Ich dachte ihn mir als einen recht brummigen, durch und durch vertrockneten alten Junker."

Der Beamte lachte leise vor sich hin. „Na, Sie werden ihn ja kennen lernen. Ich kann Ihnen nur eins sagen: wenn Sie sich bei ihm einschmeicheln wollen, dann müssen Sie ihm Geschichten erzählen — je kräftiger, desto besser!"

Der Fremde merkte sich im stillen diesen guten Rat, und trat, nachdem der Vorsteher ihn allein gelassen hatte, einen Spaziergang längs des Bahndammes an. Er hatte sich eine Cigarre angesteckt und schlenderte nachdenklich auf schmalem Fußpfade durch die blühenden Wiesen. Wieder und wieder ertappte er seinen Geist bei dem Versuche, aus den bunten Steinchen flüchtiger Bemerkungen sich ein lebendiges Bild von dem Pfungkschen Hause und von dem Leben, das seiner unter diesen Leuten und in diesem Lande wartete, zusammenzusetzen. Er kam aus einer andern Gegend Deutschlands, Land und Leute von Mecklenburg waren ihm völlig neu, ihre Sprache nicht ganz leicht verständlich. Er mußte sich sagen, daß der alte Graf gewichtige Bedenken gegen ihn erheben konnte, daß jedenfalls, wenn er die Stellung erhielt, die Arbeit, die seiner wartete, eine recht schwere sein würde.

Er ließ sein Auge über die ruhig anmutige Gegend schweifen. Die Sonne sank eben hinter der sanft geschwun= genen Hügelreihe im Westen, und ihre reine, tiefe Glut spie= gelte sich auf den kleinen Fenstern des Bahnwärterhäuschens, das da gerade vor ihm lag, so daß es aussah, als ob es im Innern lichterloh in Flammen stände. Und im wunderlichen Gegensatze dazu saß der Bahnwärter vor dem Hause auf dem Bänkchen und schmauchte friedlich sein Pfeifchen, während sein kleiner Knabe mit unablässigem Bemühen eine große blaue Tüte mit einem durchgesteckten Holzspan nach Art eines Drachens zum Fliegen zu bringen suchte. Auch das Blond=köpfchen dieses Kleinen war glühend überpurpurt, man wußte nicht, ob von dem Widerschein der sinkenden Sonne oder von der Anstrengung seiner kindischen Sisyphusarbeit. Im Grase zirpten die Heimchen, aus den Stoppelfeldern stiegen die Lerchen noch ein letztes Mal flatternd und zwitschernd auf, ehe sie sich zur Nachtruhe in ihre Nester duckten. Um den hohen Wipfel einer Eiche, der den Rand des nahen Forstes hoch überragte, schwärmte mit unablässigem Gekrächz eine große Schar von Krähen, die dort allnächtlich Einkehr zu halten pflegte. Ein Bauernwägelchen rollte auf der Landstraße heran, dem Bahnhof zu. Noch einmal erglühte das Schienengeleise feurig im letzten Sonnenstrahl — und dann war es Abend geworden. In dem nächsten Dorfe, welches, im Grünen ganz versteckt, etwa eine Viertelstunde vom Bahnhof entfernt lag, schlug eine Turmuhr acht. Mit jenem tiefen, vollen Feier=klange, der dem einsamen Lauscher auf dämmerndem weiten Felde oft so wunderlich zu Gemüte dringt, wie kaum ein frommes Lied mit Orgelklang.

Dem Fremdling mit den scharfen, vornehmen Zügen schien das Bild der Anmut und des Friedens zu behagen, das ihn ringsum mit so bescheidener Lockung anlachte, und der leichte Abendwind, der jene Glockentöne weiter trug, schien seine weltmüde Stirn mit dem frischen Hauche trauter Heimatlichkeit zu umwehen. Er wandte sich wieder dem Bahnhofe zu und murmelte im Gehen vor sich hin: „Wenn ich hier bleiben dürfte   endlich einmal ausruhen! Das Land gefällt mir, es hat so gar nichts Aufregendes. Hier wird mich niemand suchen.

Und die Leute? Mein Gott, mit wem habe ich mich nicht schon alles abfinden müssen!"

Das Bild der kühnen Reiterin, die vorhin seinen Weg gekreuzt hatte, huschte wieder durch seinen Gedankengang. Die tolle Komteß! Das klang nach etwas. Ein stiller Zufluchtsort, harmlose altmodische Menschen, die sich von ihm gängeln ließen, und als hellflackerndes Kaminfeuer in solch behaglicher Dämmerung ein Weib voll Temperament, vielleicht voll Schönheit und Geist — — O nein! Der Gedanke, hier bleiben zu müssen, hatte nichts gar so Abschreckendes mehr für ihn, ein wie seltsames Willkommen ihm auch vorhin des alten Hinrichs Meerkatergrimassen geboten haben mochten.

Er lachte vor sich hin: „Die tolle Komteß, haha!" daß er es doch nicht lassen konnte, daß es ihm ein so brennendes Bedürfnis war, allezeit ein Weib im Mittelpunkte seines Denkens und Empfindens verborgen zu wissen!

Die Glocken des Signaltürmchens am Bahnhof schlugen an. H, G, E klangen sie von oben nach unten, und der Fremde summte die Melodie weiter, welche den Anfang jenes Walzers ergab, den gerade damals die Drehorgelspieler in alle Welt trugen:

„Denn ich hab' sie ja nur auf die Schulter geküßt!"

Des Fremden scharfe, unstäte Augen leuchteten sonderbar auf. Er stand jetzt wieder auf dem Bahnhofssteig und blickte das Geleise hinauf nach der Richtung, aus welcher der Zug erwartet wurde. Da trat der Stationsvorsteher Büchting an ihn heran und meldete, daß soeben eine Depesche für den Grafen Pfungk eingetroffen sei, die er ihm vielleicht mitgeben dürfe: „Uebrigens kann ich's Ihnen ja gleich sagen," fügte er hinzu; „das Telegramm ist unterzeichnet: Sophie Bandemer. Das Fräulein kommt heute nicht, Sie brauchen also den Zug gar nicht abzuwarten, Herr. . . ."

„Was tausend!" rief der Fremde. „Konnte das Fräulein

nicht eine Stunde eher telegraphieren? Dann säße ich jetzt schon längst in Räsendorf. Fatal, fatal!"

Er und der Vorsteher boten gemeinschaftlich ihre Ueber=redungskunst auf, um den alten Hinrich zu überzeugen, daß kein Grund mehr vorhanden sei, länger zu warten. Es war ihm schwer klar zu machen, und er erwiderte ihnen immer aufs neue: „Ja ja, dat mag all sin; öwerst wenn dat nachher doch nich recht is, denn krieg ick dat vun de Fru Gräfin."

Endlich rasselte er aber doch wieder los, und die beiden Braunen schlugen einen so lebhaften Trab an, daß der leichte Wagen ganz entsetzlich hin und her geschleudert wurde. Da=für verging aber auch kaum mehr als eine halbe Stunde, bis der Park von Räsendorf mit seinen tiefen schwarzen Schatten aus dem abendlichen Dunkel herausstieg. Die Hunde schlugen an, es knirschte der Kies, das Wägelchen hielt vor dem stolzen Portal des gräflichen Schlosses. Als der Fremde die steinernen Stufen hinaufstieg, griff er in seine Brusttasche und holte die Depesche hervor, um sie sofort übergeben zu können. Wäre statt dieser Nachricht das Fräulein Sophie Bandemer selbst gekommen, so würde der Fremde wahrscheinlich niemals die Schwelle dieses Schlosses überschritten, und die Lebensschicksale seiner Bewohner einen ganz andern Verlauf genommen haben!

„Melden Sie dem Herrn Grafen meine Ankunft," trug er dem Diener auf; „mein Name ist: von Norwig!"

Und leichten Schrittes, voll Hoffnung und Selbstvertrauen stieg er, dem Diener folgend, die breite Treppe hinauf.

Zweites Kapitel.

In welchem Herr von Norwig sich vorteilhaft einführt, Komteß Vicki ihr Strumpfband verliert und der alte Hinrich die Andacht stört.

Herr von Norwig wurde zwei Treppen hinauf und dann durch einen langen Flur in das Zimmer geführt, welches ihn für diese Nacht beherbergen sollte. Sehr behaglich sah es darin gerade nicht aus, eher etwas gasthausmäßig. Ein Bett, ein unbrauchbares Sofa, Waschtisch, Kleiderschrank und ein paar Stühle. Das war alles. Dazu fiel ihm noch die große Geschmacklosigkeit der Tapete und die kindlich farbenfreudige Bemalung der Rollvorhänge auf.

Er packte eilig sein Köfferchen aus und legte, als ordnungsliebender Mann, sogleich seine sieben Sachen in die vorhandenen Schubfächer des Waschtisches. In jeder Lade, die er aufzog, geriet ihm auf den ersten Griff ein Buch in die Hände. Im Kamm- und Bürstenfach lag ein Neues Testament, im Hembenfach ein Gesangbuch und im wollenen Fach ein vollständiger Jahrgang der Zeitschrift „Emmaus, ein christlicher Sonntagsfreund". Mit einem eigentümlichen, achtungsvollen Lächeln legte er die schwarzen Bände an ihre Plätze zurück und dann badete er sich den Reisestaub vom Gesicht, band einen neuen Stehkragen um und wählte unter den vorhandenen Krawatten in der Mutmaßung, daß in diesem hochchristlichen Hause wahrscheinlich die weltliche Eitelkeit auch in Gestalt von lachs- oder ponceaufarbenen Halsbinden übel angebracht sein möchte, eine einfach schwarze aus. Er bürstete sorgfältig sein dunkles Haar, welches auf dem Scheitel bereits recht dünn zu werden begann, suchte zum Schluß seinen Mienen wie seinem Rocke eine möglichst vertrauenerweckende reinliche Glätte zu geben und verfügte sich dann nach dem ersten Stockwerk hinunter, wo der Diener ihn bereits erwartete, um ihn in das Zimmer des Grafen zu führen.

Sie durchschritten einen weiten Speisesaal, von dessen
holzgetäfelten Wänden lange Reihen gräflich Pfungkscher Ahnen
herabblickten. Doch der Fremde hatte nichts weiter davon
gesehen, als was der Lichtschein, der beim Oeffnen der Thür
von außen hereinfiel, auf einen Augenblick erhellte, denn der
weite Raum war dunkel. Der getäfelte Fußboden schien
frisch gewachst zu sein, denn Herrn von Norwigs neue Stiefel-
sohlen klebten daran fest, so daß es bei jedem Schritt ein
schmatzendes Geräusch gab, das in dem weiten leeren Raume
einen wunderlichen, beinahe unheimlichen Widerhall erzeugte.
Der Diener öffnete eine zweite Thür und ließ den Gast eintreten mit der Bemerkung, daß der Herr Graf sogleich erscheinen werde.

Herr von Norwig trat mit lautlosen Schritten auf dem
dicken Smyrnaer Teppich weiter in das behagliche Herren-
zimmer hinein, und das erste, was seinen forschenden Blick
fesselte, waren die dunkeln Umrisse einer Frauengestalt, welche,
das linke Knie heraufgezogen, auf dem Fensterbrett saß und
den Oberkörper zum offenen Fenster hinausgebeugt hatte. Die
Dame mußte seinen Eintritt nicht gehört haben, denn sie beharrte noch eine ganze Weile in ihrer Stellung und wandte
sich auch nicht um, als sie dann beide Füße auf den Boden
stellte und die Arme mit gefalteten Händen hoch über den
Kopf emporstreckend, mit einem leisen Gähnen ihre ganze
Gestalt wohlig streckte und dehnte. Herr von Norwigs feiner
Schönheitssinn war vollkommen berauscht von der edlen Fülle,
den weichen Linien und dem vollendeten Ebenmaß dieses
prachtvollen Körpers. Er erinnerte sich nicht, alles das jemals
bei einer Frau von so ganz ungewöhnlicher Größe gefunden
zu haben. Die schönen Glieder umschloß ein leichtes graues
Tuchkleid von äußerst einfachem Schnitt, dessen Eintönigkeit
nur durch eine Korallenschnur um den Kragen unterbrochen
wurde. Das Haar schien dunkelblond und für Norwigs Geschmack etwas zu glatt und unmodern frisiert.

Es wäre unschicklich gewesen, sich von der Dame als heimlichen Beobachter ertappen zu lassen; er that also noch einige Schritte auf die Gestalt zu und sagte: „Sie verzeihen, meine Gnädigste, der Diener hat mich hier hereingewiesen ..."

Bei seinen ersten Worten wandte die große Dame dem Sprecher rasch ihr Gesicht zu. Es war ihm unmöglich, einen kleinen Schreck in seinen Mienen zu unterdrücken. Eine Gestalt von solcher Vollendung und das Gesicht — häßlich, schlechterdings häßlich! Schmal geschlitzte graue Augen, eine ziemlich flache Nase, großer Mund, stark hervortretende Backenknochen, schlechte Farben, stumpfe Haut — das war so der Eindruck des ersten Anblicks.

„Ich habe wohl das Vergnügen mit Herrn von Norwig? Mein Vater muß gleich hier sein. Darf ich Sie bitten, Platz zu nehmen?"

Er verbeugte sich und rückte sich einen mit schwarzem Glanzleder überzogenen Stuhl zurecht.

„Wenn ich nicht sehr irre, so sind Sie es, meine gnädigste Komteß, die heute im Forst meinen Weg kreuzte. Ich kann Sie versichern, wenn nicht der alte Hinrich mit seinem Jagdwagen mir die poetische Stimmung einigermaßen verdorben hätte, so würde ich Sie auf Ihrem feurigen Rappen entschieden für eine leibhaftige Walküre angesehen haben. Die Erscheinung zuckte ja wie ein Blitz vorüber; aber, auf Ehre, gnädigste Komteß, ich war auch geblendet wie vom Blitz."

„Ach, machen Sie doch keine Redensarten!" fiel ihm die Komteß ins Wort. „Ich kann so etwas gar nicht leiden. Hier sind Cigarren. Wollen Sie sich nicht eine anstecken?"

„Oh, Komteß," erwiderte er verbindlich ablehnend; „ich würde mir nie gestatten, einer Dame in irgend welcher Gestalt — blauen Dunst vorzumachen!"

„Hm, nicht übel!" lachte die junge Dame, welche selbst im Sitzen beinahe größer erschien als ihr Gegenüber: „Sie scheinen ja ein Witzbold zu sein. Wissen Sie, ich mache mir nicht viel daraus, aber Papa liebt das. Mit mir werden Sie am besten thun, von Pferden zu sprechen. Sie sind doch Reiter?"

„Oh, meine Gnädigste — fünfter Ulan gewesen! Erst vor wenigen Monaten aus den Pampas zurückgekehrt."

„Aus den Pampas? Das ist ja fabelhaft interessant! Da müssen Sie mir noch viel davon erzählen!" rief die Komteß lebhaft, indem sie sich, die verschränkten Arme auf den Tisch stützend, dem Gaste entgegenneigte.

Da that sich hinter ihr die Thür auf, und Graf Pfungk schritt über die Schwelle. Norwig sprang auf, verbeugte sich ehrfurchtsvoll und blickte dann mit wirklichem Staunen zu dem alten Grafen empor, der sogar seine Riesin Tochter noch fast um Haupteslänge überragte und neben dem er selbst sich fast wie ein Knirps erschien.

Der Graf begrüßte den neuen Anwärter auf die Ober= verwalterstelle mit größter Zuvorkommenheit. Seine Gestalt war etwas zu hager, die Haltung ein wenig nachlässig, aber der schmale graue Kopf wunderschön — ein echter Velasquez!

„Ich empfehle dir Herrn von Norwig," wandte sich die Komteß an ihren Vater: „Er stand bei den fünften Ulanen und kommt direkt aus den Pampas. Laßt uns nicht zu lange warten, Papa, der Theetisch ist schon gedeckt." Sie verab= schiedete sich mit einer leichten Verbeugung des Kopfes und verließ mit großen vornehmen Schritten das Zimmer.

„Meine Tochter Marie!" sagte der Graf mit einer Handbewegung nach der Thür hin.

Herr von Norwig verbeugte sich und bemerkte, daß er bereits Gelegenheit gehabt hätte, die Komteß als Amazone zu bewundern.

„Ach ja," seufzte der Graf, „es ist ein Jammer, daß sie kein Mann geworden ist! Dann brauchte ich auch jetzt keinen Oberverwalter. Meine Tochter hat einen so klaren

Blick für das Praktische, erfaßt alle ihre Angelegenheiten so rasch und an der rechten Stelle, daß man oft ganz vergißt, daß sie nur ein Mädchen ist. Sie nimmt mir wirklich viele Arbeit in der Feld= und Viehwirtschaft ab, seit es mit meiner Gesundheit nicht mehr so ganz sicher ist. Sie versteht auch wirklich etwas von allen diesen Dingen; aber Sie begreifen, eine Frau ist doch immer nur eine halbe Autorität den Leuten gegenüber. Und alles beherrscht sie denn doch nicht. Es kommt mir darauf an, zum Oberverwalter einen Mann zu gewinnen, der mit hoher Intelligenz und Fachbildung ein sicheres, imponierendes Auftreten verbindet, ohne jedoch den Unterbeamten zu einem unangenehmen Fronvogt zu werden. Sie werden mich verstehen: dieselben Leute, welche dem Herrn selbst ohne Murren Gehorsam leisten, betrachten oft jede strenge Maßnahme eines angestellten Oberbeamten als eine unerträgliche Anmaßung. Besonders hier in Mecklenburg, wo dem älteren Geschlecht noch die Leibeigenschaft im Blute liegt, scheint es mir gefährlich, einen solchen — Quasi= Regenten, und noch dazu einen landesfremden, einzusetzen und von den Leuten für ihn denselben Gehorsam zu verlangen, wie — sozusagen — gegen das angestammte Herrscherhaus. Sie begreifen, daß ein ganz besondrer Takt dazu gehört, eine solche Stellung in meinem Sinne auszufüllen. Ich habe daher Ihrer Bewerbung unter zahlreichen andern den Vorzug gegeben, weil ich glaube, daß Sie, der Sie selbst früherer Grundbesitzer und Edelmann sind, vielleicht am ehesten den richtigen Ton im Verkehr mit den Untergebenen finden dürften und gleichzeitig mir selbst mehr werden könnten, als eben nur ein bezahlter Beamter."

Der Graf hatte seine lange Rede mit vielfachem Stocken und leichtem Hüsteln vorgebracht, in einem verbindlichen, leicht gedämpften Tone, der merkwürdig gut zu seinem Gesichte stand. An der Art, wie er seinen weißen Schnurr= und Zwickelbart mit einer gewissen nervösen Unruhe mit den

Fingerspitzen bearbeitete und wie er es vermied, Herrn von
Norwig gerade in die Augen zu sehen, merkte dieser scharfe
Beobachter sogleich, daß der gute Graf sich selbst durch seine
lange Rede geniert fühlte und daß er in gewöhnlichen Zeiten
sicherlich derselbe liebenswürdige alte Herr sein würde, wie so
viele seiner Standesgenossen, die sich auf prinzipielle Erörte-
rungen und dergleichen nicht gern einlassen, sondern zufrieden
sind, wenn ihre Angelegenheiten in einer Weise besorgt werden,
daß sie davon möglichst wenig merken und nur die gewohnten
Erträge mit einiger Regelmäßigkeit vorgerechnet bekommen.
Er hielt ihm also eine wohlgesetzte Rede aus dem Stegreif,
in welcher er seinen Anschauungen in allen Punkten beipflichtete, und knüpfte hieran eine erbauliche und belehrsame
Betrachtung über den Zustand der heutigen Landwirtschaft
und deren Aussichten für die Zukunft bei vernünftiger, moderner
Bewirtschaftung. Mit einiger Vorsicht machte er die liberale
Anschauung zu der seinigen, daß der Notlage der Landwirtschaft mehr als durch Schutzzölle und Monopole durch einen
dem Standpunkte der Wissenschaft besser entsprechenden Be-
trieb und durch geschicktere kaufmännische Ausnützung abzuhelfen sei. Er warf dabei derartig mit national-ökonomi-
schen Schlagworten, sowie mit statistischen Zahlen um sich,
daß der gute Graf förmlich geblendet ward von all der
Herrlichkeit.

Als Herr von Norwig endlich schwieg, that Graf Pfungk
eine sehr vernünftige Frage: „Nun, sagen Sie mal, wenn
Sie das alles so scharf erkannten, wie war es denn dann
möglich, daß Sie selbst bei der Landwirtschaft zu Grunde
gingen? Sie schrieben mir doch, daß Sie ein so schönes,
großes Gut besessen hätten!"

„Das verdanke ich meinen liebenswürdigen Verwandten!"
erwiderte jener mit einiger Bitterkeit: „Sie hatten Hypo-
theken auf dem Gute stehen. Es waren kleinliche, kurzsichtige
Menschen, ohne Sinn für meine reformatorischen Bestrebungen.

Sie kündigten mir zu ungelegenster Zeit, Mißernten kamen hinzu und so . . ."

Der Diener trat ein und meldete, daß die Frau Gräfin die Herren zum Thee bitten lasse.

Sie erhoben sich gleichzeitig. Der Diener trug die große chinesische Porzellanlampe voran und so gingen sie durch den weiten gotischen Ahnensaal hinüber in die Gemächer der Frau Gräfin, in deren mittelstem die kleine Familientafel gehalten zu werden pflegte.

Es war ein Eckzimmer, mittelgroß, mit Holzpaneelen und holzähnlicher Tapete. Auch hier, wie in dem Zimmer des Grafen und den andern Räumen, die er durchschritten hatte, fiel dem Gast der Mangel an guten Bildern auf. Die Wandfläche wurde in diesem Zimmer gar nur von eingerahmten, auf Karton gestickten Bibelsprüchen unterbrochen. Zwischen den beiden Fenstern stand auf einem Sockel die Figur des segnenden Christus von Thorwaldsen, durch einen Tüllüberzug gegen die Fliegen geschützt.

Komteß Marie goß eben den Thee auf. Die Gräfin, welche in einem großen Buche blätternd auf einem kleinen Runddiwan an der innern Fensternische gesessen hatte, legte rasch ihre Brille ab, und kam dann mit merkwürdig raschen, dumpf stampfenden Schritten auf die beiden Herren zu. Sie pflegte im Hause absatzlose Zeugstiefel zu tragen und das Gewicht ihres gewaltigen Körpers ausschließlich auf den Hacken vorzuschieben. Daher dies sanft erschütternde Stampfen, wo immer sie wandelte. Sie war ungemein vollbusig, rundschulterig und rundrückig, aber sie verstand ihr graues Haupt mit eindrucksvollem Pomp auf dem kurzen Nacken zu tragen, und ihr Gesicht hatte trotz des breiten Mundes und der weichen Hängewangen etwas unzweifelhaft Hochgeborenes. Ihre stattlichen Hauben oder sonstigen Kopfbedeckungen, sowie die weiten rauschenden Seidengewänder konnten nur dazu beitragen, diesen Eindruck zu verstärken.

Sie kam also, wie gesagt, einem radschlagenden Trut=
hahn nicht ganz unähnlich, auf die Herren zu und bewill=
kommnete den Gast mit einer tiefen, aber etwas kurzatmigen
Altstimme: „Guten Abend, mein lieber Herr! Freut mich
sehr! Freut mich sehr! Schade, daß Sie nicht früher kommen
konnten! Wir hätten Sie mitgenommen nach Pägelow —
nein, die Missionspredigt von Pastor Bullerich hätten Sie
hören müssen! Der versteht die Herzen zu erschüttern, mein
lieber Herr! Er ist sieben Jahre in Groß=Popo gewesen, da
unten bei Kamerun herum, wissen Sie. Da hat er den
armen blinden Heiden das Evangelium verkündet. Unzählige=
mal ist er in Lebensgefahr gewesen und seine Schwiegermutter
haben sie auch wirklich umgebracht, weil so ein abscheulicher
Mohr behauptete, sie hätte ihm einen Hammel verhext.“

„Wurde sie denn aufgegessen?“ erkundigte sich Komteß
Marie ganz ruhig vom Theetisch her.

„Vermutlich wohl,“ antwortete die Mama Gräfin ernst=
haft, „denn es ist nicht zu glauben, was sie da alles essen!
Pastor Bullerich flocht einige haarsträubende Anekdoten in
seine Predigt ein. Ja, wie ich dir schon sagte,“ wandte sie
sich an den Grafen, indem sie ihn an einem Westenknopf er=
griff, „du hättest nur mitkommen sollen. Es war auch von
deinem weltlichen Standpunkte aus sehr ergötzlich, besonders
nachher beim Kaffee; da hat uns der liebe Bullerich Ge=
schichten erzählt — ich mußte die Vicki geradezu hinaus=
schicken! Das gute Kind hat übrigens etwas zu viel Kuchen
gegessen — die liebe Pösthin backt so schönen Streußelkuchen!
Aber sie hat gleich einen Löffel Doppelt=Kohlensaures zu
schlucken gekriegt, und vor dem Schlafengehen soll sie noch
einmal Baldrian nehmen. Nein, nein, Herr von Norwig, Sie
brauchen gar nicht so zu lächeln. Wenn es aus dem Magen
kommt, ist Doppelt=Kohlensaures ganz entschieden sehr gut
und Baldrian beruhigt die Nerven so schön. Manche können
es nicht riechen, aber das schadet nichts! Wissen Sie, bei

mir kommt das ganze Jahr kein Doktor ins Haus. Die innern Sachen kuriere ich immer ganz allein — na, und der Herr hat ja auch stets seinen Segen dazu gegeben."

Die redselige Dame hatte die beiden Männer die ganze Zeit über sozusagen auf der Schwelle festgenagelt. Ihr Gemahl hatte zu ihren höchst interessanten Auseinandersetzungen ein ganz sonderbar ängstliches Gesicht gemacht und Herrn von Norwig dabei mit einer gewissen Beklemmung angeschielt. Dieser aber, als ein vollendeter Weltmann, hatte es über sich vermocht, nur mit einem gleichgültig verbindlichen Lächeln der Hausfrau zuzuhören.

Nun küßte er ihr galant die Hand und sagte: "Gnädigste Frau Gräfin werden, fürchte ich, an mir wenig zu thun bekommen, ich erfreue mich eines ausgezeichneten Magens und eines leiblich intakten Nervensystems."

"Das ist ein gutes Zeichen für Sie, Herr von Norwig!" versetzte die Gräfin. "Ich habe es nur zu oft bestätigt gefunden, daß ein gottloser Lebenswandel die Verdauung ruiniert und der Unglaube die Nerven zerrüttet! Sie kommen in ein christliches Haus und Sie sehen, wir sind, gottlob, allzusammen gesund."

"Außer wenn wir uns am Missionskuchen den Magen verderben," schaltete wiederum mit großer Seelenruhe Komteß Marie ein.

Da die Hausherrin selber mit einem gutmütigen Lachen den Anfang machte, so glaubten sich auch die Herren berechtigt, die Bande frommer Scheu zu zerreißen und sich kräftig auszulachen.

Man war an den Tisch getreten, jeder hielt die Lehne seines Stuhles in der Hand, bereit, sich zu setzen. Da aber die gnädige Gräfin nicht das Signal dazu gab, so zögerte man noch und blickte einander erwartungsvoll an. Die Frau Gräfin warf einen bedeutungsvollen Blick auf ihre älteste Tochter, welche leicht errötend zur Seite sah.

„Na, potztausend, will denn keiner beten?" rief die Dame ärgerlich, und dann wandte sie sich mit einer strengen Miene an den Gast und sagte würdevoll: „In unserm Hause gilt das Beten noch nicht für unschicklich, Herr von Norwig!"

Der also Angeredete verbeugte sich stumm und faltete erwartungsvoll die Hände auf seiner Stuhllehne.

Die Frau Gräfin legte das Haupt auf die linke Schulter, hob die gefalteten Hände an den Busen und murmelte: „Alle gute und alle vollkommene Gabe kommt von Oben herab, von dem Vater des Lichts."

In diesem Augenblick ging die Thür auf und Komteß Vicki kam, die Arme nachlässig schlenkernd, herein.

„Nun siehst du, da bist du ja, Kind!" unterbrach die Gräfin ihre Andacht: „Aber immer zu spät; anders geht es wohl nicht? Du kannst mal gleich beten, wenn dir wieder besser ist."

Und das große stattliche Mädchen, welches trotz der kleinen Magenverstimmung sehr gesunde Farben hatte, wurde noch um einige Grade röter, stellte sich aber doch gehorsam hinter seinen Stuhl und sagte fromm seinen Spruch auf.

Noch ehe man sich setzte, stellte die Gräfin, indem sie mit ihrer fleischigen, beringten Hand einen weiten Bogen über den Tisch schlug, die sich Gegenübersitzenden einander vor: „Meine Tochter Viktoria — Herr von Norwig!"

Viktoria machte einen kurzen Knicks, der mit seiner Kindlichkeit in seltsamem Widerspruche stand zu ihren voll entwickelten Formen und ihrer heldenhaften Größe, welche derjenigen der ältern Schwester nur wenig nachgab.

Man setzte sich und aß — gut und reichlich, wie überall in dem gesegneten Obotritenlande.

„Sie sind Witwer, Herr von Norwig?" wandte sich die Gräfin an ihren Gast.

„Allerdings!" erwiderte jener.

„Haben Sie Kinder?"

„Nein, — fast möchte ich sagen: Gott sei Dank, nein. Ich hätte sie ja doch nur zu Erben des unglücklichen Verhängnisses gemacht, das mich von Jugend auf verfolgt hat."

„Oh!" rief die Gräfin mitleidig. „Wenn Sie der Unsrige werden, so findet sich wohl bald einmal eine stille Stunde, wo Sie sich mir anvertrauen können. Glauben Sie mir, ich habe schon manche betrübte Seele aufgerichtet! Die Menschen gehen nur oft so blind durchs Leben und finden den rechten Tröster nicht."

Der stets aufmerksame Norwig bemerkte, daß die Augen der Gräfin während dieser kleinen Rede mit eigentümlichem Ausdruck auf ihrer jüngsten Tochter ruhten. Und während nun der Graf das Gespräch wieder vom geistlichen auf das weltliche Gebiet zu lenken sich bestrebte, bemühte sich seine Gattin, durch lebhaftes Zwinkern Komteß Vicki auf etwas aufmerksam zu machen. Herr von Norwig weidete sich inzwischen an der reizenden Verlegenheit des lieblich drallen Mädchens, das gar nicht wußte, was die Mutter von ihm wolle, bis jene endlich wie unabsichtlich, aber mit bedeutungsvollem Augenwink eine Hand leicht auf die Brust legte.

Da bemerkte endlich Komteß Vicki, indem sie ängstlich an sich hinunter blickte, daß sie eine beträchtliche Strecke ihrer schwarzen Trikotbluse zuzuknöpfen vergessen hatte. Das Mädchen war zu reizend in seiner Verlegenheit! Herr von Norwig brachte es kaum übers Herz, seine Blicke eine Weile von ihr abzuwenden, um ihr mehr Zeit zur Vervollständigung ihrer Toilette zu gewähren. Er bemerkte aber sehr wohl, wie Komteß Marie sich das Lachen verbiß und wie die alte Gräfin mißmutig den Kopf schüttelte und dabei immer: „Tetete, tetete!" machte.

Komteß Marie wußte das Gespräch bald auf ihren Lieblingsgegenstand, die Pferde, zu bringen, und Herr von Norwig folgte gern ihrer Aufforderung, ihr etwas von den berühmten Pferdeherden in den brasilianischen Pampas zu berichten. Er war ein guter Erzähler, eine düstere Einleitung deutete die grausamen Schicksalsschläge an, welche ihn aus der Heimat getrieben hatten, die Nichtswürdigkeit der Verwandten, der Tod seiner heiß geliebten Frau, der Stolz einer großen Seele, die sich nicht erniedrigen mochte vor Leuten, die sie verachtete — und von diesem Hintergrunde hob sich um so wirkungsvoller das romanhafte Bild des kühnen Pfadfinders der Zivilisation ab, welcher in Urwälder und Steppen hineindrang, um dort auf jungfräulichem Boden den Samen herrlicher Zukunftsideale auszustreuen, welchen der harte kalte Heimatsboden aufzunehmen verweigert hatte.

Herr von Norwigs klangvolles Organ, seine gewählte Sprache, seine farbenprächtige Schilderung machten einen bedeutenden Eindruck auf die gräfliche Familie. Selbst Komteß Marie, die eine ausgesprochene Abneigung gegen alle Schönrednerei hegte, ward von seinem Vortrag angezogen und Komteß Vicki saß gar mit offenem Munde da und kam sich vor wie etwa Desdemona dem Othello gegenüber. Ja, in ihren Augen wäre es sogar ein Reiz mehr gewesen, wenn Herr von Norwig sich einer echten Mohrenfarbe, „schwarz wie ein gut gewichster Stiefel", zu rühmen gehabt hätte.

Der gute Graf hatte eine ganz eigentümliche Empfindung während jener Erzählung; er fühlte sich dadurch geniert. Denn in den Kreisen, in welchen er zu verkehren gewohnt war, pflegten längere Reden dieser Art nicht gehalten zu werden. Es wurde über die Wirtschaft, die Politik, über Weine und Cigarren, über Hunde, Pferde, Künstlerinnen und Familienverhältnisse in wichtigem Tone und von alters her feststehenden Redewendungen gesprochen, und wäre in solcher harmonischen Gesellschaft ein Individuum aufgetaucht, das deutsche Aufsätze über dem Theetisch reden und Zeitungsartikel über dem Bierkrug stilisieren konnte, so hätte man ein

solches sicherlich als zersetzendes Element hinauszugraulen versucht. In der feudalen Gesellschaft, welcher Graf Pfungk-
Näsendorf angehörte, gab es eigentlich keinerlei Privatmei-
nungen, deren Erörterung zu irgend welcher lebhaften Auseinandersetzung hätte Anlaß geben können, sondern es gab
eben nur einen guten und einen schlechten Ton! Eine eigne
Meinung zu haben, welche etwa den altehrwürdigen Anschauungen zuwider lief, das gehörte zum schlechten Ton.
Geist zu besitzen und in ungewöhnlicher Redeform zu äußern,
das war zwar nicht geradezu verboten, gehörte aber dann in
die Damengesellschaft, wo es zur Belebung der Unterhaltung
beitragen mochte, indem es jene kecke Flatterhaftigkeit in das
Gespräch brachte, welche ein so eigentümliches Merkmal der
wahrhaft vornehmen Gesellschaft ist und jeden nicht in derselben groß gewordenen Menschen sich selbst als einen Dumm-
kopf erscheinen läßt, falls er etwa gewohnt sein sollte, langsam aber logisch zu denken.

Graf Pfungk pflegte solche Buchredner und Doktrinäre
unter dem originellen Gattungsbegriff „Doktoren und Republikaner" zusammenzufassen. Und nun saß ein solcher an
seinem Familientische, noch dazu mit der Anwartschaft auf
seine oberste Beamtenstellung — und dieser Mann war doch
von Hause aus Edelmann und Gutsbesitzer gleich ihm selber!
Der alte Herr fühlte sich in hohem Grade puzzled, wie der
unübersetzbare englische Ausdruck heißt, und doch auch wieder
geschmeichelt in dem Gedanken, daß ein Mann von so ungewöhnlicher Begabung fortan sein Untergebener sein sollte.
Mochte er einmal zeigen, was mit seinen großen Ideen prak-
tisch anzufangen war!

Die Frau Gräfin war ebenfalls entzückt von der Schil-
derungsgabe ihres Gastes und erklärte, daß er sie, in der
Art zu erzählen, lebhaft an Pastor Bullerich erinnere. Sie
wünschte noch weitere Auskunft über den Zustand des Christen-
tums in Brasilien und machte Herrn von Norwig lebhafte

Vorwürfe darüber, daß er die köstliche Gelegenheit versäumt habe, wenigstens einige vereinzelte blinde Heiden zu erleuchten.

„Sehen Sie, mein lieber Herr," führte sie aus, „in dieser schrecklichen Zeit des Unglaubens und der frivolen Verspottung alles dessen, was Tugend und Religion heißt, ist es die ganz besondre Pflicht des Adels, für das Reich Gottes auf Erden zu kämpfen, so wie er früher für seine weltlichen Kaiser und Könige kämpfte. Wenn die Welt an nichts mehr glaubt — dann hört doch eben alles auf, nicht wahr? Aber bei mir in Räsendorf soll es dahin nicht kommen, solange ich noch auf dem Posten bin! Meine Leute müssen glauben — oder es hol' sie der Teufel! Da mir leider der Himmel einen Sohn versagt hat, so werde ich dafür sorgen, daß wenigstens eine von meinen Töchtern dem Herrn mit Werken der Liebe dienen soll. Vicki, das liebe Kind, gedenkt nämlich Diakonissin zu werden!"

Das liebe Kind war eben damit beschäftigt gewesen, mit ihrer Schwester durch eine höchst possierliche Gebärdensprache Geheimnisse auszutauschen. Als die Mama ihre fromme Absicht erwähnte, streckte sie eben ihre spitze rosa Zunge ein klein wenig zwischen den blendenden Zahnreihen hervor und zog dabei ihre fleischigen Ohrläppchen zur Seite. Auf einen strengen Blick der Mama ließ sie rasch die Hände in den Schoß sinken, guckte ganz zahm auf den Teller hinunter und sagte schüchtern: „Ach ja, Mama!"

Gleich darauf wurde die Tafel aufgehoben. Man verfügte sich in das Nebenzimmer, das Empfangszimmer der Frau Gräfin, welches zwar reich, aber immerhin recht altmodisch und nüchtern ausgestattet war. Man stand und saß plaudernd herum. Der Graf erörterte mit Norwig wirtschaftliche Einzelheiten, während die Gräfin von einem Bücherbrett verschiedene Bände herunterholte, aus deren Blättern zahllose Lesezeichen hervorlugten. Die beiden jungen Damen standen Arm in Arm in einer dunkeln Ecke in eifriger Unterhaltung. „Du, Marie," flüsterte Vicki der Schwester zu, „ich glaube, ich habe mein Strumpfband verloren, es muß hier irgendwo auf dem Teppich liegen."

„Ach, Vickichen, mußt du denn immer etwas verlieren?" versetzte die Schwester leise lachend. „Herr von Norwig starrt immerzu hierher. Der sieht es vielleicht schon liegen."

„Das wäre gräßlich! — Uebrigens ein sehr netter Mann! Findest du nicht?"

„Mir schwatzt er etwas zu viel. Wir wollen erst einmal sehen, wie er zu Pferde sitzt," sagte Marie.

„Sieh nur, er guckt immerzu hier herüber! Wen meint er wohl bloß?" flüsterte Vicki.

Allerdings kehrte Norwigs Blick immer wieder zu den beiden Riesenmädchen zurück. Sein Auge hatte ihn vorhin nicht betrogen, die Gestalt der älteren war wirklich unvergleichlich schön, aber er konnte die Täuschung, die ihr Gesicht ihm bereitet hatte, noch nicht verwinden, und so blieb sein Auge zuletzt ausschließlich auf der jüngeren haften. Jetzt erst, wie sie da stand, bemerkte er, daß diese überaus stattliche junge Dame wohl kaum mehr als fünfzehn oder sechzehn Jahre zählen mochte. Denn der kindliche Ausdruck ihres vollen runden Gesichtes und das kurze schwarze Kleid, unter welchem ein Paar nicht eben kleiner Füße in schwarzen Strümpfen und niedrigen Kinderschuhen hervorsahen, stand in zu offenbarem Widerspruch mit der sonstigen Reife ihrer Gestalt. Herr von Norwig bemerkte einen auffallenden roten Streifen um das linke Fußgelenk des Mädchens und mußte vorläufig nicht, was er davon zu halten hatte.

Der Diener trat mit einem Präsentierbrett ein, auf welchem sich eine Wasserflasche und Gläser befanden. Die Gräfin trank hastig ein volles Glas aus, packte sich sodann einen Stoß Bücher auf ihren linken Arm — man sah sich verständnisinnig an, und dann ergriff der Diener die große

chinefifche Porzellanlampe und leuchtete vorangehend der Ge=
fellfchaft die Treppe hinunter.

Man betrat einen ziemlich fchmucklofen Saal im Erd=
gefchoß, in welchem das gefamte Hausgefinde und die Unter=
beamten bereits verfammelt waren. Sie faßen auf Stühlen
und Bänken der innern Wand entlang, während die Familien=
mitglieder auf der gegenüberliegenden Seite auf Polfterftühlen
Platz nahmen. Die Frau Gräfin fetzte fich an den großen
runden Tifch in der Mitte des Saales. Die Lampe wurde
neben fie geftellt und dann ordnete fie ihren Bücherhaufen.
Der Graf faß rechts hinter ihr, ihm zur Seite Komteß Marie.
Links hinter der Gräfin Komteß Viktoria, neben ihr Herr
von Norwig.

Nachdem fich die Herrfchaften gefetzt, that die Diener=
fchaft das gleiche. Der Gräfin gegenüber faßen: der Infpektor
Reufche mit feinem roten, etwas einfältigen Geficht, neben
ihm der zweite Wirtfchafter Brinkmann, welcher fo ausfah,
als hätte er eigentlich Fähnrich fein müffen und welcher die
Prozedur der Abendandacht nur unter ftillem Proteft über fich
ergehen ließ. Dann kam der Hofmeifter Bitenfe mit feinem
kernigen Bauerngeficht, zu dem der kurze, graue Backenbart
vortrefflich ftand, weiterhin der Diener, der Gärtner mit
feinem Burfchen, und fchließlich der alte Hinrich, der feinen
langen hageren Oberleib möglichft bequem in der Ecke zwifchen
Ofen und Wand zu befeftigen fuchte. Auf der andern Seite
faß das weibliche Perfonal, beftehend aus der Köchin, Witwe
Sigglikow, welche auch im Sommer die merkwürdige Er=
fcheinung kornblumblauer Froftbacken zeigte und das würdige
Haupt während der Andacht bedenklich fchief hielt; ferner die
beiden Hausmädchen, Luife und Anna, ein paar hübfche
Schweftern, welche die Gräfin hatte konfirmieren laffen, und
endlich das Küchenmädchen Lina, deffen kerngefunde Züge
freundlich erglänzten im Widerfchein eines holden Traumes
von Tanzmufik und füßer Bratwurft.

Die Gräfin zog zunächst aus einem Pappfutteral ein gedrucktes Zettelchen und begann: „Die Losung des heutigen Tages lautet: Ist denn keine Salbe in Gilead? Oder ist kein Arzt nicht da? Warum ist denn die Tochter meines Volkes nicht geheilet? Jeremia 8, 22." Sie räusperte sich bedeutungsvoll und blickte im Kreise umher, als ob sie erwartete, daß der Geist einem unter den Zuhörern eine bedeutsame Auslegung dieses Prophetenwortes eingeben werde. Da aber nichts dergleichen erfolgte, und auch sie selber sich keinen rechten Begriff über die Natur der Salbe in Gilead zu machen vermochte, so ging sie über dieselbe hinweg zur Tagesordnung und las ein Dutzend Verse aus dem Gesangbuch vor. Diesen folgte das Evangelium des kommenden Sonntags, ferner eine kurze Abendbetrachtung aus der Hauspostille des berühmten württembergischen Pfarrers Grolmus und endlich das Hauptstück des Abends: die Predigt des kommenden Sonntags. Als die Gräfin so weit gekommen war, unterbrach sie sich, um Herrn von Norwig die Aufklärung zu geben, daß sie am Sonnabend stets eine Predigt über die Epistel des folgenden Sonntags zu lesen pflege, da der Pastor in diesem Jahre nur die Evangelien vornehme.

Herr von Norwig verbeugte sich höflich, und dann nahm die Vorlesung ihren Anfang. Sie wäre ihm, der noch dazu von der Reise ziemlich ermüdet war, gewiß unendlich lang erschienen, wenn nicht an diesem ersten Abend die Beobachtung der vielen neuen Gesichter ihm einige Unterhaltung gewährt hätte. Und dann freute er sich auch der guten Gelegenheit, Komteß Vickis Profil so eingehend studieren zu können. Das große Mädchen schaute so fromm in seinen Schoß, empfand aber trotzdem den Blick seines Nachbars sehr wohl, und eine zarte Röte bedeckte sein Gesicht wie seinen Hals. Bemerkte es doch sehr wohl, daß Norwigs Blick immer wieder von seinen Füßen gefesselt wurde und hatte es doch, dieselben vorsichtig vorstreckend, zu seinem Entsetzen das verloren geglaubte Strumpfband entdeckt, das immer noch lose auf dem starken Knöchel lagerte. Freilich trug Komteß Vicki Sorge, das Unglücksbändchen mit dem darüber gelegten andern Fuße zu verdecken, aber ertappt war sie nun einmal, das half alles nichts.

Jedesmal, wenn die Gräfin ein neues Blatt umschlug, machte der Graf einen langen Hals und spähte über ihre Schulter hinweg, ob nicht die Predigt auf der nächsten Seite endlich zu Ende ginge; aber sie währte reichlich eine halbe Stunde und vermochte trotz ihrer Eindringlichkeit und trefflichen Fassung nicht zu verhindern, daß auf der Seite des Dienstpersonals mehrere Häupter bedenklich ins Schwanken gerieten, auch gewisse Laute vernehmbar wurden, welche dem gedämpften Geräusch einer Säge nicht unähnlich klangen. Als die Gräfin den dritten und letzten Teil der Predigt in Angriff nahm, trat ein Ereignis ein, welches sämtliche Zuhörer erschrocken zusammenfahren machte: Der alte Hinrich, überwältigt von dem Schlafe des Gerechten, verlor nämlich das Gleichgewicht und rutschte mit gewaltigem Gepolter von seinem Stuhl. Er raffte sich langsam empor und starrte, noch halb abwesend, mit seinem greulichen Meerkatergrinsen um sich.

Mit einem vernichtenden Blick durch ihre runden Brillengläser wartete die Gräfin, bis er wieder sicher auf seinem Stuhle saß und sagte dann: „Wenn Sie sich noch ein einzigesmal erlauben, während der Andacht vom Stuhle zu fallen, Hinrich, so sind Sie sofort entlassen!" Ein zweiter vernichtender Blick traf Brinkmann, den zweiten Wirtschafter, welcher vergebliche Anstrengungen machte, hinter seinem Taschentuch sein Vergnügen über diesen Zwischenfall zu unterdrücken. Einige weitere Gesangbuchverse beschlossen endlich die Abendandacht. Das Personal wünschte einstimmig gute Nacht, und unter Vorantritt des Dieners mit der bewußten Lampe stiegen die Herrschaften wieder in den ersten Stock hinauf.

Komteß Vicki hatte unterwegs Gelegenheit gefunden, ihr Strumpfband in die Tasche zu stecken. Herr von Norwig sah es nebst dem Taschentuch daraus hervorlugen, als er den Damen „wohl zu schlafen" wünschte.

Der Graf bat ihn, noch ein Glas auf seinem Zimmer mit ihm zu trinken und eine Cigarre zu rauchen. Es wurde ein reizender Abend, der sich bis gegen Mitternacht ausdehnte. Als Herr von Norwig endlich sein Schlafgemach aufsuchte, da hatte er den unterschriebenen Kontrakt in der Tasche.

Der Graf aber fuhr um zwei Uhr nachts aus dem Traume empor, setzte sich im Bett auf und lachte wohl eine Viertelstunde lang, bis er ganz außer Atem war. Die Geschichte von dem Levi, der sich wegen Frechheit scheiden lassen wollte, war doch zu brillant gewesen!

Drittes Kapitel.

In welchem die tolle Komteß einem Ochsen das Leben, und Herr von Norwig seine Ehre als Reiter, wie als vernünftiger Mensch rettet, und endlich Fräulein Sophie erklärt, daß er eine ganz andre Nase habe.

Die Alpenlandschaft auf den Rollvorhängen des kleinen Fremdenzimmers leuchtete in hellen Farben, als Herr von Norwig am andern Morgen die Augen aufschlug. Und als er zehn Minuten später das Fenster weit öffnete, da strömte ihm mit taufrischem, wonnig belebendem Hauche die lichtdurchflutete Herbstluft entgegen. Der Himmel war von einer wunderbar durchsichtigen Bläue, durch welche nur einige vereinzelte Flockenwölkchen langsam dahinsegelten, so lustig und mühlos, wie etwa Fischer am Sonntage mit der Herzliebsten allein auf den stillen See hinausfahren mögen.

Die bunten Wipfel des Parkes rauschten so leise und friedlich, wie die Kleider der Frauen in der Kirche, ehe die Predigt beginnt. Norwig sah eine lange Allee von dunklen Tannen hinunter, welche hügelab einem kleinen Teich zuführte, dessen Wasserspiegel fast ganz bedeckt war von den großen schwimmenden Blättern der weißen Wasserrosen. Darüber hinaus dehnte sich die weite Hügellandschaft in die klare Ferne, wie mit einem steifgemusterten Teppich überdeckt. Streifen gelben Stoppelfeldes wechselten ab mit grünen Matten und braunen, frisch gepflügten Feldern. An einigen Stellen konnte er zwischen den Bäumen hindurch das eiserne Stabgitter erkennen, welches den Park abschloß. Dort versuchte eine rot-bunte Kuh vergebens, ihren großen Kopf zwischen zwei Stäben hindurch zu stecken. Sie gab den Versuch mißmutig brummend auf und eilte dann mit raschen Sprüngen klingelnd davon. Dicht unter dem Fenster lärmte eine Spatzenschar durcheinander, bis plötzlich, Norwig wußte nicht woher, mit schwerem Flügelschlage ein Pfauhahn herabgeflattert kam und die Zankenden auseinander jagte.

Der Gärtnerbursche trollte mit einem leeren Schubkarren pfeifend den Tannengang hinunter, hinter ihm her, mit schwerfälligem Geblaff, zwei mächtige Bernhardiner. Die drei verloren sich in einem Seitenwege, und dann herrschte wieder die Stille von zuvor, nur von dünnen Vogelstimmchen hin und wieder träumerisch unterbrochen. Es war ein Tag wie geschaffen zum Beginnen eines neuen Lebens. Ein Tag wie geschaffen, einen Friedensvertrag mit dem Schicksal zu unterzeichnen und nach langer, wüster Kriegsarbeit wieder frohgemut zum liebgewohnten Spaten zu greifen.

Es war für ländliche Verhältnisse schon etwas spät geworden, und Herr von Norwig beeilte sich, zum Frühstück hinunterzukommen. In der That hatte die gräfliche Familie ihren Kaffee bereits getrunken, nur Komteß Vicki, welche immer und überall zu spät kam, saß noch am Frühstückstische, stippte

ihren Zwieback in den kalten Kaffee und machte dabei hin und
wieder einen Klecks auf das Buch, in welchem sie eifrig las.
Mit einiger Befangenheit bequemte sie sich dazu, für Herrn
von Norwig die Wirtin zu spielen.

„Darf man fragen, was Sie da lesen, Komteß?" eröff=
nete Norwig das Gespräch.

„Ach, es ist ein reizendes Buch — von Ebers. Ich ver=
gesse immer, wie es heißt."

Er nahm ihr den schmutzigen, abgegriffenen Band aus
der Hand und sah nach dem Titel: „Homo sum" las er.
„Ei ei, Komteß, in dieser Gesellschaft von ungewaschenen Ein=
siedlern befinden Sie sich wohl?"

„Aber Mama sagt doch, es wäre so christlich!" gab das
große Mädchen kleinlaut zurück.

„Dieses Exemplar wenigstens," lachte Herr von Norwig,
„steht schon recht bedenklich im Geruch der Heiligkeit!" Er
näherte das Buch vorsichtig seiner Nase. „Oh, puh! Wissen
Sie auch, was für einen Höllenbrodem Sie entfesseln, welche
ungezählten Heere von Bacillen greulichster Sorte Sie gegen
sich selber loslassen, indem Sie in solchem Buche blättern?
Leihbibliotheksschmöker halten sich erfahrungsmäßig in Kranken=
stuben am liebsten auf. Wie können Sie mit Ihren zarten
weißen Fingern solch eine schmutzige Scharteke nur anfassen."

Das gescholtene Komteßchen machte ein ängstlich betrübtes
Gesicht. „Aber die Bücher aus der Leihbibliothek in Teterow
sind doch alle so!"

„Da müssen Sie Ihren Herrn Vater bitten, daß er Ihnen
neue Bücher schenkt. Sie würden doch gewiß kein Kleidungs=
stück anziehen, das auf dem Trödel gekauft ist, und das vor
Ihnen doch irgend ein schmutziger oder gar kranker Mensch
getragen haben kann. Aber Ihre Lektüre beziehen Sie un=
bedenklich aus dem Spittel! Wie reimt sich das zusammen?"

„Aber wir kaufen doch keine weltlichen Bücher!" rief
Vicki weinerlich. „Mama ist auf vierzehn evangelische Wochen=

blätter abonniert. Papa auf die Kreuzzeitung und die Mecklen-
burgische Landeszeitung — und die sind alle so gräßlich langweilig!"

„Nun, seien Sie nicht so betrübt, Komteß!" tröstete
Norwig. „Vielleicht gelingt es mir, das Vertrauen Ihrer
Eltern zu gewinnen, und dann will ich gern das Meinige
dazu thun, um Ihnen zum mindesten eine saubere, nicht ge-
sundheitsgefährliche Lektüre zu verschaffen."

„Ach ja, versprechen Sie mir das!" rief Vicki freudig
aus und streckte ihm ihre fleischige Hand entgegen, in die er
lächelnd einschlug.

Komteß Marie kam herein. Sie hatte einen Herrenfilz-
hut auf dem Kopf und trug die Schleppe ihres dunkelgrünen
Reitkleides über den linken Unterarm geschlagen.

„Morgen, Herr von Norwig!" rief sie mit ihrer angenehmen tiefen Stimme; „Sie schlafen doch nicht immer so
lange?"

Er kam sich wie ein gescholtener Knabe vor und stammelte, wirklich verlegen, einige Entschuldigungen.

„Ja, wissen Sie, wir steh'n hier höllisch früh auf. Langes
Toilettemachen und andern solchen Frauenzimmerkram kennen
wir hier nicht. Wissen Sie auch, daß Sie den Morgensegen
versäumt haben? Mama zieht sich schon zur Kirche an. Ich
war heute schon zu Pferde und freute mich darauf, ein Stündchen
mit Ihnen zu reiten. Wissen Sie, es schläft sich danach besser
in der Predigt."

„Ach! Du!" rief Komteß Vicki mit drollig entsetztem
Blick. „Na, ich habe nichts gehört!" Und dann drehte
sie sich wie ein Kreisel ein paarmal auf dem Absatz herum
und lief mit ihrem „Homo sum" zum Zimmer hinaus.

Komteß Marie lachte und klopfte mit der Reitgerte ein
Stäubchen von ihrem Kleide. „Nun kommen Sie aber rasch!"
rief sie dem neuen Verwalter in befehlendem Tone zu. „Wir
werden Papa schon irgendwo draußen finden."

Sie ging mit großen Schritten voran und er folgte ihr gehorsam die Treppe hinunter aus dem Schlosse.

Die mit gelbem Kies bestreute Auffahrt bog sich im Halbkreis um die Rampe des Schlosses herum und fiel auf beiden Seiten ziemlich steil ab. Eine beschnittene Hecke faßte diese Auffahrt ein, und eine steile Rasenböschung baute sich wallartig darunter auf, an deren Sohle ein Abfluß jenes Teiches, den Norwig von seinem Fenster aus schon durch die Bäume schimmern gesehen, vorbeizog, welchen der Fahrweg auf zwei steinernen Bogen überbrückte. Hinter diesen Brücken vereinigten sich die beiden Wegbogen wieder zu einer breiten Fahrstraße, welche, ein wenig ansteigend, durch eine mächtige Pforte von reicher Schmiedearbeit in den weiten, gepflasterten Hof führte, um welchen die Stallungen, Scheunen und sonstigen Wirtschaftsgebäude herumlagen.

An jenem Thor angelangt, wandte sich Norwig, um zum erstenmal die Vollansicht des gräflichen Schlosses zu genießen. Es war kein Meisterwerk der Baukunst, es zeigte keinen ausgeprägten Stil, aber mit seinen zwei Stockwerken, den hohen gotischen Fenstern im Mittelgeschoß, dem vielgieblingen Schieferdach und dem plumpen, eckigen Turme, der links hinten über das Dach beträchtlich hervorragte, sah es doch burgmäßig genug aus.

Norwig äußerte sich in diesem Sinne gegen seine hohe Begleiterin, während sie den Ställen zuschritten. Sie fanden den Grafen im Ochsenstall, wo er mit dem Hofmeister und einer ganzen Anzahl von Knechten und Mägden beschäftigt war, einem unglücklichen Ochsen Hilfe zu leisten, welcher sich an saftigem Klee überfressen hatte und nun nahe daran schien, an der Windsucht zu verenden. Das arme Tier war unförmlich aufgebläht und ließ den Kopf traurig hängen. Von Zeit zu Zeit stieß es ein todesbanges, kurzatmiges Gestöhn aus.

Der Graf nahm eben seine Mütze ab und trocknete sich mit seinem großen rotseidenen Tuche die Stirn. „Entschul-

digen Sie, daß ich Sie nicht erwartet habe," redete er Norwig
an. „Man rief mich hierher. Da sehen Sie das Malheur!
Mein schönster Ochse ist heute zum Sonntagsvergnügen über
den Klee gelassen worden — und natürlich frißt sich das
dumme Biest tot; er kann jeden Augenblick platzen."

„Ist denn kein Tierarzt in der Nähe zu beschaffen?"
versetzte Norwig ziemlich ratlos. „Das Tier müßte trokariert
werden."

„Ja, sehen Sie," sagte der Graf und stieß ärgerlich die
Zwinge seines derben Krückstockes gegen den Asphalt: „Der
Brinkmann, der Windhund, der ja einen tierärztlichen Kursus
durchgemacht und solche Dinge zu besorgen hat, den habe ich
nach der Bahn geschickt, um das neue Fräulein abzuholen.
Jetzt sitzen wir da mit der Bescherung; denn er hat das
Troikar bei sich eingeschlossen."

Während die Herren so hin und her redeten, hatte sich
Komteß Marie die Handschuhe ausgezogen und mit ihrer schönen
großen Hand vorsichtig die Flanken des kranken Tieres befühlt.
Jetzt hielt sie inne, drückte den Daumen auf eine bestimmte
Stelle und rief einen der Knechte an: „Jochen, hol mi mal
dat Kleed up!"

Und während der junge Geselle mit verlegenem Grinsen
ihrem Befehl nachkam und die Schleppe ihres Reitkleides so
ungeschickt und ängstlich in seinen Fäusten hielt, wie etwa
ein alter Junggeselle einen Täufling in der Kirche hantiert,
rief Komteß Marie: „Hat nicht jemand ein scharfes Taschenmesser bei sich?"

Ein Ausruf der Ueberraschung entfuhr allen.

„Na, hör' mal, Marie," sagte der Graf und legte die
Hand auf ihre Schulter, „das ist mir denn doch ein bißchen
zu viel riskiert."

„Wenn er daran verendet, kannst du mir den Ochsen
von meinem Nadelgelde abziehen!"

Herr von Norwig reichte ihr sein noch ziemlich neues

Taschenmesser hin. Es war ein sogenannter Genickfänger, zum Feststellen, mit Hirschhorngriff. „Komteß wollten es wirklich wagen?"

Sie ergriff rasch das Messer, richtete, ohne ihm zu antworten, die Aufforderung an die Umstehenden, wohl achtzugeben, daß das Tier nicht um sich schlage, und dann setzte sie vorsichtig die Spitze des Messers auf die Stelle, welche sie mit dem Daumen festgehalten hatte, und trieb es durch einen wuchtigen Schlag mit geballter Faust dem Tier in die Seite.

Das Blut bespritzte ihre weiße Hand und besudelte auch ihr Kleid. Der Ochse brüllte auf und machte den haltenden Männern gewaltig zu schaffen — aber sie hatte die richtige Stelle getroffen. Das Gas entwich und das wertvolle Tier war gerettet.

Man hielt sich noch eine ganze Zeit lang im Stalle auf, bis es den vereinten Bemühungen der Leute gelungen war, das Tier zu beruhigen und die Geschwulst vollends wegzustreichen. Dann erst verließ der Graf mit seiner Tochter und Norwig den Stall.

An der Pumpe wusch sie sich das Blut von der Hand und dann trocknete der Vater sie ihr mit seinem seidenen Tuche und führte sie galant an seine Lippen.

„Ich verdanke dieser kühnen Hand ein teures Leben," scherzte er und streichelte sie zärtlich.

Wie ihre kleinen unbedeutenden Augen in heller Freude blitzten, und wie das lebhafte Rot ihren rauhen Wangen plötzlich einen so weichen Samtton zu verleihen mußte! Norwig blickte sie mit seltsamem Gefühl von der Seite an. Ja, dies Gesicht war und blieb häßlich, durchaus reizlos; und dennoch: wenn schon die Freude über eine rasche, verständige That es also zu verklären vermochte, sollte nicht die Liebe einen noch weit milderen Glanz darüber ausbreiten können? Unwillkürlich drängte sich ihm die Frage auf: „Was müßte das für ein Mann sein, um den die ‚tolle Komteß' sich in ein lieben-

des Weib verwandelte!“ Er selbst hatte keine geringe Meinung
von sich. Seine Gefährlichkeit für die Frauen war für ihn
durch zahlreiche Abenteuer bewiesen — aber noch nie im Leben
hatte er einem Menschen gegenüber gestanden, neben dem er
sich so klein, so unbedeutend vorgekommen wäre, wie neben
dieser derben, unschönen, weder geistreichen noch gefallsüchtigen
jungen Gräfin.

Bei ihrem weiteren Rundgang durch die Wirtschaftsgebäude gesellte sich ihnen Inspektor Reusche zu, welcher sich
schon für den Kirchenbesuch in kleine Gala geworfen hatte.
Herr von Norwig begrüßte seinen ersten Untergebenen mit
großer Höflichkeit aber auch Herablassung, welche jenen guten
Mann etwas zu verstimmen schien. Er trug sonst immer
dasselbe überaus gutmütige Lächeln auf seinem urgesunden
Antlitz zur Schau, aber nach der Begrüßung des neuen Oberverwalters verschwand dieses Lächeln auf längere Zeit, um
einem halb einfältigen, halb ärgerlichen Ausdruck Platz zu
machen.

„Ach hören Sie, lieber Herr Reusche,“ sagte Komteß
Marie, „es wäre wirklich sehr nett von Ihnen, wenn Sie
heute für uns drei mit andächtig sein wollten. Ich habe die
größte Lust, heute die Kirche zu schwänzen und unsern neuen
Verwalter ein wenig in unserm Reiche herumzuführen. Du
nicht auch, Papa?“

Der Graf lachte gutlaunig und gab gern zu, daß er kein
übermäßiges Verlangen nach der Predigt des guten Pastors
Meusel trüge.

„Und Sie, Herr von Norwig?“ wandte die Komteß sich
an jenen.

„Oh, meine Gnädigste,“ erwiderte er, „ich fühle mich
gänzlich unwert, in so frommer Gemeinschaft ein Gotteshaus
zu betreten, nachdem ich so viele Jahre hindurch kaum mehr
das Innere einer Kirche gesehen habe.“

Der Graf bemühte sich, ein möglichst ernsthaftes Gesicht

aufzusetzen und sagte: „Ich will nicht hoffen, Herr von Norwig, daß Sie auch einer von diesen modernen Heiden sind! Denn sehen Sie, wenn erst die Pfeiler des Glaubens erschüttert sind, dann wankt das ganze Gebäude der Familie, der Ge= sellschaft, des Staates! Und darum halte ich es auch für eine selbstverständliche Pflicht des Adels, dem Volke hierin mit gutem Beispiele voranzugehen. Wenn ich einen Sohn hätte, und er käme mir von der Hochschule zurück mit diesen gott= losen neuen Ideen, dann würde ich den Jungen bei Wasser und Brot einsperren, bis er glaubt — oder ihn sollte der Teufel holen! — wie meine Frau zu sagen pflegt.“

Herr von Norwig verbeugte sich mit einem leichten Lächeln und erwiderte: „Ich gebe Ihnen vollkommen recht, Herr Graf: Noblesse oblige! Aber wenn man, wie ich, so lange in der großartigen Einsamkeit des Urwaldes, oder in dem grünen Meer der Steppe umhergewandert ist, dann hat man sich dem Schöpfer weit näher gefühlt, als jemals in der dumpfen Kellerluft einer Kirche. Die ehrfürchtige Bewunderung der Natur ist auch ein Gebet, Herr Graf!“

„Allerdings, allerdings!“ gab der Graf zu, indem er die Augenbrauen kritisch in die Höhe zog, „aber . . . ach lieber Reusche, bitte, teilen Sie doch der Gräfin mit, daß wir zu unserm lebhaften Bedauern durch das Unglück mit dem Ochsen verhindert wären, dem Gottesdienste beizuwohnen.“

Der Inspektor nahm militärisch die Hacken zusammen, grüßte und ging. Er hatte der Auseinandersetzung seines neuen Vorgesetzten mit dem Ausdruck maßlosen Staunens zu= gehört. — Ja, dem beobachtenden Blicke der Komteß war es sogar so vorgekommen, als hätten sich seine steifen, aufgewichsten Schnurrbartspitzen unter dem Eindruck jener volltönenden Worte demütig zur Erde gesenkt.

Die Herrschaften schritten jetzt aus dem Hofraum hinaus ins Feld. Der Graf gab seinem neuen Verwalter Auskunft über die ungefähre Ausdehnung der einzelnen bebauten Flächen.

womit sie im vergangenen Sommer bestanden gewesen wären, und beantwortete seine Fragen über die bisherige Art der Bewirtschaftung. Damit ging wohl eine gute Stunde hin; und dann übernahm es die Komteß, Norwig die weiter ge= legenen Gebietsteile zu zeigen. Man ging nach dem Stall. Die Komteß befahl für Norwig einen noch jungen Fuchs= wallach, mecklenburgischer Zucht, zu satteln, während sie selbst sich ihr Leibroß, einen feurigen Grabitzer Hengst, vorführen ließ.

Herr von Norwig hielt ihr der Sitte gemäß seine Hand hin, damit sie beim Aufsteigen ihren Fuß hineinsetzen sollte; aber sie lachte ihn aus: „Lassen Sie das nur bleiben. Mich kriegen Sie nicht hoch. Wissen Sie, was ich wiege?"

Norwig lächelte fein: „Sie haben mir gesagt, daß Sie keine Schmeicheleien lieben, Komteß: und wenn ich Sie nun überschätzte? Das würden Sie doch nicht dulden, nicht wahr? Und unterschätzen kann ich Sie nicht!"

„Das wollte ich mir auch ausgebeten haben!" rief die Amazone leicht errötend. „Nun, wir wollen einmal sehen, was Ihr Arm zu meinen hundertachtundsechzig Pfund sagt."

Herr von Norwig bekam einen gelinden Schrecken, um= faßte aber doch mutig ihren Fuß und siehe da, sie sprang mit einer solchen Federkraft vom Boden ab, daß sie schon im Sattel saß, eh er ihres Gewichtes recht gewahr geworden war. Die Komteß schien mit ihm zufrieden zu sein, denn sie gönnte ihm einen wärmeren Blick, als noch je bisher. Im nächsten Augenblick hatte auch er sich mit edler Leichtigkeit in den Sattel geschwungen. Der Graf ging noch eine kleine Strecke neben dem ruhigeren Fuchs einher, während seine Tochter auf dem wilderen Hengste schon eine Strecke vorausgesprengt war. „Geben Sie ein wenig acht auf meine Tochter," sagte der Graf. „Sie ist ja eine perfekte Reiterin, aber ich bin doch immer etwas unruhig, wenn sie auf dem Hengst sitzt. Sie wird sich Ihnen heute vielleicht etwas zeigen wollen — halten Sie sie wenigstens von zu großen Tollheiten zurück!"

Herr von Norwig versprach, sein Bestes zu thun, und der Graf nahm von ihm Abschied mit den Worten: „Na, lassen Sie sich nur recht gründlich informieren! Hier in unserm Walde sind übrigens auch Stellen, wo Sie Ihre Sonntags= andacht auf Ihre Art verrichten können. Ich werde hier in= zwischen das Fräulein Sophie Bandemer erwarten. Ich ge= stehe Ihnen, ich bin äußerst neugierig, haha! Muß nach dem Bilde ein bezauberndes Geschöpf sein! Verraten Sie mich nur nicht der Gräfin — ich habe ihr das Photogramm heute früh aus ihrer Schreibmappe stibitzt. Wissen Sie, um mich vorher etwas zu orientieren!"

Mit jenem schalkhaften gedämpften Lachen, welches vor= nehmen alten Kavalieren so wohl ansteht, holte er ein Photo= gramm aus der Brusttasche und reichte es Norwig hinauf. Der aber hatte nicht sobald einen Blick darauf geworfen, als er zusammenzuckte, wie vom Blitz getroffen, und für einen Augenblick leichenblaß wurde.

„Pikantes Lärvchen, was?" fragte der Graf. „Scheint Sie auch so auf den ersten Blick zu frappieren wie mich."

Norwig lachte und stotterte einige unverständliche Worte hervor, während er dem Grafen das Bild zurückgab. Und dann setzte er dem Pferde die Sporen in die Flanken und jagte da= von, als ob die dunklen verheißungsvollen Augen, die ihm aus jenem Kartenblatt entgegengeblickt, ihn in wilde Flucht gejagt hätten.

Als Norwig das Hofthor erreichte, kam Komteß Marie in der Kastanienallee, welche sich bis an den Forst erstreckte, ihm bereits wieder entgegengetrabt.

„Wo bleiben Sie denn?" rief sie ihm ungeduldig zu. „Hat der Gaul etwa Sperenzien gemacht? Brachten Sie ihn nicht vom Stall weg?"

Norwig entschuldigte sich kurz damit, daß der Herr Graf ihn noch zurückgehalten habe; aber der Ausdruck verhaltenen Zornes im Ton seiner Stimme, und die fast drohenden Blicke, mit denen er seine Worte begleitete, machten die Komteß stutzig. Sie mußte annehmen, daß ihre schroffe Art ihn verletzt habe. Ein flüchtiges Rot huschte über ihr Antlitz. Sie war es nicht gewohnt, daß jemand seinem Mißfallen über ihre Art und Weise solchen Ausdruck gab. Sie war nun einmal nicht, was man für gewöhnlich rücksichtsvoll nennt, sie sagte jedem ihre Meinung frei ins Gesicht und kleinliche Uebelnehmerei war ihr ein Greuel.

„Ah, mein Herr!" sprach sie bei sich selbst, „wenn Sie mit Handschuhen angefaßt sein wollen, dann werden Sie auf das Vergnügen meiner näheren Bekanntschaft verzichten müssen." Sie setzte eine trotzige Miene auf und überließ es ihm, die Unterhaltung in Fluß zu bringen.

Eine ganze Weile trabten sie schweigend nebeneinander her. Er blickte düster sinnend vor sich hin und schien mit seinen Gedanken weit ab zu sein von der Herrlichkeit dieses Spazierrittes in der frischen Kühle dieses dunklen Laubgewölbes. Sein Pferd empfand ihn wohl als einen Fremden; es hatte schon allerlei Unarten versucht, ohne daß ihm eine durchgelassen worden wäre. Jetzt scheute das Tier plötzlich vor einer Krähe, die dicht vor ihm aufflog, stieg in die Höhe, drehte sich kurz um und versuchte in entgegengesetzter Richtung durchzugehen. Da aber mußte es zu seinem Schaden seinen Meister spüren; denn Norwig nahm es mit mächtigem Druck zwischen die Schenkel, riß seinen Kopf mit solcher Gewalt herum, daß es nachgeben mußte und setzte ihm schließlich die Sporen dermaßen in die Weichen, daß das Blut zu beiden Seiten in halbfingerbreiten Strömen den Bauch herunterrieselte. Dann aber ließ er dem Pferde plötzlich die Zügel und setzte es in Karriere, es durch Peitschenschläge und wilde Zurufe, wie er sie wohl von den Gauchos in Südamerika mitgebracht haben mochte, zu immer tollerem Laufe antreibend. Die Komteß, welche anfangs zur Seite abgelenkt hatte, um zu beobachten, wie er mit seinem unartigen Tiere fertig werden würde, gab nun dem lebhaften Drange ihres Hengstes nach und sprengte in gestrecktem Galopp hinter Norwig her. Jetzt bog dieser aus der breiten Kastanienallee in einen Feldweg ab, der am Ufer eines kleinen Sees entlang über die Wiesen und weiterhin in den Wald führte. Dem größeren und auch edleren Tiere gelang es ziemlich schnell, den Mecklenburger Fuchs einzuholen und beide sprengten nun in ziemlich gleichmäßiger Geschwindigkeit auf dem weichen Wiesengrunde dahin. Ein ziemlich breiter Graben wurde von beiden Pferden mit leichtem Sprunge genommen. Ebenso etwas später einige Schafhürden, die für den Tag zu vieren hintereinander aufgestellt waren.

Die Komteß mußte sich sagen, daß sie kaum gewagt haben würde, von Obotrit, so hieß der Fuchswallach, eine solche Leistung zu verlangen. Eine um so größere Kühnheit war dies von einem, der das Pferd zum erstenmal ritt. Ueberhaupt: dieser Norwig verstand zu reiten, das mußte man ihm lassen! Er wollte ihr wohl zeigen, was er könne, sie dafür bestrafen, daß sie vorhin so höhnisch an ihm gezweifelt. Sie nahm diese Strafe gern hin und es schmeichelte ihr, daß dieser Mann so viel daran wagte, um sich ihre gute Meinung zu erringen. Obotrit war mit nichten ein berühmter Springer — die Komteß hätte zehn gegen eins gewettet, daß er an dem ungeschickten breiten Hindernis mit den Hinterfüßen hängen bleiben würde. Und bei der Gelegenheit hätte auch die Herrlichkeit des neuen Herrn Oberverwalters ein recht voreiliges Ende nehmen können.

Noch immer rannten beide Tiere, den Bauch fast auf der Erde, mit weit vorgestreckten Hälsen nebeneinander her. Das Reitkleid der Komteß war bereits mit Schaumflocken über und über bedeckt, ihr Antlitz glühte, ihr Busen wogte, ihr Atem hastete — und Norwig saß immer noch über den Hals des Pferdes gebeugt mit demselben düster gespannten Ausdruck in den Zügen im Sattel, nur hin und wieder einen wilden Zuruf zwischen den geschlossenen Zähnen hervorstoßend.

Die Komteß war völlig außer Atem, sie zog die Zügel fester
an und setzte das Pferd ein wenig auf die Hinterhand. Der
Mecklenburger dagegen jagte immer weiter. Erst nach geraumer Zeit bemerkte Norwig, daß die stolze Amazone nicht
mehr an seiner Seite ritt. Er wandte sich um, schwenkte
seine Peitsche wie triumphierend im Kreise, ließ einen lang-
gezogenen, fremdartigen Ruf ertönen und dann erst mäßigte
auch er den Gang seines Pferdes allmählich bis zum Schritt
herab und ließ die Komteß an sich herankommen.

Als sie in kurzem Trott an seinem zitternden, ängstlich
keuchenden Wallach vorbeitrabte, zog er seinen Hut tief ab
und fragte mit etwas schadenfrohem Lächeln: „Nun, Komteß,
was meinen Sie, nehmen wir's miteinander auf?"

Sie stellte sich in den Bügel und hob die herrliche Gestalt etwas aus dem Sattel. „Ihr armer Obotrit wird an
diesen Morgen noch lange zurückdenken!" keuchte sie atemlos,
ohne seine eigentliche Frage zu beantworten und dann preßte
sie die Linke auf die Brust, um ihre immer noch tobende
Lunge zu beruhigen.

„Verzeihen Sie mir, gnädigste Komteß!" begann Norwig, nachdem er sich lange genug an ihrer Aufregung ge-
weidet hatte: „Verzeihen Sie mir, daß ich Sie zu diesem
tollen Ritt verführte — und verraten Sie mich nicht dem
Herrn Grafen: ich hatte ihm versprochen, dafür zu sorgen,
daß Sie es nicht zu toll trieben!" Er lachte laut auf, aber
das Lachen klang hart und gezwungen.

„Ich rate Ihnen, meinem Vater dergleichen nicht wieder
zu versprechen!" rief die Komteß mit einem seltsamen Auf-
blitzen ihrer grauen Augen. „Ich habe mich sozusagen selbst
in Freiheit dressiert, ich dulde weder Zaum noch Zügel!"
Sie warf den Kopf verächtlich zurück: „Ueberhaupt müssen
Sie es aufgeben, mich wie ein Frauenzimmer zu behandeln,
wenn Sie mit mir gut Freund bleiben wollen! Ich verlange
weiter nichts, als daß man sich der Form nach gegen mich

beträgt wie gegen eine Dame: aber dem Wesen nach sehe ich
keinen großen Unterschied zwischen mir und einem vernünftigen
Menschen!"

„Wollen Sie damit sagen, daß Sie Ihr Geschlecht nicht
zu den vernünftigen Menschen rechnen?"

„Ihr Männer rechnet es ja nicht dazu! Ihr setzt es auf
einen Altar, wie eine vergoldete Holzpuppe und beräuchert
es mit eurem Flausendunst; aber nur, um nachher um so
leichteres Spiel damit zu haben, wenn es sich benebeln ließ!
Oder halten Sie es etwa eines vernünftigen Menschen für
würdig, sein ganzes Leben auf einen so blinden Zufall zu
bauen, wie es die Ehelotterie für ein Mädchen ist?"

Norwiq ritt eine ganze Weile schweigend neben ihr und
lächelte zu ihrem größten Aerger nur ironisch vor sich hin.
Endlich konnte sie nicht länger an sich halten und rief: „Ha!
da haben wir's! Sie lächeln! Das ist die gewöhnliche Ant=
wort der Herren, wenn eine Frau sich herbeiläßt, vernünftig
mit ihnen zu reden. Wissen Sie auch, daß ich das Recht
habe, so zu reden? — Ich weiß sehr wohl, daß ich nicht
begehrenswert bin: ich habe ein Gesicht wie ein Pfannkuchen
und kann zuweilen recht unliebenswürdig sein. Aber wissen
Sie auch, daß ich mich trotzdem recht wohl befinde? Daß die
Aussicht, eine alte Jungfer zu werden, gar nichts Abschrecken=
des für mich hat? — Ich habe mein Lebtag lieber mit
Männern verkehrt als mit Frauen, weil mir die kleinen
Weiberinteressen unendlich gleichgültig sind, und weil ich in
einem Manne niemals einen solchen Gegenstand des süßen
Schreckens sehen konnte!" Sie lachte laut auf und gab ihrem
Potrimpos einen leichten Schlag auf den Hals, so daß er sich
in Trab setzte.

Norwiq hatte sie zu verschiedenen Malen zu unterbrechen
versucht. Jetzt erwiderte er ihr, indem er sich gleichfalls in
Trab setzte: „Sie haben mein Lächeln völlig mißdeutet,
Gnädigste! Es kommt mir so drollig vor, eine Frau mit

solcher Bitterkeit von der Ehelotterie sprechen zu hören —
als ob für uns die Chancen etwa andre wären? Was weiß
denn ein Mann von dem Mädchen, dem er seine Hand an=
trägt? In unsrer guten Gesellschaft wenigstens, wo die Hei=
raten vorschriftsmäßig nach alter Sitte zustande kommen?
Er sieht sie auf einem Balle, findet sie reizend und springt
aus dem sicheren Fahrzeug der Vernunft über Bord in den
Ozean der Liebe — in welchem es bekanntlich von unzähligen
heißhungrigen Haifischen wimmelt. Manchmal freilich schrumpft
der Ozean gleich nach dem Sprunge zu einem seichten Tümpel
ein und der arme Mann über Bord sieht sich nach einigen
warmen Sonnentagen gar aufs Trockene gesetzt. Andre,
vorsichtigere Leute bleiben an Bord der Vernunft und segeln
mit ihr in einen Hafen ein, in dem sie gute Geschäfte zu
machen hoffen dürfen, — mit Empfehlungsschreiben wohl
versehen, ha ha! Das sind die Heiraten, welche von den
Schwiegereltern und Tanten unter dem Beistand des Bankiers
und des Rechtsanwalts geschlossen werden. Man kauft also
doch wahrhaftig die Katze im Sack — oder man bekommt sie
geschenkt! Wenn nun aber nach vierzehn Tagen oder schon
früher das Los sich als eine Niete erweist, was dann? Sie
wissen, eine Scheidung ist nicht so einfach, und in jedem Falle
mit Unannehmlichkeiten verbunden, die sehr kräftig abschreckend
wirken. Wo sind denn die glücklichen Ehen zu finden? Ich
möchte behaupten, daß sie so selten sind, wie etwa die Ge=
witter im Winter. Das Durchschnitts=Eheglück, das man die
Leute sehen läßt, beruht zumeist auf einem Kompromiß —
den natürlich der gebildete Mensch leichter zu finden und
besser innezuhalten weiß, als der rohe Mensch, der nicht ge=
lernt hat, seine Leidenschaften zu zügeln. Und nun sagen
Sie selbst, haben wir wirklich so viel vor Ihrem Geschlecht
voraus? Ist nicht vielmehr ein liebenswürdiges, begehrtes
Mädchen besser daran als wir? Wenn ihr Herz nicht spricht,
kann sie ja ablehnen, und der Fall ist erledigt. Und selbst

wenn sie eine falsche Wahl getroffen hat, so kann sie sich doch, falls sie nur nicht kinderlos bleibt, von dem ungeliebten Manne innerlich trennen und in der Liebe zu den Kindern dennoch für ihr Gemüt reichen Ersatz finden. Was ist aber ein Mann, der eine Niete gezogen hat, für ein bedauerns= würdiger Geselle? Wenn alle Bande zerrissen sind, die er sich einst mit Wonne um den Hals legen ließ, so bleibt ihm doch immer noch die schwere Kette von tausend Pflichten zu schlep= pen übrig, die er nicht abwerfen darf, ohne in den Augen der Welt als ein Ehrloser zu erscheinen!" Norwig sprach noch eine ganze Zeit in diesem Sinne weiter, während sie ihre Pferde gemächlich durch den prächtigen Laubwald dahin= schreiten ließen.

Komteß Marie hatte niemals die Ehefrage in solchem Sinne besprechen hören. In dem Kreise, in dem sie aufge= wachsen war, galt jede Sitte für heilig, von einem Natur= recht war den wenigsten jemals eine Ahnung aufgedämmert, und wer jemals in die Lage gekommen war, am eignen Fleische die bösen Nadelstiche der aufrührerischen Natur zu empfinden, der hütete sich doch ängstlich vor jedem aufrühreri= schen Worte. Denn es ist ja eine alte Erfahrung, daß die Menschen immer meinen, Ordnung und Sitte müsse aus den Fugen gehen, wenn ihre Nachkommen nicht ebenso unerbitt= lich von diesen beiden Gewalten gemaßregelt würden, wie ihrer Zeit sie selber. Der Neid ist ebenso fest in der Men= schennatur begründet, wie der Hunger und die Liebe. Und nichts verzeiht man seinem Nebenmenschen schwerer, als die Vorzüge, die er vor uns voraus hat. Alle Eltern predigen ihren Kindern, wenn sie zu klagen wagen über den Druck der bestehenden Vorurteile: „Wir sind dabei groß geworden, warum solltest du es besser haben müssen!"

Man wird freilich groß — trotz alledem!

Komteß Marie war eine ausgesprochene Realistin. Sie sah die Dinge mit ihren eignen klaren Augen an und rechnete nur mit dem, was sie selbst erkannt hatte. Sie hatte nie geschwärmt und geträumt, auch niemals an überspannten Romanen Gefallen gefunden. Sie war keine grüblerische Natur, aber sie machte sich doch ihre Erfahrungen zu nutze, wie ein nüchtern denkender, und dabei warm fühlender Mensch. Nur daß eben ihre Erfahrungen sehr geringe und sehr einseitige waren. In ihrem neuen Oberverwalter trat ihr zum erstenmal im Leben ein Mann entgegen, der die Eindrücke von Welt und Menschen in einer wesentlich unbefangeneren Weise hatte auf sich wirken lassen, als alle die Männer und Frauen ihres Kreises, welche sich ausnahmslos durch ihre Geburt und ihre Lebensstellung an ganz bestimmte Ansichten gebunden glaubten. Was dieser Herr von Norwig ihr da sagte, leuchtete ihr ohne weiteres ein, nur verwirrten sie seine bestimmten, ausführlichen Auseinandersetzungen für den Augenblick so, daß sie ihm nicht gleich zu antworten, oder den Bohrer eines Zweifels an eine bestimmte Stelle anzusetzen vermochte.

Ihre Wangen waren noch von dem scharfen Ritt gerötet, ihre Augen nachdenklich zu Boden gesenkt, ihre Lippen von dem Lächeln leichter Befangenheit umspielt. Sie war nicht häßlich in diesem Augenblicke — Herr von Norwig fand das auch, als er so von der Seite den Blick an ihrer stolzen Gestalt hinabgleiten ließ; er wehrte seinem Fuchs nicht, als er sich nun nahe an seinen Graditzer Kameraden herandrängte, wahrscheinlich um durch das Spielen seiner Ohren, das Schnobern seiner Nüstern und das stumme Plappern seiner Lippen jenem über seinen neuen Reiter seine Meinung zu sagen.

„Sehen Sie wohl, gnädigste Komteß, daß Sie mir heute schon zum zweitenmal Unrecht gethan haben? Geben Sie mir nicht das Zeugniß, daß ich im stande bin, auch mit einer Dame Vernunft zu reden?"

„Muß ich Abbitte thun?" entgegnete die Komteß lächelnd.

„Gewiß nicht!" versetzte er höflich. „Aber es würde

mich glücklich machen, wenn Sie mir auch ferner die Erlaubnis geben wollten, so zu Ihnen zu reden — so, was Sie
und ich vernünftig nennen. Wissen Sie, daß ich gestern die
größte Lust hatte, mit dem nächsten Zuge davonzufahren,
nach den Erschütterungen meines Innersten durch das Fahrzeug des alten Hinrich? Aber da kreuzten Sie meinen Weg
und Sie hießen — ich darf es wohl vor Ihren Ohren wiederholen, was alle Leute sagen? — die tolle Komteß! Das
Wort übte einen merkwürdigen Zauber auf mich aus — es
zwang mich unbewußt zu bleiben; denn ich habe die Erfahrung gemacht, daß die Menschen, welche der Allgemeinheit
für toll gelten, in Wirklichkeit nur darum Ausnahmen sind,
weil sie die wahren Vernünftigen sind. Sehen Sie, Komteß,
da sind wir wieder unter uns vernünftigen Leuten."

„Ah, das muß ich sagen, Herr von Norwig, so schwer
es mir auch wird, Ihnen das zuzugestehen, aber dies ist die
erste Schmeichelei, die mir wirklich Spaß gemacht hat!" Dabei lachte sie freundlich auf und sah ihm voll ins Gesicht.
„Ich habe so eine Ahnung, als ob ich von Ihnen etwas
lernen könnte — und ich lerne gern, besonders, wenn es ohne
Bücher und so lustig zu Pferde abzumachen ist. Sie scheinen
auch von uns Frauen mehr zu wissen, als ich selbst; Sie
würden wohl nicht zu Ihren Anschauungen gekommen sein
ohne eigne Erfahrung."

Seine Züge nahmen wieder den düster gespannten Ausdruck von vorhin an. Er pfiff durch die geschlossenen Zähne
und schlug sich mit der Reitgerte gegen die Stiefelschäfte.
Als er empor sah, traf sie ein eigen leuchtender, forschender
Blick, der sie zwang, ihre Augen niederzuschlagen: „Ja, Komteß," sagte er, „Ihnen und den Bäumen hier sei es anvertraut: ich habe diese Erfahrung gemacht; die Frau, die ich
aus Liebe, aus blinder, wahnsinniger Liebe mir zu eigen gemacht hatte, hat mir mein ganzes Leben zerstört mit einer
Grausamkeit, einer lächelnden Kaltblütigkeit . . ."

Die Erinnerung übermannte ihn, er vermochte den Satz nicht zu vollenden.

Mit innigem Mitgefühl wandte sich Komteß Marie zu ihm und sagte leise: „Sie sind erlöst, nicht wahr? Sie ist tot?"

Sie waren eben an derselben Stelle angekommen, wo gestern die tolle Komteß zum erstenmal Norwigs Weg gekreuzt hatte, und gerade so wie gestern kam auch heute in diesem Augenblick das leichte Wägelchen dahergerollt, mit welchem Brinkmann das Fräulein Sophie Bandemer von der Station geholt hatte.

Norwig und die Komteß erblickten gleichzeitig das Fuhrwerk, und ersterer, der schon den Mund zur Antwort geöffnet hatte, schloß ihn plötzlich wieder, wandte sein Pferd nach der entgegengesetzten Richtung und machte Miene, davonzusprengen, als die Komteß freundlich ihre Hand auf seinen Arm legte und ihm leise zuraunte: „Wohin? Wollen Sie nicht unser neues Fräulein begrüßen? Sie scheint sehr hübsch zu sein. Mein Papa ist schon ganz aufgeregt vor Erwartung."

Norwig zwang seine Mienen zu einem verbindlichen Lächeln und ritt langsam an ihrer Seite dem ebenso langsam sich nähernden Wagen entgegen.

Brinkmann ließ die Zügel lose auf der Pferde Rücken liegen, hatte sich ganz herumgewendet und sich dermaßen in ein Gespräch mit dem Fräulein Sophie vertieft, daß er das Herannahen der Reiter nicht eher gewahr wurde, als bis das Fräulein, ein lustiges Gelächter plötzlich unterbrechend, ihn aufmerksam machte. Er setzte sich mit einem Ruck in Positur, faßte die Zügel fester und grüßte mit der Peitsche; während die Dame eine sehr ehrbare, bescheidene Miene annahm und sittig den Gruß der Komteß erwiderte.

„Fräulein Bandemer, nicht wahr?"

„Allerdings, gnädige Frau!" erwiderte die Gefragte.

„Nun sehen Sie, Fräulein, wie feierlich Sie eingeholt

werden!" lächelte die Komteß: „Die älteste Tochter des Hauses reitet Ihnen mit dem Herrn Oberverwalter entgegen. Hier stelle ich Ihnen Herrn von Norwig vor." Norwig trieb sein Pferd zwei Schritte vor, denn die Komteß hatte ihn bisher vor den Augen des Fräuleins verdeckt, und nahm seinen Hut ab.

Da öffnete das Fräulein im Wagen den reizenden kleinen Mund und die dunklen Augen weit, alle Farbe wich aus ihren vollen roten Lippen und ihre rechte Hand griff krampfhaft nach der Seitenlehne des Sitzes.

„Kennen sich die Herrschaften vielleicht schon?" fragte die Komteß, verwundert über dies Gebaren.

Da kehrte ebenso rasch, wie sie geschwunden, dem hübschen Gesicht die lebhafte Farbe wieder, und mit gut gespielter Verlegenheit versetzte Fräulein Bandemer: „O nein, doch nicht. Es war nur eine merkwürdige Aehnlichkeit auf den ersten Blick, die mich so frappierte. Aber nein, der Herr hat ja eine ganz andre Nase — ich bitte sehr um Verzeihung!"

Viertes Kapitel.

Handelt von den schönen Augen des Fräuleins Sophie, und von dem Unfug, so damit geschieht. Wie Pastors Beate sich beinahe verlobt hätte und warum „Agnes" ein dummes Uez ist. Warum die tolle Komteß sich Gedanken macht und noch spät abends zum Fenster hinausschaut.

„Und dann noch eins, liebes Fräulein," sagte die Gräfin zum Schlusse eines Gespräches unter vier Augen zu der neuen Hausdame. „Sie wissen schon aus meinem Briefe, daß Sie in ein streng christliches Haus kommen — ich habe also wohl nicht nötig, Ihnen noch besonders ans Herz zu legen, daß

Sie Ihren Lebenswandel auf das sorgfältigste selbst über=
wachen müssen. Es ist mir, gottlob, bis heute gelungen,
meine Töchter von jeder Berührung mit der sogenannten großen
Welt fernzuhalten, die meiner Ansicht nach schon längst ver=
dient hätte, wieder einmal vom lieben Herrgott mit Pech
und Schwefel gezüchtigt zu werden, wie einst Sodom und
Gomorrha!"

„Ach ja!" seufzte das Fräulein Sophie und ließ die
schweren Lider über ihre feurigen dunklen Augen und ihr
feines Köpfchen auf die linke Schulter sinken. „Frau Gräfin
haben leider nur zu recht!"

„Haben Sie etwa selbst die Mücken und Tücken des Satans
erfahren?" Die Gräfin fixierte Fräulein Sophie mit einem
Blicke, welcher eine drollige Mischung von Neugier und christ=
lichem Erbarmen darstellte.

„Oh, Frau Gräfin," versetzte das Fräulein, „wenn man,
wie ich, schon in zarter Jugend in die Fremde hinausgestoßen
worden ist, um sich sein Brot allein zu verdienen, dann macht
man viele herbe Erfahrungen. Aber ich glaube, ich darf sagen,
ich habe die Welt überwunden! Ich betrachte es als eine
ganz besondre Gnade vom Herrn, daß er mich in Ihr Haus
geführt hat. Hier darf ich hoffen, den Frieden meiner Seele
völlig wiederzufinden, hier, wo von der gütigen Herrin des
Hauses ausgehend, ein Hauch der Liebe, der Ruhe in Gott
das ganze Haus durchdringt."

Die üppigen Wangen der alten Dame erglühten für
einen Augenblick in lebhaftem Rot. Sie fühlte sich sehr ge=
schmeichelt, rückte etwas verlegen mit ihrem Polsterfessel hin
und her und glättete die Falten ihres seidenen Kleides über
den Knieen, ehe sie wieder zu reden begann.

„Geben Sie mir Ihre Hand, meine Liebe. Ich denke,
wir werden uns verstehen. Wenn Sie etwas auf dem Herzen
haben, so kommen Sie nur zu mir. Ich bin ja auch einmal
jung gewesen und weiß, was so ein Herzchen bisweilen zwickt —

das heißt nicht etwa, daß ich jemals Geschichten gemacht hätte, nein; dazu bin ich viel zu gut erzogen worden. Auf eins muß ich Sie aber doch aufmerksam machen: ich nehme nie ein Blatt vor den Mund. Wenn mir etwas an Ihnen nicht gefällt, dann können Sie sicher sein, daß ich es Ihnen gleich ins Gesicht sage!"

„Frau Gräfin können überzeugt sein, daß es stets mein eifrigstes Bestreben sein wird, Ihren leisesten Winken nach= zukommen."

Fräulein Bandemer verbeugte sich tief. Die Gräfin erhob sich von ihrem Sitze, um anzudeuten, daß die Audienz zu Ende sei. Als aber die junge Dame die Thür fast schon er= reicht hatte, holte sie sie mit ein paar raschen Schritten ein, klopfte sie freundlich auf die Arme und sagte: „Ich will's Ihnen nur gestehen, wie Sie da vorhin zur Thür herein= kamen, da kriegte ich einen gehörigen Schreck! Ich hatte nämlich schon einmal ein hübsches Fräulein — na, und mit der habe ich schöne Erfahrungen gemacht! Und ich kann Ihnen sagen, die war gegen Sie doch nur dürftig. Ach du lieber Herrgott ja, die hübschen Lärvchen! Es ist ein Jammer, was die für eine heidenmäßige Zucht anrichten! Na aber, da Sie der Welt entsagt haben. ... Uebrigens, der Inspektor ist ja Gott sei Dank in die älteste Pastorstochter verschossen, Brinkmann ist ein Bengel. Da bleibt nur unser neuer Ober= verwalter — ein angenehmer Mann — er ist Witwer — der hat aber trübe Erfahrungen hinter sich!"

Das Fräulein hustete, und auf ihren Wangen erschienen, um die Backenknochen herum, thalergroße rote Flecke.

Die Gräfin fuhr fort, ohne sich unterbrechen zu lassen: „Denken Sie nur stets daran, liebe Bandemer, daß Sie ein leuch= tendes Beispiel für meine Tochter Viktoria sein sollen. Meine älteste Tochter nenne ich gar nicht — die geht ihren Weg für sich und die rechne ich überhaupt gar nicht zu uns Frauen= zimmern. Die hat Kräfte wie ein Mann in jeder Beziehung, und wenn ihr was in den Weg kommt, dann wird sie es schon allein wegzuräumen wissen! Aber die Vicki, die ist, Gott sei's geklagt, noch wie ein Rohr im Winde. Es ist ja ein sehr gutes Kind, aber sie läßt sich so leicht beeinflussen, daß sie geradezu verloren wäre, wenn sie unter einen schlechten Einfluß käme. Und darum lege ich Ihnen die Vicki ganz besonders ans Herz."

Das Fräulein küßte der Gräfin demütig die Hand, beteuerte ihren besten Willen und zog sich mit einer abermaligen Verbeugung, die jeder Hofdame Ehre gemacht hätte, zurück.

Ein ganz eigen sinnendes Lächeln stand auf ihrem reizenden Gesicht, als sie nun langsam die Treppe hinunterschritt. Zufällig kam ihr der alte Graf entgegen und sobald er sie erblickt hatte, leuchteten seine blauen Augen vergnüglich auf und er stieg mit beschleunigten Schritten die Treppe hinan.

Fräulein Sophie wollte beiseite treten, um ihn vorbei zu lassen; aber ehe sie sich dessen versah, hatte der alte Herr sie beim Kinn gefaßt, indem er dabei zärtlich flüsterte: „Na Vickichen!"

Sie ließ sich geduldig die glatte Wange streicheln und flüsterte nur ganz demütig zurück: „Herr Graf irren sich!"

Der alte Herr fuhr erschrocken zurück, versetzte in komischer Verwirrung seiner irre gegangenen Hand selber einen leichten Schlag mit der andern und stammelte: „Ach, mein Fräulein, ich bitte tausendmal um Vergebung! Das schlechte Licht auf dieser Treppe ... ich bin leider sehr kurzsichtig ..."

Diese letztere Behauptung entsprach durchaus nicht der Wahrheit, indem Graf Pfungk sich vielmehr eines ungemein scharfen Auges erfreute. So bemerkte er denn auch, daß der Blick, mit welchem Fräulein Vandemer, das Köpfchen schämig zur Seite geneigt, zu ihm aufschaute, durchaus nichts von Feindseligkeit und Unversöhnlichkeit in sich barg. Er nickte ihr leutselig zu und schritt dann weiter die Treppe hinauf. Aber schon drei Stufen höher wandte er sich und veranlaßte durch

ein leises Räuspern auch das Fräulein sich umzuwenden. Da
spitzte er den Mund und legte seinen Zeigefinger, an welchem
er seinen in roten Karneol geschnittenen Siegelring trug, zum
Zeichen, daß sie das kleine Mißverständnis für sich behalten
möge, an die Lippen. Fräulein Sophie streckte mit vollendeter Grazie den kleinen Kopf auf dem schlanken Halse, sich
leicht verbeugend, vor und huschte dann mit kindlich leichten
Tritten vollends die Treppe hinunter.

„Süperb! Ganz süperb!" schnalzte der Graf leise für
sich, wie wenn er eben einen Schluck eines köstlichen alten
Weines mit verständnisvoller Zunge im Munde zerdrückt hätte.
„Süperb, süperb!" wiederholte er immer wieder, nachdem er
schon sein Zimmer betreten und es sich in einem eleganten,
niedrigen Polsterstuhl bequem gemacht hatte, indem er die Füße
auf einen Rohrstuhl ausstreckte. Er zündete sich eine sehr gute
Cigarre an und nahm die Kreuzzeitung vor. Aber er schien
nicht sehr von dem Leitartikel gefesselt zu werden, denn seine
Augen folgten, über den Rand des großen Blattes hinweg,
den zartblauen Rauchwölkchen und seine Gedanken schienen
mit ihnen in dem breiten Lichtstreifen, der vom nächsten Fenster
ausging, hinauf zu schweben in das blaue Reich der lachenden
Sonne. Er legte auch bald die Zeitung fort und langte sich
einen Brief von dem Lesetischchen ihm zur Rechten. Aus
einem Umschlag von unbeschnittenem Büttenpapier, worauf
ein altdeutscher Spruch in bunten Lettern gedruckt war, zog
er einen ebenso stilvollen Briefbogen hervor und überflog die
zierliche Damenhandschrift (zum drittenmal) mit leicht zu-
gekniffenen Augen. Der Brief lautete:

„Hamburg, den 10. August 18 . . .

„Verehrteste Frau Gräfin!

„Fräulein Sophie Vandemer, welche sich um die von
Ihnen ausgeschriebene Stellung als englische Gesellschafts-
dame und Stütze der Hausfrau beworben hat, ist zwar nur

wenige Wochen in meinem Hause gewesen, hat sich aber unsre Zuneigung und unser Vertrauen so vollkommen zu erwerben gewußt, daß ich nicht anstehe, Ihnen die Dame aufs wärmste zu empfehlen. Sie beherrscht die Umgangsformen wie eine Dame von Welt, besitzt eine nicht gewöhnliche Bildung, welche sie, im Gegensatze zu unsern überstudierten armen Gouvernanten, eigner Anschauung und Erfahrung verdankt, und ist endlich sehr umsichtig und selbständig in der Führung des Haushaltes. Ihrer etwas angegriffenen Lunge wegen sehnte sie sich nach einem ruhigen Aufenthalt in kräftiger Landluft. Wenn nicht verschiedene Anzeichen uns darauf aufmerksam gemacht hätten, daß die Anmut ihrer Erscheinung dem Herzen unsres einzigen Sohnes gefährlich zu werden drohe, so ließen wir sie gewiß nicht ziehen. Ich kann Sie jedoch versichern, gnädigste Frau Gräfin, daß ihr Benehmen meinem Sohne, sowie überhaupt der Herrenwelt gegenüber, nie zu den geringsten Zweifeln an ihren Grundsätzen Veranlassung gegeben hat. Alles übrige werden Sie aus ihren Papieren ersehen. Fräulein Bandemer kam nahezu mittellos und ohne eine Seele in Hamburg zu kennen, hier an. Sie wurde mir von einer Agentin zugeführt. — Denken Sie, wie leicht ein junges Mädchen ohne die strengsten Grundsätze unter solchen Verhältnissen ins Unglück geraten kann! Darum freute es mich ganz besonders, daß ihr guter Stern sie gerade in mein Haus führte. Möchte diese meine Empfehlung dem vortrefflichen Mädchen auch das Ihrige eröffnen.

„Genehmigen Sie, gnädigste Frau Gräfin, den Ausdruck meiner vorzüglichsten Hochachtung, mit welcher ich verbleibe

Ihre

ganz ergebenste

Frau Konsul Wuwermann."

Der Graf steckte das Schreiben wieder in den Umschlag und lehnte seinen schönen Velasquez-Kopf auf den Stuhlrücken zurück.

„Sie ist scharmant, troß ihrer Grundsäße — ha ha!" lachte er leise und dann hauchte er einige kunstvolle Rauchringe in den Sonnenstreifen hinein und schloß endlich die Augen. —

Auch drüben im Wohnzimmer der Gräfin war Fräulein Bandemer der Gegenstand des Gesprächs gewesen. Die Gräfin Mutter hatte nicht versäumt, ihre Weltentsagung bei so viel Reiz und Jugend den Komtessen Töchtern als leuchtendes Beispiel vor Augen zu stellen.

Obwohl sie mit sittlicher Entrüstung die Gewohnheit des Mittagsschläfchens als eine ihr unbekannte menschliche Schwäche zu bezeichnen pflegte, fielen ihr doch regelmäßig zu einer gewissen Stunde nach Tische die Augen zu und die fleißig strickenden Hände sanken ihr in den Schoß. So auch heute. Die gute Gräfin hatte sogar die üble Angewohnheit, mit offenem Munde zu schlummern und ihre obere Zahnreihe währenddessen auf der Zungenspiße zu balancieren. Sobald das wohlbekannte, sanft schnurrende Geräusch des mütterlichen Atems ertönte, schlich sich Komteß Vicki auf den Zehenspißen von ihrem Plaß am Fenster nach dem Sofa hin, stellte das Vorhandensein des Traumzustandes durch einen Blick auf die bewußte Elfenbeingarnitur fest und winkte ihrer Schwester zu, worauf beide junge Damen geräuschlos das Zimmer verließen.

Ohne Hut, wie sie gingen und standen, traten sie aus dem Schloß und liefen, Arm in Arm, in den Park.

„Ist sie nicht reizend?" eröffnete Komteß Vicki das Gespräch.

Die große Schwester nickte nur und ließ Vicki ungestört im Geplauder fortfahren.

„Ach, Marie, solche entzückende Taille werde ich wohl

niemals bekommen!" klagte sie drollig, indem sie die Hände fest in ihre starken Hüften setzte. „Und dann, weißt du, dunkle Augen sind doch auch zu was Schönes! So apart, so unheimlich und doch so süß! Blaue Augen haben hier ja alle — denke doch bloß an die Pastorsgöhren! Weißt du nicht, ob es etwas gibt, womit man sich die Augen schwarz färben kann? Ich thäte es gleich — es könnte sogar ziemlich weh thun."

Komteß Marie lachte laut auf. „Ach, du unglaublicher Kindskopf du! Wen wolltest du denn mit solchen herrlichen schwarzen Augen bezaubern? Vielleicht Brinkmann!"

Vicki stampfte mit dem Fuße auf und schmollte: „Ach, geh mir doch mit dem dummen Jungen! An Männer denke ich überhaupt nicht. Aber es wäre doch schon zu reizend, wenn ich mich bloß im Spiegel so anfunkeln könnte!"

„Du eitle kleine Katze! Du guckst ja schon viel zu viel in den Spiegel!"

Und dann faßten sich die großen Mädchen gegenseitig um die Taillen und trabten den dunklen Tannengang hinab nach dem Teiche zu. Sie bestiegen den kleinen Kahn und ruderten sich ein Stückchen hinaus. Dann ließen sie das leichte Fahrzeug treiben und begannen ihr vertrautes Gespräch aufs neue.

„Glaubst du, daß er sich auch gleich in das Fräulein verlieben wird?" fragte Vicki.

„Wer? Er?"

„Na, Herr von Norwig natürlich!"

„Ach so? Der ist also jetzt der Mittelpunkt deiner Gedanken! Ich glaube nicht, daß der große Lust dazu haben wird. Er ist schlecht auf die Frauen zu sprechen. Uebrigens . . ."

„Was denn?"

„Ach nichts!"

„Einen weiß ich, der sich ganz bestimmt in sie verlieben wird," rief Vicki triumphierend.

„Pst! Nicht so laut," beschwichtigte sie die Schwester. „Wir müssen ein bißchen auf Papa achtgeben — sonst muß er wieder büßen, wie damals, als Albertine es ihm angethan hatte!"

Und Vicki lachte lustig und schwatzte weiter: „Er ist zu reizend, wenn er verliebt ist! Und jetzt hat er schon so lange nichts für sein Herz gehabt, daß ich schon fürchtete, er würde nächstens anfangen, Pastors Beate den Hof zu machen! Ich finde es zu nett, wenn alte Leutchen noch so ein junges Herz haben. Wenn ich einmal eine Dame in gesetzten Jahren bin, werde ich mir's auch gewiß nicht nehmen lassen, hübsche junge Männer hübsch zu finden."

„Was wird aber dein Mann dazu sagen?"

„Ach, der wird doch nicht so affrös sein!" rief das Komteßchen mit einer wegwerfenden Bewegung des Kopfes. Und dann beugte sie sich, plötzlich auf einen andern Gedanken überspringend, zu ihrer Schwester hinüber und sagte: „Glaubst du wohl, daß er mich auch gut leiden mag?"

Komteß Marie lachte herzlich, aber Vicki ließ sich nicht irre machen, sondern fuhr fort: „Nein, ich sage dir, wie er in den alten gräßlichen ‚Homo sum' hineinschnüffelte und dann Puh! machte, das war zu reizend!"

Die Schwester lachte, bis ihr die Augen in Thränen standen. „Ach Vickchen, was soll das noch werden mit deinem butterweichen Herzen! Wenn einer nichts weiter nötig hat, als Puh! zu machen, um es zum Schmelzen zu bringen, dann wird es wohl zerflossen sein, ehe sich ein Stück Brot dazu gefunden hat."

„Ich mache ja auch nur Spaß. Du weißt, ich denke gar nicht ans Heiraten! Die Männer sollen alle sehr schlimm sein. Wenn ich nur wüßte, ob das wirklich wahr ist. Ich werde einmal Fräulein Bandemer fragen."

Während die beiden Schwestern so lustig fortplauderten, erschien am Ufer der Diener und meldete, daß der Herr Pastor Meusel mit seinen Damen zum Kaffee gekommen sei.

Die beiden Komtessen fanden die Kaffeegesellschaft in der Glasveranda versammelt, welche an die linke Seitenwand des Schlosses angebaut war, als ein Anhängsel des sogenannten Hubertussaales, und in der rauhen Jahreszeit zum Wintergarten umgestaltet wurde. Die Frau Gräfin, durch ihren kurzen Schlummer sichtlich erquickt und mit gutsitzendem Gebiß, präsidierte auf dem Rohrsofa der kleinen Tafelrunde. Ihr zur Rechten saß der Pastor loci, einer von der wohlfrisierten dunklen Art, mit kurz gehaltenem Backenbart und glatt ausrasierter Mittelpartie. Ihr zur Linken saß Herr Inspektor Reusche mit ungemein sorgfältig gebürstetem Anzug, sehr hart gewichsten Bartspitzen, feuchten, unruhigen Augen und stark gerötetem Antlitz. Der gute Herr Inspektor hatte auch eine höchst gewaltsame Anstrengung hinter sich; denn er hatte den Pastor mit seinen beiden Mädchen von der Pfarre nach dem Schloß begleitet und unterwegs dem Fräulein Beate seine auf den solidesten Absichten beruhende glühende Liebe zu erklären versucht. Fräulein Beate — oder vielmehr Be=oäte — war noch von der ausgestandenen Freudenangst kaum minder rot, als ihr schüchterner Ludolf — denn der Herr Inspektor Reusche führte diesen sanften Vornamen. Leider war er mit seiner Erklärung nicht ganz fertig geworden, da er erst beim Parkgitter angefangen hatte! Aber was vorher sein Mund verschwieg, das schienen nun seine Stiefeln unter dem Tische zum Ausdruck bringen zu sollen, indem sie mit verliebter Andacht auf Beatens Zehen ruhten, welchen es hierdurch in den überengen Sonntagsstiefelchen durchaus nicht etwa gemütlicher wurde.

Pastors Aelteste war recht schlank, schmalschulterig und dünnarmig. Die Wespenhaftigkeit ihrer Taille fiel trotz der allgemeinen Schlankheit dennoch auf, weil das Fräulein doch nicht ganz der Büste entbehrte. Der Kopf mit seinem losen blonden Haar war hübsch, die Formen des Gesichtes angenehm und die Haut zart — es störten nur etwas die leicht verklebten Augen und das allzu weichliche Kirschenmündchen. Uebrigens sah Be-oätens Schwester, Fräulein Agnes (sprich Achneß!) Meusel, ihrer Schwester so ähnlich, daß man sie für deren um einige Jahre jüngern Zwilling hätte halten können! Der einzige Unterschied war der, daß Fräulein „Achneß" an einer beständigen leichten Röte des linken Nasenflügels litt und daß die Umrisse ihrer Gestalt noch etwas schüchterner waren. Fräulein „Achneß" fand im stillen, daß Herr Brinkmann ein sehr liebenswürdiger junger Mann sei, doch war sie noch nicht so fest entschlossen, ihm ihre Hand zu reichen, wie es zur Zeit ihre Schwester in Bezug auf den sanften Ludolf war. Eine Unterhaltung fand übrigens nur zwischen der Gräfin und dem Pastor statt, seine Töchter pflegten sich im gräflichen Schlosse streng an die Vorschrift des Evangeliums zu halten, während Inspektor Reusche zwar das Zeug zu einem Redner in sich hatte, aber nur selten die richtige Wolle finden konnte, um daraus eine wirkliche Rede zu spinnen.

Als die beiden Komtessen eintraten, erhob sich, natürlich mit Ausnahme der Gräfin, die ganze kleine Gesellschaft zur Begrüßung, welche von seiten der ersteren durch kräftige Händedrücke ausgeführt wurde, wobei es Vicki einen ganz besondern Spaß machte, den Pastorsmädchen ihre scheuen Pfötchen mit überraschender Plötzlichkeit vom Körper abzureißen. Auf Wunsch der Mama, welche nicht wollte, daß man ihren Töchtern einen gewöhnlichen Adelsstolz nachsage, mußte sich Vicki noch immer mit den Pastorstöchtern duzen, obgleich ihr die beiden, seit sie in langen Kleidern steckten, so langweilig geworden waren, daß sie kaum mehr anders mit ihnen zusammenkam, als bei den üblichen vierzehntäglichen Sonntagsbesuchen. Vicki war es ganz unverständlich, wie die Konfirmation aus den früher doch recht munteren Pastorsmädchen solche „Trauerhühnchen" zu machen im stande gewesen war. Vom Vater hatten sie die Duckmäuserigkeit nicht, denn der war ein recht wohlwollender, harmloser Fröhlichkeit nicht abgeneigter Herr, welcher sogar beim traulichen Glase Wein mit dem Grafen allein sich nicht ganz unbewandert zeigte im klassischen Repertorium altehrwürdiger Schwänklein und Meidingereien.

Auch heute wieder gaben sich die beiden jungen Damen des Hauses redlich Mühe, ihre Besucherinnen ins Gespräch zu ziehen, ohne jedoch etwas andres aus ihnen hervorzulocken als das ewige „ach ja" — „ach nein". — Und so wäre auch dieser „Pastorssonntag" wieder genau nach dem Muster aller früheren verlaufen, wenn nicht der Eintritt des Fräulein Bandemer, welches mit der Kuchenschüssel dem das Kaffeegeschirr tragenden Bedienten voraufschritt, eine unvermutete Bewegung in die Gesellschaft gebracht hätte. Es war augenscheinlich, daß die reizende Erscheinung der jungen Hausdame sowohl auf den Pastor wie auf seine Töchter einen ganz eignen Eindruck machte, besonders aber auf Ludolf Reusche, welcher das Fräulein bei dieser Gelegenheit zum erstenmal erblickte und dermaßen von ihrer Anmut betroffen schien, daß er sogar vergaß, seiner Beate weiter auf den Fuß zu treten. Es mochte sich wohl durch das plötzliche Aufhören jenes Zehendruckes und das dadurch bedingte Zuströmen des Blutes nach dieser Extremität physikalisch erklären, daß Fräulein Beate nunmehr ebenso blaß wurde, wie sie vorher rot gewesen war.

Fräulein Agnes schaute kaum minder betroffen drein als ihre Schwester. Vor Erstaunen über den Liebreiz des Fräuleins Sophie vergaß sie sogar ihr wattenweiches Mündchen zu schließen. Das Riesenmaß und die stolze Üppigkeit der Komtessen Pfungk hatte sie stets als notwendige Attribute ihrer Gräflichkeit, und auch die ländlich gesunden Reize der andern Gutsbesitzers- und Pfarrerstöchter aus der Nachbarschaft neidlos anerkannt; diese junge Dame aber trat wie ein Fremdling aus einer unbekannten Welt in ihren Gesichtskreis, sie erschien ihr als ein höheres, anbetungswertes Wesen. Agnes Meusel stand noch mitten in dem Alter, in welchem den jungen Mädchen die Schwärmerei ein Bedürfnis ist; wo sie sich noch ganz selbstlos an der Bewunderung fremder Vorzüge entzündet und entweder einen alten Herrn oder eine bevorzugte Person des eignen Geschlechtes zu ihrem Fetisch erkiest. Beate dagegen hatte auf den ersten Blick in der Fremden eine möglicherweise gefährliche Nebenbuhlerin erkannt und war sich sofort bewußt, daß sie sie hasse.

Fräulein Bandemer bereitete den Kaffee mit vieler Anmut und nahm dann zwischen den Pastorsmädchen Platz. Und es geschah das Wunder, daß das überaus schüchterne Fräulein Agnes seit seiner Konfirmation heute zum erstenmal sich überreden ließ, eine zweite Tasse Kaffee zu genießen und ihr Stück Kuchen wirklich aufzuessen! Ja, es wurde sogar bemerkt, daß sie, wenn auch nicht ohne über solche Unbescheidenheit tief zu erröten, die Herausforderung der Hausdame zu einem munteren Gespräche annahm und ihrem gewohnten: „ach ja" — „ach nein!" noch einige weitere Worte hinzuzufügen sich vermaß. Wogegen Fräulein Beate ihre Annäherungsversuche mit nicht übel gespielter Kälte zurückwies und andrerseits in der Kühnheit so weit ging, den offenbar geistesabwesenden Inspektor mit einer dreisten Frage nach den wahrscheinlichen Witterungsaussichten zu sich zu bringen — indem gleichzeitig unter dem Tisch ihre Schuhspitze seinem ungetreuen Fuße einen kleinen Stoß in die Seite versetzte.

Als die Gräfin erzählte, daß Fräulein Bandemer erst kürzlich aus den Vereinigten Staaten zurückgekehrt sei, wurde auch des Pastors Anteilnahme lebendig und er hatte so viel über amerikanische Zustände, besonders das Sektenwesen, zu fragen, daß das Fräulein bald den Mittelpunkt der Unterhaltung bildete. Der Graf hatte für sich und seinen Ober-

verwalter den Kaffee auf sein Zimmer bestellt und sich ent=
schuldigen lassen.

Als die Rede darauf kam, daß Fräulein Sophie nach
ihrer Rückkehr zuerst in Hamburg in Stellung gewesen sei,
wandte sich Pastor Meusel mit der Frage an die Frau Gräfin,
wann denn der junge Maler aus Hamburg eintreffen werde,
der dazu ausersehen war, ihr Bildnis für den Ahnensaal
zu malen.

„Wir erwarten ihn noch im Laufe dieser Woche," er=
widerte die Gräfin. „Denken Sie sich, Herr Pastor, unsre
Vicki hat ihm schon einen Spottnamen angehängt: er unter=
schreibt sich nämlich immer Hans W. Fink, und daraus macht
das lose Ding Hans=Wurst=Fink."

Ein ganz bescheidenes kleines Gelächter lohnte diese Er=
findung Vickis, von welchem sich nur Fräulein Bandemer
ausschloß, weil sie gerade in diesem Augenblick einen leichten
Hustenanfall bekam. Er ging rasch genug vorüber, aber das
Husten klang trocken und hart und um die Backenknochen
bildeten sich wieder jene thalergroßen roten Flecke.

„Nehmen Sie sich nur recht vor Zug in acht, Fräulein,"
mahnte die Gräfin. „Heute abend werden Sie mir ganz
artig eine Tasse Brustthee trinken — das löst wundervoll!"

„Frau Gräfin sind sehr gütig," versetzte das Fräulein,
„ich denke, die herrliche Landluft wird mich hier bald kurieren!"

Man erhob sich vom Tische und ging in den Garten
hinunter, um, wie dies gleichfalls für die sommerlichen Pastors=
sonntage eine stehende Gewohnheit war, auf dem prächtigen
englischen Rasen eine Partie Croquet zu spielen. Für den
Inspektor pflegte dies das Signal zum Abschiednehmen zu
sein; heute aber wurde er von den fünf Damen — denn
Fräulein Bandemer war auch zum Mitspielen aufgefordert
worden — zur Herstellung des Gleichgewichts notwendig ge=
braucht und erhielt auf seine ziemlich ungeschickt hervor=
gestotterten Entschuldigungen von der Gräfin den gnädigen

Befehl, sich den Damen zur Verfügung zu stellen. Beim
Spiel standen die beiden Komtessen mit Agnes auf der einen
Seite, Fräulein Bandemer, Beate und der Inspektor auf der
andern. Und da letzterer sich als sehr ungeschickt erwies, so
mußten ihm seine beiden Damen bei jedem Schlage, den er
that, mit Rat und Beispiel behilflich sein. Beate war aufgeregt wie nie in ihrem Leben; sie wich ihrem Ludolf kaum
von der Seite und sprach fortwährend eifrig auf ihn ein.
Dadurch schien aber der gute Mann nur noch verwirrter zu
werden und es bedurfte der deutlichen, ruhigen Erklärung
Sophiens, um ihn vor den ärgsten Verstößen zu bewahren.
Die unglückliche Beate fing mehr als einen dankbaren Blick
auf, den ihr Ungetreuer an ihre schöne Nebenbuhlerin richtete,
und der Aerger darüber raubte ihr selber derart die Sicherheit und Ruhe der Ueberlegung, daß es der ganzen Kunst
Sophiens bedurfte, um dem starken Spiel der Gegenpartei
einigermaßen die Wage zu halten. Schließlich wollte es
gar das Unglück, daß sie sich beim Croquetieren so ungeschickt
mit dem Hammer auf den Fuß schlug, daß sie sich nach der
nächsten Bank führen lassen und somit sich selbst außer Ge-
fecht setzen mußte. Fräulein Bandemer übernahm nunmehr
ihren Ball mit und führte sehr schnell das Spiel für ihre
Partei siegreich zu Ende.

Der Pastor kam bald darauf, um seine Töchter heim-
zuführen; er lud Fräulein Bandemer auf das dringendste
ein, doch ja recht bald der Pfarre einen Besuch abzustatten,
da es ihm eine große Freude sein werde, wenn seine Töchter
aus ihrem Umgange Anregung und Belehrung schöpfen
dürften.

Man verabschiedete sich gegenseitig und dann machten
sich Meusels auf den Weg samt dem guten Inspektor, welcher sogar so galant war, Fräulein Beate des schmerzenden
Fußes wegen seinen Arm anzutragen. Sie schöpfte neue
Hoffnung und legte ihr dünnes Aermchen recht fest auf den

seinigen; doch konnte sie sich nicht enthalten, einige anzügliche
Bemerkungen über seine offenbare Bewunderung der dunkel=
äugigen Fremden fallen zu lassen. Statt sich aber zu ent=
schuldigen und mit den erwarteten schmeichelhaften Wendungen
das auf dem Herwege abgebrochene Gespräch wieder aufzu=
nehmen, stimmte dieser unglückselige Ludolf vielmehr einen
entzückten Hymnus auf die verführerischen Reize Sophiens
an, welcher die merkwürdige Wirkung hatte, Beatens Fuß
urplötzlich zu heilen und sie der Notwendigkeit, sich seines
stützenden Geleites zu bedienen, gänzlich zu entheben.

Als am Abend die guten Pastorsmädchen sich zur Ruhe
legten, hatte sich durch die Schwärmerei der jüngeren für
und die Empörung der älteren gegen Fräulein Sophie Ban=
demer der böse Geist der Zwietracht bereits derartig in
diesem jungfräulichen Schlafgemache eingenistet, daß die beiden
Schwestern statt mit einem herzlichen Gutenachtkuß mit ver=
weinten Augen und grollend gerunzelten Stirnen in ihre
Betten stiegen.

„Du bist überhaupt noch ein ganz dummes Uez!" rief
Beate mit innigem Zorn.

„Und du eine alte, gräßliche Person!" gab Agnes schlag=
fertig zurück.

Und dann versanken die beiden erhitzten Mädchenköpfe
in den gewaltigen Federbergen der Kissen. — —

Eine halbe Stunde später etwa betrat auch Komteß
Marie das Schlafgemach, das sie mit Vicki gemeinsam inne
hatte. Sie glaubte die Schwester schon schlafend zu finden,
da sie noch eine ganze Stunde, nachdem Vicki hinaufgegangen,
mit einem Buche aufgesessen war. Zu ihrem Erstaunen aber
schallte ihr ein lautes Gelächter entgegen, als sie das Zimmer
betrat. Die Lampe brannte noch. Vicki lag im Bett und
das Fräulein Sophie saß bei ihr und hatte den Kopf neben
der jungen Komteß ins Kissen gedrückt.

„Ach Marie," rief Vicki der Schwester entgegen, „Fräu=

lein Sophie hat mir zu komische Geschichten erzählt — ich habe mich immer noch nicht ausgelacht."

Das Fräulein gab dem jungen Mädchen noch einen raschen Kuß auf die Wange und erhob sich dann eilig, um zu gehen. „Also wir sind gute Freunde," rief sie ihr noch lachend zu und dann verbeugte sie sich leicht vor der älteren Komteß und sagte: „Ich will nicht länger stören — oder darf ich Ihnen vielleicht meine Dienste an- bieten, Komteß?"

„Ach Marie," rief Vicki, sich im Bett halb aufrichtend; „sie hat mir das Haar gebürstet und dann so mit allen zehn Fingern den Schädel geknetet — es war prachtvoll! Das mußt du dir auch machen lassen!"

„Aber geh doch, Vicki," versetzte die ältere mit leichtem Vorwurf, „wie werde ich dem Fräulein so etwas zumuten! — Ja, ja, Fräulein Bandemer, verwöhnen Sie uns unsre Kleine nicht, sie schlief sonst immer so artig ein. Seien Sie ja nicht zu gut zu ihr; fängt man erst so mit ihr an, dann ist mit Vickichen nicht mehr auszukommen!"

Sie reichte Sophie gütig die Hand und diese betrachtete sich als entlassen und zog sich zurück.

Gerade wie die kleine Agnes in der Pfarre, so gab auch Komteß Vicki ihrer Begeisterung über die neue Hausgenossin in den köstlichsten Superlativen Ausdruck und war recht un- gehalten darüber, daß die große ihr nur so lau beipflichtete; endlich aber ergriff Marie das liebe junge Ding bei den Schultern, küßte es tüchtig ab und drückte es in die Kissen nieder. „Nun schläfst du mir aber, Kind!"

Und Vicki bewährte sich als gutes Kind und schlief.

Komteß Marie war heute ungewöhnlich langsam beim Auskleiden. Sie hatte einen Frisiermantel lose um die ent- blößten Schultern und Arme gehängt und kämmte sich das reiche, dunkelblonde Haar wohl eine Viertelstunde lang. Die einzige Kerze auf dem Spiegeltisch erhellte nur matt das

ziemlich große Zimmer, so daß man die blaßblauen elektri-
schen Fünkchen knisternd über die Zinken des Kammes hätte
springen sehen können. Im unteren Stockwerke hörte man
noch einige Thüren dumpf zuschlagen, Schritte verhallten in
dem entfernten Korridor, die Hinterthür nach dem Hof wurde
geöffnet und auf einen Pfiff des Dieners kamen mit einem
leichten Gebell die beiden großen Hunde herbeigesprungen, um
ihre Schlafstelle unter der Treppe einzunehmen. Dann wurde
unten der Riegel vorgeschoben und gleich darauf ward es
totenstill im Hause — bis auf die tiefen Atemzüge des
großen Kindes dort im Bett und das leichte rasche Ticken
einer Standuhr.

Die tolle Komteß ließ den Kamm sinken, stützte ihren
rechten Ellenbogen auf den Tisch und dachte nach. Sie hatte
wohl bemerkt, welchen überraschenden Eindruck das liebliche
Gesicht und die zierliche Weise der neuen Hausgenossin auf
alle Bewohner des Schlosses und zumal auf die Männer her-
vorgebracht habe. Ihre Gedanken wurden durch diese Beobachtung auf einen Weg geführt, den sie wohl noch nie betreten haben mochten. In dem ganzen, allerdings nicht großen
Kreise ihrer Bekannten befand sich nicht ein einziges weib-
liches Wesen, welches so sehr alle die Eigenschaften in sich
vereinigt hätte, durch die der Männerwelt der Kopf verdreht
wird, wie dieses Fräulein Sophie. Sie hatte den Eindruck von
ihr gewonnen, als ob sie überall, wo sie auftrete, sogleich
zum Mittelpunkte eines pikanten Romans werden müsse.
Ganz ohne Reiz für ihre Einbildungskraft war diese Ahnung
freilich nicht; doch hatte sie, wie wohl manches ehrliche Landedelfräulein, die Vorstellung, daß alle solche „Affairen“, wie
sie in den Romanen stehen, von Rechts wegen nur weit draußen
in der Welt, in den gefürchteten „Sündenbabels“, wie die
Mutter alle Städte über hunderttausend Einwohner zu nennen
pflegte, jedenfalls aber nicht in den mecklenburgischen Groß-
herzogtümern oder gar in dem gräflich Pfungkschen Burgbann

sich ereignen könnten. In ihren Kreisen wurde gesäet und geerntet, geheiratet und getauft, anständig gelebt und nobel begraben. Und sie selbst hatte diesen Kreislauf der Dinge bisher wohlzufrieden als goldene Regel hingenommen. Nur sie selbst hatte insofern eine Ausnahme von dieser Regel gebildet, als sie den Firlefanz und Mummenschanz des Mädchendaseins nicht mitgemacht, sondern sich für die fehlenden kleinen Siege der Eitelkeit durch das Bewußtsein ihrer Tüchtigkeit und Nützlichkeit entschädigt hatte, durch welche es ihr gelungen war, ihren Eltern den Sohn zu ersetzen. Ueber ihr häßliches Gesicht hatte sie sich stets ohne Bitterkeit lustig gemacht, ja, sie hatte diese Häßlichkeit dankbar als einen Vorzug empfunden, weil sie ihr eine größere Freiheit im Verkehr mit Männern gestattete. Ihre Schwester Viktoria war trotz ihrer sechzehn Jahre immer verliebt und das fand die tolle Komteß ganz natürlich und überaus spaßhaft. Sie selbst hatte nie auch nur eine Anwandlung von solcher Schwäche gehabt und glaubte annehmen zu müssen, daß sie eben nicht danach organisiert sei. Sie meinte wie ein Mann zu fühlen und zu denken, und betrachtete ihre Weiblichkeit gewissermaßen als ein Versehen des Schöpfers, ohne ihm jedoch allzusehr deswegen zu grollen; denn der Umstand, daß sie Weiberröcke tragen mußte, schützte sie doch vor mancherlei Untugenden, welche ihr oft die Männer unangenehm oder lächerlich erscheinen ließen. Sie brauchte ihren Mund nicht zum Schornstein zu machen, sich nie zu betrinken, nicht zu fluchen wie ein Stallknecht und war sicher, niemals wegen eines dummen Mädels in Ungelegenheiten zu kommen! Im Genusse so vieler eigentümlicher Vorzüge war sie bis auf den heutigen Tag glücklich ohne Ueberschwang, zufrieden ohne Einfalt gewesen.

Bis zum heutigen Tage! Ja — wie sie da so saß und sann, überfiel sie zum erstenmal in ihrem Leben jene Bangigkeit, welche garstigen und doch liebebedürftigen Frauen so

grausam die Jugendjahre zu verbittern pflegt. Und dies Ge=
fühl war über sie gekommen durch die Beobachtung des mäch=
tigen Zaubers, welchen Sophie Bandemer ausübte auf alle
Männer des Hauses, von ihrem alten Papa angefangen
herunter bis zu dem windigen Brinkmann, ja bis zu Fried=
rich dem Bedienten; denn auch diesen hatte sie dabei ertappt,
wie er heimlich das Fräulein mit großen verliebten Augen
anstarrte. Das alles hätte sie aber sehr kalt gelassen, wäre
nicht Herr von Norwigs Benehmen dieser Dame gegenüber
so auffallend gewesen. Nicht nur bei der ersten Begegnung
im Walde, sondern auch während des Mittagessens, wo er,
der sonst so Gesprächige, kaum drei Worte zur Unterhaltung
beigesteuert hatte. Der tolle, herrliche Morgenritt hatte sie
diesem Manne so nahe gebracht, seine Reden hatten ihr die
frohe Hoffnung erweckt, daß im Umgange mit diesem Viel=
erfahrenen ihr Leben an Inhalt, ihr Denken an Tiefe ge=
winnen würde — und nun erfaßte sie plötzlich die Furcht,
daß die Reize jener hübschen Person ihn gleichfalls bestricken
und bewirken würden, daß er ihr auch den Anteil entzöge,
den er ihrer schönen Verwegenheit und ihrem Hunger nach
geistiger Speise zu schenken so bereit schien. Komteß Marie
war immer so klar über sich selbst gewesen: sie mußte sich zu
ihrem eignen Schrecken eingestehen, daß diese plötzliche Angst
vor dem drohenden Verluste dessen, was sie noch gar nicht
besessen, nur ein Beweis sei, daß sie nach dem Besitze ge=
trachtet — vielleicht sogar als Weib danach getrachtet habe!
Ein flüchtiger Blick traf den Spiegel — und ein bitteres
Lächeln trug nicht dazu bei, den breiten Mund zu verschönen.
Sie sprang vom Stuhl auf und schlang hastig das üppige
Haar zu einem leichten Knoten für die Nacht zusammen.
Dabei glitten die weiten Aermel des Frisiermantels hinauf
und gaben ihre starken, prächtig modellierten Arme bis zu
den schwellenden Muskeln hinauf frei. Und als sie die Haar=
nadeln befestigt hatte, da wand sie diese nackten, rosigen Arme

ineinander und reckte sie gerade vor sich aus. Ein leichter
Schauer überlief sie, sie stand mitten im Zimmer, tief atmend,
und blickte auf ihre Arme hinab.

Da drang durch die Stille der Nacht ein Geräusch an
ihr Ohr, welches sie zusammenfahren ließ wie einen Dieb auf
nächtlichem Schleichwege. In dem Zimmer ihr zu Häupten
war ein Stuhl gerückt worden. Nun erklangen einige feste
Männertritte, dann ein Klappen und Schurren, welches leicht
dahin zu deuten war, daß da oben sich jemand die Stiefeln
auszog. Es war Norwigs Zimmer, welches über dem der
jungen Gräfinnen lag. Sie wußte das und sie sagte sich,
daß der Oberverwalter jetzt erst sein Lager aufsuche, nachdem
er bisher Briefe geschrieben habe oder dergleichen. Einen
Augenblick horchte sie noch hinauf mit jener Gespanntheit,
womit man in stiller Nacht jedes Geräusch zu verfolgen pflegt,
und dann, als alles ruhig war, warf sie rasch ihre Kleidung
von sich und war eben im Begriff, sich niederzulegen, als ein
neues Geräusch von da oben sie stutzen machte. Das hatte
geklungen wie ein gedämpfter Schreckensruf — sie glaubte
plötzlich zwei Stimmen zu hören! Aber das währte nur
wenige Augenblicke, dann war wieder alles still — und dann
begann es da oben hin und her zu wandern mit schweren
Schritten auf weichen Sohlen, welche aber doch die Decke so
erschütterten, daß die Ampel ganz leise davon erzitterte und
klirrte.

Konnte sie recht gehört haben? War wirklich jemand zu
Herrn von Norwig in das Zimmer getreten? Oben im zweiten Stockwerk war auch Fräulein Bandemer untergebracht,
allerdings durch mehrere unbewohnte Räume von dem Oberverwalter getrennt. Sollte sie . . . aber nein, das war ja
ein unsinniger Verdacht!

Komteß Marie schlüpfte hastig in ihren Morgenrock,
löschte das Licht, tappte im Dunkeln nach demjenigen Fenster,
welches gerade unter dem der kleinen Stube da oben lag und

öffnete es vorsichtig. Aus dem oberen Fenster fiel ein matter Lichtschein auf die dunklen Tannenwipfel im Park. Die Komteß beugte sich weit hinaus; die übrigen Fenster da oben waren alle dunkel; sie hätte den schwächsten Lichtschein bemerken müssen. Sie lauschte mit angehaltenem Atem hinauf; vernahm aber nur das ferne Rauschen des künstlichen Wasserfalls weit hinten im Park, das Flüstern der leicht bewegten Wipfel und hin und wieder den Pfiff einer Fledermaus oder das Lachen eines Käuzchens. In dem Augenblick aber, wo sie sich wieder ins Zimmer zurückwandte, meinte sie da oben die Thür gehen zu hören. Sie lehnte sich wieder zum Fenster hinaus, so weit sie vermochte und siehe da! — nach wenigen Sekunden erhellte sich das erste Fenster der Reihe droben, das Fenster von Fräulein Bandemers Schlafzimmer.

Sie saß auf dem Fensterbrett, spähte und lauschte hinaus, bis in den beiden Zimmern da oben die Lichter gelöscht wurden und sie fröstelnd der kühlen Nachtluft gewahr ward. Da endlich begab sie sich zur Ruhe. Sie saß noch eine Weile aufrecht im Bett und sann nach. Und dann ballte sie im Finstern die schlanken Hände und flüsterte vor sich hin: „Schlange! Schlange! Wenn ich dich fasse!"

Komteß Vicki lachte in diesem Augenblick laut auf, indem sie sich auf die andre Seite wälzte. Sie mochte wohl von der lustigen Geschichte träumen, die ihr das reizende neue Fräulein heute abend erzählt hatte.

Fünftes Kapitel.

Handelt von „laxen Prinzipien" und Gurkensalat und nimmt ein
Ende mit Schrecken.

Mit wahrer Augustglut zitterte am andern Morgen
hellster Sonnenschein über den Wiesen und Feldern und flutete
in breitem Strome durch den dunklen Tannengang des Parkes,
als Fräulein Sophie ihr Fenster öffnete. Sie zog die Nadeln
aus ihrem leicht gelockten dunklen Haar und ließ mit Behagen
den morgenfrischen und doch warmen Lufthauch mit den weichen
Ringeln spielen, und die blendende Weiße ihres Halses, ihrer
zarten, runden Schultern, ihrer bloßen Arme kosen.

Da sah sie den Grafen um die rechte Ecke des Schlosses
in den Kiesweg einbiegen, der an ihrem Fenster vorbei und
dann in den Tannengang führte. Rasch wandte sie den zierlichen Kopf zur Seite und begann mit lässiger Anmut mit
ihrem Haar zu spielen. Des alten Herrn erster Blick aber
galt ihrem Fenster — und als er die holde Fei dort oben
gewahrte, trat er rasch vom Wege auf das Gras, des Morgen-
taues nicht achtend, schritt unhörbar vorwärts und blieb,
nachdem er sich durch einen raschen Umblick überzeugt hatte,
daß er unbeobachtet sei, in möglichster Nähe des Fensters
stehen. Die kleine Hexe da oben gönnte seinen hellen Jäger-
augen reichlich Zeit, sich an ihrem Anblick zu weiden, ehe sie,
den Späher scheinbar jetzt erst gewahrend, mit einem ganz
leisen Schreckensruf und die Hände züchtig über den Busen
deckend, rasch ins Zimmer zurückwich.

Eine kleine halbe Stunde später betrat Fräulein Bandemer
bereits das Frühstückszimmer und küßte der Frau Gräfin mit
einer tiefen Verbeugung die Hand. Die ungewöhnliche Wärme
des Tages rechtfertigte die Wahl eines leichten Kattunkleides
von sehr hellem, gelblichem Tone, das zwar sehr einfach ge-
fältelt und ausgeputzt war, aber sich ihrem Körper mit tadel-

loſer Eleganz anſchmiegte. Komteß Marie, welche gleichfalls, mit den Vorbereitungen zum Frühſtück beſchäftigt, anweſend war, erwiderte ihren Gruß ziemlich kühl, richtete aber ihren feſten, klaren Blick forſchend auf das Fräulein, als ſie ſie fragte, wie ſie mit ihrem Zimmer und ihrem Lager zufrieden, ob ſie gut geſchlafen und nicht zu früh von der zudringlichen Sonne geweckt worden ſei, die in den oberen Zimmern des Oſtflügels durch die dünnen Vorhänge allerdings etwas gar zu leichten Zutritt habe.

„Komteß ſind zu gütig,“ verſetzte Fräulein Sophie mit einem dankbaren Aufblick. „Ich fühle mich in meinem Zimmer ſehr gut aufgehoben und bin es von jeher gewohnt, mit der Sonne aufzuſtehen.“

„Ah — um ſo beſſer! Ich meinte nur, Sie hätten vielleicht nach der geſtrigen Reiſe, die Ihnen ja auch einen Teil der Nacht gekoſtet hat, die notwendige Ruhe nicht ge= funden, weil ich noch recht ſpät Licht bei Ihnen ſah.“ Die junge Gräfin legte abſichtlich einen gewiſſen Nachdruck auf ihre letzten Worte und ließ ihnen ein leichtes Räuſpern folgen, welches ſo viel heißen ſollte, wie: ja, horche nur auf! Du biſt erkannt!

Aber das Fräulein verriet durch keine Miene, keine Be= wegung irgend etwas wie Schrecken oder Schuldbewußtſein, ſondern errötete nur ganz leicht und erwiderte, der Hausfrau zugewandt: „Als ich meine wenigen Habſeligkeiten in die Schubfächer einordnete, fand ich darin ein Büchlein vor, das mir ſchon ſo manches Mal in den ſchwerſten Stunden meines Lebens der liebſte Freund und Tröſter geweſen iſt: das teure Neue Teſtament! Ich irre gewiß nicht, wenn ich Ihnen, gnä= digſte Frau Gräfin, für dieſe geiſtliche Fürſorge meinen innig= ſten Dank ausſpreche. Ein armes, ſchutzloſes Mädchen, wie ich, betritt wohl oft mit Zittern und Zagen ein neues, fremdes Haus: weiß es doch nie, was ſeiner darin wartet — ach! Hier aber, in dieſem kleinen ſchwarzen Buche, ſah ich gleich=

sam die Hand des Höchsten selbst sich mir entgegenstrecken, um mich zu leiten und zu schirmen. Ich habe mich in meiner Herzensfreude über die gute Vorbedeutung noch in die Lektüre einiger Lieblingskapitel vertieft und darüber eine Zeitlang selbst meiner Müdigkeit vergessen."

Die gute Gräfin war schier überwältigt von so viel Frömmigkeit und Zungengewandtheit. Ihrer Tochter warf sie einen drollig vorwurfsvollen Blick zu, welcher als eine genügende Antwort gelten mochte auf die ungerechten Verdächtigungen, welche Komteß Marie vorhin unter vier Augen vorzubringen gewagt hatte. Welch eine Idee! Eine solche Perle von Gottesfurcht und Demut sollte durch die Einsamkeit des zweiten Stockwerks und die Nähe des Verwalterzimmers so ohne weiteres zu frivolen Abenteuern verleitet werden können? — Die Komteß hatte nicht gesagt, daß sie die beiden Stimmen im Zimmer des Herrn von Norwig gehört habe, sondern nur die Meinung geäußert, daß es doch wohl unschicklich und gefährlich erscheinen dürfte, die beiden so allein in der einsamen Zimmerflucht hausen zu lassen, ohne sich darüber zu erklären, ob sie den Herrn Oberverwalter für einen Don Juan oder das Fräulein für eine Philine zu halten geneigt sei. —

„Mein gutes Kind!" rief die Gräfin, indem sie aus ihrer Fensternische, wo sie mit dem Einordnen der Lesezeichen in ihre Andachtsbücher beschäftigt gewesen war, mit froher Hast auf die Bandemer zusteuerte und dann, ihren Lockenkopf energisch mit beiden Händen umschließend, ihr einen vernehmlichen Kuß auf die Stirn drückte: „Mein gutes Kind, an mir soll es wirklich nicht liegen, wenn Sie in meinem Hause Schutz und Schirm vermissen. Der Herr segne Ihren Ausgang und Eingang — das heißt natürlich, vorläufig nur den Eingang: mit dem Ausgang hat es hoffentlich noch gute Wege! Es sei denn, daß Sie uns jemand entführt, der — der — potztausend ja! Ich kann mich nicht so gewählt und schnurrdiburr ausdrücken wie Sie. Sie verstehen schon: so ein Epouseur von Gottes Gnaden."

Sophie neigte elegisch ihr Haupt auf die linke Schulter und seufzte: „Wie dürfte ein armes Mädchen, wie ich, an dergleichen denken!"

„Ach was! Ein Mädchen muß immer daran denken, wie es einen Mann bekömmt," brauste die Gräfin gutmütig auf. „Die Männer taugen zwar meistens nicht viel — aber dafür steht eben geschrieben: nimm dein Kreuz auf dich! Meine Marie ist auch immer so von oben herunter auf die Herren zu sprechen und thut's ihnen ja auch wirklich in manchen Stücken gleich; aber dafür heißt sie auch bei den Leuten ‚die tolle Komteß‘ — und wenn sie keinen findet, wird sie's schon bereuen . . ."

„Aber Mama! Bitte . . ."

„Na, schön, schön — ich sage ja nichts weiter. Du hast ja auch deine guten Seiten — und (zu Sophien gewendet) — der Graf behauptet immer, sie wäre ihm mehr wert als zwei, drei, vier Jungens. Aber mit Ihnen, mein Kind, da ist das doch etwas ganz anders! Sie sind doch nun einmal Mädchen, nichts als Mädchen — und noch dazu so nüt und fein! Was wollen Sie also Beſſres thun als heiraten? Wenn ich ein Mannsbild wäre — hol' mich . . .! Ach ne, wat denn! — (Sie versetzte sich selber einen leichten Ermahnungsschlag auf den Mund) — solch süße kleine Dirn sollte nicht lang auf mich zu warten haben! Uebrigens: unser Herr Pastor — Sie haben ihn ja gestern gesehen — ist Witwer. Ein hübscher, lieber Mann — und in den allerbesten Jahren! Er hat sich nachher, wie Sie Croquet spielten, so umständlich nach Ihnen erkundigt, es war ordentlich auffallend! Na freilich, die großen Töchter im Hause — das mag ja wohl solchem Herrn etwas störend sein für die Frühlingsgefühle. Aber sehen Sie, die Beate, die soll doch schon so gut wie verlobt sein — mit unserm Inspektor natürlich — weiter ist ja nicht recht was in der Nähe! — und die Agnes: ja, die hätte freilich noch Zeit; aber man kann ja nicht wissen: sie kriegen ja wohl auch ein bischen was mit und — dann mag ja auch mancher solch' kleines Gössel ganz gerne."

Fräulein Bandemer hätte am liebsten hell hinausgelacht über das harmlos derbe Geschwätz der guten Gräfin, doch mußte sie sich zu beherrschen und unter einem wohlanstän= digen Lächeln einige Redensarten von wahrhaft mütterlicher Fürsorge und dergleichen zu verabreichen.

Komteß Marie war viel zu ärgerlich, um über ihre komische Frau Mama lachen zu können. So viel stand für sie bereits fest: das hübsche Fräulein war eine vortreffliche Schauspielerin, welche sich nicht leicht in Verlegenheit setzen ließ und welche ihre Masken ungemein kleidsam zu wählen wußte. Aber nun war ihr die erste Begegnung im Walde wieder vor die Augen getreten: des Fräuleins Ueberraschung beim ersten Anblick Norwigs, ihre etwas hastige Erklärung derselben durch eine verblüffende Aehnlichkeit war doch für eine solche Meisterin in der Verstellungskunst gar zu auffallend. Dazu die Zu= sammenkunft in der vergangenen Nacht — an deren Wirk= lichkeit sie nicht zweifelte — sie war fest überzeugt, daß die beiden alte und wohl sehr genaue Bekannte sein müßten.

„Aber liebe Mama," sagte die Komteß, während sie die erste Tasse heißen Kaffees aus der kleinen Maschine eingoß. „Hat dir denn der Pastor jemals irgend welche Neigung ver= raten, sich noch einmal in den heiligen Ehestand hineinzuwagen? Außer unserm Inspektor Reusche mit seinen verliebten Fisch= augen wüßte ich wirklich keinen, der hier in unsrer unmittel= baren Nähe für eine heiratslustige Jungfrau in Betracht käme. Und was unsern neuen Hausgenossen, Herrn von Norwig betrifft, der scheint mir alle Ursache zu haben, von uns Weibern ebenso gering zu denken, wie ich von den Männern."

„Ach ja, Herr von Norwig," fiel die Gräfin ein, und that drei Stücke Zucker in ihren Kaffee. „Was man sagt, ein interessanter Mann! Ich taxiere ihn auf eine bewegte Vergangenheit. Kinderloser Witwer, Vermögen verloren, halbe Welt durchstreift. Denken Sie, zuletzt ist er gar bei den Bambams gewesen — schrecklich!"

„Mama meint die Pampas."

„Ach was, Bambams oder Pampas, elende Schlampampen und Heiden werden es doch sein, womöglich Kannibalen. Die Geographie ist schon ganz schön, wenn nur die fremden Namen nicht alle wären. Schon allein die Missionsberichte wimmeln nur so davon. Ich bringe sie nicht mehr alle in meinen Kopf hinein, die Hannepampels und wie die Kerls alle heißen."

„Aber liebe Mama, die Pampas sind ja die großen Steppenländer in Südamerika, wo die berühmten Herden gezüchtet werden."

„Also dort war Herr von Norwig zuletzt?" bemerkte Sophie. Was sollte sie auch anders sagen? Dennoch fühlte sie wohl, daß diese garstige, unbequeme Komteß jedem Worte, das sie sprach, mit Argwohn lauschte, jedem ihrer Blicke nachspähte. Sie konnte einen leisen Zug übermütigen Spottes um ihren reizenden Mund nicht ganz unterbrücken, als Gräfin Marie nun mit absichtlich übertriebener Wärme Norwigs außerordentliche Reitkunst zu rühmen begann. Dies plumpe, pferdetolle Landedelfräulein wollte sie überlisten — sie! Ja, wenn sie eine Ahnung gehabt hätte, gegen wen sie kämpfen wollte. Sie schien ja fast die Absicht zu haben, ihre Eifersucht zu erwecken, um sie aus ihrem Hinterhalt herauszutreiben! Haha! Eifersucht auf dies Gesicht!

Der alte Graf erschien nun auch am Frühstückstisch und unmittelbar hinterdrein polterte Vicki ins Zimmer, sehr betrübt, daß sie es nun doch nicht ganz erreicht hatte, endlich einmal schon vor dem Papa beim Kaffee zu sitzen. Aber auch schon diese Leistung im Frühaufstehen erregte das Erstaunen der beiden Eltern. Es stellte sich heraus, daß es Fräulein Sophie durch liebenswürdige Neckerei gelungen war, das große Mädchen aus seinem geliebten Bett herauszubekommen. Der Graf verfehlte natürlich nicht, daraufhin der jungen Stütze seiner Hausfrau eine Artigkeit zu sagen, stellte sich jedoch dann sogleich wieder ganz vertieft in seine Morgenzeitung. Das weitere Gespräch der Damen vermochte auch nicht, seinen Anteil zu erwecken, da es sich meist um Wirtschaftsangelegenheiten drehte. Nur als Sophie sich die Erlaubnis erbat, die Blumen und das Obst für die Tafel selbst pflücken und anordnen zu dürfen, während Vicki mit ihrer englischen Uebersetzung beschäftigt sei, horchte der alte Herr hinter seiner großen und langweiligen Kreuzzeitung heimlich auf.

Als man sich von Tische erhob, gesellte sich Komteß Marie zu ihrem Vater und erkundigte sich, was Herr von Norwig für den Morgen unternommen habe.

„Er ist nach den Senthiner Grenzfeldern hinausgeritten. Sie fangen heute mit dem Dampfpflug an. Wenn du hinüberreiten willst, soll es mir sehr angenehm sein. Du kannst ihm ja ebenso gut Bescheid sagen wie ich — und meine Korrespondenz wird mich heute wohl ziemlich lange aufhalten.“

Die Komteß wußte freilich nicht, daß die Frühpost dem Grafen nichts gebracht hatte, als eine Einladung zur Hamburger Lotterie, mehrere Empfehlungen von deutschem Schaumwein und einen Bettelbrief eines Verschämten von guter Familie. Er erledigte denn auch diese bringende Korrespondenz in sehr eigenartiger Weise, indem er sich mit seiner Zeitung an das offne Fenster seines Arbeitszimmers setzte und über den Rand des Blattes hinweg etwa fünfmal in der Minute hinaushorchte und lugte. Nachdem er so eine halbe Stunde lang vergeblich gewartet hatte, vernahm er endlich draußen auf dem Kies einen leichten Tritt. Sie war es, die Reizende, Berückende. Der Graf zögerte noch ein paar Minuten, dann griff er nach seinem flauschigen Jägerhütchen und eilte mit jugendlich raschen Schritten hinaus.

Der Obst-, Gemüse- und Blumengarten bildete die nordwestliche Ecke des großen gräflichen Parklandes. Dahinter dehnte sich, am Fuße eines sanft ansteigenden Hügels entlang, das Dorf aus, und die ziemlich hohe Mauer, an welcher Wein und Pfirsiche gezogen wurden, bildete zugleich einen Teil der Einfriedigung des Pfarrgartens. Es befand sich auch eine Thür in dieser Mauer, welche vor wenigen Jahren noch, als die kleine Komteß noch fleißig mit den Predigertöchtern zu spielen ging, viel benutzt worden war. Seither aber hatte der Wein sich so tief darüber hingerankt, daß sie nicht so leicht zu öffnen gewesen wäre, selbst wenn das verrostete Schloß noch dem Schlüssel nachgegeben hätte. Pastors mußten darum jetzt immer den beträchtlichen Umweg um die West- und Nordseite des Parks herum machen, wenn sie in das Schloß wollten.

Der Graf hatte das gute Glück, auf seinem Schleichwege zum Obstgarten unbemerkt zu bleiben. Der Gärtner und sein Bursche waren zufällig gerade heute mit der Rasenschur im Park beschäftigt. Der verliebte alte Herr durfte also auf ein ungestörtes Schäferstündlein mit der holden Stütze seiner Frau Gemahlin hoffen. Sein scharfes Auge hatte schon von ferne ihr helles Kleid dort an der Weinmauer erspäht; jetzt eilte er zunächst nach dem kleinen Rosenhag vor dem Treibhause, wählte eine wundervolle, nur halb erschlossene la France aus, und schlenderte dann, die Blume hinter dem Rücken verbergend, auf Fräulein Vandemer zu. Er fand sie damit beschäftigt, die der Sonne am meisten ausgesetzten Trauben auf ihre Reife zu prüfen.

„Nun, mein liebes Fräulein," redete er die sich lächelnd Verneigende an, „Sie scheinen vergebens zu suchen. Der September ist bisher recht kühl gewesen."

„Ich sollte doch meinen, die letzten warmen Tage müßten wenigstens einzelne Trauben zur Reife gebracht haben."

„Aber wohl nur die zuhöchst hängenden. Ich werde

Ihnen wohl helfen müssen, wenn es Ihnen nicht ergehen soll wie dem Fuchs in der Fabel."

"Herr Graf sind zu gütig — das darf ich wohl kaum annehmen," lispelte die reizende Sophie mit niedergeschlagenen Augen und demutsvoll zur Seite geneigtem Köpfchen.

"Inzwischen bitte ich Sie aber, diese Rose annehmen zu wollen," fiel der gewandte alte Kavalier rasch ein und zwar mit dem Bemühen, seiner für gewöhnlich etwas heiseren Stimme einen möglichst schmeichelnden Schmelz zu verleihen. "Die Farbe wird zu Ihrem dunklen Haar entzückend stehen."

"O, Herr Graf ...!" Wie sie so zögernd und doch so beglückt die kleine Hand nach der Blume ausstreckte! Meisterhaft! Und dann betrachtete sie dieselbe mit einem langgedehnten Ah! der Bewunderung und dann, nach abermaligem kurzen Zaudern, nahm sie rasch ihren großen Schutzhut ab und befestigte die Rose mit sicherer Wahl der rechten Stelle in ihrem lose aufgesteckten Haar, während sie die Hutbänder mit den Zähnen festhielt, deren Perlenglanz dadurch gleichfalls zu vorteilhaftester Geltung kam.

"Süperb, süperb! Ganz scharmant!" rief der Graf und küßte seine Fingerspitzen in die Luft. "O, Sie kleine Circe! Wissen Sie auch, daß ich bereits das Glück genoß, dieses duftige Haar in voller Freiheit, in verführerischstem déshabillé über einen Nacken von so unvergleichlicher ...."

"O — ich bitte, Herr Graf! Schonen Sie mich! Wie dürfen Sie mich so in Verlegenheit setzen," schmollte die Liebliche, indem sie sich errötend abwandte und mit unruhigen Fingern einige Weinblätter an den Stielen zerriß. "Allerdings bemerkte ich Sie unten auf dem Wege — zu meiner größten Beschämung, Herr Graf ... aber da Sie mir doch gestern sagten, Sie seien in hohem Grade kurzsichtig, so —"

"Nur auf dunklen Treppen, liebes Kind, und niemals der Schönheit gegenüber," erklärte der Graf mit einer galanten Handbewegung. "Die Bewunderung für die Schönheit, für

Ihr göttliches Geschlecht, haben mich trotz meiner weißen Haare so jung erhalten, daß ich auch heute noch das Herz eines Jünglings hier klopfen fühle, wenn so viel Reiz und Grazie mich bezaubern."

Er ergriff ihre nur mäßig widerstrebende Rechte und drückte sie an seine Brust, damit sie sich von der Wahrheit seiner kühnen Behauptung überzeuge.

„Mein Gott — was thun Sie? O Herr Graf, wenn man uns belauschte!" Sie flüsterte es ängstlich und versuchte, sich dem Arme, den er fest um ihre schlanke Hüfte gelegt hatte, zu entwinden.

„Süßes Kind, du bist so schön," raunte er ihr leise ins Ohr und zog sie nur noch fester an sich.

Aber nun machte sie sich wirklich los und trat ein paar Schritte von ihm weg. „Herr Graf, ich kam, um Obst und Blumen zur Tafel zu holen," schmollte sie mit einem vorwurfsvollen Blick, der ihn nur noch mehr in Flammen setzte.

„Grausame!" seufzte er tragikomisch und dann machte er sich ernstlich daran, ihr zu helfen, indem er ihr einige für ihren Arm unerreichbare Trauben abschnitt, welche sie in ihrem großen Strohhut sammelte. Aber er beeilte sich nicht sonderlich bei dieser Dienstleistung und begann auch bald wieder zu plaudern. Er versuchte jetzt einen harmlos scherzenden Ton anzuschlagen.

„Wissen Sie, Fräulein Sophie — als ich Ihr Photogramm zuerst sah, da war mein Schicksal schon entschieden — mein grausames Schicksal, ach!"

„So gehören Sie also noch der romantischen Zeit an, wo man sich in ein Bild verliebte und für eine unbekannte Dulcinea Lanzen brach," versetzte sie schelmisch. „Als ich heute früh durch den Ahnensaal ging, fiel mir ein Porträt auf, das eine auffallende Aehnlichkeit mit Ihnen hat, Herr Graf. Ein prachtvoller Greisenkopf, den Hals von einer kostbaren Spitzenkrause umschlossen, im goldburchwirkten, grünen Samtwams."

„Ach, Sie meinen den Reichsgrafen Joachim Dedo Pfungk-Bannersreuth. Er wurde siebenundachtzig Jahre alt — nachdem er im siebzigsten noch ein Edelfräulein von achtzehn geheiratet und drei Söhne mit ihr . . . pardon! — erzielt hatte. Ich stamme von dem jüngsten derselben ab. Uebrigens wundert es mich nur, daß der alte Joachim Dedo nicht sofort aus seinem Rahmen herausgesprungen ist, um Ihnen knieend seine Huldigung darzubringen. Es hätte ihm nur ähnlich gesehen — haha!"

Fräulein Bandemer stimmte mit anständiger Zurückhaltung in das vergnügte Lachen des alten Herrn ein und sagte dann mit einem bezaubernden Augenaufschlag: „Es wäre wirklich zu viel der unverdienten Güte, wenn Sie selbst ihre erlauchten Ahnen noch veranlassen wollten, einem armen, unbedeutenden Mädchen solche ritterliche Huldigung entgegenzubringen. Ich könnte mich vor so viel Glück und Gunst fast fürchten nach all den traurigen Ueberraschungen, die mein bisheriges Leben mir fast einzig gebracht hat."

Wie geschickt sie die Worte zu wählen und zu setzen wußte! Ein wenig affektiert zwar; aber aus einem hübschen Munde klingt eben alles hübsch! Der Graf erinnerte sich wohl aus der Zeit, da er sich junger Bühnenkünstlerinnen besonders warm anzunehmen pflegte, dergleichen Musterreden gehört zu haben — aber bei einer Person so untergeordneten Standes! Er begann neugierig zu werden auf diese Schicksale, welche sie da andeutete.

„Es ist empörend," sagte er, „daß das sogenannte Schicksal so wenig kavalierement verfährt, um selbst so berückende Geschöpfe Gottes mit seinen Tücken nicht zu verschonen! Was kann das Schicksal gegen Sie ausrichten, die Sie geschaffen sind, selber jedes Mannes Schicksal zu werden, der . . ."

Das war doch gewiß gut gegeben! Der Graf war ganz glücklich, daß er diese Wendung gefunden. Aber das Fräu-

lein fiel ihm lächelnd ins Wort: „Herr Graf, das ist wider
die Abrede! Ich bin nun einmal eine arme Waise, grausam
genug herumgestoßen in der Welt. Meinen Vater habe ich
nie gekannt, meine Mutter — lassen Sie mich davon schweigen, was die eigne Mutter an mir gethan! Sie ist nun
auch nicht mehr! Ich stehe ganz allein auf der Welt, ohne
einen andern Schutz, als meinen Stolz — und mein Gott-
vertrauen. Meine Hoffnung, mein Sehnen ist oft zu
Schanden geworden; ich wurde grausam betrogen — aber
den schlimmsten Gefahren bin ich doch entgangen! Ich sehe
nun auch, daß die Wege des Himmels doch immer zum Besten
führen: durch zwei Weltteile wurde ich umhergetrieben, um
endlich hier eine Heimat zu finden. O, Herr Graf, ich kann
Ihnen nicht beschreiben, wie mir das Herz aufging, als Ihre
Frau Gemahlin mir so mütterlich entgegen kam!"

„Ja — hm! — meine Frau hat etwas sehr Mütter-
liches," bestätigte der Graf einigermaßen verlegen.

„Und wie Sie selbst nun gar mit offenen Armen, wie
ein Vater . . ."

„O mehr wie ein Vater — weit mehr! Wie ein Freund
— dein einziger, hingebender, treuester Freund — über den
du gebieten kannst nach deiner Laune, teuerstes Mädchen!"
flüsterte der Graf hastig und schloß sie so feurig in die Arme,
daß der Strohhut mit den Weintrauben eine bedenkliche
Quetschung erlitt, wiewohl sie sich beeilt hatte, ihn zur Seite
zu halten.

Sie wußte eine selige Selbstvergessenheit überaus natürlich darzustellen und hauchte mit halbgeschlossenen Augen:
„Zuviel, zuviel — o mein Gott!"

Und dann mußte sie willenlos die Küsse ihres väterlichen
Freundes erdulden.

Weder der glückberauschte Graf noch das siegreiche Fräulein Sophie hatten eine Ahnung davon, daß auf der andern
Seite der Mauer zwei Ohren sich lauschend gespitzt hatten,

benen fast kein Wort ihres Gespräches entgangen war, und
daß zwei junge, eifersüchtige Augen sich abwechselnd in beben=
der Neu= und Neidgier an das rostige Schlüsselloch der ver=
wachsenen Thür gelegt hatten. Wohl aber vernahm das
Fräulein troß ihrer scheinbaren wonnigen Betäubung sehr
deutlich die Stimme ihrer mütterlichen Herrin, welche aus
der Ferne ihren Namen rief und zwar mit weniger Wohllaut
als Entschiedenheit.

„Himmel — die Gräfin!“ rief sie und machte sich mit
einem kurzen Ruck aus der festen Umarmung los. „O —
was haben Sie gethan!“

Der Graf machte ein äußerst erschrockenes Gesicht — ge=
wann aber schon im nächsten Augenblick seine Fassung wieder
und flüsterte hastig: „Fürchten Sie nichts — sie kann uns noch
nicht gesehen haben. Die Himbeerbüsche decken gut. Aber für
mich heißt es nun: sauve qui peut! Die liebe Gräfin ist so er=
regbar! Gehen Sie ihr entgegen — verraten Sie mich nicht.“

Und mit derselben jugendlichen Unverzagtheit, welche ihn
im Angriff auszeichnete, setzte der alte Herr nunmehr seinen
Rückzug ins Werk, indem er, sich hinter dem Gesträuch
buckend, eiligst die linke Flanke des anrückenden Feindes in
weitem Bogen zu umgehen trachtete. Das Fräulein beeilte
sich inzwischen, seiner Weisung entsprechend, der Gräfin ent=
gegenzugehen.

Sie hatte offenbar nichts Verdächtiges wahrgenommen,
die arglose Dame, denn sie kam mit der freundlichsten Miene
von der Welt auf ihre Stütze zugekeucht und sprach sie be=
reits auf zwanzig Schritte Entfernung an: „Nun, meine
Liebe, haben Sie recht was Schönes gefunden?“

„Einige Trauben, gnädigste Frau Gräfin,“ versetzte
Sophie, mit einem etwas kindlichen Knicks den Inhalt ihres
Strohhutes vorweisend.

Die Gräfin pflückte ein paar Beeren ab und vermummelte
sie prüfend in ihrem breiten Munde.

„Ei, sehen Sie mal an! Wenn die nicht reif sind, dann
weiß ich nicht ...! Und denken Sie: unser Gärtner hat
uns bis heute noch keine einzige Traube auf die Tafel ge=
schickt, weil sie noch wie Essig wären! Dieser gräßliche
Mensch! Ueberhaupt: wegen dieses Gärtners komme ich
eigentlich. Ich möchte gern, daß Sie ihm ein bißchen auf
die Finger sähen, ohne daß er etwas merkt. Der Mann ist
nämlich mit Gehalt angestellt, und dann gehört ihm ja auch
das ganze Gras im Park und der Fischfang; na — das ist
doch wohl ganz schön für solchen Mann? Und was an Obst
und Gemüse nicht im Haushalt verbraucht wird, das hat er
für uns zu verkaufen. Aber was thut der schlechte Kerl?
Zu uns sagt er immer, da wär kein Gemüs mehr, und das
Obst wär nicht reif geworden — und dabei geht er hinter
unserm Rücken hin und verkäuft das alles für seinen eignen
Nutzen! Sehen Sie, meine Liebe, ich gönne wirklich meinen
Leuten gerne jeden Vorteil, aber solch greuliches Bemogeln
muß einen doch empören — besonders wo ich mir doch ge=
rade bei diesem Menschen solche Mühe gegeben habe, den
Samen des göttlichen Wortes ... ah! was haben Sie da
für eine schöne Rose im Haar!"

„Ich konnte der Versuchung nicht widerstehen, Frau Gräfin,
und wagte mir eine zu brechen!"

„Na, das schadet ja auch nicht. Aber die Rosen sind
eigentlich meines Mannes Privatvergnügen, wissen Sie, und
er sieht es doch am Ende nicht gern, wenn ... nein, nein,
Sie brauchen sie deswegen nicht fortzuthun; Sie können ja
sagen, ich hätte sie Ihnen geschenkt."

„O — ich möchte nicht Ihren Namen mit einer Un=
wahrheit in Verbindung bringen," entgegnete das hochmoralische
Fräulein.

„Ach, wie denn! Bei Rosen darf man ja lügen —
Sie wissen doch, wie der Herr der heiligen Elisabeth aus der
Bredouille geholfen hat? Haha! — Uebrigens ist der Graf

auch gar nicht mal so bös. . . . Im Gegenteil: das Schelten und Strafen, das Kündigen und Fortschicken, das überläßt er alles mir; denn er liebt mal seine Ruhe über alles. Ja, sehen Sie, mit dem Gärtner zum Beispiel! Wie habe ich ihm immer und immer wieder gesagt: der Mensch betrügt uns — thu doch nur die Augen auf! Aber da heißt es: ach, wozu den Aerger um solche Kleinigkeit? Sie mogeln ja doch alle — und wenn sie sich Mühe geben sollen, muß man ihnen das Leben nicht zu sauer machen. — Was sagen Sie dazu? Heißt das nicht, die Leute zum Diebstahl und Be= trug förmlich anleiten? — Ein guter, honetter Mann, der Graf, aber — laxe Prinzipien! Ach Gott, ja!"

Fräulein Bandemer hatte die größte Mühe, der red= seligen Gräfin vertrauliche Eröffnungen mit dem gebührenden Ernste anzuhören. Glücklicherweise erwartete sie keinerlei Meinungsäußerung von ihr, sondern fuhr fort, mit großer Zungengeläufigkeit das Thema von dem betrügerischen Gärtner durch zahlreiche Beispiele zu belegen. Sie führte sie zwischen den Blumen= und Gemüsebeeten umher, indem sie deren Er= trägnis abschätzte und mit dem thatsächlich Abgelieferten verglich.

„Sehen Sie sich bloß mal diese Mistbeete an. Das war alles voll Gurken! Der Graf ißt so gerne Gurkensalat — er verträgt ihn ja auch, gottlob, noch sehr gut! — aber öfters als zweimal die Woche haben wir keinen gehabt, den ganzen Sommer über! Und das müssen Sie doch selber sagen: hier müßten doch genug Gurken wachsen, um ein ganzes Regiment mit Salat abzufüttern! Da, sehen Sie — da haben wir's! — Da sitzen ja immer noch welche an! Hier — und da — fünf, sechs —"

„Sieben — acht . . ." Das Fräulein hatte sich nieder= gehockt und entdeckte, die üppigen Blätter mit der Hand durchteilend, immer noch mehr reife Gurken.

Die Gräfin war bereits hochrot im Angesicht vor gerechter

Entrüstung. „Nein, dieser Mensch, dieser Sötbier — denken
Sie, Jehan Sötbier heißt der Kerl! Der wird noch ein
Nagel zu meinem Sarge! Das soll ihm aber nicht so durch=
gehen! Wo steckt denn der Heidenmensch?!" Und sie blickte
gar bedrohlich ringsum nach dem Missethäter.

„Soll ich vielleicht den Mann aufsuchen?" fragte Sophie
diensteifrig.

„Ach ja, thun Sie das doch, meine Liebe. O, ich will
ihm Plabbütsch kommen, daß ihm die Sötigkeit vergehen
soll, dem Herrn Suerbier! Für solche Spitzbuben wird noch
eigens die Prügelstrafe abgeschafft! Wo bleibt da die Ge=
rechtigkeit und die Gottesfurcht in Mecklenburg?! Laufen
Sie, mein Kind, schaffen Sie mir den gottlosen Schalksknecht
zur Stelle!"

Und während Fräulein Sophie leichtfüßig wie eine Ga=
zelle entschwebte, spazierte die Gräfin zwischen den Beeten
einher, wehte sich mit dem Schnupftuch Kühlung zu und legte
sich in Gedanken die Strafpredigt zurecht, die sie dem Gärt=
ner halten wollte. Ihr Weg führte sie auch an der ver=
wachsenen Thür vorbei, in deren Nähe sich vorhin die kleine
Liebesscene abgespielt hatte. Sie war kaum vorüber, da ver=
nahm sie urplötzlich hinter sich ein erschreckliches Knacken und
Krachen und unmittelbar darauf einen dumpf aufklatschenden
Fall, von einem durchdringenden Schrei begleitet. In der
dunklen Ahnung, daß ihr nunmehr irgend ein schwerer Gegen=
stand an den Kopf fliegen müßte, beugte die Gräfin schleu=
nigst ihr würdiges Haupt vornüber, streckte die Hände schützend
darüber aus und kreischte gleichfalls dreimal hintereinander
laut auf. Dann erst, als das erwartete Geschoß einzutreffen
säumte, wagte sie es, sich langsam wieder emporzurichten und
ängstlich umzuschauen.

Da lag die alte Gartenthür, mehrfach geborsten, quer
über den Weg, die ausgerissenen, verrosteten Angeln wie jam=
mernd zum Himmel emporgestreckt und bestreut von Wein=

ranken, Blättern und zerquetschten Beeren, die sie im Sturze abgerissen hatte; und flach über die Thür hineingebreitet, mit sanft blutendem Näschen, lag Pastors Beate (sprich Be⸗oäte!) und schielte mit der allerkläglichsten Miene zur Gräfin empor.

„Ach Gott! Ach Gott! Frau Gräfin — Guten Morgen, Frau Gräfin."

„Ach du Gerechter!" keuchte die immer noch bebende Schloßfrau. „Dirn, du bist ja wohl unklug! Was ist das mit dir? Der Schreck ist mir in alle Glieder gefahren! Ach du lieber Himmel! Nein, so was lebt nicht! Kommt sie mir da mit der Thür dicht am Kopf vorbeigesaust! Ja, Dirn, was willst du denn man bloß? Sonst kannst du kaum deinen Schnabel aufthun und Piep sagen, und immer so zipp und zapp und ötepetöte — und nun mit einmal machst du mir solche dummen Jungenstreiche und wirfst nach armen alten Frauen mit alten Gartenthüren?! Nun, steh' doch mal wenig⸗ stens auf und red' einen Ton."

Die blonde Beate raffte sich ächzend auf und stotterte dann: „Sei'n Sie mir nur nicht böse, gnädige Frau Gräfin; ich wollte nur versuchen, ob die Thür noch aufginge, und der Schlüssel drehte sich ja auch noch, aber dann war innen so viel vorgewachsen und wie ich so recht ordentlich innen gegen⸗ drücken will, da geben mit eins die Angeln nach — das Holz war auch wohl schon morsch und dann . . ."

„Sind denn die Knochen noch alle heil?"

„Ja, ich glaube."

„Na, dann geht's ja noch! Nu sag' mal bloß an, Kind, was mußt du dir so auf eigne Hand gerade heute mit der alten dummen Thür zu schaffen machen! Wolltest du dir vielleicht hier mit deinem schönen Herrn Entspekter ein Stell⸗ dichein geben?"

„Ach nein, wirklich nicht, Frau Gräfin," beteuerte Beate hastig, fast weinend. „Aber ich wollte Frau Gräfin doch gleich benachrichtigen, was hier eben mit dem neuen Fräulein und dem Herrn Grafen passiert ist."

„Passiert? Mit dem Grafen und dem neuen Fräulein?" fuhr die Gräfin höchlich betroffen dazwischen. „Passiert? Potztausend, Dirn, was soll das? Wisch' dir man lieber erst die Nas 'n bischen ab, mein Döchting!" Mit diesem ärger= lichen Zwischenruf wischte sie mit ihrem eignen Batisttuche und mit gewohntem Nachdruck der erschrockenen Beate das immer noch purpurn sickernde Näschen. „Was willst du mir da für einen Schnack aufbinden?"

„O nein, es ist kein Schnack, Frau Gräfin," rief das Mädchen gekränkt. „Ich habe ja doch alles gehört und ge= sehen, hier hinter der Thür und durchs Schlüsselloch. Der Herr Graf war so freundlich und wollte der Mamsell beim Traubensuchen helfen, und da hat sie sich so gehabt und nüb= lich gethan und was vorgeschnackt, daß sie so einsam und unglücklich wäre, bis der gnädige Herr ganz gerührt war und sie hat trösten wollen, und da ist sie ihm gleich um den Hals gefallen, die ausverschämte Mamsell und hat den Herrn Gra= fen geküßt — ach Gott! Ich hab' mich so geschämt, ich wußte ja gar nicht, wo ich hingucken sollte! Aber ich hielt es für meine Pflicht, Frau Gräfin alles zu sagen, damit Frau Gräfin doch wissen, was für eine unmoralische Person Sie sich da ins Haus genommen haben."

„So, mein Kind, nun hab' ich dich ausreden lassen," hub die Gräfin an. Ihr Busen wogte sturmgepeitscht, ihre sonst so gutmütigen Augen schossen vernichtende Blitze.

„Ich habe nicht gewußt, daß dir das Mundwerk so gut im stande ist. A la bonheur! Nun möcht' ich mir aber auch mal ein Wörtchen erlauben. — Erstens ist meine neue Stütze keine Mamsell, sondern ein feines Fräulein, mit viel bessern Manieren als gewisse Predigertöchter, die einem immer gleich mit der Thür ins Haus fallen. Zweitens ist alles bloß der reine Neid — und ‚Neid, Mißgunst ...' frag mal deinen

Vater, wie der Apostel sagt. Und dann drittens, hat mein Mann, der Graf, es gar nicht nötig, sich küssen zu lassen; das besorgt er lieber selbst — ach, wat denn! — ich meine — na überhaupt! Das ist mir eine rechte nette Pastors= tochter, die nichts Bessres anzufangen weiß, als den lieben langen Tag hinter den Wänden zu horchen, durch die Schlüssel= löcher pliren und in fremde Gärten einbrechen! Mein Mann, der Graf, hat solch gefühlvolles Herz — das äußert sich mal so und mal so. Er kann doch nicht deswegen extra alle alten Schlüssellöcher verstopfen lassen? Nein, Fräulein Meusel, machen Sie man, daß Sie selber bald ordentlich geküßt werden von Ihrem dußligen Ludolf — und gucken Sie sich gefälligst ein andermal nicht die Augen aus, wenn mein Mann mal ein armes, hilfloses Mädchen tröstet. Und ‚unmoralische Person‘ haben Sie gesagt! Finden Sie das vielleicht moralisch, dies alte, nichtsnutzige Petzen und die Thüren einrennen und an den Schlüssellöchern liegen, Sie . . .“

„Ach, Frau Gräfin, warum nennen Sie mich nur immer ‚Sie‘?“ unterbrach die arme Beate schreckensbleich und mit zuckendem Wattenmündchen die immer lauter und rascher wer= dende Rednerin.

„Warum ich dich Sie nenne! Weil du ein ganz dummes, naseweises Göhr bist, das überhaupt nicht zu reden hat, wenn es nicht gefragt wird. Aber das sage ich dir: wenn du hin= gehst und schleppst deine alberne Geschichte im Dorf herum, dann sollst du — nein, wenn sie nur ein einziger Mensch erfährt, dann sollst du mal sehen, mein Döchting!“

Und dabei drang die entrüstete Matrone mit so bedroh= licher Gebärdensprache auf Beate ein, daß diese sich eiligst zurückzog, um über die geborstene Thür hinweg den väter= lichen Grund und Boden zu erreichen.

Die Gräfin war schon im Begriff, die Verfolgung mit gewohnter Energie aufzunehmen, als die Worte: „Frau Gräfin, hier ist der Gärtner,“ von dem angenehmen Organ der schönen Stütze gesprochen ihr Ohr trafen und sie im Laufe hemmten.

„Wer ist da?" frug sie verwirrt, wandte sich dann aber sofort wieder dem Pfarrgarten zu und rief dem fliehenden Mädchen nach: „O — ho! — Da läuft sie hin! Je, wat willen Sei denn, Sötbier?"

„Fru Gräfin hebben mi halen laten vun wegen den Gurkensalat," stotterte der Gärtner etwas ängstlich und drehte seine Mütze in der Hand.

Jetzt erinnerte sich die zornmütige Herrin ihrer Absichten auf diesen Spitzbuben und sagte, indem sie ihn mit ironischem Lächeln vom Kopf bis zu den Füßen rasch musterte: „Jewol, Jehan, ick wull di blot min Ansicht seggen, dat du einen richtigen Swinegel büst. Dewerst jitzt hew ick keen Tid för di. Wenn dor noch Gerechtigkeit in Mecklenborg wihr, denn müßt son Minsch, as du büst, bi Suerbier un Gurkensalat innspunnt war'n. Dat is min Ansicht, Musche Sötbier. — Kommen Sie, Fräulein, ich habe mit Ihnen zu reden."

Sechstes Kapitel.

In welchem die tolle Komteß ihrem Namen Ehre macht und einige Damen einiges „shocking" finden werden. Ist aber doch gut und nützlich zu lesen!

Während über den Häuptern des Grafen und seiner angebeteten Sophie ein so bedrohliches Ungewitter sich zusammenzog, trabte die tolle Komteß auf ihrem Grabitzer Hengste, Potrimpos geheißen, querfeldein der Senthiner Gemarkung zu. Lord und Lady, die beiden prächtigen Bernhardiner, sprangen in weiten, schwerfälligen Sätzen nebenher und immer wieder laut blaffend am Halse des Pferdes in die Höhe,

nicht achtend der wohlgezielten Peitschenhiebe, die oft genug
auf ihren dicken Pelz niedersausten. Die Komteß hatte bereits erfahren, wie lästig, wenn nicht gar gefährlich, die Hunde
werden konnten, wenn sie den nervösen, überaus ungeduldigen
Hengst ritt und sorgte dann stets dafür, daß sie zurückgehalten
wurden. Heute aber hatten sich die Tiere zufällig gerade
außerhalb des Gutshofes umhergetrieben und waren nun freilich weder durch den strengen Befehl noch die empfindlichsten
Schläge zu bewegen, ihrem lang entbehrten Lieblingsvergnügen
zu entsagen. Uebrigens trafen sie es heute immerhin noch
gut damit, denn ihre hohe Herrin befand sich gerade in einer
Laune, welche sie die Schwierigkeit in der Bändigung ihres
Rosses als Ablenkung willkommen heißen ließ. Die über-
legene Dreistigkeit und Heuchelkunst der neuen Hausgenossin
empörte sie. Es durfte sie ja im Grunde wenig kümmern
und war ein ganz begreiflich Ding, daß diese etwas aben-
teuerlich anmutende Stütze ihr hübsches Gesicht und ihren
Mutterwitz dazu benutzte, sich möglichst bei allen Gliedern des
gräflichen Hauses einzuschmeicheln. Gefallen und sich unent-
behrlich zu machen wissen war doch nun einmal die erste
Lebensaufgabe eines solchen Mädchens, das genötigt ist, sich
sein Brot zu verdienen. Sie war offenbar auch die einzige
Person im Hause, welche Fräulein Bandemers schmiegsames
Wesen, ihre Ziererei und Schauspielerei als etwas Unange-
nehmes empfand. Warum schaute sie nicht ruhig der Komödie
zu und hatte ihre kleine harmlose Schadenfreude an der Ver-
liebtheit ihres galanten Papas, an der Backfischüberschweng-
lichkeit ihrer Schwester und der Nasführung ihrer guten
Mama, welche das menschliche Herz so ausgezeichnet zu kennen
glaubte und doch immer wieder dem kindlichsten Menschen-
vertrauen zum Opfer fiel? Dies Wesen konnte ja doch in
keiner Weise ihre Kreise stören, welche sich mit der Haus-
wirtschaft kaum berührten. Und wenn sie auch wirklich die
geargwöhnten früheren und engeren Beziehungen zu Herrn

von Norwig wieder aufnahm — was gingen sie, die Tochter des Hauses, die Liebesgeschichten des Oberverwalters und der Stütze an? So wenig die tolle Komteß daran zweifelte, daß sie ledig bleiben werde, so wenig neigte sie doch zu dem alt= jüngferlichen Neidsport, andern Leben und Liebeslust zu ver= gällen. Was also in aller Welt reizte sie so sehr wider das Fräulein, wider sich selbst auf? Sie vermochte sich die Frage nicht zu beantworten — und darum mußten Lord, Lady und Potrimpos die Peitsche kosten.

Sie ritt jetzt eben über den breiten Rücken eines Hügels hinweg, auf welchem noch die Stoppeln standen, und konnte gleich darauf, thalabwärts lenkend, die Moorwiese in der Niederung, sowie das ganze Senthiner Gebiet überschauen. Der Bach, welcher auch durch den Teich im gräflichen Park floß, bildete hier die Grenze zwischen beiden Gütern und der Dampfpflug, der die Weizenfelder für die Wintersaat um= ackern sollte, war nicht weit davon am Fuße des Hügels auf= gestellt.

Die Komteß hielt an, um ihr Roß ein wenig ver= schnaufen zu lassen. Auch die beiden Bernhardiner legten sich alsbald mit langherausschlappenden, triefenden Zungen nieder, und aller Blicke, der Reiterin wie der drei Tiere, richteten sich nach der Stelle, wo um die augenblicklich stillstehende Maschine Arbeiter, Aufseher und alle drei Beamten versammelt waren, und alle schauten sie so würdevoll und kritisch da hinab, als stellten sie einen Generalstab vor, der von hier oben aus eine Schlachtordnung zu entwickeln gedenke.

Und wie um diese Vorstellung weiter auszuführen, sprengte bald ein Adjutant im Galopp den Hügel hinan. Es war Herr von Norwig, welcher seine Gebieterin nicht so bald da oben bemerkt hatte, als er auch schon seinen Fuchs Obotrit bestieg, um ihr unverweilt seinen Morgengruß entgegen zu bringen.

„Unterthänigsten guten Morgen, gnädigste Komteß," rief

er ihr schon aus einiger Entfernung zu, seinen Hut artig
lüpfend.

Natürlich ließen Lord und Lady es sich nicht nehmen,
nun auch ihrerseits Obotrit mit zappeligen Freudensprüngen
und lautem Gebell zu begrüßen, wodurch Potrimpos wieder
um seine kurze Ruhe gebracht wurde und ärgerlich kehrt zu
machen versuchte. Gräfin Marie war auf solche Rücke nicht
vorbereitet gewesen und wäre um ein Haar aus dem Sitz
geschleudert worden, wenn sie nicht noch gerade zur rechten
Zeit den Sattelknopf erfaßt und sich wieder emporgezogen
hätte. Dabei verlor sie aber den Steigbügel und damit an
Gewalt über die Hinterhand, so daß es ihr nicht wenig
Mühe kostete, den sich fortwährend drehenden und bocken-
den Hengst zur Vernunft zu bringen.

„Das Biest läßt mich effektiv nicht dazu kommen, Ihnen
guten Morgen zu sagen!" rief die Komteß, die Zügel mit
beiden Fäusten noch fester und kürzer fassend. Eine so kräftige, schwadronsmäßige Ausdrucksweise war übrigens nur ein
Zeichen ganz ungewöhnlich schlechter Laune und keineswegs
ihre Gewohnheit.

Norwig ritt an ihre Seite, hielt ihr den Bügel, so daß
sie wieder hineintreten konnte, und sagte dann, ihrem Pferde
beruhigend über den Hals streichend: „Noch etwas hart in
den Ganaschen. Uebrigens meine Hochachtung, Gnädigste,
daß Sie so mit ihm fertig werden."

„Ah bah! Sie haben ja gesehen, wie gut er gestern
ging. Nur die verb ... die verwünschten Köter sind daran
schuld, daß er heute so rappelköpfisch ist. — Ich wollte mich
einmal nach dem Stande der Arbeiten umsehen." Und wie
entschuldigend fügte sie hinzu: „Ich bin nämlich beauftragt,
meinen Vater zu vertreten, der sich heute von seinen Schrei-
bereien nicht losreißen kann."

„O Komteß — ich kann von Ihnen ja nur lernen,"
erwiderte Norwig lächelnd. „Sie sind ja mein Vorgänger

im Amte und älter an Erfahrung. Hat denn aber der Hengst schon mit der Lokomobile Freundschaft geschlossen?"

„Nein, er soll sie heute erst kennen lernen."

„Oh! Da möchte ich mir aber doch erlauben, Komteß zu warnen. Das Tier ist heute so erregbar; diese Probe scheint mir doch eine etwas zu gefährliche Sache zu sein. Dampfmaschinen sind überhaupt bei den Herren Pferden nur wenig beliebt," scherzte er, um ihre amazonische Eitelkeit nicht zu verletzen.

„Und gerade heute könnte es mich reizen, dem übermütigen Herrn Potrimpos seine Meisterin zu zeigen!" stieß die tolle Komteß zwischen den Zähnen hervor und ihre kleinen grauen Augen blitzten hell auf. Sie wandte den Kopf des Pferdes nach der Richtung der Dampfmaschine zu, aus deren Schlote sich eben eine schwarze Rauchwolke zu ringeln begann.

Da legte Norwig sanft die Rechte auf ihren linken Unterarm und sagte höflich, aber sehr entschieden: „Nein, Komteß, die Verantwortung für eine solche Tollkühnheit kann ich nicht übernehmen. Es ist meine Pflicht als Mann, die Dame, und als Beamter des Herrn Grafen, seine Komteß Tochter vor einer so augenscheinlichen Gefahr zu bewahren."

„Was fällt Ihnen ein, mich zu schulmeistern!" brauste Komteß Marie auf. „Ich denke, Sie wissen, daß ich reiten kann."

„Ganz gewiß können Sie reiten — besser als ich je eine Dame reiten sah. Aber ich muß mir die Bemerkung erlauben, daß Sie heute selbst nervös erregt scheinen — und das hat Ihr Potrimpos auch wohl schon gemerkt — sonst wär' er auch nicht so keck gewesen."

Die Komteß wollte eben ihren Mund zu einer heftigen Erwiderung aufthun, als in einer Entfernung von kaum zwanzig Schritten ein Hase vorüberlief, welchen die beiden Hunde nicht sobald erblickt hatten, als sie sich auch schon an seine Verfolgung machten. Und Potrimpos, offenbar in dem Wahne befangen, daß es eine regelrechte Parforcejagd gelte, folgte ohne weiteres ihrem Beispiel und stürmte mit weit vorgestrecktem Kopfe den glücklicherweise nicht steilen Abhang hinunter. Bei dem ersten unerwarteten Ruck waren der Reiterin die Zügel durch die Hände gerissen worden, jetzt im tollen Karriere bergab war natürlich keine Möglichkeit, sie wieder kurz zu fassen. In wenigen weiteren Sätzen war der Fuß des Hügels erreicht und da — mußte es ein unglücklicher Zufall wollen, daß in dem Augenblicke, als der Hengst unmittelbar davor angekommen war, die Dampfpfeife ihren schrillen Pfiff ertönen ließ und die Lokomobile rasselnd und dröhnend den Pflug in Bewegung setzte.

Potrimpos hielt, wie zu Tode erschrocken, fast plötzlich im Lauf inne und starrte mit emporgerissenem Halse und angstvoll zur Seite gebeugtem Kopfe das pfauchende Ungetüm an. Die Komteß streckte die linke Hand mit allen vier Zügeln weit nach hinten von sich und griff dann mit der Rechten fest hinein, soweit sie nach vorn reichen konnte. Da drehte sich das Tier ein paarmal im Kreise herum, stieg dann kerzengerade auf, so daß die Reiterin, um nicht hinten herunter zu fallen, nichts andres thun konnte, als sich mit beiden Händen an der Gabel des Sattels und an der Mähne festzuklammern. Die Leute kamen herbeigestürzt, um das rasende Tier festzuhalten und Herrn von Norwig, der dem Hengste alsbald nachgesetzt, wäre es beinahe geglückt, ihm in den Zügel zu fallen, wenn er nicht in diesem Augenblicke, laut aufschreiend, den Kopf zwischen die Beine gesteckt, dabei den Kandarenzügel zerrissen, und dann, als ob der Teufel hinter ihm drein jagte, durchgegangen wäre.

Die Reiterin befand sich in der allerunglücklichsten Lage. Zwar hielt sie die Trense und das eine Ende der abgerissenen Kandare noch in der Hand, aber sie hatte den Sitz verloren und hing, von der Gabel unter dem rechten Knie gestützt und mit der rechten Hand sich am Sattel festhaltend, gänzlich hilflos über dem Pferde. Zum erstenmal in ihrem Leben lernte die tolle Komteß die Angst kennen — und sie erpreßte ihr einen lauten Schrei. Das heftige Stoßen gegen Brust und Hüften war unerträglich; doch was konnte sie thun? Sie hätte auf jede Gefahr hin den Absprung gewagt, wenn es nur möglich gewesen wäre, das Knie aus der Gabel herauszuholen. Zu allem Unglück merkte sie nun gar noch, wie der Gurt nachgab und ins Rutschen kam. Und wieder schrie sie laut hinaus. Dann wurde ihr schwarz vor den Augen, der Atem ging ihr aus — und dann glitt sie mitsamt dem Sattel an der rechten Flanke des Pferdes hinunter, ihre Hände öffneten sich — ihr war, als stürzte sie hinterrücks in einen finster gähnenden Abgrund herunter — ein gewaltiger Stoß — dann war alles vorbei — — sie hatte das Bewußtsein verloren.

Zwischen dem Scheuen des Hengstes und dem Sturz der Komteß waren kaum drei Minuten vergangen, dennoch hatte das rasende Tier in dieser kurzen Zeit eine beträchtliche Strecke zurückgelegt und war, indem es der Biegung des Höhenzuges folgte, den Blicken der Verfolger längst entzogen. Norwig aber hatte seinem Fuchs sofort die Sporen in die Weichen gestoßen und war hinter dem Durchgänger hergeprescht, was sein trefflicher Mecklenburger laufen wollte. Kaum eine halbe Minute nach dem Hengste sprengte auch er um den letzten Ausläufer des Hügels herum, sah das ledige Tier mit dem Sattel unter dem Bauch dem Bache zustürmen und mäßigte sofort den Lauf seines Obotrit.

Und da, auf der Wiese, auf dem Rücken lang ausgestreckt, bleich und leblos, lag die stolze, kühne Komteß. Im Nu war Norwig vom Pferde herunter, streifte sich die Zügel über den Arm und kniete neben ihr ins Gras.

„Mein Gott, sie kann doch nicht . . .?" sagte er halblaut vor sich hin, als er kein Lebenszeichen an ihr bemerkte. „Es wird doch keine Gehirnerschütterung . . . das wäre entsetzlich! Aber hier auf dem weichen Moorboden . . .!"

Und sein gutes Tier erkannte nun auch seine Gebieterin, die es so oft getragen hatte, ehe der böse Potrimpos es an die zweite Stelle gedrängt. Es bog seinen Kopf herab und schnoberte fast ängstlich an ihrem Haar, von dem der Hut im tollen Ritte abgeflogen war, und schien durch seinen seltsam bekümmerten Blick und das eifrige Spiel der Ohren seinen neuen gestrengen Herrn zu rascher Hilfeleistung auf= fordern zu wollen.

Herr von Norwig tupfte noch schnell mit seinem Tuche eine Schaumflocke hinweg, die von den Lippen des Wallachs auf ihre bleiche Stirn geflogen war, und dann lief er eiligst nach dem Bache, der glücklicherweise kaum zwanzig Schritte entfernt war, band das Pferd an einem Baume fest und schöpfte dann seinen kleinen festen Filzhut voll Wasser. Da= von spritzte er, zurückgekehrt, der Komteß ins Gesicht, goß ein weniges über ihre halbgeöffneten Lippen, und den Rest ließ er langsam über ihr Hinterhaupt rinnen. Zu seinem Schrecken wollte sich aber noch kein Lebenszeichen einstellen. Er richtete nun ihren Oberleib etwas auf, indem er ihren Nacken gegen seine Kniee stützte. Er wollte ihr Luft um den Hals verschaffen, den der hohe Stehkragen der prall sitzenden Taille fest umschloß. Da diese jedoch im Rücken geschlossen war, so war es nicht leicht, die Knöpfe zu öffnen, und es währte geraume Zeit, bis er zum Ziele gelangt war und ihr die Kehle frei machen konnte. Dann ließ er sich auf beide Kniee nieder, zog die schwere Gestalt halb auf seinen Schoß, bettete ihren Kopf an seinem linken Oberarm und wehte ihr dann mit seinem nassen Hute Kühlung zu. Und da — oder war es nur eine Täuschung gewesen? — da war es ihm er= schienen, als kehre ein leises Rot auf ihre fahlen Wangen zurück, als blähe ein erster Atemhauch die Nasenflügel ein wenig auf, als zuckten die Augenlider leicht zusammen. Mit ängstlichem Eifer gingen seine Blicke diesen schwachen Lebens= spuren nach — und als sie endlich gar für eine Sekunde die

Augen zu ihm aufschlug, da drückte er in einer fast zärtlichen Regung der Freude den nassen Kopf an seine Brust.

Mittlerweile waren auch die Männer herangekommen, die zu Fuß der wilden Jagd gefolgt waren. Neugierig, auch wohl ernstlich besorgt, liefen sie herzu und bestürmten den Oberverwalter mit Fragen.

„Es ist hoffentlich nur eine Ohnmacht," antwortete Norwig dem Inspektor. „Sie hat bereits die Augen aufgeschlagen. — Ah, Hinrich, da sind Sie ja auch. Sie sind ja ein verheirateter Mann, nicht wahr?"

„Jawoll, Herr, ick bün all Grotvadder!" grinste der alte Kutscher.

„Na, dann bleiben Sie mal hier und helfen Sie mir. Und Sie, Herr Reusche, sind wohl so freundlich, mit den übrigen Leuten die Verfolgung des Hengstes aufzunehmen."

„Gewiß, gern," versetzte der Inspektor. „Sollten wir nicht vielleicht erst nach einem Wagen aufs Schloß schicken?"

Herr von Norwig überlegte: „Hm! Ich möchte nur nicht den Herrschaften einen überflüssigen Schreck verursachen. Vielleicht ist es nur eine Ohnmacht, und die Komteß erholt sich."

„Na, wie Sie meinen, Herr von Norwig. Ich komme denn hier wieder vorbei und frage nochmal an."

„Bitte sehr. Aber wollen Sie sich nicht vielleicht auf mein Pferd setzen? Sie werden es brauchen können, wenn die Bestie noch weit gerast ist."

Der Inspektor befolgte den Rat seines Vorgesetzten und machte sich, von den fünf Arbeitern gefolgt, auf den Weg.

Der alte Hinrich hatte seine Mütze auf die Seite gerückt und kratzte sich hinterm Ohr: „Ja, Herr, wat sall ick dorbi dhaun?"

„Treten Sie hierher, lieber Hinrich," ordnete Norwig mit gedämpfter Stimme an. „So, halten Sie die Komteß

im Nacken feſt — ſo — daß der Oberkörper aufgerichtet
bleibt."

Der Alte that, wie ihm geheißen, und dann öffnete
Norwig vollends die Reihe der Knöpfe im Rücken der Taille,
hakte dann das Gurtband um den Kleiderrock auf, fand glücklich
den Knoten der Schnürſenkel und ſchnürte raſch und geſchickt
den feſtſitzenden Leib auf. Und dann wies er den ernſt und
ſtumm zuſchauenden Hinrich an, den linken Arm der Ohn-
mächtigen auf und nieder zu führen, indem er dasſelbe mit
dem rechten that und gleichzeitig den Oberkörper vor und
rückwärts beugte.

Die beiden Männer hatten die Freude, ihre Anſtrengungen
ziemlich bald belohnt zu ſehen. Die junge Gräfin ſchlug
mit einem tiefen Seufzer abermals die Augen auf, ihr
Buſen hob und ſenkte ſich wieder ſelbſtthätig und ihre Lippen
bewegten ſich, als ob ſie reden wollten.

„Erkennen Sie mich, Komteß?" frug Norwig mit ſanfter
Stimme.

Sie blickte ihn groß an — antwortete aber nicht.

„Fühlen Sie Schmerzen? Haben Sie ſich verletzt?"

Sie antwortete noch nicht; und ihre grauen Augen ruhten
mit einem ſeltſamen Glanz auf Norwigs Zügen. Dann
begann ſie raſcher zu atmen, öffnete lechzend die Lippen und
brachte mühſam das eine Wort „Waſſer" heraus.

„Laufen Sie, Hinrich; da, nehmen Sie meinen Hut —
ſchnell!"

Der Alte trollte ſich mit dem Hute nach dem Bache.
Und als Norwig ſich abermals über das Haupt der Geretteten beugte, das er nun wieder in ſeinem Arme hielt,
tauchten ihre Blicke wieder ſo ſeltſam feſt und gleichſam mit
ernſter Frage in die ſeinen, daß er ſich wie in Verlegenheit
abwenden mußte.

Welch ein blendendweißer Nacken, welch prachtvoll ge-
rundete Schultern waren ihm da preisgegeben! Wie kann

die schaffende Natur sich so an ihren Meisterwerken versündigen! Ach, sie fragt so wenig nach den Gesetzen der Schönheit, wie nach der Gerechtigkeit. Im Ganzen ist sie groß, erhaben, ewig schön, weil sie göttlich ist, doch im Einzelnen schafft sie nach Lust und Laune — menschenwitzig, wenn nicht gar teuflisch grausam!

Hinrich kam mit dem Wasser. Durch Einknicken der Krämpe gelang es, eine Rinne herzustellen, aus der Norwig die Lechzende langsam schlürfen ließ. Schlechtes Flußwasser aus einem alten Filzhut; aber es schien sie wunderbar zu erquicken. Er tauchte sein Taschentuch in das Wasser und legte es ihr auf die Stirn.

„Wie fühlen Sie sich jetzt, Komteß?"

„Gut — sehr gut!" hauchte sie.

Und ihr starrer, leuchtender, fragender Blick senkte sich so tief in seine Augen, suchte sie flehend, sobald er sie abwandte und verklärte sich wunderbar, wenn er sie ihr wieder zukehrte. Endlich schlossen sich ihre Lider, wie in tiefer Müdigkeit, und — zum erstenmal auch ihren Unterkörper selbständig bewegend — wandte sie sich ein wenig zur Seite und suchte wie ein müdes Kind an seiner Brust den besten Ruheplatz für ihr Haupt. Norwig ward seltsam ergriffen; es überkam ihn eine Rührung ohnegleichen — und wie in einem holden Morgentraume zogen die Bilder der wenigen Jahre und Stunden seines Lebens an seinem geistigen Auge vorüber, in denen er ein reines, menschlich schönes Glück genossen hatte. Er seufzte tief auf und — eine Thräne wollte sich in sein Auge stehlen.

Da sagte der alte Hinrich, sich eifrig hinterm Ohr kratzend und mit der allergreulichsten Meerkatergrimasse: „Ja, ja — bei dulle Kunteß! Ne — ick segg . . .!"

„Ja, mein Alter," lächelte Norwig; „heute hat sie's wirklich ein bißchen toll getrieben."

Wohl eine Viertelstunde lang schlummerte sie in derselben

Stellung fort. Dann erschienen als Vortrab der dem Potrimpos nachgesandten Leute die beiden Bernhardiner, welche bald ihre Hasenjagd aufgegeben und es vorgezogen hatten, den durchgehenden Hengst zu verfolgen. Sie weckten durch ihr Gebell die Schlummernde auf und ließen sich in ihrer zudringlichen Neugier nur durch die Fußtritte Hinrichs davon abhalten, durch ihr, wahrscheinlich wohlgemeintes Schnüffeln und Belecken der Komtesse lästig zu werden.

Mit ratlos verwundertem Ausdruck blickte diese nun auf und um sich. Ohne Unterstützung setzte sie sich aufrecht hin, griff sich nach dem Kopfe, behielt dabei den nassen Umschlag in der Hand und rief, ihn von allen Seiten betrachtend, äußerst erstaunt aus: „Bin ich denn nicht verwundet?"

„Ich hoffe nicht, Komteß. Wollen Sie nicht versuchen, aufzustehen? Vorausgesetzt, daß Sie keine Schmerzen in den Gliedern fühlen."

„Ah, Herr von Norwig — ich danke Ihnen!" Sie streckte ihm die Hand entgegen. Bei dieser raschen Bewegung ward sie erst gewahr, in welchem Zustande ihre Kleidung sich befinde. Sie ward blutrot, bedeckte ihre Augen mit ihren Händen und rief mit bebender Stimme: „Mein Gott, was haben Sie mit mir gemacht!"

„Es war notwendig, Komteß — Sie dürfen mir darum nicht zürnen," flüsterte Norwig ihr zu.

„Halloa!" rief der alte Hinrich laut dazwischen und schlug sich auf die Kniee. „Da bringen sei bei Karnalj vun'n Beist. Na, täuw du Aas — bi sall dat Ledder bi lebendigem Liew dörchwalkt war'n, dat ..."

„Und alle diese Leute haben mich — so gesehen?" fragte Gräfin Marie hastig, verwirrt.

„Nur der alte Hinrich und ich." Norwig beeilte sich wenigstens die Taille einigermaßen zu schließen, ehe die Männer herankamen.

Inspektor Reusche drückte in unbeholfenen Worten seine

Freude über den glücklichen Ausgang des Abenteuers aus und berichtete dann, wie sie des Hengstes habhaft geworden waren. Das Tier hatte nicht fern von der Stelle, wo die Komteß heruntergestürzt war, den Versuch gewagt, den Bach, der dort einen Bogen machte und so ihm den geraden Weg verlegte, zu überspringen. Doch mußte der Sprung zu kurz und der Hengst nachher nicht im stande gewesen sein, das jenseitige, senkrecht abgestochene Ufer zu erklimmen. Bei der Anstrengung, sich wieder an das diesseitige Ufer hinaufzuarbeiten, war ihm dann der Sattel auf dem Bauche noch mehr nach vorn gerutscht, das Horn war zwischen seine Vorderbeine zu stehen gekommen und hatte das Pferd, nachdem es gelandet, sehr bald zu Falle gebracht. Auf der Seite liegend, keuchend und strampelnd hatten sie es gefunden und mit Mühe und Not wieder auf die Beine gebracht. Es blutete aus dem Maule, so arg hatte die Reiterin an der Kandare reißen müssen, und lahmte auf dem linken Vorderfuß. Ein Arbeiter trug den Sattel auf den Schultern.

„Soll ich nicht vielleicht hinüber reiten und die Kalesche anspannen lassen?" fragte der Inspektor mit einem besorgten Blick auf seine junge Herrin, die immer noch, leicht gegen des Oberverwalters Arm gelehnt, im Grase saß.

„O nein — lassen Sie das ja bleiben," entschied die Komteß lebhaft. „Sie würden ja zu Hause denken, ich hätte Arme und Beine gebrochen. Wollen Sie, bitte, Obotrit für mich satteln lassen, Herr Reusche."

„Aber gnädigste Komteß" . . . wagte Norwig einzuwenden. Sie schnitt ihm jedoch kurz das Wort ab, indem sie Anstalten zum Aufstehen machte und seine Beihilfe erbat. Es ging auch rasch genug damit, doch sah man ihr wohl an, wie sie einen heftigen Schmerz zu verbeißen suchte.

„Komteß haben sich am Ende einen einwendigen Schaden gethan!" sagte der Inspektor, ihr seine Unterstützung anbietend.

„Ach bewahre — es ist nur die Hüfte! Wenn ich erst im Sattel sitze, so kann es nicht mehr sehr weh thun."

„Komteß wollten wirklich ..."

„Aber gewiß!" rief sie, mit dem Versuch, Herrn von Norwig auszulachen.

„Mama würde mir ja nie wieder erlauben, einen Gaul zu besteigen, wenn Sie mich so als halbe Leiche angeschleppt brächten! Sie haben sich ja nun doch einmal als barm= herziger Samariter bewährt, Herr von Norwig; vielleicht thun Sie noch ein übriges und begleiten mich zu Fuß nach Hause, damit Obotrit hübsch im Schritt bleibt."

Da kein Dreinreden half, so machten sich die beiden Herren selbst daran, dem Braunen den Damensattel aufzulegen, während Potrimpos mit dem andern Sattel heimgeführt wurde.

Die Arbeiter standen inzwischen immer noch stumm und neugierig dreinschauend um die junge Gräfin herum. Da näherte der alte Hinrich seinen zahnlosen Mund dem Ohre seiner Gebieterin und raunte ihr zu: „Ick wull man seggen, dat, mit Respekt to mellen, gnä' Kunteß ehren Rock ver= lieren."

Erschreckt und verlegen griff sie nach dem Bunde des bleibeschwerten Reitkleides und rief dann einigermaßen un= wirsch den Gaffern zu: „Na, Lüd, wat is dor noch to kieken? Makt ji man 'n bäten fix, dat ji to jug Arbeit kümmt!"

Die Männer machten sich langsam davon, und der In= spektor führte ihr alsbald auch den gesattelten Braunen vor und bot ihr seine Hilfe beim Aufsitzen an.

„Ich danke Ihnen sehr, lieber Reusche, ich möchte doch noch einen Augenblick warten — mir ist noch etwas schwindlig. Bitte, lassen Sie sich aber nicht abhalten, Sie werden beim Pflügen nötig sein."

Er merkte, daß er entlassen sei und empfahl sich kurz und einigermaßen gekränkt. Er war eifersüchtig auf seinen

neuen Vorgesetzten, der, kaum zwei Tage auf dem Gute, be=
reits mit einer Vertraulichkeit ausgezeichnet wurde, die ihm
nie zu teil geworden war, obwohl er doch schon Jahr und Tag
in Diensten des Grafen stand. „Ja, da sieht man's recht,"
brummte er im Abziehen vor sich hin: „Nun sie den Abligen
hat, ist unsereins nicht mehr gut genug, ihr aufs Pferd zu
helfen! Und da heißt es noch, unsre Komteß wär' nicht so,
wie die andern Gnädigen — hehe! Hat sich was. — Und
der Herr Von da spielt sich auf, als wenn er mindestens ein
Prinz inkognito wär'! Wenn er so viel mehr verstünde als
andre Leute, wär' er wohl nicht mit seinem eignen Gut ver=
kracht — hehe! Wird auch wohl so einer sein, der seinen
Acker mit schönen Redensarten düngt und die Einkünfte durch
die Gurgel jagt, bis ihn der Jude beim Kragen hat!" — —

Als der brave Neusche außer Sicht gekommen war, wandte
sich der so scharf kritisierte „Herr Von da" an die ratlos mit
ihrem Rocke hantierende Komteß und sagte mit kavalier=
mäßiger Sicherheit: „Komteß müssen mir schon gestatten,
Ihnen noch einmal meine Dienste als Kammerjungfer anzu=
bieten."

Und sie wurde sehr rot und sagte mit einem komisch=
verzweifelten Seufzen: „Mein Gott! welch eine lächerliche,
gräßliche genante Situation das ist! Helfen Sie mir nur —
ich kann ja nicht anders."

„Ja es ist höchst shocking!" scherzte Norwig, indem er
mit großer Geschwindigkeit Schnüre, Haken und Knöpfe wieder
in Ordnung brachte.

„Nun — Sie sind wenigstens ein vernünftiger und sehr
geschickter Herr. Ich danke Ihnen vielmals!" Sie hatte
niemals in ihrem Leben irgendwelche Koketterie geübt; und
bennoch kam in diesem Lächeln, mit dem sie ihm, verschämt
zur Seite gewendet, die Rechte hinstreckte, die Evasart zum
Durchbruch. Aber sie stand ihr nun einmal nicht zu Gesichte.
Das Erröten machte sie noch unschöner.

Norwig behielt ihre große, aber schlanke und vornehme Hand ein Weilchen in der seinen und sagte: „Ja, ja, Gnädigste, die Schicklichkeit und Unschicklichkeit? Wunderbare Begriffe! Wären wir uns auf einem Hofballe zuerst begegnet, so hätten Sie mir und aller Welt ohne Erröten Reize preisgeben müssen, die einen armen Sterblichen blind machen könnten: aber um Sie vor dem Ersticken zu retten . . .“

„Ach, bitte — nun halten Sie aber gefälligst ein!“ fiel sie ihm in ihrer echten geraden Art ins Wort. „Ich danke Ihnen schön und damit holla! Dat anner is doch all dumm Tüg — nich wohr, Hinrich!“

„Jawoll, gnä' Kunteß — ick verstah' da woll nich so väl vun; öwerst dat wihr ok min' Meinung. Un denn sün' jo ok gnä' Kunteß, mit Respekt to mellen, so gaub as een richtigen Mannskierl!“

Die tolle Komteß lachte laut auf und rief: „Vielen Dank für die gute Meinung, Hinrich.“ Und zu Herrn von Norwig gewandt fügte sie französisch hinzu: „C'est ce qu'on appelle mettre quelqu'un à son aise — n'est-ce pas?“

„Ah oui — par exemple!“ lachte Norwig. Und damit war allerseits die Unbefangenheit und gute Laune wiederhergestellt. —

Nun handelte es sich darum, die Amazone wieder in Sattel zu bringen. Bei dem ersten Versuche stellte es sich heraus, daß der Schmerz in der Hüfte doch so stark war, daß sie den Fuß nicht bis zur Höhe des Steigbügels zu erheben vermochte. Da sich aber auch kein Stein oder Erdhaufen in der Nähe befand, der zum Aufsteigen hätte dienen können, so erfand Norwig ein seltsames aber praktisches Auskunftsmittel. Er ließ den alten Hinrich das Pferd halten, warf sich selbst auf die Kniee und Hände an dessen linker Seite zur Erde und ließ die Komteß erst auf seine Schultern und von da aus in den Bügel treten, worauf er aufsprang und ihr vollends in den Sitz half. Auf diese Weise brachten sie das

Kunststück zu stande, obwohl die arme Komteß mehrmals vor Schmerz laut aufstöhnte. Als sie aber glücklich im Sattel saß, behauptete sie, daß sie sich da oben sicher und erträglich befinde.

Sie versuchte auch, um sich ihre Schmerzen nicht merken zu lassen, einen leichten scherzhaften Ton anzuschlagen.

„Ich finde doch, Mama hat recht," begann sie die Unterhaltung, während die beiden Männer neben dem Wallach herschritten, sorgfältig darauf achtend, daß er nicht aus seinem gleichmäßigen Schritt falle. „Frauenzimmer gehören nicht aufs Pferd. Lieber Himmel, heute bin ich mir meiner holden Weiblichkeit recht jämmerlich bewußt geworden."

„O, Komteß, wie können Sie so sprechen!" beschwichtigte Norwig. „Wenn Ihnen einmal so viel kühne Wagelust im Blute liegt, warum sollten Sie da Ihrer Natur nicht folgen dürfen? Nur darum nicht, weil hie und da Ihre Eigenschaft als Dame Sie mit thörichten Schicklichkeitsforderungen in Konflikt bringen könnte? Soll denn allein die Frau nicht nach ihrer Façon selig werden dürfen — selbst nicht, wenn ihre Mittel es ihr erlauben?"

„Und doch sind es die Männer, die immer nach ‚Weiblichkeit' verlangen und von einer Emanzipierten am wenigsten wissen wollen."

„O Pardon, Gnädigste, das ist eine ästhetische Frage. Die Anziehung, die die Frauen auf uns ausüben, wird doch nun einmal fast ausschließlich von Sinneseindrücken bestimmt. Auch eine Emanzipierte ist reizend, wenn es ihr eben gut steht, das kecke, eigenwillige Wesen."

„Und was gehört wohl dazu?"

„Ei nun — will sie geistig emanzipiert erscheinen, so gehört eben ein überlegener Geist dazu, der nicht nur aus Eitelkeit und Laune, sondern aus eigner Vollkraft mit den Männern in die Schranken tritt. Will sie aber körperlich emanzipiert sein, dann gehört vor allem ein kerngesunder

Körper dazu, ein gewisses männliches Gleichgewicht der Formen und Kräfte, damit sie nicht in jeder heftigen Bewegung unschön oder gar lächerlich erscheine. Etwas Geist gehört aber auch hierzu — wie zu allem Ungewöhnlichen! Schon um die unvermeidlichen kleinen Reibereien mit den Satzungen der guten Gesellschaft mit Humor zu ertragen!"

„Das war für mich. Ich danke Ihnen," sagte lächelnd die Komteß und dann versank sie in ein längeres Schweigen. Erst als sie die Hügelkette überstiegen hatten und das Grafenschloß vor sich liegen sahen, nahm sie den Faden der Unterhaltung wieder auf. Norwig hatte unterdessen nur einige wirtschaftliche Fragen an den alten Kutscher gerichtet. Er fürchtete, seiner Schutzbefohlenen durch vieles Sprechen lästig zu fallen.

„Sie sind heute ganz besonders liebenswürdiger Stimmung, scheint mir," begann die Reiterin. „Ich dachte eben an unser gestriges Waldgespräch. Danach schienen Sie nicht eben geneigt, uns Frauen sehr viel des Guten nachzusagen, besonders nach den Andeutungen über die traurigen Erfahrungen Ihrer Ehe."

Norwig zögerte einen Augenblick, ehe er ihr antwortete. „Die eignen guten oder bösen Erfahrungen sollten niemals ein allgemeines Urteil bestimmen. Freilich geschieht es ja doch meistens — weil es eben menschlich ist! Welches Recht sollte eignes eheliches Unglück mir geben, über die Frauen abzuurteilen? Ich bin ja selbst schuld an dem Schicksal, das mich betroffen hat, denn ich sündigte gegen ein soziales Grundgesetz."

„Ah, wie das?" frug sie aufhorchend.

„Ich heiratete im Rausch und unter meinem Stande."

„Was?" rief die Komteß höchst erstaunt. „Solch ein altes Vorurteil nennen Sie ein soziales Grundgesetz? Das hätte ich von Ihnen nicht erwartet! Darüber sind ja doch selbst meine Eltern längst hinaus, trotzdem sie ihren alten

Abel sehr in Ehren halten. Sie würden uns Mädchen nie verbieten einen Bürgerlichen zu heiraten, wenn er nur sonst ein anständiger Mann ist."

„Bravo, Komteß, Sie haben das richtige Wort gesprochen! Ein anständiger Mensch ist jeder ehrenhafte, achtbare Charakter, nicht wahr? Und doch zieht unbewußt jeder Stand die engere Grenze des „anständigen Menschen" im gesellschaftlichen Sinne ganz wo anders. Ich frage den Teufel nach dem Almanach de Gotha, aber das Blut muß gleichwertig und die Bildungs= sphäre dieselbe sein bei Mann und Frau, sonst ist eine glück= liche Ehe innerhalb der modernen Gesellschaft kaum denkbar. Sehen Sie, Komteß — da ich doch einmal angefangen habe, Ihnen zu beichten" — er ging jetzt dicht an ihrer Seite und sprach französisch, um den alten Heinrich nicht zum Mitwisser seiner Geheimnisse zu haben. „Ich unterhielt ein Liebes= verhältnis mit einer unbedeutenden, aber sehr hübschen und auch geistig pikanten Schauspielerin. Ich war so blind ver= liebt und rasend eifersüchtig, daß ich sie heiratete, um sie für mich allein zu besitzen und auf meinem kleinen Gute vor der Welt zu verbergen wie einen kostbaren Schatz. Ich nahm meinen Abschied von den Ulanen, brouillierte mich mit meiner Familie und sah mich dennoch sehr bald genötigt, wenn ich mir nicht mein Haus zur Hölle machen wollte, dem Verlangen meiner Frau nach lärmender Geselligkeit, Reisen, Putz, Auf= wand aller Art nachzugeben. Nach fünfjähriger Ehe war ich ruiniert. Ich floh vor meinem Weibe über den Ocean und nahm meinen Sohn, unser einziges Kind, mit mir, weil ich es nicht mehr mit ansehen konnte, wie dies Weib ihre Mutter= pflicht vernachlässigte."

„Ah, Sie haben einen Sohn? Was ist aus ihm ge= worden?" warf die Komteß lebhaft ein.

„Ich habe ihn drüben lassen müssen. Er ist in einer amerikanischen Familie in Pennsylvanien untergebracht. O, ich fürchte, Bill Norwich wird seinen Papa wie ein fossiles

Ungeheuer anſtaunen, wenn er ihn einmal wiederſehen ſollte. Er ſcheint mir ſeiner raſchen und gründlichen Yankyſierung nicht den geringſten Widerſtand entgegenzuſetzen, während ich — trotz meiner Vorurteilsloſigkeit und Abenteuerluſt — doch bald genug von unwiderſtehlichem Heimweh nach dem ‚alten Lande‘ erfaßt wurde. Sie glauben nicht, wie das blaue Blut gegen Amerika revoltierte! Daheim wurde ich, in meinem Regiment wie in meiner Verwandtſchaft, als Freigeiſt miß= trauiſch angeſehen und ſogar ‚der Rote‘ genannt. Und drüben? Nach vier Wochen war ich bereits Mitglied des deutſchen Adelsklubs von Long=Island — haha! Tagüber arbeiteten unſre Grafen und Barone in den Fabriken, in den Kontoren der City, als Kellner in Reſtaurants und Gott weiß wo noch. Dann aber wurde der Kavalier mit dem Feierkleide, das wie ein edles Pferd gehätſchelt und gepflegt wurde, aus dem Spinde geholt, und der Schritt nach unſerm beſcheidenen Vereinslokal gelenkt. ‚Das Kaſino der Ent= gleiſten‘ nannten es die Spötter. Wunderlich genug war die Geſellſchaft, die ſich da zuſammenfand. Bankrotte Land= wirte gleich mir, um die Ecke gegangene Offiziere, Korps= ſtudenten, denen das Leeren des väterlichen Geldbeutels leichter als die Examina gelungen war — lauter gutes, chriſtlich= germaniſches, blaues Blut. Die meiſten hatte die Not zahm und die Arbeit vernünftig gemacht. Prächtige Kameraden waren ſie alle — die letzten Heller wie die letzten Cigarren wurden brüderlich geteilt, der Zuſammenhang mit dem Mutter= lande mit rührender Treue aufrecht erhalten und ängſtlich über die Formen der guten Geſellſchaft gewacht. Die geiſtigen Genüſſe der Unterhaltung waren mager und beſcheiden wie die leiblichen der Kaſinoküche; aber ein Geſpräch über Hunde, Pferde und Frauenzimmer iſt eine wahre Erquickung, wenn man ſonſt nur von Geſchäft und wieder Geſchäft reden hört, und einen geſitteten Europäer mit Anſtand einen Hering mit Kartoffeln ſpeiſen oder eine Cigarre ohne Gekau und Geſpei rauchen zu sehen, kann unter Umständen zu einem ästhetischen Genuß werden. — Meinem Kinde soll die Tragikomödie des armen Adligen erspart bleiben. Hier wird sein Name ihm nur hinderlich sein, drüben als Bill Norwich wird es ihm wohl leichter werden, sich empor zu arbeiten. Er ist ja auch Halbblut, das gedeiht dort am besten."

Die Komteß erwiderte längere Zeit nichts auf diese lange Rede. Endlich fragte sie, mit wahrer Anteilnahme ihres Begleiters Auge suchend: „Und seine Mutter — starb?"

„Für mich ist sie tot — ich beantragte die Scheidung, als ich durch den Brief eines deutschen Freundes die Gewiß= heit erlangte, daß sie mir die eheliche Treue nicht gewahrt hatte. Lassen Sie mich die leidigen Erinnerungen nicht wieder erwecken, Komteß." Er sah mit bittendem Blicke zu ihr auf.

Und ihre Augen begegneten den seinen mit einem Aus= druck, der Dank für sein Vertrauen und die Versicherung ihres warmen Mitgefühls zugleich enthielt. Er mußte an den so traumverlorenen, glückseligen und doch sehnsüchtig fragenden Blick zurückdenken, mit dem sie aus ihrer Ohnmacht erwacht war. Sein Herz klopfte rascher und ihm ward so eigen be= klommen zu Mute. Wie kam er nur dazu, nach so kurzer Bekanntschaft dieser jungen Dame Eröffnungen zu machen, wie man sie sonst kaum einem vertrauten Freunde macht? Wenn sie schwatzhaft war nach Frauenart, so konnte ihm in seiner abhängigen Stellung allerlei Unbequemlichkeit daraus erwachsen. Klatschfreudige Landedeldamen konnten aus dem geschiedenen Gatten einer leichtfertigen Theaterprinzessin und amerikanischen Abenteurer mit Leichtigkeit eine in guter Ge= sellschaft unmögliche Persönlichkeit gestalten. Aber der alte Hinrich hatte ja gesagt, sie sei so gut „as een Mannskierl". Warum sollte sie ihm da nicht auch im besten Sinne ein guter Freund werden können? Es war wohl eine glückliche

Ahnung gewesen, die ihn gleich unbewußt bestimmt hatte, um ihre Freundschaft zu werben.

Es ist freilich im allgemeinen eine heikle Sache um die sogenannte Freundschaft zwischen Mann und Weib. Wenn aber das Weib so zweifellos garstig ist, dann sollte ihr doch wohl die Freundschaft mindestens so leicht werden wie die Tugend!

Als sie die Rampe zum Schlosse hinaufritten, sagte die Komteß: „Sie gaben sich als Witwer aus. Ich glaube zu verstehen warum, und werde Sie nicht verraten, so lange Sie es nicht wünschen." Sie war also seinen heimlichen Gedanken auch ihrerseits gefolgt. Er verneigte sich dankbar und ehrerbietig.

Sie hielten nun vor dem Hauptportal. Niemand erschien zu ihrem Empfange. Die beiden Männer halfen ihr mit großer Behutsamkeit aus dem Sattel. Sie konnte aus dem Bügel bequem auf die steinerne Treppenwange treten, aber das Ausschreiten verursachte ihr große Schmerzen und sie mußte sich mit ihrem ganzen Gewicht auf Norwig stützen, um nur die Hausthür zu erreichen. Auf einen Korbstuhl, der dort stand, sank sie leise aufstöhnend nieder. Norwig rief laut nach Friedrich, dem Diener, aber niemand hörte ihn. Er eilte dann selbst fort, um den Grafen oder seine Gemahlin zu benachrichtigen. Aber die Zimmer des Grafen wie der Gräfin waren leer. Das ganze Haus war wie ausgestorben. Endlich, zu einem Hoffenster hinausschauend, sah er den Diener mit dem Hausmädchen schäkern und rief ihn zu seiner Hilfe herbei. Er teilte dem Bestürzten mit, was vorgefallen, und dann trugen die beiden Männer die arme junge Herrin auf dem Stuhle sitzend die Treppe hinauf. Es war das keine kleine Anstrengung, und als sie auf der ersten Rast ausruhten, erkundigte sich Norwig, wo denn die Herrschaften zu finden seien.

„Der Herr Graf müssen wohl nicht recht wohl sein,"

erklärte Friedrich: „Die Frau Gräfin sind schon seit einer Stunde bei ihm im Schlafzimmer, die Köchin hat Fliederthee aufgekocht und ich habe ihn eben hineingetragen. Frau Gräfin haben auch das zweite Frühstück abbestellt. Komteß Viktoria sind mit dem neuen Fräulein hinaufgegangen. Das Fräulein hatte ganz verweinte Augen und hustete sehr. Die Luise hat ihr eben Brustthee hinauftragen müssen.“

Die tolle Komteß lächelte mühsam. „Da ist ja das ganze Haus auf einmal in ein Lazarett verwandelt. Was werdet ihr mir nun für einen Thee kochen?“

Sie waren vor dem Schlafzimmer der jungen Gräfinnen angekommen. Der Diener klopfte an, und da kein Herein! laut wurde, öffnete er und half den Stuhl ins Zimmer tragen. Da erst that sich die Nebenthür auf, welche in das Wohnzimmer der Töchter führte und auf deren Schwelle erschienen Arm in Arm Komteß Vicki und Fräulein Bandemer.

„Aber Ma! Um Gotteswillen — was ist das?“ rief das junge Mädchen, indem es mit großen, erschrockenen Augen die Schwester anstarrte, welche soeben den rechten Arm um Herrn von Norwigs Schultern legte und von diesem und Friedrich unterstützt, sich mühsam erhob.

„Ach, Vickichen,“ stöhnte die Arme. „Fürs erste habe ich ausgetollt, ich bin gestürzt — aber Gott sei Dank! Die Knochen sind alle heil! Hilf mir nur schnell zu Bett.“

„Ich eile, die Frau Gräfin zu rufen,“ sagte Fräulein Sophie und schwebte diensteifrig und geräuschlos zum Zimmer hinaus.

Friedrich folgte ihrem Beispiel.

Vicki schlang zärtlich ihre Arme um die Schwester und half dem Herrn Verwalter sie nach dem Bette zu geleiten.

„Ach, liebe, süße Ma — du siehst ja leichenblaß aus! Wie war es denn nur, Herr von Norwig? — Hast du große Schmerzen?“ So schwätzte das große Kind in mitleidigster

Aufregung, und die dicken Thränen traten ihr dabei in die Augen. „Ach, lieber Gott, wie du stöhnst! Du hast dir gewiß alles mögliche gebrochen — du sagst es nur nicht. Sie ist immer so gräßlich heroisch, Herr von Norwig."

Der also Belehrte konnte sich des Lächelns nicht erwehren, als er erwiderte: „Heute hat sich die Komteß wirklich wie eine Heldin benommen." Und er berichtete in wenigen Worten den Hergang, der zu dem Unglücksfalle geführt hatte.

„Ich wäre vielleicht aus meiner Ohnmacht nicht wieder erwacht, wenn nicht Herr von Norwig . . ."

„O, meine gnädige Komteß — ich war ja der Nächste dazu."

„Es kann doch sein, daß Sie mir das Leben gerettet haben — nochmals tausend Dank!" Sie ergriff mit warmem Drucke seine Rechte.

Und Komteß Vicki fiel lebhaft ein: „Sie haben ihr das Leben gerettet? Ach, wie lieb von Ihnen! Ohne Ma könnte ich es auch nicht mehr in der Welt aushalten. Ich danke Ihnen auch tausend, tausend . . ." Und dabei erhaschte das überschwengliche, fast schon schluchzende Mädchen seine Linke, küßte sie mehrmals trotz seines Widerstrebens und ließ ihre heißen Thränen darauf fallen.

Und der Herr Oberverwalter stammelte etwas von seinen besten Wünschen für recht baldige Besserung und verließ schier fassungslos das Zimmer.

Auf der Treppe begegnete ihm das Fräulein Bandemer. Sie sah um zehn Jahr älter aus als heute früh beim Trauben-pflücken, wie sie, an ihm vorbeistreifend, leise und höhnisch auflachte.

„Du willst wohl wieder einmal — dein Glück machen? Hüte dich — ich wache!"

Er biß sich auf die Lippen und würdigte sie keiner Antwort.

Siebentes Kapitel.

In welchem wahrheitsgetreu berichtet wird, warum Fräulein Sophie Kamillenthee, die Gräfin Baldriantropfen und der Graf Fliederthee zu sich zu nehmen genötigt waren. Berichtet auch von einer gar seltsamen Zwiesprache zwischen dem Oberverwalter und der Stütze.

Als an diesem denkwürdigen Morgen die Herrin von Räsendorf nach dem verhängnisvollen Besuch im Nutzgarten in Begleitung der hart beklagten Stütze wieder in ihrem Eckzimmer angelangt war, ließ sie sich erschöpft auf den kleinen Rundbiwan fallen und begann sich mit dem Taschentuch Kühlung zuzufächeln. Dabei bemerkte sie sofort die purpurnen Spuren, welche die heftige Berührung mit Beatens verletztem Geruchsorgan darin zurückgelassen hatte und eröffnete infolge solcher Wahrnehmung die hochnotpeinliche Verhandlung mit den Worten: „Ach, holen Sie mir doch erst mal ein reines Schnupftuch, Fräulein. Gleich links vornan, in der obersten Schublade."

Und während Fräulein Sophie sich entfernte, um den Auftrag auszuführen, griff die erregte alte Dame nach dem Pappfutteral mit den Herrnhuter Losungen, deren Orakel sie in allen schwierigen Lagen zu befragen pflegte und das daher stets auf ihrem Schreibtisch zur Hand war. In ungeduldiger Hast zog sie einen Zettel heraus und las: „Und weil du Gott lieb warst, so mußte es so sein; ohne Anfechtung mußtest du nicht bleiben, auf daß du bewähret würdest." Tobias 12, 13.

„Hm!" machte die Gräfin und blickte sinnend auf den Spruch nieder. „Ja nun weiß ich nicht: geht das auf mich oder auf sie?" murmelte sie kopfschüttelnd. „Geht das auf mich, dann darf ich gar nicht mal recht was sagen. Und geht es auf sie — je nun: eigentlich ist sie ja doch man angefochten worden; denn daß sie angefangen hat, das lügt die Pastorsdirn einfach — dazu kenne ich meinen Helmut doch zu gut! Er hat sich immer gern zum Werkzeug gebrauchen lassen, wenn der Himmel mal einem hübschen Mädchen eine kleine Anfechtung bereiten wollte. Eigentlich ist die Sache so: weil sie dem Herrn Grafen lieb war, darum mußte sie angefochten werden, auf daß ich bewähret würde — als eine christliche Ehefrau, die ihr Kreuz in Geduld trägt. Hm, hm! Tetete! Der liebe Gott mag ja nichts dafür können; aber eine verdrehte Welt ist das doch: die Damen haben das Malheur und die Herren das Pläsir! — Na, meine Ansicht sollen sie alle beide zu hören kriegen — dat helpt nu nich!"

Sie schob den Zettel in die Schachtel zurück und schickte sich an, das Orakel zum andernmal zu befragen, als Fräulein Sophie wieder eintrat und ihr das reine Taschentuch überreichte.

Die Gräfin riegelte die Thür nach dem Speisesaal ab, nahm wieder auf dem Diwan Platz, legte ihr Gesicht in möglichst strenge Falten und begann: „Erinnern Sie sich vielleicht, was ich Ihnen sagte, als ich Sie gestern an dieser selben Stelle willkommen hieß?"

„Frau Gräfin legten mir Komteß Viktoria ganz besonders ans Herz," erwiderte mit leichtem Zögern die Stütze.

„Das meine ich nicht. Ich sagte Ihnen: Sie kämen in ein christliches Haus und Sie müßten auf Ihren Lebenswandel selbst ein bißchen achtgeben, sonst . . ."

„Ich erinnere mich wohl, Frau Gräfin."

„So, wirklich? Na, dann haben Sie wohl bloß an einer augenblicklichen Gedächtnißschwäche gelitten, wie Sie sich da an der Weinmauer von meinem Mann abküssen ließen, wie?"

Das Fräulein verbarg ihr Antlitz in ihren Händen und seufzte gar herzbrechend auf, ohne jedoch ein Wort zu äußern.

Die gestrenge Gräfin fuhr daher nach einer kleinen Pause der Erwartung fort: „Pastors Beate, die die ganze Geschichte durchs Schlüsselloch beobachtet hat, sagt zwar aus, daß Sie meinen Mann erst durch Ihre Mätzchen dahin gebracht hätten, daß er sich so weit vergessen konnte; doch das will ich noch gar nicht einmal annehmen — daran sollen Sie unschuldig sein! Aber was ich unverzeihlich finde bei einem Mädchen, das meiner Vicki zum Vorbilde dienen soll, das ist, daß Sie sich so ganz gemütlich, gleich am zweiten Tage Ihrer Anwesenheit, von dem Gatten, Vater und Brotherrn abküssen lassen, ohne auch nur zu mucksen! Es scheint, Sie haben der Welt doch noch nicht so recht gründlich entsagt; denn wissen Sie, mein Kind, ein Mädchen, das der Welt entsagt hat, läßt sich nicht küssen; und wird es doch geküßt — dann quietscht es wenigstens!"

Das Fräulein wandte sich ab. Ihre Schultern gerieten in Zuckungen. Sie weinte offenbar heftig.

„Nun! Wissen Sie darauf nichts zu sagen? Oder haben Sie vielleicht gar gequietscht? So reden Sie doch endlich einmal!"

„O wie darf man so die edlen Motive des ehrwürdigen Greises verkennen!" rief Sophie pathetisch aus und schlug die Augen, in welchen übrigens noch keine Thräne zu entdecken war, anklagend zur Decke auf.

„Na, das ist man schön, daß das der Graf nicht gehört hat," bemerkte hierauf die Gräfin mit drolliger Ironie. „Ehrwürdiger Greis!! Ich glaube, ihn rührte der Schlag! Und mit den edlen Motiven — Schnickschnack! Ich will zu Ihrer Ehre annehmen, daß Sie doch noch nicht viel Erfahrung haben, sonst wüßten Sie wohl, daß die alten Herren immer die Schlimmsten sind. Motive? Ich dächte, Ihre schwarzen, blanken Guckeln wären schon Motive genug. Und Sie werden sie auch nicht gerade in die Tasche gesteckt haben, wie der — der ehrwürdige Greis sich da um Sie niedlich machte."

Wieder erfolgte keine Antwort. Sophie stand abgewandt, mit den Händen vor dem Gesicht, die Gräfin saß mit übereinander geschlagenen Armen da, hochrot bis an den Hals, und ihre

losen, vollen Wangen schwankten noch eine ganze Zeit lang
nach, wie der Boden nach einem Erdbeben. Da wandte sich
plötzlich das Fräulein ihr zu, führte mit niedergeschlagenen
Augen eine tadellose Verbeugung aus und schritt dann rasch
der Thür zu.

„Was soll das? Wohin?" rief die Gräfin erstaunt.

Und in dem Tone dumpfer Ergebung versetzte Fräulein
Bandemer: „Ich gehe, meine wenigen Habseligkeiten zusammen=
zupacken. In einer halben Stunde bin ich fertig. Wenn
Frau Gräfin vielleicht die Gnade haben wollten, mich nach
dem Bahnhof fahren zu lassen? Aber nein, das wäre wohl
zu viel verlangt! Ich kann ja auch zu Fuße gehen — mein
Köfferchen ist ja nicht schwer."

„Ach was — papperlapapp! Habe ich Ihnen vielleicht
schon die Thür gewiesen?" Die Gräfin erhob sich ärgerlich,
ergriff das Fräulein ziemlich unsanft beim Arme und führte
es ins Zimmer zurück. Dann setzte sie sich wieder auf ihren
Lieblingsplatz unter dem Thorwaldsenschen Christus und sagte:
„Kein überflüssiges Echauffement, bitte! Wo wollen Sie denn
jetzt so Knall und Fall hin?"

„In die weite Welt, wo ich zu Hause bin. Ich bin es
ja gewohnt, auf dem Ocean des Lebens ruhelos umhergeworfen
zu werden, wie die letzten Splitter eines gescheiterten Schiffes.
Die Flut trägt mich in einen Hafen, die Ebbe spült mich
wieder hinaus. Lassen Sie mich ziehen, Frau Gräfin — ich
sehe es ja ein: es war eine dreiste Anmaßung von mir, zu
erwarten, daß mir in diesem Hause endlich das Glück der
Ruhe, des Vergessens beschieden sein werde. Ach, wie heimelte
mich hier alles an, wie kam mir alles mit Liebe entgegen!
Es war mir zu Mute, als ich die Schwelle dieses Schlosses
betrat, als riefe der fromme Geist des Hauses mir den schönen
Christengruß entgegen: Friede sei mit dir!"

Hier machte die Rednerin eine Kunstpause. Eine Hand
hatte sie aufs Herz gelegt, die andre leicht erhoben vor=

gestreckt, als begrüße sie demütig den „frommen Geist des Hauses" mit einem Palmenwedel. Dann hob ein Seufzer ihren zarten Busen, ihre Arme und ihr dunkles Köpfchen sanken matt herab.

Die gute Gräfin saß da wie in der Kirche und faltete die Hände andächtig im Schoße. Sie hatte ganz vergessen, daß sie ja eigentlich diesem Mädchen eine gehörige Straf= predigt zugedacht hatte. Und sie wartete begierig auf den zweiten Teil.

„Es hat nicht sollen sein!" schloß das Fräulein mit bebendem, thränenschwerem Tone und suchte dann eifrig in ihrer Kleidertasche nach dem Zährentüchlein. Leider hatte sie dies nützliche Requisit der Sentimentalen beizustecken ver= gessen; doch ist ja bekanntlich der trockne Seelenschmerz der herbste, und auch dieser stand ihr sehr gut zu Gesichte. Sie rang also die kleinen Hände ineinander, starrte düster in die Zimmerecke und wiederholte nochmals das mit Recht so beliebte Citat: „Es wär' so schön gewesen — es hat nicht sollen sein!"

„Das sagt ja wohl Schiller, meine Liebe?" fragte die Gräfin, durch den bekannten Klang jener Phrase wie aus einer Betäubung erweckt. Und da das Fräulein wehmütig verneinend den Kopf schüttelte, fuhr sie gleichgültig fort: „Nicht? Na, dann sagt es eben jemand anders! Ich meine man, weil die meisten Sachen doch immer Schiller sagt. Aber recht hat er doch nicht mit seinem: es hat nicht sollen sein! Im Gegenteil: es hat doch wohl am Ende so sein sollen; denn die Schrift sagt: ‚Und weil du Gott lieb warst, so mußte es so sein! Ohne Anfechtung mußtest du nicht bleiben, auf daß du bewähret würdest!' Wissen Sie, wo das steht?"

Wieder verneinte das Fräulein durch wehmütiges Kopf= schütteln.

Und die Gräfin versetzte mit lächelnder Genugthuung:

„Sehen Sie, das wissen Sie wieder nicht! Das steht im Buch Tobiä, Kapitel 12, Vers 13. Merken Sie sich den schönen Spruch, meine Liebe. ‚Ohne Anfechtung mußtest du nicht bleiben, auf daß du bewähret würdest!‘ Sehen Sie, die Anfechtung, das war mein Mann; der hat ja wohl seine Schuldigkeit als Werkzeug des Himmels ganz schön gethan — aber ich finde nicht, daß Sie sich besonders bewährt haben. Na, na, weinen Sie nur nicht gleich! Ich kann das alte dumme Geheul nicht ausstehen. Ich will Sie gar nicht vor die Thür setzen; nur das muß ich Ihnen als Gattin, Mutter und Hausfrau ans Herz legen, daß Sie ein andermal, wenn die Anfechtung wieder kommen sollte, doch ein bißchen energischer gegen ankämpfen und besonders — das Quietschen nicht ver= gessen!“ Sie lachte gutmütig und klopfte der Vermahnten dabei die Wange. „Wenn man ein so hübsches Lärvchen hat, dann läßt die Anfechtung meist nicht lange auf sich warten.“

Da warf die schöne Sophie sich ganz plötzlich der Gräfin zu Füßen und rief in leidenschaftlicher Bewegung: „O, dies Gesicht, dies verhaßte, glatte Gesicht! Wenn ich nur einmal den Mut fände, es mit diesen Nägeln zu zerfleischen, bis ich es so entstellt hätte, daß mir die Menschen mit mitleidigem Grauen auswichen! Dann erst fände ich vielleicht wirklich den Frieden, den ich bisher noch stets vergebens gesucht habe. Ich hasse mein Gesicht, ich hasse meine Augen — auslöschen möchte ich ihre Flammen, die so unheiligen Brand in die Herzen der Männer werfen!“

„Aber Kind, wie können Sie sich so versündigen,“ suchte die erschrockene Gräfin sie zu beschwichtigen. „Hat Ihnen Gott dies Angesicht nicht gegeben, damit die Menschen den Schöpfer in seinen Werken preisen sollen?“

„Ja, aber der Herr sagt auch: So dich dein rechtes Auge ärgert, so reiß es aus und wirf es von dir!“

„Herr Jemine! Aber doch nicht gleich beide!“ rief die

Gräfin ganz entsetzt ob solcher Schriftauslegung. „Ueberhaupt — so was ist doch man bildlich zu verstehen. Denken
Sie doch bloß an: wenn sich jeder gleich so ein Auge aus-
reißen wollte, wie einen hohlen Zahn! Puh! Das wäre
ja gräßlich! Fi donc! Nein, nein — ein hübsches Gesicht
ist eine gute Gabe Gottes!"

„O gewiß, für ein Mädchen, das unter der treuen Ob-
hut liebender Eltern in die Welt der guten Sitte eingeführt
und von zarter Aufmerksamkeit und ritterlicher Huldigung
getragen wird. Aber für ein armes Mädchen, das in der
Fremde sich sein Brot suchen muß, ist es ein Fluch — ja,
meine teure, edle Frau Gräfin — ein grausamer Fluch! Dies
Gesicht hat mich aus dem Elternhause vertrieben, als ich noch
kaum erwachsen war. Mein guter Vater starb an den Folgen
der Wunden, die er im Feldzuge 1866 erhalten hatte und
ließ meine Mutter in bitterer Not zurück. Sie hatte einst
beßre Tage gekannt — sie konnte sich in das Elend nicht
schicken, ihr schwacher Charakter brach darunter zusammen.
Da wurde ihr die Aussicht eröffnet, ihre Lage glänzend zu
verbessern — mein Gesicht hatte einen reichen Wüstling so
gefesselt — — — O, lassen Sie mich davon schweigen! Ich
floh vor solcher Mutter über das Weltmeer. Meine bescheidenen Kenntnisse und Fertigkeiten sollten mir drüben
eine selbständige Existenz gründen. Ich wurde überall wohl
aufgenommen, Unterstützung aller Art wurde mir versprochen
und zugleich Bedingungen gestellt — oh! Ich verlobte mich
mit einem jungen Manne in bescheidenen Verhältnissen, dem
aber Fleiß und Begabung eine sichere Zukunft gewähr-
leisteten — am Vorabend unsrer Hochzeit löste er das Ver-
löbnis auf, weil eine wahnsinnige Eifersucht ihn erfaßt
hatte gegen den Prediger, der uns trauen sollte! Damals übermannte mich die Verzweiflung, ich verlor allen
Halt. Ich wollte werden, was die Welt und mein Schicksal nun einmal aus mir machen wollten. Die Nachricht,

daß meine Mutter gestorben sei, bewahrte mich vor dem Sprung in den Abgrund — ich kehrte in die Heimat zurück — und . . ."

In leidenschaftlicher Haft hatte sie bis hierher gesprochen und hätte sicher noch lange so fortfahren können, denn ihrem erfinderischen Kopfe ging der Märchenstoff so wenig aus, wie ihren beredten Lippen die Worte — wenn nicht ein heftiger, krampfartiger Hustenanfall ihr hier die Rede abgeschnitten hätte. Jene verdächtigen, thalergroßen roten Flecke um die Backenknochen zeigten sich wieder, hart, hohl und schrecklich mühsam klang ihr Husten und die Augen, die dunklen, feurigen Augen wurden groß, glasig glänzend und richteten sich wie in starrer Todesangst zur Gräfin empor.

Die gute Dame hatte längst vergessen, daß sie guten Grund hatte, mehr als zurückhaltend gegen dies gefährliche Fräulein aufzutreten. Sie glaubte eine so erleuchtete Menschenkennerin zu sein und ließ sich doch durch eine wenig geschickte Schauspielerei so gänzlich in den Sumpf locken, wie das unerfahrenste junge Mädchen. Ja, sie hatte eben trotz ihres derben Wesens ein Herz so weich, gläubig und naiv wie ein Kind, und wenn sie gar einen Nebenmenschen leiden sah, wie hier das unglückliche, vom Schicksal grausam verfolgte schöne Geschöpf, so war sie ganz Mitleid, ganz christliches Erbarmen, opferfreudige, werkthätige Liebe.

Sie klingelte sofort nach der Köchin, bestellte den Brustthee, half Sophien vom Boden auf, tröstete, redete gut zu und war mütterlich liebreich um sie besorgt, bis der Anfall vorüber war. Dann kam die Komteß Vicki, die schon das ganze Haus und den ganzen Park nach ihrem Fräulein abgesucht hatte, gerade zur rechten Zeit, um die weitere Pflege zu übernehmen. Sie geleitete Sophien in ihr Zimmer hinauf, schleppte alle möglichen und unmöglichen Essenzen, Bonbons und Pastillen herbei und war, unaufhörlich schwatzend, um sie beschäftigt, bis sie sich so weit erholt hatte, um auch ihrerseits das Räderwerk ihres „Sprechanismus" von neuem aufzuziehen und, natürlich unter dem Siegel der Verschwiegenheit, dem neugierigen Komteßchen in zweckentsprechender Fassung die Ereignisse an der Gartenmauer mitzuteilen. Und dann ließ das arme unglückliche Mädchen auch ihre Schutzbefohlene Einblick thun in die Nacht ihres Lebensschicksals, nicht ohne wiederum einen großen Aufwand mit den bewährtesten und beliebtesten Romanwendungen zu treiben. Komteß Vicki fand natürlich das alles „furchtbar interessant" und schluckte gierig die sentimentalen Phrasen in ihren Kindermagen ein, als ob das Haremskonfekt mit Rosenlikör gewesen wäre. — —

Inzwischen war ihre treffliche Frau Mutter, nachdem sie durch eine reichliche Gabe Baldriantropfen ihr Nervensystem notdürftig beruhigt hatte, zu ihrem Gemahl, dem unglückseligen „ehrwürdigen Greis" hinübergerauscht, um diesem den wohlverdienten Text zu lesen.

„Nun, lieber Helmut, schon fertig mit deiner Korrespondenz?" begrüßte sie ihn freundlich.

„Ja, endlich — lieber Schatz," erwiderte der Graf ebenso freundlich.

„Lieber Schatz? Na, na — inkommodiere dich nicht! Du wolltest wohl eben wieder ausgehen?"

Er war ihr nämlich schon mit Hut und Stock entgegengetreten.

„Ja, ich will doch mal sehen, wie sie mit dem Dampfpfluge fertig werden. Man kann nicht wissen, vielleicht bin ich doch noch nötig. Norwig hat noch nie mit solchem Dings gearbeitet," sagte der Graf, indem er einen Schritt auf die Thür zu machte.

Die Gräfin hatte ihre Arme übereinander geschlagen und trommelte etwas nervös mit den Fingern der Rechten auf den linken Oberarm, während sie möglichst gleichgültigen Tones die Worte hinwarf: „O ja, da magst du ja wohl nötig sein — das will ich gerne glauben. Um unsre Weintrauben brauchst du dich aber nicht mehr zu bemühen."

„Weintrauben? Wieso Weintrauben?" fragte der Graf und klopfte dabei, um ihrem Blicke auszuweichen, ein Federchen von seinem grauen Beinkleid ab.

„O, ich meine bloß so!" versetzte die Gräfin leichthin. „Uebrigens, da wir gerade davon sprechen: du weißt wohl noch nicht, daß die alte Thür nach Pastors Garten hin eingebrochen ist? Du erinnerst dich: da wo die schönen Weintrauben überhängen."

Der gute Graf sah das Ungewitter hereinbrechen. Er wurde doch ein wenig bleich, wenn er auch zunächst noch, Gleichgültigkeit heuchelnd, seine Bartspitzen ungeduldig aufzwirbelte. „Gartenthür? Was Gartenthür! Wie kann denn die Gartenthür so ohne weiteres einbrechen?"

„Ohne weiteres ist sie nun wohl gerade nicht eingebrochen," erwiderte seine Gattin gedehnt, sich mit offenbarer Schadenfreude an seiner schuldbewußten Ungeduld weidend. „Aber so etwas kann freilich die beste Gartenthür nicht vertragen."

„Aber was denn — zum Kuckuck!"

„Na zum Beispiel, wenn so eine neugierige Pastorsdirn da eine halbe Stunde lang durch das Schlüsselloch zu gucken hat, wie unklug."

Der Graf holte in eigentümlicher Hast sein gelbseidenes Taschentuch hervor und betupfte sich damit die Stirn. „Ich zum Teufel, was hat denn die Pastorsdirn durch das Schlüsselloch zu gucken?"

„Ja, das frage ich auch! Was glaubst du wohl, was sie da zu sehen gekriegt hat?"

„Aber liebe Aurelie, das kann mir doch tout égal sein! Ich habe wirklich keine Zeit zu verlieren."

Er machte einen Versuch, sich durch schleunige Flucht dem Arme der Gerechtigkeit zu entziehen, als welchen seine erzürnte Gemahlin soeben mit großer Geschwindigkeit nach ihm ausstreckte. Es war vergebens. Sie führte ihn in das Zimmer zurück und sagte mit einer Liebenswürdigkeit, bei der es ihn kalt überlief: „Willst du nicht gefälligst noch einen Augenblick Platz nehmen? Es wird dich doch vielleicht interessieren zu erfahren, was die Pastorsdirn gesehen hat."

Mit der Miene eines Mannes, der den Entschluß gefaßt hat, sich einen Zahn ziehen zu lassen, nahm der „ehrwürdige Greis" in seinem Schreibsessel Platz, in welchen ihn seine Gemahlin mit sanfter Gewalt niederdrückte, während sie selber in statuenhafter Würde vor ihm stehen blieb.

Ohne erst eine ausdrückliche Kundgebung seines Interesses abzuwarten, sprach sie das Donnerwort: „Ich will dir sagen, was die Pastorsdirn gesehen hat: Einen gräßlichen, unverbesserlichen alten Sünder hat sie gesehen! einen Menschen, der . . ."

„Ach verflucht!" entfuhr es unwillkürlich dem Grafen.

„Fluche nicht noch! Lade nicht noch mehr Sünden auf dein Gewissen, denn ich brauche dir wohl nicht erst zu sagen, wer der Mann war!"

„Du weißt also?" sagte der Graf kleinlaut, während er dabei aufmerksam seine wohlgepflegten Fingernägel betrachtete.

„Ich weiß alles!" rief die Gräfin mit gedämpfter Stimme und trat ein paar Schritte weiter zurück, wie um des Geknickten ganze Gestalt leichter mit einem Blicke überschauen zu können. Und dann fuhr sie mit vernichtender Eindringlichkeit also fort: „Es ist mir unbegreiflich, wie ein Mann in deiner Stellung, in deinen Jahren, der Herr eines Hauses, in welchem das Wort Gottes sozusagen von allen

Wänden widerschallt, der eine chriſtliche Gemahlin · beſitzt, welche nicht müde wird ..."

„Aber teuerſte Aurelie," unterbrach er ihren Redefluß: „wenn du dich doch gewöhnen wollteſt, ſolche Dinge etwas objektiv zu betrachten!"

„Objektiv! Ja wohl — komm du mir bloß mit objektiv!" rief die Gräfin ganz erboſt. „Wenn man euch Männer mal bei einer recht großartigen Scheußlichkeit ertappt, dann kommt ihr immer mit dem alten dummen objektiv! Weißt du noch das letzte Mal? Die ſkandalöſe Geſchichte mit Albertine? Da kamſt du mir auch mit objektiv! Und das war doch man ein ganz gewöhnliches Subjekt in meinen Augen!"

Der Graf machte einen ſchwachen Verſuch, dieſen Scherz zu belachen; aber die erzürnte Gattin unterbrach ihn ſofort und rief: „Ich wüßte wirklich nicht, was es dabei zu lachen gibt! Damals haſt du mir hoch und heilig verſprochen, das mit Albertine ſollte deine letzte Verirrung geweſen ſein. Aber freilich, was man ſeiner eignen Frau ſchwört, das gilt für euresgleichen nicht."

„Oh, oh, wie kannſt du ſo etwas ſagen! Ich hatte die beſten Abſichten; aber du weißt, liebe Aurelie: der Geiſt iſt willig, aber das Fleiſch iſt ſchwach."

„So, wirklich? Ich möchte lieber ſagen: der Geiſt iſt ſchwach, aber das Fleiſch iſt willig — ganz ungemein willig! Uebrigens ſchickt es ſich gar nicht für ſolchen Mann wie dich, ein Wort der Schrift auch nur in den Mund zu nehmen!"

Der Graf wagte einige beſcheidene Einwendungen zu erheben gegen ſolch vernichtendes Urteil ſeiner Gattin; doch beſchwor er dadurch nur immer neue Entrüſtungsſtürme herauf. Auch ſein Verſuch, der Sache eine humoriſtiſche Seite abzugewinnen und ſich als einen Märtyrer ſeines ritterlichen Mitgefühls für hübſche junge Witwen und Waiſen hinzuſtellen, mißglückte vollſtändig. Seine Gattin war wie mit

VI. 1. 9

Erz gepanzert gegen alle seine frivolen Finten. Immer erdrückender häufte sie ihre Anklagen auf sein Haupt, und
zuletzt spielte sie, ganz nahe vor ihn hintretend, den höchsten Trumpf aus, indem sie ihm zurief: „Und weißt du
auch, daß du beinahe zwei Menschenleben auf dein Gewissen
geladen hättest?"

Der Graf blickte in starrem Entsetzen auf. „Zwei
Menschenleben?" stotterte er.

„Ja wohl! Erstens einmal: Pastors Beate, die in der
Eile, mir deine Tücke zu verraten, mit der Gartenthür eingebrochen ist — sie ist Gott sei Dank mit einer blutigen
Nase davongekommen! Aber sie hätte sich doch ebenso gut
das Genick brechen können!"

„Hätte sie doch!" murmelte der Graf ingrimmig.

„Und zweitens: das Fräulein Sophie. Die ist mir beinah in den Armen weggeblieben, das arme Ding — so hatte
sie deine Arglist in ihrem Innersten verstört! Eine andre
Frau hätte sie sofort aus dem Hause gewiesen. Aber glaube
nur ja nicht, daß ich so etwas thun werde! Das wäre ja
so gut, als wollte ich sie für die Schuldige erklären. Und
ich weiß doch recht gut, wer hier der allein Schuldige ist.
Vor dir ist ja doch keine sicher — und eine ganze Nachteule
will man sich doch auch nicht ins Haus nehmen. Du gehst
ja förmlich umher wie ein brüllender Löwe und suchest, welche
du verschlingest."

„Aber was hat denn das Fräulein eigentlich behauptet?"
fragte der Graf mit einem sehr langen Gesicht; denn daß die
reizende Sophie ihn so arg blamiert haben sollte, warf ihn
aus allen seinen Himmeln.

„Sie hat mir alles gebeichtet," erwiderte die Gräfin
kurzweg. „Es ist ja nicht das erste Mal, daß ihr der Teufel
seine Schlingen gelegt hat; aber der Herr hat ihr noch immer
herausgeholfen! Weißt du nicht, wie Tobias 12, Vers 13
so schön sagt?"

Der arme Graf hatte natürlich keine Ahnung.

„Weil du Gott lieb warest, darum mußte es so sein; ohne Anfechtung mußtest du nicht bleiben, auf daß du bewähret würdest.'" Sie blickte ihn triumphierend an.

Der Graf wußte nicht recht, was er darauf erwidern sollte. Er nickte demnach nur zustimmend mit dem Kopfe und sagte kleinlaut: „So, so, sagt das Tobias? Hm — Tobias! Das war ja wohl der Mann mit der Fischleber?"

„Ganz recht," entgegnete die Gräfin und warf den Kopf zurück. „Und du bist der Mann, der so gewißlich nicht in das Himmelreich kommen wird als ein Kamel nicht durch ein Nadelöhr geht! Denn du zeigst ja nicht einmal Reue! Du wärest im stande, mit dieser Sünde auf dem Gewissen vor deine unschuldigen Töchter hinzutreten . . ."

„Aber beste Aurelie, ich kann mich doch nicht vor meinen Töchtern verstecken!"

„So? Du willst also, daß sie es mit ansehen sollen, wie ganz Räsendorf und Umgegend mit Fingern auf dich weist? Denn du kannst dir doch wohl denken, daß Pastors Beate die Geschichte flink genug herumbringen wird."

„Fatal, fatal!" brummte der Graf in seinen Bart.

Und die Gräfin nahm das Wort auf: „Fatal, fatal! Ja, das glaube ich gern! Aber Reue und Bußfertigkeit sehe ich noch nicht bei dir, und was du meinem Herzen angethan hast, danach fragst du gar nicht einmal." Sie wurde weich und fuhr sich leicht mit dem Tuch über die Augen.

„Aber teuerste Aurelie," versicherte der Graf: „Du siehst mich untröstlich! Wenn ich dich gekränkt habe, so bin ich auch natürlich zu jeder Sühne bereit. Wenn ich nur wüßte . . ."

„Wenn du mir versprechen willst, dich den Anordnungen zu fügen, die ich zu deinem Besten treffen will, so werde ich mein Möglichstes thun, um die üblen Folgen dieser Geschichte für dich abzuwenden. Die Hauptsache bleibt aber immer, daß wir deine unsterbliche Seele retten!"

Der Graf stieß einen tiefen Seufzer aus und sagte kläglich: „Du meinst doch nicht, daß ich mich wieder zu Bette legen soll?"

„Allerdings meine ich das!" versetzte die Gräfin streng. „Ein leichtes Unwohlsein ist ja in deinem Alter und nach solcher Gemütsbewegung eine ganz erklärliche Sache. Es ist durchaus nötig, daß du wenigstens einige Tage ganz in der Zurückgezogenheit zubringst, damit das Wort Gottes, mit dem ich dich unterdessen zu speisen gedenke, Zeit habe, dir in Fleisch und Blut überzugehen und dich zu stärken wider die Anfechtung. Du weißt doch wie Tobias sagt?"

„Ja, ja," stöhnte der Graf verzweiflungsvoll.

„Na also — dann mach nur schnell, daß du ins Bett kommst, lieber Helmut. Ich lasse dir rasch einen schönen Fliederthee kochen. Das Schwitzen ist dir damals nach den dummen Geschichten mit Albertine auch so gut bekommen. Da muß der ganze alte Adam mit raus — ich komme auch nachher und lese dir aus dem Grolmus vor; denn ich fürchte, du wirst vorläufig noch nicht allein mit dem Teufel fertig."

Mit diesen Worten rauschte sie, ihres Gatten schwache Einwendungen geflissentlich überhörend, im Bewußtsein erfüllter Christenpflicht feierlich zur Thür hinaus. — — —

Als die Glocke zum Mittagessen läutete, erschienen, pünktlich wie es Untergebenen ziemt, der Herr Oberverwalter und das Fräulein Sophie im Speisesaal. Sie fanden nur zwei Gedecke vor. Der Graf war wirklich zu Bett gegangen, Komteß Marie lag, von argen Schmerzen geplagt, gleichfalls zu Bette und die Gräfin teilte sich mit ihrer jüngsten Tochter in die Pflege der beiden. So geschah es, daß Herr von Norwig mit der schönen Stütze der Hausfrau allein speiste.

Sobald der Diener die Suppe abgetragen hatte, lehnte sich das Fräulein in ihrem Stuhl zurück und lachte höhnisch auf.

Herr von Norwig fixierte sie über den Tisch herüber mit einem strengen Blick und sagte: „Sie scheinen sehr guter Laune zu sein, Fräulein Bandemer."

„Wundert Sie das, mein edler Herr von Norwig?" erwiderte sie, seinen strengen Ton nachäffend. „Warum sollte ich nicht lachen über das drollige Schicksalsspiel, das uns beide immer wieder zusammenführt? Wenn es nicht hier in Mecklenburg gewesen wäre, so hätte ich Sie sicherlich eines schönen Tages in den Pampas aufgefunden."

Norwig machte eine Gebärde des Erstaunens, worauf sie sich weit über den Tisch beugte und mit drohend zusammengezogenen Brauen ihm zuflüsterte: „Ja wundre dich nur; ich weiß alles. Du kannst keinen Schritt thun, ohne daß ich es früher oder später erführe. Die Augen der Liebe sollen blind sein, aber die Augen des Hasses sehen um so schärfer — über Länder und Meere hinweg!"

„Verschone mich mit deinen Redensarten," gab Norwig eben so drohend zurück. „Du wirst mich dadurch nicht glauben machen, daß du mich hier gesucht hast. Wie kämest du sonst dazu, diesen Namen anzunehmen und den harmlosen Leuten hier im Hause diese ganze unwürdige Komödie vorzuspielen?"

„Bin ich dir vielleicht Rechenschaft schuldig? Ich kenne nun einmal keine größere Lust, als dich immer wieder aus deiner hochmütigen Ruhe aufzuschrecken. Wenn du mir gegenüber keine Pflichten mehr anerkennst und dir selbst aus einem Verbrechen kein Gewissen machst, wenn du dich dadurch von mir zu befreien hoffst, so darfst du dich doch wohl nicht wundern, wenn ich mir das Vergnügen mache, dich vor mir zittern zu sehen."

„Ich vor dir zittern!" rief Norwig halblaut mit zornfunkelnden Blicken. „Ein Wort von mir treibt dich aus diesem Hause und verfolgt dich, wohin du dich nur immer wenden magst."

. Wieder lachte Sophie höhnisch auf: „Warum sprichst du es dann nicht — dieses fürchterliche Wort? Hast du schon vergessen, was ich dir gestern nacht ..."

„S'st! Nimm dich in acht — man kommt!"

Friedrich trat mit dem Braten herein, und sofort nahmen die Züge des Fräuleins wieder ihren gewöhnlichen Ausdruck an, und sie warf einige gleichgültige Bemerkungen hin, welche den Schein erwecken sollten, als ob sie in einem Gespräche über die Reize des Näsendorfer Parkes begriffen gewesen seien.

Norwig mußte im stillen die geschickte Schauspielerin in ihr bewundern, denn ihm selbst glückte es nicht so gut, seiner Erregung so bald Herr zu werden. Er erkundigte sich bei dem Diener nach dem Befinden der Komteß Marie und erhielt den Bescheid, daß Hinrich mit dem Wagen in die Stadt geschickt worden sei, um einen Arzt zu holen.

Als das Mahl beendet und Friedrich hinausgegangen war, trat Fräulein Sophie rasch auf Norwig zu, der sich gleichfalls erhoben hatte, und raunte ihm ins Ohr: „Du scheinst hier dein Glück auf ähnliche Weise begründen zu wollen, wie drüben — nur daß dein Geschmack sich bedenklich verschlechtert hat, armer Freund! Du hast alle Ursache, mir dankbar zu sein, damit dir nicht wieder ein solches Unglück passiert — ha ha! Diese garstige, vierschrötige Komtesse scheint Absichten auf dich zu haben; aber vor einem solchen Schatz will ich dich doch bewahren, wenn du es auch nicht um mich verdient hast! Du weißt, gutmütig war ich immer!"

Norwigs Lippen bebten vor verhaltenem Grimm, und verächtlich antwortete er: „Auf solchen Unsinn habe ich nichts zu erwidern. Ich erkläre dir aber bestimmt: Eines von uns beiden muß dies Haus verlassen. Deine Drohung, an

Miß Clark zu schreiben, läßt mich vollständig kalt. Du weißt ja aus Erfahrung, daß mit gerichtlichen Klagen von Amerika aus hier nicht viel zu erreichen ist! Uebrigens hättest du wohl selbst alle Ursache, dich hier unbehaglich zu fühlen; denn so gut wie ein toller Zufall uns beide gerade hier zusammengeführt hat, könnte dir doch auch plötzlich hier jemand entgegentreten, der dich und deine Vergangenheit kennt. Was soll dann aus Fräulein Sophie Bandemer werden?"

Sie lächelte boshaft: „Ah, daran erkenne ich meinen teuren Rolf — der immer so geneigt war, alle Welt außer sich für Narren und Dummköpfe zu halten! Wer sagt dir denn, daß ich meinen Namen nicht mit Recht führe? Willst du vielleicht meine Papiere einsehen? Sie sind vollständig in Ordnung — nur der Geburtstag fällt zufällig um fünf Jahre später, als der, den du einst so begeistert zu feiern pflegtest. Was thut das? Eine Frau ist immer so alt, wie sie aus= sieht. Wenn mir mein Spiegel unbequem wird, kann ich ja die Sophie Bandemer einpacken und wieder in meine alte Haut schlüpfen."

Norwig griff sich an die Stirn. „Weib, Weib — deine Dreistigkeit sucht ihresgleichen! Bei welchem Teufel bist du in die Schule gegangen?"

„Weißt du denn, ob ich nicht vielleicht dich früher be= trogen habe? Vielleicht ist dies mein wahrer Name!" Sie lächelte ihn dabei verschmitzt an und weidete sich an seiner Verwirrung.

Er wußte nicht sogleich, was er erwidern sollte. Dann aber rückte er mit einem heftigen Stoß seinen Stuhl unter den Tisch und knirschte: „Nun, ich bin recht begierig, was aus diesem allerliebsten Versteckspiel werden soll. Jedenfalls werde ich nicht wieder vor dir die Flucht ergreifen. Ich bleibe hier — komme was da wolle!" Damit schritt er eiligst zur Thür hinaus.

Als er gegangen war, blieb sie noch eine ganze Weile
wie festgebannt auf derselben Stelle stehen und drückte ihre
beiden Hände gegen ihr hochklopfendes Herz. Erst als sie den
Tritt des Dieners sich nahen hörte, verließ auch sie das
Zimmer, um ihren häuslichen Pflichten nachzugehen.

Achtes Kapitel.

Erstes Auftreten des berühmten Universalgenies Hans W. Fink,
genannt Hanswurstfink, aus Hamburg. Eine sonderbare Verwandt=
schaft. Der Senthiner Nachbar oder „Die Moorkultur", und zum
Schluß: „Vetter Ennich oder Ein gefährlicher Gast".

Seit den geschilderten Ereignissen waren acht Tage ver=
gangen — acht trübselige Tage! Die Sorge um die tolle
Komteß drückte ersichtlich auf die sonst so gleichmäßig ruhige
Stimmung der gräflichen Familie, und selbst die heitere, ur=
gesunde Vicki ging ernst und still im Hause umher wie eine
barmherzige Schwester.

Der Graf, der seine älteste Tochter zärtlich liebte, hatte
noch am ersten Tage seinen Stubenarrest unterbrochen, um
hin und wieder eine Stunde an ihrem Krankenlager zuzu=
bringen. Am Sonntag war er, dem bringenden Wunsche
seiner Gattin folgend, zum heiligen Abendmahl gegangen und
danach als reuiger und reingewaschener Sünder wieder in
Gnaden aufgenommen worden. Die Gräfin verfehlte natür=
lich nicht, ihm gegenüber den Unfall, der Komteß Marie be=
troffen hatte, als eine Mahnung des Himmels für ihn dar=
zustellen, der, anstatt immer noch fremden hübschen Mädchen
nachzulaufen, lieber seine Töchter so hätte erziehen und be=
hüten sollen, daß solche beklagenswerten Unglücksfälle un=
möglich geworden wären.

Die Komteß war allerdings nach acht Tagen im stande, das Bett zu verlassen und sich langsam und vorsichtig in Haus und Garten zu bewegen, doch wurde sie noch von Zeit zu Zeit von Schmerzen heimgesucht, die nur von einem innerlichen Schaden herrühren konnten, den sie bei dem Sturze davongetragen haben mußte. Der Arzt war sich nicht recht klar über die Natur des Leidens und hatte selbst geraten, einen hervorragenden Spezialisten zu konsultieren.

Mit der neuen Woche sollte aber auch wieder neues Leben in das Schloß kommen; denn der junge Maler, der berufen war, die würdigen Züge der Gräfin Aurelie Pfungk der Nachwelt zu überliefern, der bewußte Hans W. Fink, den, wie man sich erinnern wird, Vicki schon im voraus in Hanswurstfink umgetauft hatte, erwies sich als ein liebenswürdiger Gesellschafter von nie versiegender guter Laune, naiver Offenheit und gesunder, wenn auch etwas unerzogener Ungeniertheit.

Herr Fink war ebenso wie damals Fräulein Sophie mit dem Morgenzug von Hamburg angekommen. Es wurde ihm dasselbe Zimmer eingeräumt, welches bisher der inzwischen nach dem Wirtschaftshause übergesiedelte Oberverwalter innegehabt hatte. Nachdem er sich den Reisestaub abgespült und sich in seine Sonntagstoilette geworfen hatte, welche in einem elegant geschweiften kornblumblauen Kammgarnröckchen, heller, blaugetupfter Weste und prallsitzenden, langgestreiften Hosen bestand, machte er dem Grafen seine Aufwartung und wurde in liebenswürdigster Weise begrüßt. Der Graf geleitete ihn dann sofort zu seiner Gemahlin, welche samt den beiden Töchtern in der Glasveranda mit Handarbeiten beschäftigt war. Auch die Damen empfingen ihn sehr freundlich, obwohl mit einiger Verwunderung. Sie mochten sich alle drei unter einem Maler einen blassen, langhaarigen Jüngling in Samtjackett und Schlotterhose vorgestellt haben, welcher Vorstellung

dieſer wohlgenährte junge Mann mit dem roſigen Teint und
den ſcharf und ked dreinſchauenden blauen Augen allerdings
in keiner Weiſe entſprach.

Der Künſtler ſeinerſeits mochte durch den erſten An=
blick ſeines Modells ſich ebenfalls ein wenig enttäuſcht
fühlen, indem die gute Gräfin, wie ſie ſo über ihre run=
den Brillengläſer hinweg in drolliger Betroffenheit zu ihm
hinauf äugte, einen vom maleriſchen Standpunkte aus nicht
eben begeiſternden Eindruck machte. Herr Fink begrüßte die
Damen mit drei ſehr eilfertigen und nicht eben hoffähigen
Bücklingen, welche Komteß Vicki faſt ſo erſtaunlich vor=
kamen, wie die ſagenhaften Ehrenbezeigungen der Fidji=
Inſulaner.

Eine der erſten Fragen der Gräfin war, ob ſie ihm wohl
mit einem kleinen Frühſtück dienen könne.

„Ja wohl, Frau Gräfin, das iſt eine famoſe Idee —
ich habe nämlich einen ſchauderhaften Hunger!“ rief Fink
vergnügt. —

Es war erſtaunlich, welchen Appetit der junge Muſen=
ſohn entwickelte. Die Herrſchaften, welche ſchon geluncht
hatten, bekamen vom Zuſehen faſt neuen Hunger. Trotz=
dem ſeine Kauwerkzeuge ſo ſtark beſchäftigt waren, beſtritt
Hanswurſtfink auch noch den größeren Teil der Unter=
haltung, lieferte ſeinem hochgeborenen Publikum, während
er zwei weiche Eier verzehrte — und zwar aus freier
Hand, den Eierbecher ſtolz verſchmähend — einen kurzen Ab=
riß ſeines Lebens, erzählte ihnen, während er eine Hammel=
kotelette vertilgte, wie er in Paris beinahe mit Roche=
fort ein Duell gehabt hätte, und während des Käſes, wie
er in Sizilien Theaterdirektor geweſen ſei. Seine Zuhörer
kamen aus dem Lachen faſt nicht heraus, und beſonders
Komteß Vicki war ganz außer ſich vor Vergnügen und Er=
ſtaunen.

Nachdem die Ueberreſte des Eſſens abgetragen waren,

begab sich der junge Künstler an die Einrichtung seines Ateliers. Zu diesem Zwecke war der angrenzende Hubertussaal ausersehen worden, eine Wahl, die Finks vollen Beifall fand. Eine Staffelei hatte er gleich mitgebracht, es handelte sich nur darum, einen erhöhten Sitz für das Modell herbeizuschaffen und die Beleuchtung zweckentsprechend zu gestalten. Zu diesem Ende mußte ein Fenster durch einen Vorhang verdunkelt, andre durch Fortnahme der Gardinen frei gemacht werden. Vicki, welche dem Künstler bei seinen Anordnungen dienstfertig zur Hand gegangen war, rief sich zur Ausführung dieser Maßregeln das Fräulein Sophie zu Hilfe, weil ihre ältere Schwester noch unfähig war, sich rasch und ungehindert zu bewegen. Da inzwischen auch der Graf und seine Gemahlin sich an ihre Geschäfte begeben hatten, so befand sich Fink, als das Fräulein eintrat, mit den beiden jungen Damen allein im Saal.

„Komteß Numero drei?" wandte er sich fragend an Vicki, nachdem er seinen pflichtschuldigen Kratzfuß vor der Eintretenden vollzogen hatte.

„O nein, dies ist Fräulein Sophie Bandemer," belehrte sie ihn lachend, „die Dame, welche meiner Mama in der Wirtschaft und mir beim Englischsprechen hilft."

„Hallo! Fräulein Sophie Bandemer?" rief Fink, „die junge Dame, die so lange in Amerika war und zuletzt bei Frau Konsul Wuvermann in Hamburg?"

Das Fräulein zuckte kaum merklich zusammen und erwiderte, mit einem mißtrauischen Blick den jungen Künstler messend: „Allerdings, die bin ich."

Fink reichte ihr seine Hand hin, in die sie zögernd die ihre legte und schüttelte sie vertraulich. „Ih, dies ist ja famos, liebe Cousine!"

Das Fräulein wurde doch etwas blaß bei der ganz unerwarteten Entdeckung einer Verwandtschaft, von der sie nicht die geringste Ahnung hatte und stotterte mit einem etwas verlegenen Blick nach der jungen Komteß hin: „Ich wüßte nicht, Herr . . ."

„Fink, Hans Wilibald Fink, Kunstmaler in Fett, Wasser und andern Chemikalien; einziger Sohn vom ollen Fink in Hamburg, alter Wandrahm 9 — wissen Sie nicht? Nanu! Sie werden doch vom ollen Fink gehört haben — vom ollen Teerfink?" Und zur Komteß gewendet fügte er erklärend hinzu: „Mein Alter handelt nämlich mit Teer, Farben, Bürsten, Pinseln und anderm Schiffskram. Daher der so= genannte Funke meines Genius. Die große Pinselführung ist mir angeboren."

„Nein, ist das aber komisch," rief Vicki, in die Hände klatschend, „daß Sie hier im Hause eine Verwandte treffen müssen!"

„Ja, die Welt ist eben riesig klein," lachte Fink. „Man ist eben nirgends sicher, weder vor seinen Gläu= bigern noch vor seinen engsten Cousinen. Mein Vater und Frau Bandemer haben nämlich ein und dieselbe Tante — das heißt gehabt. Sie hielt eine Matrosenkneipe in Kux= haven. Bei einer großen Keilerei kriegte sie einmal ein Stück von dem eisernen Ofen an den Kopf, welchen die Rauhbeine als Projektil benutzten — und das konnte sie nicht vertragen! Ihre Mama ist doch damals auch zur Erb= schaftsregulierung nach Hamburg gekommen. Es muß ein höllischer Spaß gewesen sein! Mein Alter hat mir die Geschichte oft genug erzählt, wie Ihre Mama, weil nichts Besseres zu kriegen war, schließlich mit einem alten Papagei abgezogen ist, der nichts sagen konnte, wie immer nur: „Give her a kiss! Give her a kiss! Katherine wants money!"

Komteß Vicki mußte über diese Geschichte lachen, daß ihr die Thränen über beide Wangen liefen, während Fräu= lein Sophie weniger davon erbaut zu sein schien. Sie biß sich leicht auf die Lippen und ihr Herz klopfte so heftig, daß ihr die Ohren klangen. Sie konnte sich jetzt durch jedes Wort verraten und mußte doch irgend etwas sagen.

„Ach ja, ich entsinne mich noch recht wohl des drolligen alten Vogels," brachte sie endlich mit einem gezwungenen Lächeln heraus, welches dem unbequemen Vetter andeuten sollte, daß sie von seinem Gedächtnis für intime Familiengeschichten nicht sonderlich entzückt sei, und dann fügte sie kühl und gemessen hinzu: „Ich kann mich aber nicht entsinnen, Ihren Herrn Vater jemals gesehen zu haben."

„Nicht? Das ist doch aber merkwürdig," rief Fink, ihr erstaunt in die Augen sehend. „Ich denke, Sie sind damals, als Sie nach Amerika gingen, bei meinem Vater abgestiegen? Er hat Sie doch noch auf das Schiff gebracht! Es ist freilich zehn Jahre her . . ."

„Ja, und ich habe ein so schlechtes Gedächtnis," fiel Sophie rasch ein. „Jetzt besinne ich mich übrigens, daß mich allerdings ein alter Herr in Hamburg empfing und auf das Schiff begleitete, aber es war mir gänzlich entfallen, daß dies ein Onkel, oder vielmehr — wie soll ich sagen? — ein Neffe einer Tante meiner Mutter gewesen sei. Ich habe so wenig Sinn für so entfernte Verwandtschaften." Dies letzte sagte sie recht spitz und mit deutlichem Nachdruck.

Doch das focht den unbarmherzigen Vetter wenig an, und er schwatzte munter weiter: „Mein Alter wollte Sie schon in Hamburg gern aufsuchen, aber da waren Sie schon von Wuvermanns fort. Der junge Wuvermann hatte mir nämlich so viel Schönes von Ihnen erzählt" — bei diesen Worten suchte er mit einem vielsagenden, schalkhaften Blick Sophiens Auge — „na, und wie das so manchmal kommt — vor meinem Alten habe ich ja keine Geheimnisse! — kurz und gut: da kam die Verwandtschaft zu

Tage, und mein Alter kriegte Lust, sich mal bei Ihnen nach Tante Niekens Papagei zu erkundigen. Ihrer Mutter sehen Sie übrigens nicht die Spur ähnlich — wir haben zu Hause noch ein altes Photogramm von ihr — freilich von Anno Tobak!"

„Man hat mir immer gesagt, daß ich eigentlich nur meinem seligen Vater ähnlich sähe," versetzte Fräulein Bandemer rasch und trotzig. Sie mußte sich auf den glücklichen Zufall und auf ihre oft bewährte Dreistigkeit verlassen, ob ihre Antworten mehr oder weniger der Wahrheit entsprechend ausfielen. Daß diese letzte recht unglücklich geraten sei, merkte sie sofort an dem eigentümlichen Gebaren ihres verwünschten Vetters.

Fink stutzte nämlich erst, machte dann heftige Anstrengungen, sich das Lachen zu verbeißen und verfolgte endlich das schöne Fräulein, solange es noch im Zimmer war, mit nicht zu mißdeutendem Argwohn im Blicke. Sie hätte ihm mit dem größten Vergnügen auf der Stelle die Augen auskratzen mögen, denn sie sah plötzlich durch diesen plumpen Musensohn das luftige Gebäude, das sie mit Hilfe des wunderbarsten Zufalls, der kecksten Lüge und der schlauesten Berechnung so rasch aufgeführt hatte, in seinen Grundfesten erschüttert. Eine so geschickte Schauspielerin sie war, glückte es ihr doch nicht, so ganz ihre Verwirrung und zornige Erregung zu verheimlichen.

Und Hanswurstfinks klare Augen schienen bis auf den Grund ihrer Seele zu schauen. Er weidete sich an ihrer Unruhe und fuhr fort, sie mit seinen Fragen zu peinigen, unbekümmert um die Anwesenheit der jungen Komteß.

Während er, auf der Leiter stehend, ihr eine Gardinenstange hinunterreichte, fragte er: „Ihre Mama hat gewiß eine rechte Freude gehabt, Sie wieder zu sehen nach so langer Abwesenheit." Ohne eine Antwort abzuwarten, fuhr er fort: „Es soll ihr ja wohl jetzt recht gut gehen.

Hat sie noch das Putzgeschäft da in — wo war's doch gleich?"

„Ich weiß es nicht; ich habe meine Gründe gehabt, den Verkehr mit meiner Mutter ganz abzubrechen," versetzte sie in leicht schmerzlichem Tone.

„Oh, oh, wie ist das möglich! Sie soll doch immer eine so gefühlvolle Frau und eine so zärtliche Mutter gewesen sein. Mein Alter erzählte mir wenigstens, daß sie über Ihre ganze Kindheit ordentlich Buch geführt hat, und zwar mit so einem poetischen Schwung: ‚Als ich heute früh beim ersten Morgenglühen an ihr Bettchen trat, lag mein holder Engel in seinen weißen Kissen wie ein Tautropfen auf einer Lilie.‘ So in der Art wissen Sie. Mein Alter hat mir das so schön erzählt!"

„Ich möchte Sie bitten, die Erinnerung an meine Mutter ganz beiseite zu lassen," sagte Fräulein Sophie gemessen.

Fink machte ihr eine ironische Verbeugung, als er von der Leiter heruntergestiegen war und wandte sich dann an Vicki mit dem begeisterten Ausruf: „Meinen Alten sollten Sie kennen, Komteß! Ein schnurriger alter Kauz, aber ein richtiges Universalgenie." Dann entwarf er in wenigen aber charakteristischen Zügen ein Porträt in niederländischer Manier, welches Komteß Vicki in der That begierig machte, den berühmten ollen Teerfinken kennen zu lernen.

Als er nach Beendigung der wichtigsten Zurichtungen hinauf gegangen war, um sein Malgerät zu holen, hatte Komteß Vicki nichts Eiligeres zu thun, als dem Fräulein Sophie um den Hals zu fallen und laut aufzujubeln: „Ach, jetzt wird's aber lustig bei uns! Was haben Sie bloß für einen reizenden Vetter! Und was der schon alles erlebt hat! Er erzählt so interessant." Und sie wiederholte ihr, was Fink während des Frühstücks zum besten gegeben hatte.

Das Fräulein befreite sich sanft aus Vickis Umarmung und sagte im Tone mütterlicher Mahnung: „Ich möchte Ihnen doch raten, Komteß, sich von diesem jungen Künstler in angemessener Entfernung zu halten. Ich habe Ihnen schon angedeutet, welche tieftraurigen Gründe mich zwingen, meine Mutter als für mich nicht mehr vorhanden zu betrachten. Für diesen jungen Menschen mag das alles ein Gegenstand des Spottes sein; wie sehr mir meine Erinnerungen schon das Leben verbittert haben, davon dürfte freilich er und seine ganze Sippschaft kein Verständnis besitzen."

„Aber Fräulein," wandte Vicki ungläubig, ja sogar vorwurfsvoll ein, „ich kann nicht glauben, daß Herr Fink so frivol und gefühllos sein sollte! Ich finde das nun zum Beispiel ganz reizend von ihm, daß er mit solcher Liebe und Begeisterung von seinem drolligen alten Papa spricht, obschon der gewiß gar kein gebildeter Mensch ist und ganz bestimmt immer nach Teer riecht."

In Sophiens Auge blitzte es beinahe zornig auf, als sie, das Komteßchen an sich ziehend, ihr ins Ohr raunte: „Ich muß es Ihnen doch im Vertrauen sagen — dieser joviale alte Teerfink ist ein mehr als zweifelhafter Charakter. Er hat Jahre im Gefängnis zugebracht."

„Nein, das ist ja gräßlich!" rief das Komteßchen entsetzt.

Das Fräulein fuhr boshaft lächelnd fort: „Es scheint, der Apfel ist nicht weit vom Stamm gefallen. Aus den paar Scherzen, die Sie mir da von ihm berichten, geht doch ziemlich deutlich hervor, daß er so eine Art Hochstaplerleben geführt hat. Wer in aller Welt hat ihn denn nur Ihren Eltern empfohlen?"

„O, er hat Bekannte von uns gemalt. Papa hat die Bilder gesehen, wie er zuletzt in Berlin war. Es sollen ja auch in Hamburg so viele junge Mädchen aus den besten Ständen bei ihm Unterricht nehmen."

„Ja ja — da sieht man wieder recht, wie Dreistigkeit und Verlogenheit es immer noch am weitesten bringen!"
seufzte die schöne Stütze. „Wenn ein junges Mädchen, das
sich in fremden Häusern sein Brot verdient, in dieser mehr
als ungenierten Art und Weise auftreten wollte, so würde
man ihm sicherlich bald genug die Thür weisen. Bei einem
jungen Manne findet man das nicht nur ganz in der Ordnung, sondern womöglich gar noch entzückend, himmlisch,
amüsant."

Das Komteßchen schaute sehr betrübt darein. „Es scheint,
ich mache es nie einem recht. Wenn wir hier Besuch haben
von unsern Gutsnachbarn, und die jungen Herren wollen
mit mir eine Unterhaltung anfangen, dann bemühe ich mich
immer, mich recht anständig und reserviert zu benehmen, weil
Mama immer schilt, daß ich noch viel zu kindisch und vorlaut
für mein Alter wäre. Aber wenn ich nun nichts sage, dann
kommt Mama und pufft mich heimlich und sagt, ich soll doch
nicht dasitzen, als wenn ich ein Schaf verschluckt hätte. Und
wenn ich mich dann mal wieder nach Herzenslust amüsiere
über einen netten jungen Mann, dann werde ich erst recht
gescholten."

„Ich will Sie ja durchaus nicht schelten," begütigte
Fräulein Bandemer, „dazu habe ich ja gar kein Recht in
meiner bescheidenen Stellung. Aber ich glaube es Ihnen doch
schuldig zu sein, Ihnen einem Menschen von so freien Sitten
und so weitem Gewissen gegenüber etwas vorsichtige Zurückhaltung zu empfehlen."

„Ach, mein Gott, er ist ja doch ein Künstler! Da nimmt
man es nicht so genau; das habe ich immer gehört!"

„Sollten Sie dann nicht auch gehört haben, daß diese
Künstler die Nachsicht, die man gegen sie übt, besonders dazu mißbrauchen, unerfahrene junge Mädchen zu bethören?"

Die weise Sophie sagte dies beinahe feierlich.

Und dem armen Komteßchen wurde ordentlich ängstlich zu Mut. „Ach Gott, ach Gott, das ist ja gräßlich!" rief sie. „Glauben Sie wirklich, daß dieser auch so ist? Wenn er mich nun auch zu bethören anfangen wollte! Wie macht er denn das wohl? Ich habe solche Angst, daß ich am Ende nichts davon merke, wenn Sie mir nicht einen Wink geben. Sind Sie denn schon mal bethört worden?"

Fräulein Sophie hatte eigentlich die größte Lust, dem großen Kinde laut ins Gesicht zu lachen, doch sie zwang sich ernst zu bleiben und nahm wieder die Maske der Wehmut vor, welche sie so gut kleidete: „O mein teures, süßes Kind! Möge Sie Gott bewahren so hold, so schön, so rein!" rief sie mit schwungvoller Rührung aus und küßte wiederholt das wohlgepolsterte Händchen der großen kleinen Komteß. „Mich haben die herben Erfahrungen meiner Kindheit nur allzufrüh gereift und gegen die Arglist der Männer gefeit. Aber fragen Sie mich nicht nach solchen Dingen. Schweigen Sie auch gegen die Ihrigen über die unangenehmen Dinge, die vorhin in dem Gespräch mit meinem sogenannten Vetter zu Tage kamen. Sie versprechen mir das, nicht wahr?"

Vicki versprach es, obwohl sie einigermaßen betrübt darüber war, daß sie die merkwürdige Entdeckung Hanswurstfinks samt der Geschichte mit dem alten Papagei für sich behalten sollte. Aber die feierliche Warnung des Fräuleins hatte einen solchen Eindruck auf sie gemacht, daß sie, sobald sie nur die Schritte des wiederkehrenden Fink nahen hörte, mit dem Ausruf: „Nein, mit dem abscheulichen Menschen will ich nicht wieder allein zusammen sein!" hinaus in die Veranda und von da in den Park lief.

Sie hatte bei diesem eiligen Hinausstürzen gar nicht bemerkt, daß ihre Schwester, noch immer in ein Buch vertieft, einsam auf der Veranda saß.

Es war eine von Komteß Vickis vielen nachlässigen

Gewohnheiten, die Thüren nicht hinter sich zu schließen. Und so war auch diesmal die Glasthür halb offen geblieben, so daß Komteß Marie jedes Wort, welches dadrin im Atelier gesprochen wurde, deutlich hören konnte.

So vernahm sie denn, wie Fink hereintrat und sein Bedauern äußerte, die Komteß nicht mehr vorzufinden.

„Glauben Sie vielleicht, daß Ihre geschmackvollen Er= zählungen von dem ollen Teerfinken und von Tante Rieke mit ihrem unanständigen Papagei eine wohlerzogene junge Dame so zu fesseln vermöchten?" sagte das Fräulein ver= ächtlich.

„Na na, verehrte Base, haben Sie sich man nicht so!" versetzte der andere gutlaunig. „Die kleine dicke Komteß kommt mir gar nicht so vor, als ob sie so albern wäre über jeden kleinen drolligen Snack gleich in Ohnmacht zu fallen. Ein reizendes Mädel, die lütte Gräffsche! O wir werden schon gut miteinander auskommen! Die ist ganz mein Genre!"

„Wenn Sie nur mit Ihrer Dreistigkeit nicht vorher Schiff= bruch leiden, Herr Vetter," höhnte Sophie.

„Sagen Sie mal — Sie sind doch nicht etwa die Gou= vernante von diesen beiden ausgewachsenen jungen Damens? Da könnten sie allerdings was profitieren! Der junge Wuver= mann hat mir nämlich von Ihrem Talent und Ihrer viel= seitigen Bildung großartige Dinge erzählt!"

Dem Fräulein Sophie schien vor Zorn die Stimme zu versagen — wenigstens vermochte Komteß Marie draußen von ihrer Antwort nichts zu verstehen. .Die Rolle einer Lauscherin widerstrebte ihrem feinen Empfinden auch so sehr, daß sie sich mit absichtlichem Geräusch erhob und rasch in den Saal eintrat. Der junge Maler lachte in diesem Augenblick laut auf, wie wenn er dadurch eine Drohung seiner schönen Base höhnisch abwiese. Und diese schöne Base kehrte der unerwartet Eintretenden ein von grimmiger Wut und offenbarer Tücke

verzerrtes Antlitz entgegen, welches auch nicht eine Spur von
der weltentsagenden Demut und holdseligen Bescheidenheit
aufwies, die es sonst verklärte.

Komteß Marie that, als habe sie nichts Auffallendes
bemerkt und wandte sich mit der freundlichen Erkundigung
an Herrn Fink, ob das Atelier nunmehr seinen Wün=
schen entsprechend sei. Und als er dies bejahte, forderte sie
ihn auf, mit ihr einen kleinen Gang durch den Park zu
machen. Fink verbeugte sich stumm und folgte ihr bereit=
willigst hinaus.

„Ich habe von Kunst und Künstlern nur eine recht un=
klare Vorstellung," begann die Komteß das Gespräch: „Ich
weiß also nicht, ob ein Bildnismaler auch an landschaftlicher
Schönheit Geschmack findet, oder ob er nicht vielleicht die
Schönheit einzig im Menschen sucht."

„Entschuldigen Sie," versetzte Fink, „da muß ich Sie
erst mal über einen Grundirrtum aufklären: für uns, was
wir modernen Malers sind, ist überhaupt die sogenannte
Schönheit Quarko, Quarkino. Wir begeistern uns nur für
das Charakteristische!" Und dabei bohrte und fuchtelte er mit
dem Daumen in der Luft herum, als knete er aus einem
dort gedachten Thonkloß etwa ein furchtbares Gorgonenhaupt.
„Sehen Sie, alles was so recht schön glatt und glau ist, so
recht wie das große Publikum es liebt, das ist uns ein Hor=
reur — mag es nun Menschenwerk oder aus der Hand des
Schöpfers hervorgegangen sein. Ja, es läßt sich nicht leugnen,
daß sogar der liebe Gott in seinen Menschengesichtern manch=
mal recht für das große Publikum arbeitet."

Die Komteß mußte herzlich lachen über diesen tiefsinnigen
Ausspruch. Und dann sagte sie nach einigem Bedenken: „Nun,
Sie mit Ihrem Haß gegen die Schönheit, was sagen Sie
denn dann zu unserm reizenden Fräulein Bandemer, das
allen unsern Herren hier die Köpfe verdreht?"

„Hm! Mir wird sie ihn jedenfalls nicht verdrehen. Da=

für bin ich meinem Vater sein Sohn!" brummte der Maler vor sich hin.

„Aber kann denn nicht ein hübsches Gesicht auch charakteristisch sein?"

„O ja, gewiß. Ihr Herr Papa zum Beispiel, der Herr Graf, der ist schön und charakteristisch zugleich. Ein wahres Fressen für den Maler."

„Ah, das werde ich Papa wiedersagen; vielleicht läßt er sich dann auch malen. Wir haben ihn nämlich nur ganz jung, und ich finde, diese Art Köpfe werden je älter desto schöner."

„Ganz richtig: es gibt Menschen, die sind wie die Geigen — das habe ich auch immer gesagt."

Die Komteß blieb lächelnd stehen und sah ihn forschend an. „Von uns Weibern gilt das leider nicht. Oder glauben Sie vielleicht, daß z. B. unser schönes Fräulein Sophie Ihnen mit sechzig Jahren besser gefallen würde?"

„Ich glaube kaum," erwiderte er, ohne sich zu bedenken. „Die ist zwar auch wie eine Geige, und zwar eine ganz schön ausgespielte; aber ich finde, sie klingt immer noch falsch — es muß im Holze was versehen worden sein."

„Ei ei, Herr Fink, Sie sind wohl ein großer Menschen= kenner? Ich habe nämlich auch schon die Empfindung gehabt, als ob diese junge Dame uns eine Rolle vorspielte, die..." Sie suchte nach einem Ausdruck.

„Die ihr der Herrgott nicht selbst auf den Leib geschrieben hat," ergänzte Fink schlagfertig. „Ja das meine ich auch, Komteß, und ich glaube, wir haben recht. Ich möchte sogar beinahe darauf schwören, daß sie gar nicht die ist, für die sie sich ausgibt. Wenn man so viel in der Welt herumgekommen ist wie ich, dann weiß man, daß in der Wirklichkeit noch weit wildere Sachen passieren als wie in den verrücktesten Romanen."

„Nun, dann kann ich Ihnen ja auch verraten, daß ich

sie im Verdacht habe, mit unserm Oberverwalter, einem Herrn von Norwig, den Sie ja noch kennen lernen werden, in irgend welcher näheren Beziehung zu stehen. Ich vermute, sie ist unter falschem Namen in unser Haus gekommen, nur um diesem Herrn nahe zu sein."

„O, das wird sich schon herausbringen lassen," meinte Fink zuversichtlich. „Mein Vater kennt die Bandemers ganz genau."

„Ihre Papiere sollen aber ganz in Ordnung sein," entgegnete Komteß Marie. „Wie wollen Sie ihr beweisen, daß sie nicht die Person ist, auf welche sie lauten?"

„Besitzen Sie nicht vielleicht eine Photographie von ihr? Die brauchte ich dann nur meinem Alten zu schicken und der schickte sie wieder der alten Bandemer und schriebe einfach bei: Ist das Deine Tochter?"

„Bravo, vortrefflich!" rief sie. „Sie hat ja ihr Bild zugleich mit der Empfehlung der Frau Konsul Wuvermann eingeschickt. Ich werde es meiner Mama unter irgend einem Vorwande abzulocken suchen. Aber nicht wahr, diese Verabredung bleibt unser Geheimnis? Hier im Hause schwören sie alle auf das arme unglückliche Mädchen, wie sie sich immer nennt. Ehe wir unsrer Sache nicht ganz sicher sind, dürfen wir von unserm Verdacht nichts merken lassen."

„Meine Hand darauf, Komteß," sagte Fink. „Ich denke, Sie werden mit mir zufrieden sein. Ich bin zwar schon alles mögliche in meinem Leben gewesen, vom Konzertmaler bis zum Afrikareisenden, aber Geheimpolizist noch nicht. So was reizt meinem Vater seinen Sohn!"

Sie schüttelten sich lachend die Hand und kehrten dann langsam nach dem Schlosse zurück. — —

Während der Hamburger Künstler sich so günstig bei den Damen des Hauses einzuführen beflissen war, fuhr der Graf mit seinem Oberverwalter zu seinem Nachbar, Herrn Wolf Dietrich von der Maltitz nach Senthin hinüber.

Die acht Tage seiner Thätigkeit in Näsendorf hatten genügt, um Norwig das Vertrauen des Grafen in seine Fähigkeiten zu sichern, und der große Dienst, den er der Komteß Marie bei ihrem Unglücksfalle geleistet, hatte selbstverständlich dazu beigetragen, sein Verhältnis zu der ganzen Familie zu einem weit mehr freundschaftlichen als geschäftlichen zu gestalten. Der Arzt hatte dem Grafen gegenüber sogar die Vermutung ausgesprochen, daß die von Norwig so wohl angewendete künstliche Atmung wahrscheinlich der jungen Gräfin das Leben gerettet hätte. Es war daher nur natürlich, daß der Graf seinen ersten Beamten seither nicht mehr wie einen Untergebenen, sondern wie einen erfahrenen Freund behandelte, welcher so liebenswürdig war, ihm die Hauptlast und Verantwortlichkeit in seiner Wirtschaft abzunehmen. Eine Folge dieses so veränderten Verhältnisses war, daß der Graf nun mit größerer Bereitwilligkeit auf die zahlreichen Vorschläge einging, welche Norwig ihm für eine zeitgemäßere und gewinnreichere Bewirtschaftung zu machen hatte. Der Graf war noch durchaus ein Landwirt nach der alten Schule, der zwar gegen die verderblichen Elementargewalten bei verschiedenen Gesellschaften versichert war, im übrigen aber seine Ernte, so gut oder so schlecht sie war, aus der Hand des Himmels unmittelbar entgegennahm. Ohne im geringsten geizig zu sein, mochte er doch nicht gern für neue Versuche Geld ausgeben und kam sich, nachdem er sich eine Lokomobile und einige andre Maschinen angeschafft hatte, vollständig auf der Höhe der Zeit stehend vor. Nun hatte Herr von Norwig ihm einen Plan entwickelt, welcher dem alten Herrn zunächst freilich beängstigend kühn und modern vorkam, jedoch, wenn die Ausführung glückte, allerdings einen recht beträchtlichen Gewinn abwerfen mußte.

Das Land, welches der Bach durchschnitt, war nämlich, soweit es tief lag, in einer Ausdehnung von mindestens hundertfünfzig Hektar auf Näsendorfer wie auf Senthiner

Gebiet, Moorgrund und als solcher bisher so gut wie ertrag-
los geblieben, da nur in den trockensten Sommermonaten das
Vieh dort auf die Weide getrieben werden konnte, der Torfstich als nicht lohnend aufgegeben worden war. Dies an-
sehnliche Gebiet nun wollte Norwig zu einem Versuche mit
der damals noch ganz neuen Moorkultur benutzen, welche er
in den Vereinigten Staaten kennen gelernt hatte, und welche
im wesentlichen darin besteht, daß auf den Moorgrund eine
Sand- und auf diese wieder eine dünne Moorschicht aufgetragen wird. Ein leichtes Umbrechen macht diesen Boden
dann zur Aufnahme jeder, auch der schwersten Pflanze fähig.
Die größte Schwierigkeit besteht bei solcher Moorkultur in
der genauen Regulierung des Wasserstandes, welcher stets in
gewisser Tiefe gehalten werden muß. Norwig durfte sich der
schwierigen Aufgabe für gewachsen halten und trug deshalb
kein Bedenken, den Grafen dazu zu bestimmen, daß er seinem
Senthiner Nachbarn, Herrn von der Maltitz, die jenseits des
Baches liegenden Moorstrecken für eine Reihe von Jahren
abpachten möge, um den Versuch in großem Stile machen
und besonders, um damit zugleich die auf dessen Gebiet ge-
legene ergiebige Sandgrube mit benutzen zu können. Der
Umstand, daß der Gutsherr von Senthin, der Junker Wolf
Dietrich, in ewigen Kapitalsnöten steckte und sich mühsam über
Wasser hielt, schien dem Plane Norwigs, ihn zur pachtweisen
Ueberlassung jener Felder zu bestimmen, überaus günstig
zu sein.

Wolf Dietrichs von der Maltitz Lebenslauf glich auf ein
Haar dem so vieler Gutsbesitzer, welche sich nicht eigens für
die Landwirtschaft vorbereitet, sondern ihre besten Jahre in
einem Kavallerieregiment ausgetobt haben. Wolf Dietrichs
Vater war ein recht wohlhabender Herr gewesen, aber den
vereinten Kräften seiner talentvollen Herren Söhne — es
waren drei an der Zahl — hatte sein Geldbeutel auf die
Dauer nicht widerstehen können. Zwar waren sie alle drei

recht gute Jungens und wußten eine importierte Cigarre und einen alten Medoc wohl zu schätzen, und besonders ihr Geld auf noble Weise unter die Leute zu bringen; leider aber zeigte sich keiner von ihnen geneigt, eine gewinnbringende Thätigkeit auszuüben, indem der älteste Dragoneroffizier, der zweite Assessoratsaspirant und der dritte — von dem dritten sprach man nicht gern. Er war das enfant terrible der Familie von jeher gewesen und hatte sich in beklagenswerter Verirrung in Berlin sowie im Litteraturkalender als — Schriftsteller niedergelassen! Als nun vor zwei Jahren der alte Herr von der Maltitz ganz unvermutet sich zu seinen Ahnen versammelt hatte, war dem guten Wolf Dietrich nichts andres übrig geblieben, als den Pallasch mit der Pflugschar zu vertauschen. Da die beiden jüngeren Brüder nach dem Testament von dem Besitzer des Gutes ein darauf eingetragenes Kapital von je fünfzigtausend Mark verzinst erhalten sollten, so war die Lage des älteren eine recht schwierige; denn die nur mäßig große Besitzung warf ihm nach Abzug jener Hypothekenschulden kaum so viel ab, daß er sich zur Not allein darauf durchbringen konnte. Aber in der richtigen Erkenntnis, daß eine Adelsfamilie ohne Grundbesitz oder ohne bedeutende Kapitalskraft gar zu leicht sozial oder selbst moralisch verlottere, hatte er lieber das harte Joch auf sich genommen, als den Verkauf des Gutes zugegeben, den seine jüngeren Brüder eifrig befürworteten. Ja, er hatte gar noch ein übriges gethan, und dem Dichter zur Drucklegung seiner sämtlichen Hohenstaufendramen in drei Bänden eine erhebliche Summe vorgeschossen, obwohl dieser hoffnungsvolle Sohn Apolls gleich nach dem Tode des Vaters in seinem himmelstürmenden Idealismus so weit gegangen war, eine Kellnerin zu heiraten! Aber Wolf Dietrich war ein tüchtiger, thatkräftiger Mensch; er brachte es fertig, alle seine kostspieligen Lebensgewohnheiten aufzugeben, rührte sich das ganze Jahr nicht von seiner Scholle, war sein eigner Inspektor, rauchte

Fünfpfennigcigarren und zog sich Lagerbier auf Flaschen ab. An der Geselligkeit des benachbarten Landadels nahm er so gut wie gar keinen Anteil.

Was konnte ihm unter diesen Umständen willkommener sein, als der Antrag des Grafen Pfungk, sein Moorland in Pacht zu nehmen? Dennoch aber war er klug genug, sich den Anschein zu geben, als ob er nur sehr ungern auf seinen großartigen Torfstich verzichte, und sowohl eine etwas höhere Pachtforderung als auch die Bedingung zu stellen, daß der Kontrakt auf zehn Jahre abgeschlossen werden müßte. Der Graf war wenig geneigt, diesen Forderungen nachzugeben, wurde aber dennoch, nach einer längeren Beratung mit Norwig, zur Nachgiebigkeit bestimmt, so daß, als die Herren sich verabschiedeten, das Geschäft als abgeschlossen betrachtet werden konnte. Mit Vergnügen erklärte Herr von der Maltitz sich bereit, der dringenden Aufforderung, sich bald in Näsendorf sehen zu lassen, nachzukommen.

Gleich nach der Rückkehr machte der Graf dem Inspektor Reusche Mitteilung von der in Aussicht genommenen Betriebsänderung und trug ihm auf, die nötigen Vorarbeiten, besonders Brücken-, Wege- und Pferdebahnbau ohne Zeitverlust in Angriff zu nehmen. Zu des Grafen Aerger zeigte sich der brave Ludolf nicht eben entzückt von den großartigen Plänen seines neuen Vorgesetzten. Er machte sogar allerlei Bedenken bezüglich des wahrscheinlichen Ertrages dieser neumodischen Moorkultur geltend, die aber, ebenso wie der Hinweis auf das abschreckende Beispiel eines jüngst verkrachten Nachbarn, auch so eines gelehrten „Mistifers", von dem Grafen mit Geringschätzung zurückgewiesen wurden, denn er wollte um keinen Preis vor seinem Freunde und Ratgeber als ein durch kleinliche Bedenklichkeiten leicht einzuschüchternder alter Herr dastehen.

Uebrigens war es Herrn Ludolf Reusche schon von weitem anzusehen, daß er heute ganz ungewöhnlich schlechter

Laune sei. Denn abgesehen von seiner erklärlichen Eifersucht gegen den so sehr begünstigten Oberverwalter, hatte dem Gleichgewicht seiner Seele eine eben erst stattgehabte Scene mit seiner bisher so bescheidentlich angebeteten Beate einen argen Stoß versetzt. Sie hatte ihm nämlich über seine offenbare Untreue ganz gehörig den Kopf gewaschen und ihm angedroht, falls er nicht die Schmach, welche das verhaßte Fräulein Sophie ihr angethan hatte, blutig zu rächen sich bereit zeige, ihn für ewige Zeiten aus ihrem Herzen verbannen zu wollen. Wie stets, spiegelten auch in diesem bedenklichen Falle Herrn Reusches Schnurrbartspitzen den Zustand seiner Seele deutlich wieder. Deren linke war nämlich spitz und keck nach aufwärts gerichtet, während die rechte traurig und aufgedröselt herabhing; gleichwie sein Mannesbusen zur einen Hälfte erfüllt war von dem kühnen Verlangen, die Gunst des berückenden Fräuleins zu gewinnen und andrerseits von dem wehmütigen Vorschmack des drohenden Verlustes seiner älteren Flamme, welche, obschon ihr Aeußeres weniger berauschend wirkte, doch immerhin ein liebendes Herz besaß und auch „'n bischen was mitkriegte!" Ludolf Reusche hatte noch nie die Knechte und Mägde so schlecht behandelt wie heute.

Da der Hausherr sowie Norwig durch den Aufenthalt in Senthin sich heute sehr verspätet hatten, so fand sich erst kurz vor dem Abendessen die ganze Familie wieder zusammen. Meister Fink war gerade beschäftigt, den alten Flügel im Ahnensaal einer Prüfung zu unterziehen, als die beiden Herren sich zu den dort versammelten Damen gesellten.

Das Instrument gab wahrhaft grausame Mißtöne von sich, so daß Hanswurstfink entsetzt davon zurücksprang, wie vor einem bissigen Kettenhund.

„Heiliger Bimbam!" rief er aus: „Wozu hat denn dieses Marterwerkzeug hier gedient?"

„Ja, seit Vicki mit den Klavierstunden fertig ist, ist es wohl nicht mehr gestimmt worden," erklärte die Gräfin.

„Fertig? Was heißt das?" fragte Fink verwundert. „Haben Sie nichts mehr darauf zu lernen, Komteß?"

„O, das schon," erwiderte Vicki lächelnd: „Wissen Sie, ich hatte bei unserm Kantor Unterricht und das ging auch zuletzt ganz schön; aber immer nur auf den weißen Tasten, denn mit den schwarzen wußte der alte Mann selber nicht recht Bescheid."

„Ja sehen Sie, und da haben wir die Geschichte dann aufgegeben," ergänzte die Mama. „Ein paar Choräle hat sie ja doch ganz nett spielen gelernt und das ist ja doch immer die Hauptsache. Der liebe Gott sieht ja doch mehr aufs Herz als auf die Finger."

„Aber er hat gewiß ein sehr feines Gehör," lachte Fink. „Denken Sie doch, wie verwöhnt er durch seine Engel= chöre sein muß."

Die Gräfin mußte ihm darin recht geben und ver= sprechen, gleich morgen nach dem Klavierstimmer zu schicken.

„Ah, Sie sind wohl ein Virtuos?" wandte sich der Graf an Fink.

„Nein, durchaus nicht," versetzte jener: „Ich spiele bloß nach dem Gehör ein paar Tänze und was man so fürs Haus braucht."

„Ach, das ist reizend!" rief Vicki laut: „Nicht wahr, da spielen Sie uns jeden Abend ein bißchen auf? Denken Sie, ich bin doch nun so gut wie erwachsen und habe immer noch keine Tanzstunde gehabt!"

„Nun, dem ist ja leicht abzuhelfen," sagte Fink ernst= haft. „Wenn mir die Herrschaften Ihr Vertrauen schenken wollen, so bin ich gern bereit, in meinen Mußestunden die Ausbildung der Komteß Tochter in der höheren Tanzkunst zu übernehmen."

„Was tausend! Sie sind ja ein Universalgenie!" rief der Graf belustigt.

Und das Komteßchen hatte mit einem Schlage die Scheu vor diesem gefährlichen Mädchenbethörer vergessen und zappelte aufgeregt mit bittenden Händen vor ihm herum. „Ach ja, das wäre zu süß von Ihnen! Nicht wahr, Sie thun es? Sie fangen heute gleich an!"

Die Gräfin hatte zwar schon öfter dem Drängen ihrer Tochter entgegen gehalten, daß es für solchen Unfug wie Tanzunterricht und dergleichen noch immer Zeit wäre, bis sie in die Gesellschaft eingeführt würde, aber nun wurde sie von dem jungen Volk so drollig überrumpelt, daß sie nicht gut anders konnte, als lachend ihre Zustimmung zu geben. Nur, fügte sie hinzu, sei es doch wohl geboten, daß der Herr Tanzmeister, ehe ihm seine Schülerin anvertraut würde, eine Probe seiner Kunst ablege.

Fink erklärte sich hierzu sofort bereit und bat die Herrschaften zu bestimmen, was er ihnen vorführen solle. „Vielleicht ein Nationaltanz gefällig? Ein Hornpipe, ein Krakowiak? Oder vielleicht ein Pas sérieux? Vielleicht belieben die Herrschaften mir auch ein Thema zu stellen für einen pantomimischen Tanz."

Es wurde dann unter allgemeiner Heiterkeit nach längerer Beratung beschlossen, daß Hanswurstfink pantomimisch darstellen solle, wie ein junger Maler im Hochgebirge in seinen landschaftlichen Studien durch eine kunstfeindliche Kuh unterbrochen würde, und wie er hernach, auf die Hirtin treffend, derselben zunächst heftige Vorwürfe, nachher aber eine Liebeserklärung machte. Der Allerweltskünstler entledigte sich seiner Aufgabe mit großem Geschick und mit wirklich urwüchsiger Komik. Die Kuh wurde zwar nur durch ihr Gebrüll angedeutet, doch war in dem verschiedenen Tonfall ihres Muh! die ganze Skala ihrer Empfindungen von der ernsten kritischen Bedenklichkeit bis zum Ausbruch des Vandalismus anschaulich zum Ausdruck gebracht. Komteß Vicki, als die Zunächststehende, mußte die Rolle der schönen Sennerin markieren, und ihr Gebaren hierbei, zusammengesetzt aus kindlicher Lust an diesem seltenen Schauspiel, wie lieblicher Verlegenheit wirkte kaum minder ergötzlich, als Finks groteske Sprünge und Gebärden, welche den herkömmlichen Ballettstil köstlich parodierten. Endlich riß er sich gar mit großer Anstrengung sein Herz aus dem Busen und legte es der Angebeteten zu Füßen. Da diese aber steif und errötend dastand und nicht wußte, was sie damit anfangen sollte, so hob er es wieder auf und drückte es ihr kräftig in die Hände, worauf sie den Einfall hatte, es in die Tasche zu stecken — was natürlich größte Heiterkeit erregte. Zum Schluß nahm der Maler die Sennerin um die Hüfte und tanzte, einen echten Jodler singend, mit ihr im Saal herum.

Gerade als die beiden an der Thür vorüberwirbelten, trat Fräulein Sophie herein, um der Gräfin zu melden, daß der Thee bereit sei. Sie war natürlich wenig erbaut davon, daß das Fräulein ihre Mahnung zur Vorsicht so bald in den Wind geschlagen hatte, und auch Vicki verlor, sobald sie einen strafenden Blick Sophiens aufgefangen hatte, ihre Unbefangenheit und machte sich tief errötend aus Finks Armen los. Lauter Beifall lohnte die gelungene Stegreif=vorstellung.

Man schickte sich an, in das Zimmer der Gräfin zu gehen, als der Diener hereintrat und mit vergnügtem Grinsen meldete, ein fremder Herr wünsche den Herrschaften seine Aufwartung zu machen.

„Was tausend! Zu so später Stunde?" rief der Graf. „Sollte das vielleicht ein Weinreisender ..."

„Nein, das nicht gerade — es ist nur Vetter Emich," ergänzte eine näselnde Lieutenantsstimme, und zugleich trat ein schlank gewachsener, sehr distinguiert aussehender Herr mit wundervoll gepflegtem, langem blonden Schnurrbart herein und verbeugte sich lächelnd vor der Gesellschaft.

Zufällig stand das Fräulein Sophie ein wenig abseit,

so daß sie nicht gleich von dem Eintretenden gesehen werden konnte, und neben ihr Herr von Norwig. Beide zuckten gleichzeitig erschrocken zusammen und Norwig flüsterte dem Fräulein zu: „So wahr ich lebe, das ist ja Bencken! Nun hast du deine Komödie ausgespielt."

Und ebenso leise flüsterte sie zurück: „Frohlocke nicht zu früh! Wenn du nur ein Wort sagst, so bist du auch verloren!"

Ende des ersten Bandes.

Engelhorns Allgemeine Romanbibliothek.

Eine Auswahl der besten modernen Romane aller Völker.

Sechster Jahrgang. Band 2.

Die tolle Komteß.

Roman in zwei Bänden

von

Ernst von Wolzogen.

——

Zweiter Band.

Stuttgart.
Verlag von J. Engelhorn.
1889.

Druck der Union Deutsche Verlagsgesellschaft in Stuttgart.

Neuntes Kapitel.

Weiteres über Karl Egon Emich, den Büsterloher. Heimlichkeiten
beim Thee und Zerstreuungen bei der Abenbanbacht. Fräulein
Sophie geht im Mondschein mit jemandem spazieren und Komteß
Vicki kann nicht einschlafen.

Die allgemeine Lustigkeit, welche Hanswurstfinks Vorstellung verbreitet hatte, bewirkte auch, daß der Vetter Emich
mit lautem Jubel begrüßt wurde. Er erzählte, daß er auf
einer Reise durch Mecklenburg begriffen sei, um sich verschie-
bene verkäufliche Güter anzusehen, und da er einmal so nahe
gewesen, habe er sich das Vergnügen, die lieben Verwandten
unversehens zu überfallen, nicht nehmen lassen wollen.

„Sag mal, das wievielte Gut hast du denn da bereits
in Augenschein genommen?" frug Komteß Marie lächelnd
den blonden Vetter. „Es sind ja wohl schon fünf Jahre her,
daß du mit der Absicht umgehst, dich anzukaufen?"

„Ja, allerdings, so lange ist es her," versetzte jener.
„Und ich glaube, es war das siebenundbreißigste Gut, das
ich mir gestern besehen habe. — Ah — Pardon!" unterbrach
er sich, des in der Ecke stehenden Paares ansichtig werdend,
„ihr habt Gäste? Darf ich bitten, mich vorzustellen."

„Um Verzeihung," sagte der Graf und führte seinen
Neffen zu jenen beiden. „Herr von Norwig — mein Neffe,
Graf zur Bencken."

Graf Bencken hatte bei der Verbeugung seinen goldenen
Kneifer von der Nase fallen lassen; sobald er aber den Namen
Norwig vernahm, stutzte er, setzte das Augenglas rasch wieder

auf und rief: „Herr von Norwig — habe ich recht gehört? Sind Sie der Passenhofener?"

„Allerdings; sollten Sie mich nicht wiedererkennen, Graf Bencken? Ich trage jetzt freilich Vollbart, aber . . ."

„In der That — ja," näselte der lange blonde Kavalier, zog die Augenbrauen in die Höhe, was sein ausdrucksloses Gesicht nicht eben interessanter machte und rückte hochmütig sein Haupt in dem steifen Kragen zurecht. „Sehr merkwürdiger Zufall — finden Sie nicht auch? Ah — da ist ja auch Ihre Frau Gemahlin! Gnädige Frau — entzückt, Sie wiederzusehen!" Er verbeugte sich steif vor Fräulein Bandemer und griff nach ihrer Hand, um einen höflichen Kuß darauf zu drücken.

Aber das Fräulein entzog ihm ihre Hand und sagte äußerst erstaunt: „Herr Graf irren sich wohl, ich habe nicht die Ehre . . ."

Graf Pfungk und seine Gattin beeilten sich gleichzeitig, ihren Herrn Neffen lachend darüber aufzuklären, daß diese junge Dame keineswegs die Gattin ihres Oberverwalters, sondern vielmehr ein Fräulein so und so, Stütze der Hausfrau sei.

„Aber ich begreife nicht," beharrte Graf Bencken, indem er mit einem argwöhnischen Seitenblick, der eine auffallende Aehnlichkeit mit dem eines scheuen Pferdes besaß, das geziert lächelnde Fräulein anstarrte: „Die Aehnlichkeit ist effektiv merveilleux! Sie werden mir zugeben, Herr von Norwig, daß man das Gesicht Ihrer Frau Gemahlin nicht so leicht vergessen kann, wenn man einmal den Vorzug gehabt hat!"

„Die Aehnlichkeit mit meiner verstorbenen Frau ist allerdings auch mir aufgefallen, als ich das Fräulein Bandemer zum erstenmal sah," erwiderte Norwig mit niedergeschlagenen Augen.

„O, Sie haben Ihre Frau Gemahlin verloren?" schnarrte der Graf mit einem oberflächlichen, höflichen Bedauern im Ton. „Quel malheur! So jung und so — Sie gestatten den Ausdruck: so schön! Ich hörte zuletzt, daß sie Ihnen nach New York gefolgt sei."

„Ganz recht," versetzte Norwig, „dort ist sie auch gestorben." Er sah auf, um dem Grafen anzudeuten, daß er das Gespräch über seine verstorbene Frau für beendigt ansehen möchte; aber während er die Augen erhob, traf ihn ein seltsam gespannter, forschender Blick der Komteß Marie, vor dem er in Verwirrung den seinen niederschlagen mußte.

Da Graf Bencken immer noch das Fräulein Sophie mit zweifelnden Blicken anstarrte und vergebens nach einer gleichgültigen Wendung suchte, um das Gespräch in eine andre Bahn zu lenken, so wäre eine recht verlegene Pause eingetreten, wenn nicht der Hausherr durch die Vorstellung des jungen Malers seinem Neffen zu Hilfe gekommen wäre. Einen einfachen Finken begrüßte dieser außerordentlich hochgeborene Graf — er war nämlich einem im Aussterben begriffenen souveränen Fürstenhause verwandt und es standen nur noch ein knappes Dutzend Augen zwischen ihm und jenem allerliebsten Thrönchen — nur mit einem leichten Kopfnicken.

„Sehr angenehm! Sie sind Maler?" sagte er wohlwollend mit hochgezogenen Brauen. „Sie nehmen wohl das Schloß auf?"

„Nein, ich nehme die Frau Gräfin auf, wenn Sie gestatten, Herr . . ." Fink that, als suche er nach dem Namen. Um seine Mundwinkel zuckte es schalkhaft.

„Graf Bencken," ergänzte jener, gekränkt, daß man seinen erlauchten Namen überhört hatte.

Und Vicki rief laut und feierlich im Heroldstone: „Karl Egon Emich, Graf und edler Herr zur Bencken-Büsterloh, Erlaucht."

„Ah!" rief Fink bewundernd aus und verbeugte sich nochmals mit großer Heftigkeit.

„Bitte, bitte," winkte der junge Graf gnädig ab: „Ich nenne mich natürlich einfach Graf Bencken. — Da ist mir übrigens eine drollige Geschichte passiert, lieber Onkel," wandte er sich an den Hausherrn: „Denken Sie sich, ich fahre da zwischen Berlin und Güstrow mit einem Herrn allein im Coupé. Sieht ganz anständig aus: ich zögere deshalb nicht, ihm auf seine Bitte Feuer zu geben. Wir kommen

ins Gespräch — und ich muß gestehen, ich fand einen recht
kenntnisreichen Mann. Offenbar guten Blick für Pferde,
auf dem Turf merkwürdig zu Hause, obwohl er nicht selbst
rennen läßt. Die Unterhaltung wurde recht lebhaft, und er
überreichte mir seine Karte: Müller, einfach Guido Müller,
Kaufmann und Lieutenant der Reserve! Natürlich bedauerte
ich sehr, selbst keine Karte bei mir zu haben und stelle mich
einfach als Lieutenant Bencken vor — ha ha ha! Ich wollte
doch dem Herrn die Unbefangenheit nicht rauben!"

Vicki versteckte sich hinter den Rücken ihrer Schwester,
da sie vor den Fremden ihrem erlauchten Vetter nicht gerade
ins Gesicht lachen wollte. Auch die übrigen hatten Mühe,
ihre Heiterkeit zu unterdrücken, besonders als die alte Gräfin
ganz ernsthaft sagte: „Das war mal wieder ein schöner Zug
von dir, Emich!"

Und zu Norwig und Fink gewendet, setzte sie hinzu:
„Ja, unser Neffe ist immer so rücksichtsvoll — den armen
Guido Müller hätte doch gleich der Schlag treffen können,
nicht wahr?"

Karl Egon Emich schien nicht ganz im klaren darüber
zu sein, ob solches Lob ehrlich gemeint gewesen, besonders
da es aus dem Munde seiner frommen Frau Tante kam,
deren Spottlust ihm wohl bekannt war. Uebrigens war er
es so gewohnt, aufgezogen zu werden, daß er es kaum mehr
merkte. Seine Kameraden hatten von jeher sich das Vergnügen gemacht, seinen erlauchten Namen und seine Aussichten auf das bewußte Thrönchen zu allerlei Scherzen zu
benutzen, so daß der Träger aller dieser Würden schließlich
nicht mehr Spott und Ernst unterscheiden konnte. Der Stolz
auf seinen uralten Stammbaum und sein schilderreiches, durch
eine Fürstenkrone glänzendes Wappen, war ja genau genommen das einzige geistige Besitztum, dessen er sich bewußt
war. Seiner geringen Fähigkeiten wegen hatte man ihm in
seinem Regimente den väterlichen Rat erteilt, seinen Abschied
zu nehmen, ehe er zum andernmal bei der Beförderung
zum Rittmeister übergangen werden würde. Abgesehen davon, hatte er sich im Kriege wie ein Held geschlagen und
im Frieden stets als guter Kamerad und Mann von an-

ständiger Gesinnung bewährt. Seine grenzenlose Gutmütig-
keit und Leichtgläubigkeit war unzählige Male gemißbraucht
worden, ohne daß üble Erfahrungen jemals vermocht hätten,
sein Herz und seine Taschen fester zu verschließen. Er war
noch sehr jung gewesen, als sein Vater starb, und ihm dadurch die Verantwortung für die Verwaltung des recht bedeutenden Familiengutes anheim fiel. Dank der gänzlichen
Verständnislosigkeit für diese schwere Aufgabe, dank den
eigennützigen Ratgebern, der Ausbeutung falscher Freunde
und der unheilvollen Einmischung seiner Mutter, nach deren
Begriffen der Sohn gar nicht fürstlich genug auftreten konnte,
war das Verhängnis über ihn hereingebrochen. Er hatte
Herrschaft und Schloß mit großem Verluste verkaufen müssen
und war nun genötigt, von dem übrig gebliebenen Erlös
auch noch seine Mutter und mehrere unverheiratete Schwestern
standesgemäß zu erhalten. In Schloß Büsterloh aber hatte
ein fetter jüdischer Herr von der Börse seine Sommerresidenz
aufgeschlagen. Allerdings ermöglichten dem Grafen Emich
die Zinsen seines geretteten Vermögens immer noch ein ver-
gnügtes Dasein, ohne daß er um sein tägliches Diner und
seine Flasche Rotspohn sich mit Sorgen zu quälen brauchte.
Der Kauf, Verkauf und Tausch von Reitpferden, der Aerger
über ungeschickte Stallknechte und die Pflege des bereits
altersschwach gewordenen ererbten Mobiliars bildeten so ziemlich seine einzige Beschäftigung — neben der sehr zeitrauben-
den und sorgfältigen Toilette. Dagegen erlaubten ihm seine
Mittel nicht, in seinem Auftreten mit seinen eigentlichen
Standesgenossen zu wetteifern; auch empfand er in ihrer
Gesellschaft doch nur zu häufig die Mängel seiner Bildung,
welche in ihrer Lückenhaftigkeit wirklich allumfassend genannt
zu werden verdiente! Er hatte sich in einen der Vororte
Berlins zurückgezogen und lebte dort ein wahres Einsiedler-
leben, welches nur einmal im Monat durch die kamerad-
schaftlichen Zusammenkünfte eines Vereines ehemaliger Offiziere unterbrochen wurde. Diese Abende bildeten die bescheidenen Höhepunkte seines Daseins; und wenn er gar
Gelegenheit fand, einem neuen Gaste daselbst über seine Beziehung zu dem regierenden Hause oder über die Herkunft

des weißen Rosses in seinem Wappen Auskunft zu geben, so kehrte er glücklich und zufrieden zu seinen wurmstichigen Penaten zurück und legte sich im stolzen Bewußtsein seiner Würde und mit der seidenen Bartbinde bewaffnet in das Prachtbett seiner Ahnen. Aber der Tage, an welchen es ihm vergönnt war, in seinem aristokratischen Nimbus zu schwelgen, waren doch zu wenige, als daß nicht der Mangel an Beschäftigung und Verkehr ihm je länger desto schwerer auf die Seele gefallen wäre. Darum hatte er den Ent= schluß gefaßt, sich irgendwo eine kleine Besitzung zu kaufen, wo er in Frieden seinen Hafer pflanzen und mit einigen blaublütigen Nachbarn über Pferde reden könnte. Der Ge= danke, auf seinen glänzenden Namen hin eine reiche Heirat zu machen, lag ja nahe genug, doch empfand der gute Graf eine gewaltige Scheu vor den anspruchsvollen und feinge= bildeten Damen der höheren Gesellschaft. Er war ehrlich genug gegen sich selbst, um einzusehen, daß er neben solcher Frau eine ziemlich unglückliche Rolle spielen würde, und dieser Gedanke war ihm unheimlich. Gegen das Ansinnen, seine Krone für eine jüdische Million einzutauschen, welches ihm schon wiederholt nahe getreten war, sträubte sich sein echt aristokratisches Empfinden sehr entschieden, und da er selbst im Grunde ein so gutes Herz besaß, so sehnte er sich auch, wenn auch vielleicht unbewußt, nach Liebe. Bei seinem, trotz des äußerlichen Schliffs und der anerzogenen militäri= schen Artigkeit gegen die Damen, doch stets ängstlich zurück= haltenden Auftreten war er niemals einer Frau gefährlich geworden, während sein eignes Herz gar leicht in bescheident= lich sehnsüchtige Wallung geriet. Ein hübscher Teint, eine schlanke Taille, geschmackvolle Toilette und besonders — ein kleiner Fuß waren genügend, um ihn zu bezaubern; doch gebrach es ihm an der nötigen Keckheit, um jemals einen ernstlichen Angriff zu wagen. Er hatte mehrere Passionen, aber keine einzige Liebe hinter sich. Die größte dieser Pas= sionen war die reizende junge Frau von Norwig auf Passen= hofen gewesen, und sie war auch die einzige, deren Koketterie es gelungen war, ihm einst in einer dämmrigen Fensternische das Geständnis zu entlocken, daß er — auf Ehre! — mit

Vergnügen bereit sein würde, sich ihr zu Liebe den Hals zu brechen, wenn ... sie waren gestört worden und er hatte den Satz nie beendigt!

Kein Wunder, daß ihn der plötzliche Anblick dieser Doppelgängerin der einst Angebeteten in eine Erregung versetzte, welche selbst sein phlegmatisches Temperament und seine steife Förmlichkeit nicht ganz verbergen konnte. Man war inzwischen zum Thee geschritten und die Unterhaltung war lebhaft im Gange. Graf Bencken saß neben seiner Cousine Marie und war so von seinen Erinnerungen eingenommen, daß er nicht einmal ihrem höchst interessanten Pferdegespräch mit rechter Aufmerksamkeit zu folgen vermochte. Sie hatte ihm eben von ihrem so übel abgelaufenen Abenteuer mit dem bösen Hengste Bericht erstattet und hinzugefügt, daß sie wohl für längere Zeit verhindert sein werde, in den Sattel zu steigen.

Und darauf hatte er, den blonden Schnurrbart wohlgefällig ausziehend, erwidert: „Das ist ja scharmant, da können wir ja gleich morgen früh ein kleines Handicap reiten."

„Du träumst wohl, Emich," flüsterte sie ihm zu: „Kannst dich wohl immer noch nicht über unser hübsches Fräulein beruhigen? Ist die Aehnlichkeit wirklich so auffallend?"

Und ebenso leise gab der Vetter zurück: „Ich würde mich keinen Augenblick besinnen, vor Gericht einen Eid darauf abzulegen, daß dies Frau von Norwig sei. Wenn ich nur ihre Füße einmal sehen könnte! Es ist nicht denkbar, daß ein zweites Paar von Frau von Norwigs weltberühmten Füßen noch irgendwo existieren sollte."

„Du warst wohl sehr verliebt in Frau von Norwig?"

„Ja, parbleu! Wie wir alle. Das heißt — ich war speziell in ihren Fuß verliebt. Du weißt ja: Elfenfüßchen sind meine Achillesferse, wie Kamerad von Bock immer sagte — ha ha! Wenn du mir versprichst, mich diesem fatalen Menschen dadrüben" — er streifte Norwig mit einem vorsichtigen Blicke — „nicht zu verraten, so könnte ich dir ein kleines Abenteuer ..."

„Anständig?" warf die Komteß ein.

„Aber selbstredend! Wie würde ich mir sonst erlauben ..." versetzte Karl Egon Emich errötend. „Also denke dir: es ist mir effektiv gelungen, in den Besitz von einem Paar Schuhe zu kommen, welche die reizende Frau auf unserm Kasinoballe angehabt hatte!"

„Nun seh' einer den Duckmäuser an! Das hätte ich dir gar nicht zugetraut," flüsterte Base Marie. „Wie hast du sie nur dazu gebracht, dir die Schuhe zu schenken?"

„O sehr einfach: Ihre Zofe hatte immer eine offene Hand, sobald jemand nur eine Doppelkrone zückte!"

Der brave Karl Egon Emich bewies durch dies Herausplatzen mit der nackten Wahrheit, daß es ihm gar sehr an Phantasie gebrach, sonst hätte er doch nicht die gute Gelegenheit versäumen dürfen, durch eine geschickte Erfindung als Don Juan zu glänzen.

„Ist diese kostbare Eroberung noch in deinem Besitze?" fragte die Base neugierig.

„Gewiß. Ich führe sie sogar nebst einigen andern teuren Souvenirs immer in meinem Handkoffer bei mir."

In den grauen Augen der tollen Komteß blitzte es schalkhaft auf; sie neigte sich dem Vetter noch näher zu und flüsterte ihm ins Ohr: „Weißt du, Emich, da könnten wir ja eine richtige Prinzessinnen=Probe à la Aschenbrödel aufführen! Eine kostbare Idee! Nimm einmal deinen ganzen Geist und Witz zusammen — das kann dir ja nicht schwer werden! Mache dich niedlich um Fräulein Sophie und bringe sie dahin, daß sie sich von dir den Schuh anpassen läßt."

„Was habt ihr denn da immer zu tuscheln?" rief die Gräfin=Mutter laut. Und das allgemeine Gespräch, das durch Finks Scherze und das Gelächter der übrigen die Aufmerksamkeit von den beiden Verschwörern abgelenkt hatte, schwieg für einen Augenblick.

Graf Bencken schaute errötend und verlegen auf seinen Teller und führte rasch ein großes Stück Rebhuhn zum Munde; aber seine Base ergriff das Wort für ihn und wandte sich lächelnd an Fink: „Entschuldigen Sie unsre Ungezogenheit. Wir Sportsleute sind ein undankbares Publikum selbst für die besten Geschichten, sobald wir uns in ein Pferdegespräch vertieft haben. Vetter Emich erzählte mir eine kostbare Geschichte, wie er einen schlauen Pferdejuden überlistet hat."

„Aber ich habe ja gar keine Pferde mehr," flüsterte der Graf bestürzt hinter der vorgehaltenen Serviette.

„Schweig doch still!" gab die Komteß mit einem kleinen Rippenstoß zurück.

Glücklicherweise waren die Geschichten des Vetters Bencken dafür berühmt, daß sie meist keine Spitze hatten und die Gesellschaft war infolgedessen nicht neugierig, diese letzt= erwähnte zu hören. Die allgemeine Aufmerksamkeit wandte sich vielmehr wieder dem Meister Fink zu, welcher mit über= wältigendem Humor eine abenteuerliche Reise nach England schilderte, die er einst in Begleitung seiner Schwester und deren Kommode ausgeführt hatte. Jenes Unglücksmöbel hatte nämlich ihrem Fortkommen alle erdenklichen Schwierig= keiten in den Weg gelegt, da sein Gewicht und seine Un= handlichkeit allerorten die Gepäckträger zu offener Rebellion getrieben hatte. Am Ziele der Reise, einem kleinen Halte= punkte, der auf einem hohen Bahndamme lag, war es dann schließlich von dem verzweifelten Bruder durch einen ener= gischen Tritt kostenlos die steile Böschung hinunter befördert worden; und die anschauliche Schilderung der über solche Be= handlung jammernden Schwester, sowie des auf den kühnen Fremdling drohend eindringenden Bahnpersonals, wirkte in ihrer dramatischen Lebendigkeit und in ihrem Gemisch von Englisch und Hamburgisch so ergötzlich, daß die heiterste Laune bis zur Aufhebung der Tafel herrschte.

Fräulein Sophie allein erlaubte sich in ihrer Bescheiden= heit nicht in das allgemeine Gelächter einzustimmen. Obwohl durch ihre Pflicht genötigt, öfters aufzustehen und sich an der Servante und dem Büffett zu thun zu machen, hatte sie doch das heimliche Gebaren jener beiden mit größerer Auf= merksamkeit verfolgt als Finks lustige Geschichten. Und ob= wohl sie zu entfernt saß, um auch nur ein Wort aus ihrer Unterhaltung aufzufangen, so hatte ihr ihre scharfe Be= obachtungsgabe doch verraten, daß sie selbst deren Gegenstand gewesen sei. Wußte sie doch seit jenem ersten Frühstück, bei welchem Komteß Marie so anzügliche Bemerkungen hatte fallen laffen, daß sie in dieser unschönen jungen Dame eine ihr gewachsene scharfe Beobachterin und vielleicht gar gefähr= liche Feindin besitze. Sie mußte sich sagen, daß die Zahl ihrer Gegner ganz bedenklich im Wachsen begriffen sei: Beate Meusel mußte sie seit ihrem Unfall mit der Gartenthür nur noch grimmiger haffen; der alte Graf wagte sie seit jenem Tage gar nicht mehr anzusehen und hatte sie offenbar in dem Verdacht, ihn schnöde verraten zu haben; Komteß Marie gegenüber mußte sie mit jedem Worte, mit jedem Blicke auf der Hut sein und selbst Komteß Vicki konnte durch diesen verwünschten Vetter Fink leicht zur Partei ihrer Gegner hinübergezogen werden. Graf Beneden endlich war trotz seiner Leichtgläubigkeit und rührenden Harmlosigkeit dennoch den übrigen unter Umständen ein mächtiger Verbündeter. Ihre einzige verläßliche Stütze war demnach nur noch die alte Gräfin, sowie der Umstand, daß Norwig schweigen mußte. Aber so leicht gab sie ihre Partie nicht verloren und schon arbeitete ihr erfinderisches Gehirn an der Skizze eines neuen Feldzugplanes. — —

Die Abendandacht gestaltete sich heute durch die An= wesenheit der beiden fremden Herren zu einer ganz besonders feierlichen.

Die Gräfin hielt es, nachdem sie heute so viel und herzlich über die Späße des Weltkindes Hanswurstfink gelacht hatte, dop= pelt für ihre Pflicht, den fröhlichen Tag erbaulich abzuschließen.

Sie begann wie üblich mit einem Lieuervers und zog dann die Losung. Mit fester, starker Stimme trug sie die= selbe vor: „Drei Stücke sind, denen ich von Herzen feind bin und ihr Wesen verdreußt mich übel. Wenn ein Armer hoffärtig ist und ein Reicher gern lügt und ein alter ..." Hier stockte sie plötzlich in sichtlicher Verwirrung. Nein, was da stand, das konnte sie unmöglich vorlesen! Ihr guter Alter hatte ja ehrlich gebüßt und geschwitzt für seine kleine Ver= irrung. Es wäre zu grausam gewesen, ihm, nachdem er also seine Reue an den Tag gelegt und Besserung gelobt, vor dem versammelten Hausstande die Worte des Jesus Sirach zuzurufen: „Und ein alter Narr ein Ehebrecher ist" — so nämlich endete die unglückselige Losung.

Sie war einen Augenblick unschlüssig, was sie thun sollte. Sie hielt ihr Zettelchen weit von sich und blickte über ihre Brille hinweg darauf hin. Da kam ihr ein rettender Gedanke. „Was hier noch steht, das kann ich nicht lesen," sagte sie. „Es ist so undeutlich gedruckt. Du hast ja so gute Augen, Helmut ..." wandte sie sich an den hinter ihr sitzenden Gatten und reichte ihm den Zettel zu.

Doch dieser hatte kaum einen Blick auf jenen verfänglichen Schlußsatz geworfen, als er auch schon hastig hervorstieß: „Hm — hm — unmöglich! Vollständig unleserlich!"

„Na, dann laß man!" sagte die Gräfin, indem sie ihm den Zettel wieder abnahm und zu einer kleinen Kugel zusammenrollte. „Es ist ja auch schon schlimm genug, wenn ein Armer hoffärtig ist und ein Reicher gern lügt!" Bei den letzten Worten fiel es ihr plötzlich schwer aufs Gewissen, daß die Vermahnung wider die Reichen sie ja nun selber treffe und dieses Bewußtsein verwirrte sie dermaßen, daß sie fürderhin kaum wußte, was sie las und sich alle Augenblicke versprach.

Den größten Eindruck machte der ganze Vorgang zweifelsohne auf den Hamburger Künstler, dessen feines Gefühl für allerlei Humore sich sozusagen mit allen Poren vollsog. Dabei widmete er auch der reichen Fülle der andächtigen Physiognomieen ein eifriges Studium und bedauerte lebhaft, daß der Anstand ihm verbot, die Scene mit seinem Bleistift festzuhalten. Er beschloß jedoch, an jedem Abend eine dieser Figuren so aufmerksam zu studieren, daß er im stande wäre, sie aus der Erinnerung zu zeichnen. An diesem ersten Abend fesselten ihn zumeist des Küchenmädchens Line anspruchslose Züge, welchen der harte Kampf gegen den tückischen Morpheus eine seltsame Beweglichkeit verlieh.

Neben Fink saß Vicki, die frischen, vollen Wangen von dem köstlichen Rosenrot ihrer kindlichen Aufregung überhaucht. Welch ein lustiges Leben das jetzt werden sollte! Dieser junge Mann war doch wirklich noch viel netter, als Herr von Norwig, der immer so ernst dreinschaute und so klug redete.

Graf Bencken folgte der erbaulichen Vorlesung mit

wichtiger Miene. Der Umstand, daß Fräulein Bandemer ihm gerade gegenüber saß, gewährte ihm die erwünschte Gelegenheit, ihre regelmäßigen weichen Züge in Ruhe zu studieren. Sie saß neben dem Inspektor Reusche im Centrum der Gesindeseite, hielt die Hände fromm im Schoß gefaltet, das dunkle Köpfchen zur Seite geneigt und die Augen niedergeschlagen. Karl Egon Emich verwandte kaum einen Blick von ihr — die Aehnlichkeit war doch zu wunderbar! Und jetzt, als die Gräfin den Grolmus beiseite legte und nach dem Gesangbuch griff, beugte das schöne Fräulein ihr Haupt auf die andre Seite und zugleich streckte sie ihre Füße unter dem Saume des Kleides vor und legte sie leicht übereinander. Ha! Dieser zierliche ausgeschnittene Schuh mit der Atlasrosette! War es möglich, daß noch eine zweite Frau dieselbe Nummer trug, wie einst die unvergeßliche Herrin von Passenhofen?!

Der unaufmerksamste unter allen Versammelten war ohne Frage Ludolf Reusche, der nun schon über acht Tage lang das schmerzlich süße Glück genoß, neben der bezaubernden Sophie zu sitzen. Seine wasserblauen Augen thaten ihm schon weh von dem allabendlichen Schielen, und er wagte kaum mehr seine Joppe zuzuknöpfen, aus Furcht, daß sein wildpochendes Herz einmal die Knöpfe sprengen könnte. Leider schien ihm seine berückende Nachbarin ebenso spröde als schön zu sein, und wo sollte er, der nicht einmal gewagt hatte, Pastors Beate über seine nunmehr verflossenen Gefühle aufzuklären, den Mut hernehmen, dieser stolzen Schönen Geständnisse zu machen! Herr von Norwig blickte auch immer so eigentümlich zu ihr hinüber, Graf Bencken verwandte kein Auge von ihr, und wie der alte Herr Graf sich zu ihr zu stellen gesonnen war, das mußte er ja nur zu gut von Beate — wie in aller Welt sollte er eine so vornehme Nebenbuhlerschaft überwinden!

Die Abendandacht war beendet, das Personal wünschte gute Nacht, und die Herrschaften zogen sich in das Wohnzimmer zurück. Draußen vor der Thür wünschte der Inspektor mit einer tiefen Verbeugung dem Fräulein Sophie recht wohl zu schlafen und war im Begriff, sich mit einem vernehmlichen Seufzer zu entfernen, als das Fräulein ihn noch einmal zurückrief.

„Wie ist es draußen heute abend?" fragte sie. „Ich möchte gern noch ein bißchen frische Luft schöpfen, wenn es nicht zu kalt ist. Ich bin den ganzen Tag nicht aus dem Hause gekommen."

„O, es ist heute so warm wie lange nicht," beeilte sich Herr Reusche zu versichern. „Sie sollten wirklich die frische Luft noch genießen, Fräulein. Und der Mond scheint auch so schön!"

„Dann will ich mir nur schnell mein Tuch holen und noch ein wenig in den Park hinunterschlüpfen," sagte Sophie und stieg leichtfüßig die Treppe empor.

Obwohl sie ihn nicht ausdrücklich dazu aufgefordert hatte, harrte doch Ludolf Reusche ihrer laut klopfenden Herzens vor der Hausthür. Und sie kam wirklich schon nach wenigen Minuten heraus, ohne Hut, nur ein dunkles Chenilletuch um die Schultern geschlagen.

„Ah, Herr Inspektor, da sind Sie noch?" rief sie leise, wie freudig überrascht.

„Ja, ich wollte auch noch etwas den schönen Abend ge= nießen. Wenn Sie mir vielleicht gestatten, Sie zu begleiten?"

„Sie sind sehr liebenswürdig," erwiderte sie lächelnd und begann an seiner Seite nach dem Wasser zu hinab zu schreiten. Der Vollmond goß sein mildes Licht über die schon herbstlich bunten Baumgruppen und glitzerte kühl und geister= haft auf dem Wasserspiegel. Die Grillen zirpten in dem weißgrau leuchtenden Rasen, ein paar Fledermäuse taumelten leise pfeifend durch die Luft, und von der alten, hohen Silber= pappel herab lachte ein Käuzchen.

„Solch Mondschein ist doch wirklich sehr was Schönes!" rief der Inspektor schwärmerisch aus. Und dann seufzte er wieder tief auf.

„Gewiß," pflichtete das Fräulein ernsthaft bei. „Man erkältet sich nur zu leicht."

„Finden Sie wirklich?! In Ihrer Nähe könnte ich mich nie erkälten, selbst wenn ich am Nordpol im Sommer= anzug spazieren gehen müßte!"

„Aber Herr Inspektor, wie können Sie so etwas sagen!"

Er errötete tief und verfiel wieder in das vorige Schweigen. Erst nach einer längeren Pause wagte er das Gespräch von neuem mit der Frage zu eröffnen, wie es ihr hier im Hause gefalle.

„O, sie sind ja alle sehr gut gegen mich," antwortete Sophie. „Als armes, alleinstehendes Mädchen macht man so traurige Erfahrungen über die Lieblosigkeit der Menschen, daß einem ordentlich das Herz aufgeht, wenn man es einmal so gut trifft, wie ich hier im Hause."

„Ja, da haben Sie recht," versetzte Reusche. „Die Herrschaften sind wirklich sehr freundlich. Der alte Herr Graf ganz besonders gegen hübsche junge Damen . . ."

„Mein Gott, haben Sie auch von der dummen Geschichte etwas gehört? Ach, glauben Sie nur nicht, daß ich solche Abenteuer gern habe. Ich weiß sehr wohl, daß die vornehmen Herren doch nicht viel Gutes mit einem im Sinne haben. Gleich und gleich gesellt sich gern — damit habe ich es immer gehalten."

„Wirklich, Fräulein?" rief Ludolf hoffnungsvoll bewegt. „Ich bin ganz Ihrer Ansicht. Und sehen Sie: Wenn Sie solchen Herren begünstigen, weiß er es ja noch gar nicht einmal so zu würdigen, wogegen ein einfacher Mann, wie ich zum Beispiel, sich unendlich glücklich schätzen würde, wenn . . ."

Sie that, als sei sie seiner Rede nicht gefolgt und unterbrach ihn mit den Worten: „Nur einer ist hier im Hause, den ich gar nicht recht leiden mag. Ich thue ihm vielleicht unrecht, aber ich kann mir nicht helfen — ich finde ihn unausstehlich hochmütig. Sie müssen ihn ja übrigens besser kennen wie ich, da Sie ja so viel mit ihm zu thun haben."

„Ah, Sie meinen unsern neuen Oberverwalter!" rief ihr Begleiter gedämpft. „Mit dem geht es mir gerade so wie Ihnen. Der Herr hat gewiß ein paar gelehrte Bücher gelesen und behandelt nun uns erfahrene Oekonomen wie Schuljungen. Er denkt wahrscheinlich, weil er von Adel ist, dürfte er sich alles herausnehmen!"

„Ja, nicht wahr?" pflichtete Sophie bei: „Er hat auch so etwas von einem Jesuiten und Erbschleicher an sich. Wer weiß, was der alles im Schilde führt!"

Der Inspektor lachte überlegen: „Nun, das ist mir ganz klar: Er geht darauf aus, sich bei dem Grafen gehörig einzu= Vetter=Micheln und gleichzeitig unsre tolle Komteß in sich verliebt zu machen."

„Ah, nicht möglich!"

„Wie ich Ihnen sage. Die ersten Tage ist er kaum von ihrer Seite gekommen; und Sie hätten nur sehen sollen, wie er da den Kavalier spielte! Und nun vollends wie das Unglück mit dem Hengst passierte, da hat er sich Dinge gegen unsre Komteß herausgenommen, daß man sich förm= lich schämt davon zu reden!"

Trotz dieser abschreckenden Andeutung ersuchte ihn das Fräulein so schmeichelnd um nähere Aufklärung gerade über diesen Punkt, daß er sich genötigt sah, haarklein zu berichten, was er an jenem Morgen mit eignen Augen gesehen oder durch den alten Hinrich erfahren hatte. Ganz besonders entrüstet zeigte er sich darüber, daß jene beiden auf dem Heimwege französisch gesprochen hätten! Das könnte doch gewiß nichts Anständiges gewesen sein!

„Und Komteß Marie läßt sich das alles ruhig gefallen?" rief das Fräulein sittlich entrüstet.

„Es scheint doch so," versetzte er achselzuckend. „Sie ist überhaupt jetzt kaum wiederzuerkennen gegen früher. Sie hatte immer ein so resolutsches Wesen, daß wir sie alle wie einen Mann ansahen; aber jetzt ist sie auf einmal so sanft und still geworden wie ein richtiges Frauenzimmer."

„Es gehört aber doch Courage dazu, eine so garstige Frau zu heiraten," höhnte Sophie. „Wissen Sie denn, ob sie das Gut erbt? Oder ist es ein Majorat?"

„Ich glaube nicht. Der Graf hat auch oft im Spaß zu ihr gesagt: ‚Wenn du einmal hier Herr bist, dann gründest du gewiß ein Gestüt und baust nichts wie Hafer'."

„Dann begreife ich allerdings!" lachte das Fräulein. „Die Männer sehen doch alle nur aufs Geld."

„O nein, Fräulein, doch nicht alle!" rief Reusche innig

und blickte sie dabei verliebt an. „Ich zum Beispiel würde nur aus Liebe heiraten. Ich bin so sehr für das Ideale! O wenn Sie wüßten ..."

Vom Hause her ertönte ein langgezogener Pfiff, das Zeichen, mit welchem Friedrich die beiden Hunde herbeirief, wenn er abends die Hausthüre schloß.

Fräulein Sophie entzog ihrem so schön im Zuge befindlichen Liebhaber schnell die Hand, die er zu ergreifen gewagt hatte, und lief eilig nach dem Hause zu, um nicht ausgesperrt zu werden. Der Inspektor mußte sich gleichfalls in Trab setzen, um mit ihr Schritt zu halten.

„Werde ich bald wieder das Vergnügen haben, Sie begleiten zu dürfen?" keuchte er. „Es plaudert sich so schön bei Mondschein!"

„O gewiß, ich spreche mich auch so gern einmal aus zu meinesgleichen, wenn ich fühle, daß ich verstanden werde. Aber Sie dürfen nicht so ungestüm sein, lieber Herr Inspektor."

Lieber Herr Inspektor! hatte sie gesagt — wie das berauschend klang! Er preßte einige recht feurige Küsse auf ihre weiße Hand und dann ließ er sie allein die Auffahrt hinauf laufen.

Er saß, in seinem kahlen Junggesellenzimmer im Wirtschaftsgebäude, noch lange am offenen Fenster und starrte beseligt in die Mondnacht hinaus. Ja, er versuchte sogar zu dichten; doch ließ sich seine spröde Muse nur eine einzige Strophe abtrotzen. Sie lautete:

„Du bist so schön, so schön, so schön,
Wie ich zuvor sonst nichts geseh'n!
Was gibt es doch für himmlische Gestalten —
Ich hätt' es nie für möglich gehalten!"

Bezüglich des Versmaßes schien ihm zwar etwas nicht ganz in Ordnung zu sein; aber dennoch bewahrte er das Manuskript dieses „Liedes" sorgfältig in der Tasche seines Wirtschaftskalenders auf. — —

Die gräflichen Damen hatten heute selbst den Cigarrenrauch nicht gescheut, um nur noch länger die Gesellschaft des lieben Vetters Karl Egon Emich und besonders die Unterhaltung Hanswurstfinks genießen zu können. So war es denn zum größten Erstaunen der Frau Gräfin Mitternacht geworden, ehe man sich in der heitersten Stimmung trennte.

Der alte Graf war so höflich, seinen Neffen selbst in sein Schlafzimmer hinauf zu begleiten. Als sie dort allein waren, sagte er: „Apropos, lieber Emich: diese Geschichte mit der Frau von Norwig ist ja äußerst pikant. Habt ihr etwas miteinander gehabt — Eh? Es fiel mir auf, daß du und Norwig so sonderbar reserviert gegeneinander wart. Bist ihm wohl mal ins Gehege gekommen — kleiner Schwerenöter!"

„O nein, weit gefehlt!" schnarrte der jüngere Graf; und mit sehr wichtiger, fast drohender Miene setzte er hinzu: „Ich kann dir nur sagen, daß mir der Herr äußerst fatal ist. Und wenn er mir nicht über gewisse Vorkommnisse voll= kommen befriedigende Aufschlüsse erteilt, so dürfte er bald genug Gelegenheit finden, mit einem gewissen Graf Bencken seine Klinge zu kreuzen."

„Hollah, das klingt ja ganz gefährlich! Was zum Henker habt ihr denn miteinander gehabt?" rief Graf Pfungk. Aber da der Neffe sein Geheimnis durchaus nicht preisgeben wollte, so mußte er sich endlich kopfschüttelnd entfernen.

Trotz der so ungewohnten späten Abendzeit hätte Vicki gern noch ein Stündchen mit ihrer Schwester verplaudert; doch Marie wollte davon nichts hören. Sie antwortete ihr gar nicht und zwang sie so zu Bett zu gehen. Ihr selbst frei= lich schwirrten die Gedanken noch so lebhaft im Kopfe durch= einander, daß von Schlafen vorläufig keine Rede sein konnte.

Sie hatte den ganzen Abend über, auch während sie mit den andern lachte und scherzte, nur an das eine gedacht: Er hat dich belogen, er hat dich und alle getäuscht! Diese angebliche Sophie Bandemer ist ganz bestimmt seine Frau. An eine solche wunderbare Aehnlichkeit glaube ein andrer! — Sie erinnerte sich deutlich der ersten Begegnung Norwigs mit dem Fräulein im Walde und der unverkennbaren Ueber= raschung, welche dasselbe dabei an den Tag gelegt hatte. Selbst wenn ein ungewöhnlicher Zufall Herrn von Norwig hier eine Dame in den Weg geführt hätte, welche seiner

Frau so täuschend ähnlich sah, so wäre es doch nicht mehr glaublich gewesen, daß auch er eine auffällige Aehnlichkeit mit einem ihrer alten Bekannten aufweisen sollte! Sie war also ohne Zweifel wirklich seine Frau. Weshalb aber dann dieses Versteckspiel? Weshalb gestand er ihr, daß er geschieden sei, und sagte den Eltern, seine Frau wäre tot? Waren sie wirklich geschieden, und sie war ihm dennoch wieder in dieses Haus gefolgt, um ihn durch ihre Anwesenheit zu quälen, oder vielleicht zu irgend einem Zugeständnis zu zwingen, warum trat er dann nicht offen gegen sie auf, enthüllte ihren Eltern sein wahres Verhältnis zu diesem sogenannten Fräulein und forderte sie auf, ihn durch dessen sofortige Entlassung aus einer so unwürdigen Lage zu befreien? Was in aller Welt konnte ihm Schweigen auferlegen, wenn nicht auch seinerseits eine Schuld vorlag, welche ihn mit gebundenen Händen der Willkür jenes ränkesüchtigen Weibes auslieferte? Er machte doch auf jeden den Eindruck eines höchst entschiedenen, willensstarken Mannes: warum floh er vor dieser Frau, die ihm das Leben zerstört hatte, von Weltteil zu Weltteil, anstatt sich ein für allemal, und wenn es sein mußte gewaltsam, von ihr zu befreien? Dies Rätsel war nicht zu lösen ohne die Annahme, daß auch ihn eine dunkle Schuld in Fesseln schlage.

Sie, die tolle Komteß, war diesem Manne mit einem Vertrauen entgegengekommen, wie keinem je zuvor. Sein ritterliches Auftreten, seine Weltkenntnis, seine klare und freie Ausdrucksweise hatten sie ungemein gefesselt. Gerade der denkende Mensch in ihr, welcher im elterlichen Hause bisher ein nur wenig beachtetes Dasein gefristet hatte, war durch Norwig aus seinem bescheidenen Seelenwinkel hervorgelockt worden. Ja noch mehr! In heimlicher Zwiesprache mit ihrem eignen Herzen mußte sie sogar zugeben, daß dieser Mann ihr geholfen habe, in sich selbst erst das Weib zu entdecken! Zum erstenmal, soweit ihre Erinnerung reichte, war ihr im Gespräch mit diesem Manne jener leichte Champagnerrausch wohliger Befangenheit zu Kopfe gestiegen, welcher dem trunkenen Bewußtsein der Liebe in heißblütigen Menschenherzen voraufzugehen pflegt; und in die Erinnerung an seine

Unterhaltung hatte sich mehr als einmal ein Gefühl unklaren Sehnens gemischt, dessen sie mit brennenden Wangen sich angstvoll bewußt geworden war. Sollte sie die Erstlinge ihres stolzen Herzens einem unwürdigen Götzen geopfert haben? Er hatte es ihr erst zum Bewußtsein gebracht, daß das, was in den Augen ihrer kleinen Welt vornehmlich ihre Tollheit ausmachte, nichts andres war als der urwüchsige Drang ihrer Seele nach Freiheit im Denken und Fühlen, nach Wahrhaftigkeit und ehrlicher Natürlichkeit in der Führung des Lebens. Und nun sollte der Meister, der solche Weisheit ihr gepredigt hatte, selbst so tief in die Lüge verstrickt sein, daß er nicht einmal mehr wagen durfte, ehrlich gegen jene andre Lüge, die ihn so grausam verfolgte, das Schwert zu ziehen?!

Aber sie fühlte sich trotz ihres gesunden Wirklichkeitssinnes und ihres klaren Verstandes doch so wenig welterfahren, daß sie wohl annehmen konnte, es gebe in dem bewegten Leben eines Mannes Verhältnisse, von denen sie keine Ahnung haben könne und welche stärker seien als der festeste Wille zur Wahrhaftigkeit. Ach, wenn sie ihm doch helfen könnte, so wie er ihr geholfen hatte! Gern wollte sie alle die thörichten Vorschriften der landläufigen Sitte beiseite setzen, wenn es ihr nur vergönnt würde, der bedrückten Seele dieses Mannes wieder freien Atem zu verschaffen, so wie er jüngst ihrer Lunge, und ihm als Charakter wieder in den Sattel zu helfen, so wie er jüngst ihrem Körper in den Sattel geholfen hatte.

So weit war sie in ihrem Grübeln und Sinnen gekommen, als sie sich plötzlich leicht am Arme berührt fühlte. Der Vollmond erhellte trotz der herabgelassenen Vorhänge das Schlafzimmer so weit, daß sie deutlich ihre Schwester erkennen konnte, die in ihrem weißen Nachthemd mit dem duftigen Spitzenjabot und den darüber lose herabfallenden Haaren wie ein Geist, und zwar ein sehr freundlicher und wohlgenährter Geist, neben ihrem Bette aufgetaucht war.

„Aber Vicki, was soll das?" fragte Marie: „Bist du ein bißchen mondsüchtig geworden?"

„Ach, ich kann durchaus nicht einschlafen — laß mich ein bißchen bei dir kuscheln!"

Die große Schwester machte ihr mit Vergnügen Platz, nahm die kleine Nachtwandlerin in ihre Arme und zog sie zärtlich an sich. „Nun, was hast du denn, was drückt dir denn das Herz ab?" neckte sie den lieben Gast.

„Ach, denke dir nur, Ma — ich habe zwar versprochen es nicht weiter zu sagen, aber ich glaube, es wäre unrecht, wenn ich es dir verschwiege ..."

„Was denn, Kind? Du machst mich neugierig."

„Es war doch zu merkwürdig, nicht wahr, daß Emich unser Fräulein für Frau von Norwig hielt? Und denke dir, es ist auch herausgekommen, daß sie eine Cousine von Herrn Fink ist! Es war so sonderbar! Sie wollte gar nichts davon wissen und erzählte so schlechte Sachen von Herrn Finks Papa! Ich sollte zwar niemand etwas sagen, aber ..."

„Beruhige dich nur; ich habe fast die ganze Unterhaltung mit angehört. Du hattest wieder einmal die Thür offen gelassen!"

„Ach wirklich? Dann hast du wohl auch gehört, was sie nachher zusammen gesprochen haben, nachdem ich fortgelaufen war?" rief Vicki sehr lebhaft.

„Ja, einiges habe ich allerdings gehört."

„Was hat er denn von mir gesagt?"

„Wer denn?"

„Na Fink natürlich!"

„Warum soll er denn etwas von dir gesagt haben? Man pflegt doch gewöhnlich nicht gleich jedem Menschen seine Meinung über einen andern aufzudrängen."

„Ach bitte, bitte, sag mir's doch!" beharrte Vicki. „Er hat gewiß etwas gesagt."

Komteß Marie konnte der Schmeichlerin nicht lange mehr widerstehen und verriet ihr endlich, daß Hanswurstfink erklärt habe: Sie sei ganz sein Genre.

„Siehst du? siehst du! Ich wußte es doch, daß er von mir gesprochen hat! Ich hörte ordentlich die Glocken läuten, wie ich den Tannengang hinunterlief. Ganz sein Genre! Ist das nicht reizend? Findest du ihn nicht auch süß?"

„Ach Vicki, Vicki, was soll denn das mit dir noch werden?" lachte Marie. „Du und Papa, ihr müßt auch immer verliebt sein!"

———

Jehntes Kapitel.

In welchem zwei Kavaliere sich aussprechen, der Künstler zu malen und — Dummheiten zu machen beginnt, Fräulein Vandemer groß basteht, und eine sehr merkwürdige Unterhaltung im Pferdestall stattfindet.

Am andern Morgen nach dem Frühstück sollte die Gräfin ihre erste Sitzung haben. Schon über dem Kaffee hatte ein lebhafter Meinungsaustausch über die zu wählende Stellung und Kleidung stattgefunden, und hernach war die ganze Gesellschaft im Begriff, in das Atelier mit einzubringen, um dem Künstler mit ihrem wohlgemeinten Rat zur Seite zu stehen, als Graf Benken den guten Einfall hatte, die Herrschaften darauf aufmerksam zu machen, daß zu viele Zuschauer Herrn Fink doch wohl stören dürften. Zu seiner Entlastung schlage er den Cousinen einen kleinen Ausflug zu Pferde vor.

„Aber weißt du denn nicht, wie es Ma neulich mit dem Hengst ergangen ist?" rief Vicki. Und da er es in der That gestern ganz überhört hatte, was Komteß Marie ihm von ihrem Unfall erzählte, so mußte sie ihm die Begebenheit noch einmal schildern.

Vetter Emich bedauerte mit den üblichen Redensarten seine kühne Base, welche sich selber scherzend als „Amazone z. D." bezeichnete.

„Wie steht es denn mit dir, Vickichen? Machst du mir nicht vielleicht das Vergnügen?" wandte sich Karl Egon Emich mit wohlgefälligem Lächeln an die jüngere Schwester.

„Ach, ich reite ja gar nicht mehr! Den Pony haben wir abgeschafft — dem war ich zu schwer geworden! Und auf ein großes Pferd läßt mich Mama nicht hinauf: sie sagt, es wäre schon reichlich genug, wenn eine von uns sich den Hals bräche."

„Schließe dich doch Herrn von Norwig an," schlug Komteß Marie vor. „Er hat, seit ich krank bin, Potrimpos gehörig herangenommen. Er soll jetzt schon ganz traitabel sein. Vielleicht macht es dir Vergnügen, ihn einmal zu probieren. Es wäre mir sehr lieb, wenn bei dieser Gelegenheit Obotrit sich auch einmal gehörig auslaufen könnte; er hat die acht Tage fast gar keine Bewegung gehabt."

Herr von Norwig erklärte sich gern bereit, den Grafen zu begleiten und das Anerbieten wurde von jenem kühl, wenn auch höflich angenommen.

Die beiden Herren empfahlen sich, um sofort ihre Pferde satteln zu lassen, während die Damen samt dem alten Grafen und dem Maler sich in das Atelier verfügten.

Auf dem Wege dahin bot der Graf seiner immer noch leidenden Tochter den Arm und sagte, als sie etwas hinter den andern zurückgeblieben waren: „Weißt du, Marie, du hast da eine ungemütliche Partie arrangiert." Und er berichtete ihr wortgetreu, was sein Neffe ihm gestern nacht für Andeutungen über einen möglichen Streit mit Norwig gemacht hatte.

Die Komteß blieb überrascht stehen: „Ah, das wäre doch eine unangenehme Geschichte, wenn die beiden hier aneinander gerieten! Was soll denn Herr von Norwig unserm harmlosen Vetter Emich angethan haben?"

„Gewiß irgend eine Narrheit von seiner Erlaucht," spottete der Graf. „Beruhige dich nur: Norwig ist viel zu taktvoll und gewandt, als daß er es hier zu Thätlichkeiten kommen ließe. Ich bin übrigens äußerst begierig, Näheres von dieser verstorbenen Frau von Norwig zu erfahren. Emich ist ja merkwürdig zugeknöpft."

„Warum frugst du denn Herrn von Norwig nicht selbst danach?

„Ich fürchte, ich würde da einen wunden Punkt berühren," entgegnete er. „Nach den Andeutungen, die er gelegentlich machte, scheint es mir, als ob er eine recht unkluge Heirat zu bereuen hätte — und weißt du, von seinen Dummheiten spricht man nicht gern unter Männern."

„Könntest du ihn nicht wenigstens einmal fragen, ob er nicht ein Bild von seiner Frau besitzt?" beharrte die Komteß. „Diese Aehnlichkeit mit unserm Fräulein Sophie ist doch eine zu merkwürdige Sache — Emich schwört ja darauf."

„Ha ha — was ihr Frauenzimmer euch doch immer für Gedanken macht! Du wirst mir am Ende gar einreden wollen, daß sie leibhaftig die verstorbene Frau von Norwig sei?"

„Nun, ich muß gestehen, die Sache hat für mich etwas Unheimliches, etwas unangenehm Romanhaftes. Vielleicht ist Fräulein Bandemer eine Schwester der Frau von Norwig und er hat irgend welche Beziehungen zu den Leuten, die sie uns empfohlen haben."

„Ei, was tausend! Du hast ja eine blühende Phantasie!" scherzte der Graf. „Ich kann dir nur sagen, daß mich meine Menschenkenntnis vollständig im Stich gelassen haben müßte, wenn ich unserm Norwig solche Intriguen zutrauen wollte."

„Du hältst ihn dessen nicht für fähig?"

„Herr von Norwig ist ein Edelmann!" versetzte der Graf ernst.

Ein freudiges Rot bedeckte für einen Augenblick die bleichen Wangen der Komteß und sie schritt eine Weile schweigend und nachdenklich neben ihrem Vater einher. Kurz vor der Thür des Hubertussaales blieb sie nochmals stehen und sagte lächelnd: „Du mußt mir aber den Gefallen thun, ihn nach dem Bilde seiner Frau zu fragen. Die Photographie von Fräulein Bandemer hast du ja in Verwahrung."

„Ich?" Der Graf stellte sich ganz verwundert.

„Ja, ja, gestehe es nur, Papa. Mama hat sie bestimmt nicht — siehst du, du wirst ganz rot."

„Aber ich versichere dich ... Mama hat sie gewiß nur verlegt!" stotterte der Graf. Und dann traten sie in das Atelier, wo Fink und Vicki bereits beschäftigt waren, die vorteilhafteste Stellung für die Verewigung der Gräfin auszuwählen. —

Graf Bencken trabte bereits mit dem Oberverwalter

durch die Kastanienallee. Die beiden schwiegen sich zunächst gründlich gegeneinander aus, bis sie, im Walde angekommen, ihre Pferde in einen gemächlichen Schritt übergehen ließen. Da endlich begann Herr von Norwig: „Ich glaube, wir fühlen es beide, daß wir uns über gewisse Dinge miteinander auszusprechen haben."

„Allerdings," näselte der Graf, indem er eine möglichst trotzige Miene aufzustecken suchte. „Ich denke, ich bin wohl derjenige, welcher hier zunächst um Aufklärung zu bitten hat."

„Sie, Graf?" Norwig blickte überrascht auf.

„Ohne Zweifel," versetzte jener und ließ seinen langen blonden Schnurrbart durch die Finger laufen, als gedächte er durch seine vornehme Ruhe den Gegner von vornherein einzuschüchtern.

„Ah, Sie machen mich neugierig," rief Norwig ironisch. „In solchen Fällen pflegt sonst der Ehemann der berechtigte Fragesteller zu sein."

„Halten Sie das, wie Sie wollen," versetzte der Graf hochfahrend. „Jedenfalls frage ich Sie jetzt, wie Sie dazu gekommen sind, meinen Namen in Ihren Ehescheidungsprozeß zu verwickeln. Sie müssen wissen, der Assessor, dem Ihre Klage zur Behandlung zuging, war ein guter Bekannter von mir. Er hat mir, natürlich unter Diskretion, mitgeteilt, Sie behaupteten Beweise in Händen zu haben, daß ich unerlaubte Beziehungen zu Ihrer Frau Gemahlin . . ."

„Und ist dem vielleicht nicht so?" unterbrach ihn Norwig hart. „Sie haben ja die tolle Zeit auf Passenhofen zum Teil mit erlebt, Ihnen kann es doch wohl nicht so unbegreiflich sein, daß ich mich von der Frau zu trennen wünschte, deren Verschwendungssucht mich von Haus und Hof vertrieben und deren kokettes Wesen mich ihren Verehrern gegenüber in eine unerträglich würdelose Stellung brachte. Sie hat es aber immer verstanden, ihr Spiel so zu halten, daß man ihr nicht in die Karten sehen konnte. Ich kann wohl sagen, ich schrie nach einem Scheidungsgrund wie Richard der Dritte nach einem Pferde. Und da schrieb mir einer unsrer gemeinschaftlichen Bekannten nach New-York, daß Ihr Verhältnis zu meiner Frau dem ganzen Regiment bekannt sei, ja, daß Sie zum Beweise Ihres Sieges sogar gewisse Trophäen vorgezeigt hätten. Ich sage Ihnen, bester Graf, ich hätte Ihnen um den Hals fallen können, wenn ich Sie drüben gehabt hätte!"

Graf Bencken hielt mit einem kurzen Ruck sein Pferd an. Sein Gesicht war dunkelrot vor Zorn, er führte mit der Reitpeitsche einen wütenden Hieb nach einem Zweige, der ihm im Wege war und knirschte: „Das ist ja aber eine niederträchtige Verleumdung! Das hat mir sicher niemand anders eingerührt, wie Kamerad von Bock!" Und nun berichtete er wahrheitsgemäß die ganze harmlose Geschichte von den Ballschuhen und erzählte weiter, daß von Bock, der ihn immer zur Zielscheibe seiner Neckereien gemacht, unglücklicherweise einmal dieses kostbare Souvenir in einer seiner Schubladen entdeckt und daraufhin das Märchen von seinem Liebesglück unter den Kameraden verbreitet habe. Die Beteuerung seiner Unschuld hätte ihm aber so wenig Ruhe vor den übermütigen Anzapfungen verschaffen können, daß er schließlich alles zugegeben habe, um nur von den ewigen schlechten Witzen verschont zu bleiben. „Es war Ihr Glück," schloß er, „daß das Gericht Ihre Klage zurückweisen mußte, weil Sie keinen festen Wohnsitz mehr in Deutschland hatten. Wenn man meinen Namen in einer öffentlichen Verhandlung bloßgestellt hätte, so wäre ich, hol' mich der Deibel! nach Amerika gereist, expreß um Ihnen den Hals zu brechen."

„Nun, wenn Sie es so auffassen, Graf, dann bitte ich Sie um Verzeihung," sagte Herr von Norwig ruhig. „Sie werden mir zugeben, daß ich in meiner Lage nicht anders handeln konnte. Uebrigens pflegt man dergleichen Schelmenstücke unter Kameraden doch im allgemeinen nicht so streng aufzufassen."

„Oho, da muß ich doch bitten! Ein Graf Bencken wird sich niemals an fremdem Eigentum vergreifen!"

„Diese Gesinnung ehrt Sie, Graf. Kommen Sie, lassen Sie uns Freunde sein! Ich bedaure aufrichtig das Mißverständnis . . ."

Karl Egon Emich schlug, wenn auch etwas zögernd, in die dargebotene Hand ein und sagte, immer noch lebhaft erregt: „Jetzt, da Sie revoziert haben, vergebe ich mir nichts, wenn ich Ihnen auf Ehrenwort versichere, daß zwischen mir und Ihrer Frau Gemahlin auch nicht das Geringste vorgefallen ist, was Ihnen Grund zur Eifersucht geben könnte. Im Gegenteil, sie hat mich immer — entschuldigen Sie den Ausdruck — effektiv scheußlich behandelt!"

„Und glauben Sie nicht, daß sie andren Herren bessern Grund gegeben hat, sich ihrer Gunst zu rühmen?" forschte Norwig vorsichtig.

„Wenn ich dergleichen von einem Kameraden wüßte, würde ich ihn selbstredend nicht verraten," versetzte der Graf. „Aber ich kann Sie versichern, daß Frau von Norwig im Regiment ebenso berühmt war wegen ihrer pikanten Koketterie, wie wegen ihrer unerbittlichen Grausamkeit. Uebrigens doch fabelhaft, wie dieses Fräulein Bandemer Ihrer Gattin ähnlich sieht!"

„Nicht wahr, fabelhaft? Ich war auch vollständig baff, als ich sie zuerst hier sah."

Damit ließen sie den Gegenstand fallen und galoppierten als gute Freunde querwaldein. —

Meister Hans W. Fink hatte unterdessen seine Arbeit begonnen. Man war nach vielfachen Versuchen dahin übereingekommen, daß die Gräfin vor einer dunkeln Gardine stehend dargestellt werden sollte, das Haupt in stolzer, freier Haltung etwas nach links gewendet und die rechte Hand auf einen Tisch gestützt, auf welchem die heilige Schrift und ihr so hochgeschätzter Grolmus sichtbar sein sollten. Als Kostüm war ein hochschließendes schwarzes Seidenkleid, nebst einem kostbaren Brüsseler Shawl um die Schultern, gewählt worden; dazu als Schmuck ein großes Brillantkreuz und im Haar eine Brillantagraffe mit einem kleinen Federtuff. Das Format war durch das betreffende Gegenstück in der Ahnengalerie gegeben: Kniestück in Lebensgröße.

Die Gräfin hatte endlich die richtige Stellung eingenommen und blickte mit starrem Ernst, als sollte sie photographiert werden, nach dem gegebenen Augenpunkt hin. Der Künstler runzelte die Stirn, betrachtete sie eine ganze Weile mit vernichtenden Blicken über die quer vorgehaltene flache

Hand hinweg und dann huschte seine Kohle mit leicht schra=
pendem Geräusche über die große Leinwand hinweg.

Schon nach kaum fünf Minuten stieß die Gräfin einen
lauten Seufzer aus und rief in komischer Verzweiflung: „Ach
du barmherziger Himmel! Das ist doch mehr, als ein armer
schwacher, sündlicher Mensch vertragen kann! Ein Stuhl,
ein Stuhl! Mir zittern schon die Kniee. Und Ihr gräß=
licher Punkt, Herr Fink, der schwimmt mir schon als wie
so'n großer schwarzer Walfisch vor den Augen herum!"

Unter großem Gelächter brachte man einen Stuhl her=
bei und vergönnte der armen Gräfin eine kleine Erholungs=
pause. Fink tröstete sie damit, daß sie sich später setzen
dürfe, sobald er die Umrisse festgestellt habe und an die Aus=
führung des Kopfes gehe. Auch brauche sie durchaus nicht
den „gräßlichen Punkt" so krampfhaft ins Auge zu fassen.

Nach Verlauf einer kleinen Stunde, die durch mehrfache
kurze Ruhepausen unterbrochen worden war, erklärte der
Künstler die Zeichnung für fertig und gestattete der Gräfin
sozusagen das Gerippe ihres künftigen Bildnisses in Augen=
schein zu nehmen.

„Herr Jemine!" rief die Gräfin lachend aus: „So
schwarz haben Sie mich gemacht? Wissen Sie, wie ich aus=
sehe? Wie ein Geist im Drillichanzug, der eben durch einen
Schlot gefahren ist! Na, ich danke! Wie wollen Sie denn
bloß die schwarzen Striche nachher wieder wegkriegen, wenn
Sie mich austuschen? Ueberhaupt habe ich gedacht, daß so'n
richtiger Künstler gleich ordentlich mit Oel und Farbe zu
malen anfängt. Wenn Sie sich das alles vorher aufzeichnen,
dann ist es ja gar keine Kunst mehr."

Der Graf war besorgt, daß sich der Künstler durch die
gutmütig derben Scherze seiner Gemahlin beleidigt fühlen
könnte und beeilte sich ihr auseinanderzusetzen, daß auch die
berühmtesten Maler nicht so ohne weiteres zu „tuschen" an=
fingen. Aber Hanswurstfink war durchaus nicht gekränkt,
sondern rief vielmehr äußerst belustigt: „Frau Gräfin haben
ganz recht. Man muß es bloß können, dann ist es gar keine
Kunst mehr."

Die Zeichnung wurde einstimmig für gelungen erklärt.

Ehe aber mit der Malerei begonnen wurde, rief man den Grafen ab und auch Komteß Marie zog sich zurück, um sich draußen im Garten ein wenig in ihrer Hängematte auszustrecken. Meister Fink blieb also mit der Gräfin und Vicki allein. Letztere hatte ein Buch herbeigeholt, um der Mama die Langweile der Sitzung durch Vorlesen zu verkürzen. Da die gräfliche Bücherei nur einen sehr geringen Vorrat an Werken der schönen Litteratur der Gegenwart besaß und dieser auch schon zu oft gelesen war — selbstverständlich wies er nur Namen wie Ebers, Dahn, Freytag und den heimischen Fritz Reuter auf! (Spielhagen war als demokratisch, Paul Heyse als unmoralisch ausgeschlossen, alle übrigen unbekannt!) — so wurde in den seltenen Fällen, wo eine litterarische Unterhaltung begehrt ward, zu den Werken der klassischen Periode gegriffen, von denen der Vater des Grafen einst eine stattliche Sammlung angelegt hatte. Und unter diesen waren die Lieblinge der Gräfin wiederum nicht die eigentlichen Klassiker selbst, sondern vielmehr zwei Damen, welche im Gefolge derselben in die Litteraturgeschichte gekommen sind, nämlich: Karoline von Wolzogen und Johanna Schopenhauer!

Komteß Vicki hatte der ersteren unsterblichen Roman „Agnes von Lilien" erwischt, welcher bekanntlich einst für ein Werk Goethes gehalten wurde und auch thatsächlich von den feinsten Gefühlen und der erhabensten Langeweile strotzt. Mit Todesverachtung und jenem eigentümlich singenden mecklenburgischen Tonfall, welcher sich im pathetischen Vortrage einer blühenden Sprache besonders drollig ausnimmt, jagte sie die ersten zwanzig Seiten hindurch. Sie saß dabei im Angesichte der Gräfin, schräg hinter der Staffelei, und zeigte so dem Maler ihr überall sanft abgerundetes Profil. Ohne nach ihm umzublicken, empfand sie doch sehr wohl, daß er sie eifriger betrachtete, als ihre Mama; und obwohl dies eigentlich recht tadelnswert an dem jungen Manne war, dieweil er doch dafür bezahlt wurde, daß er sich mit den würdevollen Zügen seines Modells künstlerisch beschäftigen sollte, so fühlte sich Komteß Vicki dennoch durch diese aufmerksame Unaufmerksamkeit sehr geschmeichelt und außer stande, durch einen Willensakt die aufsteigende Glut in ihren Wangen zu

verbannen. In holder Befangenheit las sie: „In dieser
Verwirrung hielt ich immer den Arm fest, bis er sich von
meiner Hand los machte und meine Taille umfaßte."

Sie schlug ängstlich die großen Augen zu ihrer Mama
empor, um zu erforschen, ob diese es auch für anständig
halte, daß ein junges Mädchen dergleichen in Gegenwart
eines jungen Mannes vortrage. Welch ein Anblick bot sich
ihr da! Sie konnte ein ganz leises Kichern nicht unter=
drücken. Karoline von Wolzogen war doch wirklich noch
klassisch genug gewesen, um die Mama binnen zehn Minu=
ten in sanften Schlummer einzululullen! Da war kein Zweifel
möglich — die Zahngarnitur schwebte ... doch nein, drücken
wir es poetisch aus: Morpheus' Fahne flatterte stolz vom
Turm!

Aber die plötzliche Stille schien der Schlummernden sofort
empfindlich zu werden. Sie zuckte leicht zusammen, zog die
bewußte Flagge schnappend ein und öffnete mit dem Aus=
druck träumerischen Staunens die Augen. „Sehr hübsch, sehr
hübsch!" nickte sie beifällig. „Es ist alles so poetisch!"

Und mit verdoppeltem Eifer, in einem noch geschwin=
deren Tempo als bisher, nahm Komteß Vicki ihre Vorlesung
wieder auf: „Süßer Moment des Lebens, wo Sinn und
Geist zuerst in der holden himmelanstrebenden Flamme em=
porfliegen, wie allgegenwärtig bist du einem zartfühlenden
Gemüt! Ich war anständig erzogen, in der höchsten Reinheit
und Keuschheit des Sinnes und der Einbildung. Dies war
der erste Mann, gegen den ich meine volle Weiblichkeit em=
pfand. (Vickis Wangen blühten purpurn.) Ich fühlte mich
in seiner Gegenwart von jenem magischen Gewebe umsponnen,
das die Blicke der Liebe zu erzeugen scheinen, und in dem
all unser Thun zarter, feiner und bedeutender wird. Bei
seiner Berührung bebten meine Nerven, und eine hohe Hei=
ligkeit schwebte um sein Wesen, die schauernd meinen Busen
beklemmte. In diesem namenlosen, süßen Gemische der ersten
Regungen des Herzens stand ich sprachlos und versuchte nicht
der süßen Gewalt, die, mich umwand, zu entfliehen. ‚Fallen
Sie nicht, liebes Kind,' sagte er sanft ..."

Hier ließ die Vorleserin das Buch plötzlich in ihren

Schoß sinken, denn sie hatte von dem Podium her, auf welchem ihre Mutter thronte, deutlich jene sanfte Musik vernommen, welche den Schlummer des Gerechten so harmonisch zu begleiten pflegt. Sie wollte sich geräuschlos erheben, als Hanswurstfink ihr leise zurief: „Ach bitte, Komteß, bleiben Sie nur einen Augenblick so sitzen! So — das Kinn etwas mehr rechts — und den Mund ein klein wenig geöffnet."

Sie gehorchte ohne Widerrede und verharrte unbeweglich in der angegebenen Stellung, bis der Künstler sie aufforderte, heranzutreten.

Zaghaft begab sie sich hinter die große Leinwand und sah auf den ersten Blick nichts weiter, als einige mißfarbene Kleckse und Streifen, welche, einer Gewitterwolke ähnlich, über dem Haupte ihrer Mutter schwebten. Dagegen hielt Fink ihr nun plötzlich ein kleines Skizzenbuch vor die Augen, in welchem sie sich selbst mit überraschender Aehnlichkeit in leichter Bleistiftzeichnung dargestellt sah: mit etwas vorgebeugtem Rücken und übereinander gelegten Knieen im Stuhle sitzend und lächelnd den Blick von dem Buche erhebend.

„Ach, Herr Fink," flüsterte sie, „so schnell haben Sie das gemacht! Sehe ich denn wirklich so aus?"

„Ungefähr wohl — nur noch viel, viel reizender," schmeichelte er.

Das Komteßchen war sehr verwirrt. „Meinen Sie wirklich?" stammelte sie. „Ich darf das doch wohl behalten?"

„O nein, das gehört mir," erwiderte er, seinen Mund ihrem Ohre nähernd: „Das verkaufe ich nur sehr teuer."

„Nein, Sie werden doch nicht?" sagte Vicki ängstlich.

„Doch, doch. Aber Sie sollen den Vorzug haben. Es kostet ja nur eine Million — so viel haben Sie sich doch gewiß schon von Ihrem Taschengelde zurückgelegt!"

„Ach, Sie sind recht schlecht, Herr Fink. Sie wollen sich über mich lustig machen," schmollte das Komteßchen. „Ich möchte ja gerne das Bildchen bezahlen, aber . . ."

„Wirklich? Dann schenken Sie mir doch etwas, was ungefähr eine Million wert ist." Fink sah sie mit seinen lustigen grauen Augen schmachtend an.

Und das kluge Komteßchen verstand diesen Blick, wandte das Köpfchen scheu zur Seite und streckte abwehrend die Hände gegen ihn aus.

Doch welche Hindernisse vermöchte der Erwerbssinn eines jungen Malers nicht zu besiegen! Ehe sie sich dessen versah, hatten ihre warmen, weichen Kinderlippen ihm schon eine Million bar ausbezahlt.

„Sind Sie mir böse?" flüsterte der Kühne ihr zärtlich ins Ohr.

Da legte sie ihre Hände vor das glühende Gesicht und schüttelte ziemlich energisch den Kopf.

In diesem Augenblicke erhob die Gräfin aufseufzend ihr Haupt und Vicki begann, noch während sie hinter der Leinwand hervor und nach ihrem Platze sprang, den Faden der Lektüre wieder aufzunehmen, wo sie ihn vorhin hatte fallen lassen.

Mit lauter, wenngleich bebender Stimme deklamierte sie: „Fallen Sie nicht, liebes Kind!' sagte er sanft, als ich endlich seinen Arm wegrückte, und umfaßte mich von neuem . . ."

„Ich weiß nicht, was das ist?" sagte die Gräfin, nach einiger Zeit die Vorlesung unterbrechend: „Kommt das vom Malen oder vom Lesen — ich werde so merkwürdig müde. Ich wäre beinahe eingeschlafen."

Meister Fink machte den Vorschlag, die Sitzung auf ein Weilchen zu unterbrechen und sich ein wenig zur Erholung im Parke zu ergehen. Beide Damen stimmten dem mit Vergnügen zu und man begab sich ungesäumt hinaus. Sie fanden Komteß Marie mit einem Buche beschäftigt in der Hängematte, welche zwischen zwei Stämmen des Tannenganges angebracht war.

„Nun, Meister Fink," sprach sie den Künstler freundlich an: „Wie benimmt sich Mama als Modell?"

„Vortrefflich," erwiderte jener. „Komteß Vickis Vorlesung fesselte die Frau Gräfin derartig, daß sie vor atemloser Spannung kein Glied zu rühren wagte."

„Leisten Sie zur Abwechslung auch mir einmal ein wenig Gesellschaft?" frug die Komteß.

„O gewiß, mit dem größten Vergnügen," erwiderte er

artig, und als Vicki mit ihrer Mama außer Hörweite gekommen waren, fügte er hinzu: „Haben Sie inzwischen das
Photo von Fräulein Bandemer gefunden?"

„Darauf dürfen wir uns nun keine Hoffnung mehr
machen — das hat mein Vater an sich genommen, und der
gibt ein hübsches Mädchengesicht sicher nicht wieder heraus.
Aber wozu sind Sie denn Maler! Für Sie ist das gewiß
eine Kleinigkeit, solch ein Gesicht mit ein paar Bleistiftstrichen
festzuhalten."

Fink versprach, es versuchen zu wollen und fügte hinzu,
daß er durch den merkwürdigen Zwischenfall mit dem Grafen
Bencken nur noch neugieriger darauf geworden sei, hinter
den Roman des angeblichen Fräuleins Bandemer zu kommen.
Ob sie nicht vielleicht wisse, was für eine Geborene die verstorbene Frau von Norwig gewesen sei.

„Frau von Norwig ist weder eine Geborene noch auch
eine Gestorbene, so viel ich weiß," erwiderte Komteß Marie.
„Aber Herr von Norwig scheint Ursache zu haben, sie als
für sich nicht mehr vorhanden zu betrachten, nachdem sie geschieden sind. Ich sage Ihnen das im Vertrauen, weil es
doch vielleicht als ein Fingerzeig für Ihre Erkundigungen
bei Frau Bandemer dienen könnte. Hier im Hause soll es
aber niemand wissen. — Wären Sie vielleicht so freundlich,
mir Ihren Arm zu reichen, um mich nach den Ställen zu
begleiten?"

Er erfüllte gern ihre Bitte und sie schritten langsam,
in lebhafter Unterhaltung den Hofgebäuden zu. Es war
ganz einsam dort, kein Mensch zu sehen und außer den Mast-
schweinen auch kein Tier daheim. Als sie nach dem Pferdestall gehen wollten, kehrten gerade die beiden Herren von
ihrem Spazierritt zurück und Fink war froh, sich nun mit
seiner Arbeit entschuldigen zu können — um seine Vicki
wieder aufzusuchen.

Als er so eiligen Schrittes in den Park zurücklief, begegnete ihm Fräulein Sophie. Er wollte mit einem leichten
Gruß an ihr vorüber, doch sie verstellte ihm den Weg, indem sie boshaft lächelnd ausrief: „Ah — Sie sind wirklich
ein großer Künstler, lieber Vetter!"

„Sehr schmeichelhaft!" erwiderte er trocken. „Sie haben wohl die Kohlenskizze gesehen?"

„Nur ganz flüchtig und von weitem." Und da er ein fragendes Gesicht machte, fuhr sie langsam, jedes Wort betonend, fort: „Ich hatte die Frau Gräfin um Auskunft zu bitten und da ich mich gerade im Garten befand, so mußte ich natürlich den Weg nach Ihrem Atelier über die Veranda nehmen. Sie haben vielleicht bemerkt, daß sich dort eine Glasthür befindet! Ein Blick durch diese Glasthür überzeugte mich, daß ich in jenem Augenblick die Herrschaften nur stören würde. Ich zog mich daher mit derjenigen Diskretion, welche mir in meiner Stellung zukommt, zurück. Aber ich hatte gerade genug gesehen, um, wie gesagt, Sie bewunderungswürdig zu finden. Es wird die Frau Gräfin vielleicht auch interessieren zu hören, daß Sie nicht allein auf, sondern auch hinter der Leinwand so viel Talent entwickeln."

Fink biß sich auf die Lippen und zupfte an seinem blonden Bärtchen. „Nun, was ist da weiter?" rief er leichthin. „Unter lieben Verwandten drückt man schon mal ein Auge zu über solche kleinen..."

„Scherze, wollen Sie wohl sagen," ergänzte sie strenge. „Ich möchte doch lieber ein andres Wort wählen. Mit den Gefühlen eines so unschuldigen, treuherzigen Mädchens leichtsinnig spielen..."

„Na, aber thun Sie mir den einzigen Gefallen, Fräulein Bandemer," fiel er ärgerlich ein. „Wer sich ohne Sünde fühlt, der werfe den ersten Stein auf mich! Sollten Sie in dieser Beziehung so gar nichts zu verschweigen haben? Sie wissen, der junge Wuvermann schenkte mir großes Vertrauen!"

„Drohen Sie mir nur immerhin damit. Glauben Sie, daß man den Prahlereien eines leichtsinnigen jungen Menschen hier mehr Glauben schenken würde, als mir?" versetzte Sophie verächtlich. „Ich wüßte wirklich nicht, warum ich Sie schonen sollte, Sie, der Sie gleich in der ersten Stunde mich vor der Komteß bloßstellen wollten und nachher mit der Großen den Kopf zusammenstecken, um irgend eine Bosheit gegen mich auszuhecken, die ich Ihnen nie im Leben etwas gethan habe."

Dem kecken Künstler wurde es bei diesen Worten doch etwas bänglich zu Mute. Es war ganz richtig, was sie da sagte und es kam noch dazu in einem so überzeugenden Tone beleidigten Stolzes heraus, daß er an seiner Meinung über sie irre zu werden begann. Wenn sie der Gräfin wirklich verriet, wozu er ihren Schlummer mißbraucht hatte, so waren jedenfalls die schönen Tage von Aranjuez-Näsendorf vorüber und er mußte das Kastell, das er so glorreich erstürmt hatte, als Ritter von der traurigen Gestalt wieder verlassen. Der Verräterin hinterher gleichfalls aus Rache einen Makel anzuhängen, wäre unter solchen Umständen einfach eine Gemeinheit gewesen. Seine Lage war wirklich eine recht peinliche. Endlich erwiderte er, sich zu einem Lächeln zwingend: „Ja, liebe Base, Sie müssen aber doch gestehen, daß Ihre verkehrten Antworten gestern es mir einigermaßen zweifelhaft machen mußten, ob Sie wirklich die Tochter meiner Tante Bandemer wären — vom Vater will ich schon gar nicht reden, denn da dürfte am Ende die Auswahl doch zu groß sein!"

„Nun, wenn Sie das Alles wissen, dann wundert es Sie noch, wenn ich mich stelle, als ob ich von meinen Eltern nichts wüßte? Habe ich mich darum aus dem Sumpfe emporgerungen, bin ich darum so lange heimatlos in der Welt herumgeirrt und habe unsägliche Leiden auf mich genommen, um mich nun, nachdem ich mich endlich in reinere Sphären durchgekämpft und mich des Umgangs edler Menschen würdig gemacht habe, durch die Erinnerung an die unselige Vergangenheit wieder hinausstoßen zu lassen in die trostlose Winternacht?!"

Fink hatte dieser Rede mit offenem Munde zugehört. Er war tief erschüttert und streckte seiner heldenhaften Cousine in ehrlicher Wallung die Rechte entgegen. „Ja, ich sehe es, ich habe Ihnen schweres Unrecht gethan. Aber Sie verzeihen mir, nicht wahr, Sophie? Und — was das andre betrifft: Ich wäre ja nicht wert, ein Künstler zu heißen, wenn mir ein solches himmlisches Geschöpfchen nicht den Kopf verdrehen sollte."

Etwas zögernd legte Fräulein Bandemer ihre Hand in die seine. „Nun, es sei," sagte sie, wehmütig lächelnd.

„Fassen Sie es als eine Warnung auf, lieber Vetter! Aber
da wir nun unter uns sind — können Sie mir wohl sagen,
wo meine Mutter jetzt wohnt? Ich habe seit vielen Jahren
nichts mehr von ihr gehört und es könnte mir doch unter
Umständen erwünscht sein…"

„Sie betreibt seit fünf Jahren ein Putzgeschäft in Lüne=
burg — seit ihr Mann, der Wachtmeister, gestorben ist. Sie
soll ja auf ihre alten Tage eine ganz brave, fromme Frau
geworden sein — wie das so manchmal vorkommt! Ein
gutes Herz hat sie ja immer gehabt."

Sophie dankte ihm für die Auskunft, ermahnte ihn
nochmals dem Komteßchen gegenüber zur Selbstbeherrschung
und empfahl sich mit einem sanften liebenswürdigen Lächeln.

Vetter Fink schaute noch eine ganze Weile wie ver=
zaubert hinter ihr drein, kraute sich bedenklich rings um sein
kurzgeschorenes blondes Haupt herum und murmelte endlich
in gelinder Verzweiflung vor sich hin: „Nun brate mir einer
einen Storch! Entweder ist diese Base Sophie ein riesig
respektables Frauenzimmer, oder ich bin ein riesig respektabler
Esel. Hm — ja, mein Alter hat ganz recht: die Erziehung
macht es nicht, es kommt nur auf dem Schenie an!"

Indem er nun so nachdenklich dem Schlosse zuschritt,
stieß er auf den alten Grafen, welcher ihn vertraulich unter
den Arm nahm und zu einer kleinen Besprechung ihm auf
sein Zimmer zu folgen bat. Dort angelangt, reichte er ihm
zunächst eine wundervolle La Carolina und begann dann
nach vielem Räuspern mit großer Heimlichkeit sein Ansinnen
vorzubringen.

„Würden Sie vielleicht die Güte haben, mir in Ihren
Mußestunden ein kleines — ganz kleines Aquarell, Pastell
oder was Sie wollen, nach einer Photographie anzufertigen?
Das heißt — ich meine — ich habe nämlich eine kleine ex=
quisite Sammlung schöner Frauenköpfe — eine Liebhaberei
von mir, der ich ganz im stillen fröne. Sie werden be=
greifen — unsre Damen denken nicht immer objektiv genug,
um die Kunst um ihrer selbst willen zu schätzen. Sie hängen so
sehr am Gegenständlichen, haha! Eine alte Bemerkung, aber
sehr richtig. Ueber den Preis werden wir uns wohl einigen."

Meister Fink verbeugte sich und drückte seine Bereit=
willigkeit aus, die kleine Arbeit zu übernehmen. Selbstver=
ständlich gratis.

Und nun griff Graf Pfungk endlich nach seiner Brief=
tasche und holte daraus das sorgfältig in Seidenpapier ein=
gewickelte Porträt des Fräuleins Bandemer hervor.

Fink konnte sich nicht enthalten zu lächeln. „Also das
ist meine Vorlage!" rief er.

„Pst, nicht zu laut!" warnte der Graf. „Sie müssen
zugeben, das Fräulein ist sehr hübsch, es ist nur verzeihlich,
daß meine Frau etwas eifersüchtig . . . ha ha! Sie als
Künstler werden begreifen, wie ein objektives Interesse für
die Schönheit. . . . Kurz und gut, meine Frau vermißt das
Porträt bereits und wenn ich es ihr nicht bald wieder unter
ihre Papiere praktiziere, so könnte ich in den Verdacht
kommen — Sie verstehen."

„Vollkommen," lachte Fink. „Ich will versuchen, ob
ich das kleine Kunstwerk heute noch zu stande bringe. Da
ich ja das lebende Modell vor Augen habe, so bin ich auch
um die Farben nicht verlegen."

„Vortrefflich, lieber Fink, vortrefflich! Zur Belohnung
sollen Sie auch einmal meine Privatgalerie zu sehen be=
kommen. Aber kein Wort zu den Damen, nicht wahr?"

Der Künstler gelobte unverbrüchliches Schweigen und
empfahl sich in demselben Augenblick, als Graf Bencken zur
Thür herantrat.

„Ah, da bist du ja!" rief der alte Herr seinem Neffen
entgegen. „Hast du Herrn von Norwig auch gesund und
heil wieder mitgebracht?"

„Jawohl, cher oncle; wir sind sogar als gute Freunde
zurückgekommen: Er hat sich sehr anständig aus der Affaire
gezogen."

„Ich habe es nicht anders von ihm erwartet," sagte
Graf Pfungk befriedigt. „Darf man jetzt auch noch nicht
wissen, um was es sich handelte?"

Graf Bencken spielte etwas verlegen mit seinem Kneifer
und versetzte zögernd: „O, nur kleine Mißverständnisse von
früher her. Herr von Norwig hat nämlich auch in unsrem

Regiment gestanden, ehe er sich auf sein Gut zurückzog. Er galt immer für so eine Art Gelehrten unter uns und hatte manchmal eine Manier, uns das fühlen zu lassen, die mir ganz besonders fatal war. Du weißt, die Gelehrsamkeit ist nie meine starke Seite gewesen; das Lernen ist mir immer schwer geworden, seit ich damals als Junge auf den Kopf gefallen bin."

„Ja, ja, armer Kerl!" lachte der Oheim. „Du bist allerdings unschuldig zu deinen Bildungslücken gekommen. Es liegt auch wohl in eurer Familie: Dein Papa behauptete ja immer, das viele Studieren sei unschicklich für einen Edelmann; das erzeuge bloß revolutionäre Ideen. — Kommt Norwig auch bald nach?"

„Marie hält ihn noch oben im Stalle fest — sie bekümmert sich ja höllisch um die Wirtschaft! Ich bin vorausgeeilt, weil ich, offen gestanden, einen kolossalen Hunger habe." — —

Komteß Marie war mit Herrn von Norwig im Pferdestall zurückgeblieben, nachdem ihr Vetter sowie der Knecht, der das Absatteln besorgt hatte, hinausgegangen waren. Sie hatte ermüdet auf der Futterkiste Platz genommen und eine lange Zeit schweigend zugesehen, wie die beiden Reitpferde wohlgefällig ihren Hafer zermalmten. Ein schwerer Seufzer hob ihre Brust.

„Was ist Ihnen, Komteß? Sie scheinen bewegt," brach Norwig das Schweigen und trat ihr teilnahmsvoll näher.

Sie antwortete nicht, aber ihr Busen wogte heftig, wie wenn sie mit aller Kraft gegen eine gewaltige Erregung zu kämpfen habe. Plötzlich sprang sie auf, so rasch, als hätte sie ihre Leiden auf einmal abgeschüttelt, trat mit ein paar großen Schritten in den Stand des Hengstes und rief, das erschrocken zur Seite springende Tier heftig mit der flachen Hand auf den Hals schlagend: „Schämst du dich nicht? Schämst du dich nicht? Abscheuliche, gefühllose Bestie du! Kannst du mich wiedersehen und dabei so gefräßig dein dummes Maul voll nehmen?!"

Potrimpos stieg vor Schreck in die Höh', soweit seine Kette ihm Spielraum ließ. Es war ein ängstlicher Anblick.

Die Komteß konnte leicht von den zappelnden Hufen ge=
troffen werden. Norwig war mit zwei Sprüngen ihr zu
Hilfe geeilt. Er stellte sich breit vor sie und suchte das
Tier zu beruhigen, während er sprach: „Was thun Sie,
Komteß! Ich bitte Sie, drücken Sie sich vorsichtig hinaus.
Wie können Sie das nervöse Tier so reizen!"

„Sie haben recht, es ist lächerlich, es ist unsäglich albern
von mir," keuchte sie mit fliegendem Atem. „Aber können
Sie sich nicht vorstellen, wie mir zu Mut ist — mir, die
ich mit meinem Pferde wie verwachsen war und nun viel=
leicht verdammt bin, mein ganzes Leben lang meine Röcke
auf dem schmutzigen Boden nachzuschleifen, wie die erste
beste alte Kaffeeschwester!?"

„Aber ich bitte Sie um Gottes willen, beruhigen Sie
sich doch, teuerste Komteß," sagte Norwig, indem er sich zu ihr
wandte. Potrimpos hatte sich scheu zur Seite gedrückt und
blickte ängstlich fragend nach seiner Herrin. „Kommen Sie,
ich bringe Sie sicher hinaus." Und er nahm sie sanft bei der
Hand, um sie aus dem gefährlichen Stand hinauszugeleiten.

Doch sie machte sich mit einem Ruck von ihm los, trat
auf das Pferd zu, schlang ihre beiden Arme um dessen Hals
und brach in ein lautes Schluchzen aus. Sie hatte ihren
Kopf gegen die Mähne gelegt, ihre Thränen sickerten lang=
sam an dem glänzenden Fell herunter. Das Tier stand wie
gebannt — und dann wandte es langsam den schönen Kopf
und lehnte ihn sanft an den Rücken seiner Herrin, als wollte
es so für den grausamen Streich, den es ihr gespielt, um
Verzeihung flehen.

Norwig selbst war von diesem Anblick so bewegt, daß
er lange keine Worte zu finden vermochte. Er trat hinter
die Komteß und strich ihr, selbst kaum wissend, was er that,
leise mit der Hand über den Kopf. Erst nach geraumer
Weile fand er Worte des Trostes: es würde gewiß nicht so
schlimm werden, wie sie meine. Ihre starke Natur würde
die Folgen des Sturzes überwinden. Und selbst wenn diese
Hoffnung sich nicht erfüllen, wenn es ihr nie mehr vergönnt
sein sollte, sich kühn zu Roß zu tummeln, so ständen ihr
doch in ihrer bevorzugten Stellung so viele Möglichkeiten

offen, ihren heißen Drang nach kräftiger Bethätigung ihres Wesens zu stillen.

„Sie meinen es gut mit mir," erwiderte sie und wandte ihm langsam ihr thränenüberströmtes Gesicht zu. Dann reichte sie ihm die Hand und folgte ihm gesenkten Hauptes aus dem Stand.

Sie nahm ermattet wieder auf der Futterkiste Platz und sagte, als sie etwas ruhiger geworden war: „Sie können es doch nicht begreifen, was es mich kosten würde, meiner bis= herigen Lebensart zu entsagen. Weib zu sein dünkt mich das furchtbarste Los. Ich hasse mein Geschlecht! Und das habe ich bisher noch nicht empfunden: ich war zu etwas nutz; was ihr Männer könnt, konnte ich auch! Wäre ich nicht auf dem Lande geboren, so hätte ich mich vielleicht auf eine Wissenschaft geworfen, wäre Arzt geworden, wie es unter den vornehmen Russinnen jetzt so Mode ist. Aber nie hätte ich daran gedacht, mein Leben in der elenden geschäftigen Nichtsthuerei hinzubringen, zu der die Frauen unsres Standes erzogen werden, oder gar in dem stumpfsinnigen Gesell= schaftstreiben, das so vielen das bißchen Gehirn einzig und allein beschäftigt. Was soll aber jetzt aus mir werden, wo ich die Gewißheit habe, daß ich mich mein Lebtag nicht wieder werde rühren können wie ein freier Mensch?"

„Aber Komteß, das ist ja nicht denkbar," unterbrach sie Norwig: „Der Arzt hat doch gesagt . . ."

„Mich täuscht er nicht mit seinen frommen Lügen. Ich bin kein Kind mehr, das sich durch ein Bonbon betrügen läßt. Er glaubte, ich würde mich mit seinen lateinischen Ausdrücken zufrieden geben; aber ich habe sie mir wohl ge= merkt und alles im Konversationslexikon nachgelesen. Seit= dem weiß ich auch erst, was es heißt, ein Weib zu sein!"

„Aber teuerste Komteß, warum quälen Sie sich mit solchen Gedanken? Warum sollten denn Sie allein das Glück nicht da finden können, wo es andre Frauen suchen? Sie haben sich erst jetzt als Weib entdeckt, wenn ich so sagen darf — gut! warum sollten Sie jetzt nicht auch als Weib empfinden lernen?"

„Warum?! Fragen Sie doch meinen Spiegel?" knirschte

die Komteß, indem sie sich erhob und ihre beiden geballten Hände zornig an ihre Wangen legte. „Mit solchem Gesicht darf man ja höchstens Pferde lieben!" Sie lachte kurz und höhnisch auf und schickte sich an, den Stall zu verlassen.

Herr von Norwig ergriff sie abermals bei der Hand und hielt sie sanft zurück. „Jetzt lästern Sie, Komteß," sagte er ernst. „Und das darf ich als Mann nicht dulden! Ich denke doch, daß nicht alle Männer solche Narren sein werden, wie ich einer war, als ich um eines hübschen Gesichtes willen mutwillig mein ganzes Leben zerstörte."

Sie wandte sich rasch ihm wieder zu, legte ihre Linke auf seinen Arm und versetzte hastig, ohne Uebergang: „Herr von Norwig, seit ich erwachsen bin, sind Sie der erste Mann, der mich in Thränen gesehen hat. Ich habe Ihnen ein Vertrauen geschenkt, wie keinem bisher. Doch ich schäme mich nicht vor Ihnen — ich bin Ihnen so viel Dank schuldig, daß ich Ihnen ohne Bedenken meine ganze Seele anvertrauen könnte. Aber eins quält mich, eins drückt mir das Herz ab — Sie sind nicht ganz offen, Sie sind nicht ganz wahr! Diese Sophie Vandemer ist Ihre Frau — und Sie suchen uns alle durch Lügen zu täuschen! Warum thun Sie das?"

Er senkte das Haupt und sagte leise: „Ich bin nicht Herr meines Willens! Ich stehe unter einem furchtbaren Zwange."

„Aber sie ist Ihre Frau, nicht wahr?"

„Ja, Komteß, Ihnen gestehe ich es — Ihnen allein!"

„Und warum die Lüge, warum? Was fesselt Sie an diese verächtliche, heuchlerische Person?"

„Das darf ich Ihnen nicht sagen," erwiderte er nach kurzer Ueberlegung.

„Sie dürfen nicht, auch wenn . . ." Sie trat dicht vor ihn hin, ihre weitgeöffneten Augen bohrten sich in die seinen, ihr heißer Atem streifte sein Gesicht — „auch nicht, wenn ich dir gestehe, Mann, daß ich dich wahnsinnig liebe?"

„Komteß!" schrie er laut auf und stürzte ihr zu Füßen, „nun müssen Sie alles wissen."

In der offenen Thür erschien für einen Augenblick Inspektor Reusches vierschrötige Gestalt. „Ach, entschuldigen Sie!" stotterte er und zog sich bestürzt zurück.

———

Elftes Kapitel.

Handelt vorwiegend von den Zauberkünsten des Fräuleins Sophie
und von Vickis erster Liebe.

Die Frau Gräfin hatte sich unterdessen den alten Hinrich
in den Garten kommen lassen, um ihm verschiedene Aufträge
zu erteilen. Es gehörte einiges Rednertalent und eine bedeutende Geduld dazu, um dem alten Hinrich einen Auftrag
klar einzuprägen, nicht etwa, weil er schwach von Begriff
gewesen wäre, sondern lediglich seines unglücklichen Gedächt-
nisses wegen, das mit den Jahren großlöcherig wie ein Kies-
sieb geworden war.

„Nu, Hinrich, warst du dat uk allens behollen?" schloß
sie ihren Vortrag.

„J ja woll, gnä Fru," grinste der alte Kutscher. „Ick
sall tauirst nah bi Stadt führen . . ."

„Nee, Hinrich, nee! Tauirst sa'st du bi den Herrn Bahn-
hofentspekter vörführen und sa'st em den Kuhnhahn afgäben
mit ein' schönen Gruß . . ."

„Un bei gnä Fru läten sick vählmoahl bedanken, dat
Herr Bahnhofsentspekter so gaud west wihr un habb dat
Dings mit de Kist' un dat grote Winfaß so schön besorgt,
un gnä Fru schickten Herrn Bahnhofsentspekter den Kuhnhahn un lät em gauden Ap'tit wünschen."

„Sehr gut, Hinrich, sehr gut," sagte die Gräfin. „Un
dann sa'st du nah bi Stadt führen . . ."

„Nah bi Stadt führen un den Breif von gnä Fru bi
den Herrn Klavierstimmer Möller afgäben un . . ."

„Na, un . . .?"

„Un . . . gauden Ap'tit wünschen!" stotterte der Alte
mit einem ängstlichen Blick.

„Nee wat denn, Hinrich, wat's dat för dumm Tüg!
Der Herr Klavierstimmer sall doch den Breif nich fräten!
Du sa'st em blod afgäben un naher den Herrn Klavierstim-
mer mit to Hus bringen, verstanden?"

„Ja woll, gnä Fru — nu häv ick dat verstan'."

„Na, Gott sei Dank! Denn lat di man den Kuhn-

hahn von dat nige Fröln gew'n un denn mal, dat du weg
kümmst!"

Der alte Hinrich suchte sofort das Fräulein auf, das
von der Gräfin bereits den Auftrag bekommen hatte, einen
fetten Kuhnhahn, auf deutsch einen Puter, sauber einzu=
packen. Nach langem vergeblichen Suchen und Fragen fand
er Sophie endlich auf ihrem Zimmer mit Briefschreiben be=
schäftigt. Sie bat ihn sehr freundlich, doch einen Augenblick
Platz zu nehmen, da sie ihm noch einen Brief mitzugeben
habe. Hinrich saß bescheiden auf der äußersten Ecke eines
Stuhles, dem reizenden Fräulein gegenüber und drehte ver=
legen seine Mütze in der Hand. Selbst auf diesen alten
verwitterten Gesellen verfehlte Sophiens Schönheit ihren
berauschenden Eindruck nicht. Er starrte sie mit offenem
Munde an wie eine Lichterscheinung aus höheren Sphären,
und der verwirrende Einfluß auf seine Sinne äußerte sich
dadurch, daß, während er so das dunkle Köpfchen aufmerk=
sam über das Papier gebeugt sah und die flüchtige Feder
gleichsam mit elfenfeinem Stimmchen die Worte nachzirpen
hörte, die sie schrieb, in seinem Kopfe der Bahnhofsinspektor,
der Kuhnhahn und der Klavierstimmer Möller einen tollen
Wirbeltanz aufzuführen begannen.

Das Fräulein war mit ihrem Brief fertig und sagte,
während sie die Adresse schrieb: "Nicht wahr, lieber Hinrich,
Sie sind so freundlich und übergeben diesen Brief dem Herrn
Inspektor persönlich, mit der Bitte, ihn selbst in den Zug=
briefkasten . . . oder warten Sie, ich will Ihnen lieber ein
paar Zeilen an den Herrn mitgeben."

Sie holte aus einem allerliebsten Täschchen eine Visiten=
karte hervor und warf mit ihrer zierlichen, spinnwebleichten
Schrift folgende Worte darauf hin: "Sehr geehrter Herr!
Im Vertrauen auf Ihre Liebenswürdigkeit wage ich, Sie
um die Gefälligkeit zu bitten, den beifolgenden Brief einem
Zugführer zu übergeben mit dem Ersuchen, denselben auf
der Endstation in den Kasten zu werfen. Mit freundlichem
Gruß d. U."

"So," rief sie aufspringend, "diesen Brief und diese Karte
geben Sie also, bitte, dem Herrn Inspektor ab." Sie streckte

das rosigste und spitzeste Zünglein von der Welt heraus, um den Gummi des Umschlags zu befeuchten und reichte dann Brief und Karte, die letztere in einem kleinen Kouvert ohne Adresse, dem breit grinsenden alten Kutscher mit einem gewinnenden Lächeln hin. Dann ging sie mit ihm hinunter nach der Speisekammer, übergab ihm den sauber eingewickel= ten Kuhnhahn, entnahm dann ihrem Elfenbein=Portemonnaie eine Mark und sagte: „Nehmen Sie das für Ihre Mühe, lieber Hinrich."

Der aber wies das Geldstück fast mit Entrüstung zurück und machte sich eilig davon. — Eine Viertelstunde später rollte der Jagdwagen aus dem Hofe. —

Die Herrschaften hatten sich inzwischen zum zweiten Frühstück zusammengefunden; auch Norwig mit Komteß Marie, welche jene unzeitige Störung durch den Inspektor Reusche doch zu der Erkenntnis gebracht hatte, daß der Pferdestall nicht eben der passendste Ort sei, um Bekenntnisse auszutauschen. Sie hatten es im Gegenteil für notwendig erachtet, sofort mit möglichster Unbefangenheit herauszu= treten, und durch irgend eine leidlich wahrscheinliche Er= klärung dem bestürzten Ludolf den etwaigen Verdacht zu benehmen, als ob er sie irgend wie unliebsam überrascht habe. Und nachher hatte sie, im Gespräch über wichtige Wirtschaftsangelegenheiten, der Inspektor bis an die Thür begleiten müssen.

Bei Tische war natürlich Komteß Maries Aussehen aufgefallen, und sie erklärte auf die besorgte Frage des Vaters der Wahrheit gemäß, daß der Anblick ihrer Pferde sie so schmerzlich aufgeregt habe. Der Graf tröstete sie da= mit, daß der Arzt ihr in Aussicht gestellt, sie werde doch bald wieder im stande sein auszufahren — und dann ver= sprach er ihr zum Trost einen neuen Wagen zum Selbst= kutschieren zu schenken, wie sie ihn sich gewünscht.

Was wohl Komteß Vicki für eine Erklärung gegeben hätte, wenn es jemandem eingefallen wäre sie zu fragen, was denn wohl das tiefe Karmin ihrer Wangen für eine Bedeutung habe! Doch war bei diesem gesunden Kinde an warmen Sommertagen alles begreiflich, und es blieb daher völlig unbehelligt von neugierigen Fragen. Der erste Kuß hatte eine seltsame pathologische Wirkung auf Vickis Magennerven ausgeübt — sie vermochte kaum einen Bissen zu essen!

Uebrigens erging es Hanswurstfink nicht viel besser, und dem hatte doch noch niemand nachgesagt, daß er die gute Gabe Gottes bei Tische verachte! Beschämung und Furcht vor Entdeckung scheinen demnach dieselben gastrophysischen Eigenschaften zu entwickeln, wie die erste Liebe. Zum Glück glänzte Vetter Emich durch eine so erstaunliche Beredsamkeit in Pferde- und andern standesgemäßen Angelegenheiten, daß auch die Schweigsamkeit des Künstlers nicht besonders auffiel.

Komteß Vicki deutete sich natürlich diese Schweigsamkeit nach ihrer eignen Art. Gleich jedem unschuldigen jungen Mädchen aller zivilisierten Völker war sie überzeugt, daß der erste Kuß für das ganze Leben bindend und gewissermaßen eine Anweisung auf den Verlobungsring sei, zahlbar nach Besiegung etwa vorhandener Hindernisse. Diese Hindernisse schienen ihr in ihrem Falle doch einigermaßen bedenklich. Wenn sie ihren würdigen Papa mit dem weißen Zwickelbart, und ihre Frau Mama mit den beweglichen Wangen und dem Brüsseler Spitzenshawl so dasitzen sah, lief es ihr fröstelnd über den Rücken bei der Vorstellung, daß der ehrliche Hanswurstfink, des ollen Teerfinken Sohn, vor jenes erhabene Paar hintreten und um ihre Hand anhalten sollte. Und der teure Hans guckte so trübselig auf den Teller, als bewegten ihn ähnliche ungemütliche Vorstellungen. Am Ende legte er sich eben jetzt die Worte zurecht, durch welche er — vielleicht unmittelbar nach dem Frühstück! — das Herz der Mutter zu rühren und den starren Sinn des Vaters zu beugen gedachte! Komteß Vickis Herz klopfte so laut, daß sie fürchtete, es könnte Vetter Emichs knarrendes Kavallerieorgan übertönen, und sie wurde noch um eine Schattierung röter bei dem niederschmetternden Gedanken, daß sie gerade heute unglücklicherweise — ihr allerkürzestes Kleid anhatte! In diesem Aufzuge konnte sie sich unmöglich verloben, und sie beschloß, sofort nach Tisch ihr schwarzseidenes Konfirmationskleid anzuziehen, falls es ihr nicht gelänge, vorher einen kleinen Aufschub der Ent= scheidungsstunde bei ihrem Zukünftigen durchzusetzen. Trotz aller Furcht vor dieser Entscheidung war sie aber doch fest entschlossen, an ihrem Hans festzuhalten, und sollte selbst ihr grausamer Vater sie wochenlang in seinem Burgverließ schmachten lassen, da wo es am finstersten war und die Ratten am muntersten. Zwar war weder ein solches mittel= alterliches Gelaß im Schlosse vorhanden, noch hatte ihr Papa jemals Spuren von Grausamkeit gezeigt, doch wäre die Komteß im stande gewesen, selbst dies und Aergeres siegreich zu überwinden.

Herr von Norwig war genötigt, sofort nach beendigtem Lunch aufs Feld zu gehen, und Fink wollte noch ein Stünd= chen an seinem Bilde arbeiten. Der Graf und sein Neffe erbaten sich die Erlaubnis, im Atelier eine Cigarre rauchen zu dürfen, Komteß Marie fühlte sich sehr angegriffen und mußte sich auf ihr Zimmer zurückziehen. Komteß Vicki war zunächst den andern in den Hubertussaal gefolgt, aber nur um die Gelegenheit abzupassen, ihrem Zukünftigen ein Wort zuzuraunen. Diese Gelegenheit ergab sich bald genug, als die beiden Grafen, hinter der Leinwand stehend, mit der Gräfin über den Faltenwurf ihres Kostüms in Streit ge= rieten, während Fink bereits vor der Leinwand seine Farben mischte, um das Fleisch anzulegen. Da trat Vicki rasch hinter ihn und flüsterte ihm zu: „Sage noch nichts, Hans?"

Sie war über dies erste „Hans", das ihre Lippen her= vorgebracht hatten und über die glücklich gelungene An= wendung der süßen zweiten Person Singularis sehr stolz und glücklich und huschte gleich darauf unter irgend einem Vorwand hinaus.

Hanswurstfink wußte nicht recht, wie er ihre Worte deuten sollte, denn er hatte ja gar nicht daran gedacht, irgend etwas zu sagen! Er handhabte die Pinsel ziemlich zerstreut und brachte in jener Stunde nicht viel vor sich. — —

Während unter solchen Umständen eins der hervor= ragendsten Meisterwerke der modernen Kunst nur wenig gefördert wurde, war Fräulein Bandemer ihrerseits in voller Thätigkeit begriffen. Sie pflegte täglich wie ein gewissen=

hafter Kaufmann Soll und Haben in ihrem Verhältnis zu
den Menschen ihrer Umgebung zu summieren und die Bilanz
zu ziehen. Sie hatte am vorigen Abend das Herz Ludolf
Reusches und heute morgen die gute Meinung Finks als
Saldo-Vortrag zu ihren Gunsten buchen dürfen. Doch konnten
ihr von seiten des Grafen Bencken noch weit größere Gefahren drohen, als von seiten Hanswurstfinks und ihr kluger
Kopf war daher rastlos thätig im Ersinnen neuer Listen, um
ihre Feinde einen nach dem andern unschädlich zu machen.

Sie war wieder einmal nach dem Obstgarten gegangen,
um einiges Obst zur Tafel zu holen. Die unter so eigentümlichen Umständen zu Falle gekommene Thür in der Wein-
wand war noch nicht wieder hergestellt worden und Sophie
konnte, als sie dort vorüber kam, die beiden Pfarrerstöchter
in ihrem Garten sehen. Wie ein Blitz zuckte ihr der Gedanke durch den Kopf, daß ja Fräulein Beate Meusel, seitdem sie mit ihrer Verräterei bei der Gräfin so übel angekommen, ihr ewig feind sein müsse und daß sie, die ja schon
schier von jedermann als des Inspektors Braut angesehen
wurde, in ihrer Eifersucht ein gefährlicher Spion sein würde.
Sie trat rasch in die Maueröffnung und wünschte den jungen
Mädchen mit freundlicher Heiterkeit guten Tag.

Sei es nun, daß der Haß gegen die hübsche Sophie
bei Fräulein Beate bereits einen solchen Grad erreicht hatte,
daß sie deren bloßen Anblick schon nicht mehr zu ertragen
vermochte, oder schämte sie sich der sehr tugendhaften und
nützlichen Beschäftigung, bei welcher sie überrascht worden
war — die beiden Schwestern buddelten nämlich sehr brav
und fleißig Kartoffeln aus — kurz, sie stieß einen kleinen
Schrei aus und rannte eiligst davon. Fräulein Agnes dagegen zeigte sich freudig überrascht, warf ihre Hacke fort,
ließ ihre hochgeschürzten Röcke herunter und ging dann mit
einem herzlichen guten Tag Sophien entgegen. Eine große,
mit weißer Leinwand überzogene Schute umrahmte ihr Ge-
sichtchen vollständig, das, von der tüchtigen Arbeit gerötet,
wirklich hübsch aussah.

„Ach, Fräulein Bandemer!" rief das Mädchen: „Kommen Sie nicht ein bißchen zu uns herein?"

„Aber nur in den Garten," erwiderte jene. „Ich war
ja so ungezogen, Ihnen trotz der freundlichen Aufforderung
Ihres Herrn Vaters noch immer nicht meine Aufwartung zu
machen."

„O, ich kann mir recht denken, wie beschäftigt Sie gewesen sind: Ehe man sich eingelebt hat — und dann die
Krankheit der Komteß Marie — Sie haben gewiß sehr viel
zu thun gehabt!"

„Ach freilich ja! Aber nun will ich auch wirklich bald
kommen. Ich fürchte nur, daß Ihr Fräulein Schwester mich
am Ende nicht gern sehen möchte. Ich weiß zwar nicht, was
ich ihr zu Leide gethan habe — denn für das Unglück mit
der Gartenthür kann ich doch eigentlich nicht."

Agnes zupfte verlegen an ihrer Schürze, als sie erwiderte: „Nein, gewiß nicht. Es war ja auch bestimmt gar
nicht so schlimm, wie Beate sich das dachte — wir wissen
ja alle, daß der Herr Graf sich gern mal einen kleinen
Scherz erlaubt! Meine Schwester ist nur ein bißchen eifersüchtig, glaube ich, weil Herr Reusche Sie so viel angeguckt
hat, damals am ersten Tage, wissen Sie."

Sophie lachte fröhlich. „Ich kann doch nicht gut jemandem
verbieten, mich anzusehen!" sagte sie. „Aber im übrigen
mag Ihr Fräulein Schwester nur ganz ruhig sein: Ich habe
wirklich nicht die Absicht, ihr ihren Bräutigam abspenstig zu
machen! Sie sind ja wohl so gut wie verlobt?"

„Ach nein, so weit ist es noch lange nicht!" seufzte Agnes.
„Herr Reusche ist nämlich ein bißchen schüchtern — und gerade an dem Tage, wie wir auf das Schloß gingen, da war
er dicht daran, sich zu erklären. Aber nachher, wie er Sie
gesehen hatte, da hat er doch wieder nichts gesagt, und Beate
meint, weil Sie doch so sehr hübsch sind, hätte er sich nun
mit einemmal in Sie verliebt."

Fräulein Bandemer ergriff beide Hände des Mädchens,
bückte sich zu ihr herab und schaute ihr lächelnd unter das
weiße Sonnendach. „Glauben Sie denn das auch, Fräulein
Agnes?"

Das junge Mädchen öffnete seine runden Aeuglein weit
und blickte in schwärmerischer Bewunderung zu dem Fräulein

4

auf, indem es lispelte: „Ach Fräulein, Sie sind ja so reizend und nett; wenn ich ein Mann wäre, würde ich mich bestimmt auch in Sie verlieben!"

Sophie gab der Schmeichlerin einen schallenden Kuß, der sie sehr zu beglücken schien. Und dann legte sie ihren Arm um die überschlanke Taille der Kleinen und sagte: „Glauben Sie, daß Ihre Schwester mir wohl auch gut sein könnte, wenn ich ihren Schatz dazu brächte, sich endlich einmal zu erklären?"

„Ach Fräulein, wie wollten Sie denn das anfangen?"

„Das ist mein Geheimnis. Vorläufig suchen Sie nur Fräulein Beate den Argwohn gegen mich auszureden."

Agnes war ihr noch behilflich beim Obstpflücken, und dann empfahl sich Sophie und eilte nach dem Schlosse zurück. —

Als sie in die Hausthür trat, wäre sie fast mit dem eben herauskommenden Herrn Inspektor zusammengeprallt. Er stammelte eine Entschuldigung und berichtete, daß er soeben mit der Köchin Rücksprache genommen habe, ob in dieser Woche ein Hammel oder ein Kalb geschlachtet werden solle. Und dann, als dieses Thema erledigt war, sah er sich in dem weiten Vorplatz um und flüsterte ihr, da sie allein waren, mit wichtiger Miene zu: „Mit dem Herrn Oberverwalter und Komteß Marie ist es richtig so, wie Sie gedacht haben, Fräulein. Ich kam zufällig gerade dazu, wie er ihr vorhin im Pferdestall eine Erklärung machte."

„Ah — das ist allerdings der passendste Ort, um diese Stallprinzessin zu erobern," lachte Sophie höhnisch auf. „Aber erzählen Sie doch — haben Sie denn etwa gehört, was er sagte?"

„Nein — ich hörte ihn nur ganz laut „Komteß" rufen, und wie ich in die Thür trat, da lag er vor ihr auf den Knieen — im Pferdestall — denken Sie bloß!"

„Ah — nicht möglich!"

„Und nachher wollte er sich damit herausreden, daß die Komteß ausgeglitscht wäre und sich ein wenig den Fuß verstaucht hätte!"

„Ach so — da wollte er ihn natürlich gleich auf der Stelle wieder zurechtrücken," sagte das Fräulein ironisch. „Das ist ja der reine Heilgehilfe, dieser Herr von Norwig! Man sollte fast glauben, daß die Komteß dies ewige Herunterfallen und Ausgleiten nur ihm zur Liebe arrangiert."

„Diese adligen Herrschaften haben doch wirklich ganz sonderbare Begriffe von Anstand!" versetzte der Inspektor, ihren höhnischen Ton nachahmend. „In einem anständigen Bürgerhause würde man doch einem Manne, der sich so etwas gegen die Tochter herausnimmt, gleich die Thüre weisen — nicht wahr, Fräulein?"

„Ja, lieber Herr Reusche, wenn Sie Zucht und gute Sitte suchen, so müssen Sie den Großen dieser Welt fernbleiben. Ich spreche aus Erfahrung!" seufzte sie wehmütig und wandte sich zum Gehen.

Er trat aber noch einmal auf sie zu und flüsterte, mit dem komischen Bestreben, seine verliebten Augen dabei recht hinreißend zu rollen: „Heut nacht wird es gewiß wieder recht schönen Mondschein geben. Kommen Sie nicht vielleicht ein bißchen heraus?"

„Ich will sehen, Herr Inspektor, ich will sehen," hauchte sie in scheinbarer Verwirrung, drückte ihm rasch die Hand und eilte dann nach den Wirtschaftsräumen. — —

Die tolle Komteß lag mit hämmernden Schläfen und brennenden Augen auf dem Ruhebett in ihrem Zimmer ausgestreckt. Scham und Liebe, bitterer Groll und verzehrende Sehnsucht tosten in schäumender Brandung gegen den Fels ihres Stolzes. Ein Unerhörtes hatte sie gethan: sie hatte trotz der eignen Erkenntnis ihrer Unliebenswürdigkeit, oder wenigstens des Mangels aller jener eigentümlich weiblichen Eigenschaften, welche sonst das Herz des Mannes allein zu unterjochen im stande sind, einem, noch dazu unfreien Manne ihre erste unselige Leidenschaft verraten. Und dennoch mußte sie, daß sie unter denselben Umständen auch ein zweites Mal ebenso handeln würde! — Wie sie so einsam vor sich hin grübelte und gleich einem Anatomen ihr Denken und Fühlen in allen Fasern bloßzulegen suchte, kam sie endlich dahin, ihre Handlungsweise nicht nur zu entschuldigen, sondern selbst als die einzig richtige zu betrachten. Wäre Herr von Norwig, so machte sie sich klar, ein unabhängiger freier Mann gewesen, so hätte sie sich nimmermehr ihm gegenüber so weit vergessen; so wie aber die Verhältnisse bestanden, legte ihr Geständnis ihm auch nicht die kleinste Verpflichtung auf, welcher sich sonst vielleicht sein ritterlicher Sinn selbst gegen die Stimme seines Herzens unterworfen hätte. Da sie ihm unmöglich in dem häßlichen Lichte einer heiratssüchtigen alten Jungfer erscheinen konnte, so durfte ihm ihr leidenschaftlicher Ausbruch auch nur als natürliche Folge jener Wahrhaftigkeit erscheinen, die den schönsten Zug ihrer „Tollheit" ausmachte. Er war tief unglücklich, verbittert, hoffnungsarm: sollte ihm die Gewißheit nicht einen erwünschten Trost und Halt gewähren, daß er in ihr eine Seele gefunden habe, welche sich der seinen zu vermählen trachtete aus jenem heiligen Mitleid, welches die reinste Blüte menschlicher Liebe darstellt?

Während sie noch also sann, drang aus dem Nebenzimmer leichtes Geräusch an ihr Ohr, Tappen, Rücken und Rascheln.

„Bist du es, Vicki?" rief Marie.

„Ja, ich bin's."

„Was machst du da?"

„Ach, nichts."

Bekanntlich erregt keine Auskunft auf die gleichgültige Frage nach dem Treiben eines andern so sehr die Neugier, als dieses verdächtige „Ach, nichts!" Komteß Marie fühlte sich zu schwach, um sich auf weitere Nachforschungen einzulassen; aber dennoch genügte der Anstoß, den ihre Neugier erhalten hatte, um ihre Gedanken in wohlthätiger Weise abzulenken. Nachdem sie einige Zeit still gelegen und gewartet hatte, rief sie wieder: „Vicki, kommst du nicht ein bißchen zu mir herein?"

„Gleich, Ma, gleich!"

Aber es verging doch noch eine recht lange Weile, ehe die Schwester hereintrat. Und wie trat sie herein! Trotz ihrer Kopfschmerzen mußte Komteß Marie doch laut auflachen.

„Hallo! Vicki! En grande tenue? Was hat das zu bedeuten?"

Das Komteßchen hatte sich wirklich das schwarzseidene Konfirmationskleid angezogen, sich alle ihre Juwelen umgehängt und sich eine möglichst erwachsene Frisur gemacht, die allerdings ziemlich verunglückt war. Sie stellte sich vor den großen Spiegel hin, besichtigte sich aufmerksam von allen Seiten und frug endlich: „Wie findest du mich, Marie?"

„O, natürlich einfach großartig — nur wird deine Frisur gleich auseinander fallen und der Kleiderrock sitzt etwas schief."

„Willst du mir nicht helfen, das in Ordnung zu bringen? Fräulein Sophie hatte gerade keine Zeit."

„Aber willst du mir nicht sagen, was diese Maskerade gerade heute bedeuten soll?"

„Maskerade?" rief Vicki gekränkt.

„Nun ja, meine richtige Original-Vicki erkenne ich in diesem Aufzug kaum wieder," scherzte die große Schwester. „Hat sich etwa Vetter Emich etwas gegen dich herausgenommen, daß du ihm durch das Kostüm imponieren willst?"

„Ach der!" Das Komteßchen zuckte mitleidig die Achseln. „Weißt du, für den habe ich einen ganz neuen, prachtvollen Titel erfunden: Karl Egon Emich, Graf und edles Biest von Büsterloh! Das kann er sich auf seine Visitenkarten drucken lassen."

Komteß Marie mußte herzlich lachen über diese neue Bosheit ihrer erfinderischen Schwester, dann aber zog sie sie an sich, erfaßte ihren Kopf mit beiden Händen, schaute ihr gerade in die Augen und sagte: „Du wolltest also wohl — malerischer aussehen?"

Es wäre das erste Mal in ihrem sechzehnjährigen Leben gewesen, wenn Komteß Vicki ihr Geheimnis nun noch länger zu bewahren im stande gewesen wäre. Sie kniete, ungeachtet dessen, daß der stolze Faltenwurf ihres Gewandes darunter leiden konnte, am Lager der Schwester nieder, lehnte ihren Kopf auf deren Busen und beichtete — alles ohne Rückhalt, verschämt und selig.

Unter andern Umständen hätte Komteß Marie ihr thörichtes Schwesterchen mitleidlos ausgelacht und ihr solche „Dummheiten" energisch auszureden gesucht. Heute aber rührte sie dies kindliche Geständnis so, daß ihr die Thränen unaufhaltsam über die Wangen flossen und sie nicht fähig war, ein Wort zu sprechen. „So nimmt sich also die Liebe schöner, freier Menschenkinder aus!" dachte sie und drückte wieder und wieder Vickis Haupt an ihr wildpochendes Herz.

Vicki wußte nichts Besseres anzufangen als zur Gesellschaft mitzuweinen, obwohl sie nicht den geringsten Grund hatte, traurig zu sein. Das währte wohl eine Viertelstunde, und dann erhoben sich beide Schwestern und wandelten Arm in Arm im Zimmer auf und ab.

Endlich begann Vicki: „Glaubst du wohl, daß er heute noch anhalten wird?"

Marie beantwortete diese Frage in einer sehr eigentümlichen Weise. Sie küßte die Schwester wohl zehnmal auf den Mund und sagte dann, durch ihre Thränen lächelnd: „Du bist ein süßes Schaf! Aber die alte dumme Staatsfahne mußt du wieder ausziehen."

Und dann führte sie sie trotz ihres Schmollens und Widerstrebens in das Schlafzimmer und nötigte sie, ein duftiges helles Kleid aus baumwollenem Spitzenstoff anzulegen und ihren sämtlichen Schmuck wieder sorgfältig einzupacken.

„Du kannst dich darauf verlassen, Vicki, daß du ihm so weit besser gefällst," versicherte sie der Schwester, als sie endlich fix und fertig vor ihr stand.

Die dumpfen Klänge eines chinesischen Gong dröhnten durch das Haus und riefen die Familie zur Tafel. Komteß Marie bat die Schwester, sie zu entschuldigen, da sie sich zu elend fühlte, bei Tische zu erscheinen. — —

„Ei ei!" rief der alte Graf schmunzelnd aus, als sein Töchterchen zur Thür hereintrat. „Für wen hast du dich denn so hübsch gemacht?"

„Für Vetter Emich natürlich," lachte Vicki errötend.

„Ah sehr schmeichelhaft, chère Cousine. Du siehst wahrhaftig aus wie ... wie ... ah ..."

„Na sapperment, wie denn? Raus damit! Wir wollen beten!" rief die Gräfin ungeduldig.

„Wie eine Wolke von weißen Blütenblättern, wenn der Maiwind einen Apfelbaum schüttelt," ergänzte Herr von Norwig lächelnd.

„Ganz recht, ganz recht — so etwas Aehnliches schwebte mir auf der Zunge," versicherte Karl Egon Emich.

„Zu schade, daß Hans das nicht gesagt hat!" dachte das
Komteßchen und stellte sich mit einem vorwurfsvollen Blick auf
den befangen dreinschauenden Sünder hinter ihrem Stuhl auf.

„Wo bleibt denn Marie?" frug die Gräfin, welche schon
die Hände zum Gebet gefaltet hatte, nach einer kleinen Pause
der Erwartung. Vicki brachte die aufgetragene Entschuldigung
vor und beantwortete die teilnahmsvollen Fragen mit be-
ruhigenden Redensarten. Unter gleichgültigen Gesprächen
verlief das Mittagsmahl wie gewöhnlich, nur daß Fräulein
Sophie mit kaum zu verbergender Neugier in Norwigs Zügen
zu lesen versuchte, und daß Meister Fink weder seine Mund-
fertigkeit noch seinen Appetit wieder gefunden zu haben schien.

Nach Aufhebung der Tafel und nachdem Fräulein Van-
bemer sich zurückgezogen hatte, bat Herr von Norwig Komteß
Vicki beiseite und fragte sie ernsthaft, was ihrer Schwester fehle.
Und nachdem sie ihm so gut sie es vermochte Auskunft gegeben
hatte, fuhr er fort: „Komteß Marie bat mich vorhin um Be-
antwortung einiger wichtiger Fragen; vielleicht wären Sie so
freundlich, der Komteß zwei Zeilen von mir zu überbringen. Es
liegt ihr vielleicht doch daran, die Auskunft gleich zu erhalten."

Vicki brachte auf seine Bitte einen Briefbogen nebst
Umschlag aus dem Zimmer ihres Vaters herbei und Norwig
schrieb am Eßtisch mit Bleistift folgende Zeilen:

„Teuerste Komteß!

Ich höre zu meinem größten Bedauern, daß Sie nicht
wohl sind. Die Gelegenheit, uns ungestört auszusprechen,
dürfte sich vielleicht, besonders in diesen Tagen, durch die
Unruhe des Besuches, schwer oder gar nicht darbieten. Um
nicht in den Verdacht zu kommen, als ob ich mich meinem
gegebenen Versprechen doch noch entziehen wollte, habe ich
mir vorgenommen, Ihnen schriftlich eine kurze Darstellung
meines Schicksals zu geben, die ich Ihnen morgen oder über-
morgen zustellen werde.

Aber lassen Sie mich Sie bald wiedersehen — gesund,
heiter und stark wie ehemals!

Ganz der Ihrige

N. v. N."

Er steckte dies Schreiben in den Umschlag und übergab es Vicki, die es sogleich zu ihrer Schwester hinauftrug. Dann lief sie, da Marie allein zu bleiben und zu schlummern wünschte, in den Park hinunter. —

Die tolle Komteß überflog die wenigen Zeilen in einer Erregung, als enthielten sie die glühendsten Liebesschwüre — und dann küßte sie sie gar wieder und immer wieder! Und als sie dann den schweren Tritt ihrer Mama auf der Treppe hörte, faltete sie das Blatt rasch zusammen und verbarg es in ihrem Busen.

Die Herren rauchten unterdes im Zimmer des Grafen eine Cigarre und die Unterhaltung schleppte sich schwerfällig und gähnend dahin, bis plötzlich Komteß Vicki die Thür aufstieß und lebhaft in das Zimmer hineinrief: „Papa, Papa! Es kommt Besuch! Herr von der Maltitz ist soeben vor= gefahren."

„Ah, sehr willkommen!" rief der Graf. „Geh hinauf, Vicki, und avertiere Mama."

Die Herren gingen dem Gast entgegen und Vicki flog die Treppe hinauf.

„Herr von der Maltitz aus Senthin? Läßt sich der wirklich auch einmal sehen?" rief die Gräfin, als Vicki ihre Meldung vorgebracht hatte. Und dann klopfte sie ihrer ältern Tochter ermunternd auf die Hand, welche sie mütterlich in der ihrigen gehalten hatte, und sagte: „Sieh doch zu, Marie, daß du noch etwas zu uns herunter kommst. Du weißt, Herr von der Maltitz ist einer der wenigen Epouseurs der Umgegend; zwar nichts weniger als eine glänzende Partie, aber noch einen halben Kopf größer als du! Ach ja, wenn man solch langes Mädchen hat, dann darf man es nicht so genau nehmen — da verzichtet man lieber auf die Ahnen= probe und ist froh, wenn er nur das richtige Maß hat."

„Aber Mama," seufzte Marie matt lächelnd: „Ich dachte, wir hätten uns beide darein gefunden, daß ich in meinem ledigen Stande verharren wollte! Da keine Aussicht vor= handen ist, daß sich mein Gesicht noch wesentlich zu meinen Gunsten verändern könnte, so thun wir wohl beide besser. . . ."

„Paperlapap!" rief die Gräfin Mutter. „Ein Guts=

befißer, der so auf der Kippe steht, wird viel danach fragen, ob seine Frau wie eine Venus aussieht, wenn sie man tüchtig was mitkriegt."

Die Komteß runzelte unwillig die Stirn und versetzte: "Lassen wir das Thema fallen, Mama, du weißt, ich habe keine sentimentalen Grillen im Kopf, aber ich danke doch dafür, mich nur so wie ein altes Segel zum Verstopfen eines Lecks benutzen zu lassen! Wozu haben wir denn unsre Vicki?"

"Vicki? Das Küken! Na hör' mal, Marie, du hast doch wirklich manchmal zu tolle Ideen! Das Gör, das noch gar nicht einmal bei Hofe präsentiert ist! Na, Vicki, ich hoffe, du läßt dir keine Dummheiten einfallen. Ich gehöre, Gott sei Dank, nicht zu den thörichten Müttern, die ihre Töchter am liebsten aus der Kinderstube weg vor den Altar schleppten! Da käme ich mir gerade so vor wie die Leute, die die Kälber nüchtern schlachten! Nein, nein! Ein ungebörntes Kalb ist mir nicht greulicher als wie solche junge Frau unter zwanzig, die heute die Puppe weglegt und morgen ein Kind kriegt!"

Komteß Marie mußte trotz ihrer Kopfschmerzen laut auflachen, und zwar über Vickis weinerliches, ängstlich ent- täuschtes Gesicht nicht weniger als über die drastischen Apho- rismen ihrer Mama. Sie versprach auf ein paar Minuten herunterzukommen, und dann nahm die Gräfin Vicki beim Arm und stieg mit ihr die Treppe hinunter.

Auf dem Flur trafen die Damen den Diener, welcher ihnen mitteilte, daß die Herren im Zimmer des Grafen Geschäfte verhandelten, denn sie hätten einen großen Plan auf den Tisch gelegt und von Zahlen gesprochen. Der Graf habe den Kaffee erst etwa nach einer halben Stunde befohlen. Die Gräfin schloß daraus, daß die Herren nicht gestört zu werden wünschten und trug Vicki auf, Fräulein Sophie bei An- ordnung des Kaffeetisches in der Veranda behilflich zu sein.

"Wir könnten ja mal die Familientassen herausgeben," schloß sie. "Es ist immer ganz gut, wenn so ein Herr sieht, daß man etwas Apartes hat. Mach dich etwas nützlich beim Servieren, Vicki; aber daß du mir nicht vorlaut bist! Ich werde mich inzwischen noch ein bißchen von dem alten gräß- lichen Malen erholen gehen."

Vicki suchte gehorsam Sophien auf und richtete ihren Auftrag aus. In dem Bewußtsein, deren Warnung vor Fink so leichtsinnig in den Wind geschlagen zu haben, trat sie ihr mit einiger Scheu entgegen. Während sie ihr die kostbaren alten Tassen herausgab, deren jede eine wertvolle Erinnerung an irgend ein Familienereignis darstellte, bemühte sie sich, ihr Gespräch auf einer Bahn zu erhalten, auf welcher sie keinem gefährlichen Gegenstande begegnen konnte. Mit jenem Geschick, das sich sogleich einstellt, wenn man etwas zu verbergen hat, brachte sie die Rede auf die Dienerschaft und erzählte mit großer Zungengeläufigkeit und vielem Humor die Herzensschicksale der Witwe Sigglikow, welche nun schon zwölf Jahre lang darauf wartete, daß ein gewisser Pastor Hoppensack, der einmal ihre berühmte Fischpastete überschweng= lich gelobt hatte, wiederkehren und sie heimführen werde — sobald er nur selbst Witwer geworden. Und so mußte sie von jedem der Reihe nach ein spaßiges Histörchen zu be= richten, selbst von Lining, dem Küchenmädchen, welches eine unglückliche Liebe für Ludolf Reusche im Herzen trug und welchem man nachsagte, daß es einen Cigarrenstummel, den ihr Angebeteter einst vor ihren Augen fortgeschleudert, mit Vergißmeinnicht bewickelt, als teures Andenken aufbewahre.

Fräulein Sophie trug dann die kostbaren Tassen selber nach der Veranda und Vicki folgte ihr mit der frischen Tisch= wäsche dorthin nach).

„Sie hätten mir das eigentlich auf englisch erzählen sollen, Komteß,“ sagte das Fräulein. „Das wäre eine gute Uebung gewesen. Lassen Sie uns jetzt wenigstens englisch sprechen. Merken Sie auf: ich werde Ihnen nun auch eine kleine Geschichte erzählen, und die müssen Sie verstehen.“

Sophie sprach so ernst und blickte sie so bedeutsam an, daß Vicki ängstlich aufhorchte. Und das Fräulein erzählte auf englisch, wie sie heut vormittag der Zufall zum Zeugen einer gewissen verfänglichen Scene zwischen einem jungen Maler und einer noch viel jüngeren Komteß gemacht habe.

In Vicki regte sich der Trotz. Ein Mädchen, das zum erstenmal liebt, ist jeder Gouvernante entwachsen — und dies Fräulein war gar nicht einmal als solche angestellt; sie

hatte ihr gar nichts zu sagen! Vicki zog ein krauses Gesicht-
chen und zupfte nervös die Kaffeeserviette zurecht, ohne eine
Antwort zu geben.

„Wie, Komteß, läßt Sie das so gleichgültig? Habe ich
das um Sie verdient, daß Sie meine Warnung so wenig be-
achten? Oder hatten Sie schon vergessen, was ich Ihnen von
diesem Herrn Fink und seiner netten Familie mitteilte?"

„Das ist nicht wahr! Das glaube ich nicht — das
will ich nicht glauben!" rief das Komteßchen entrüstet, mit
leuchtenden Augen und schlug dabei sogar laut auf den Tisch.

„O, o! So heftig? Man könnte Sie hören — please
speak english at least!" mahnte Sophie.

„Nun, ja meinetwegen! Dann sage ich Ihnen auf englisch:
He is very, very nice indeed! Und weiter know I nichts
und weiter say I nothing! So." Nach dieser schwungvollen
Rede ließ sich Vicki in den nächsten Korbsessel fallen, verschränkte
die Arme über der Brust und warf trotzig den Kopf auf.

Fräulein Sophie war über dieses Benehmen doch einigermaßen erschrocken. Sie stieß einen tiefen Seufzer aus, schüttelte wehmütig ihr schönes dunkles Haupt und sagte: „Sie
sollten doch nicht so unartig gegen mich sein, Komteß —
wenn ich nun Ihrer Frau Mutter sage, was ich gesehen
habe! Sie müssen zugeben, es wäre eigentlich meine Pflicht."

„Gehen Sie doch! Gehen Sie doch meinetwegen gleich
hin und verklagen Sie mich!" rief Vicki mit bebenden
Lippen. „Ich werde schon wissen, was ich zu thun habe.
Von Ihnen lasse ich mich nicht wie ein Kind behandeln!"

„Sie sind ein Kind. Glauben Sie mir, liebste Komteß,
Sie wissen nicht, was Sie thun. Ich meine es wirklich gut
mit Ihnen." Dabei streckte ihr das Fräulein mit ihrem be-
zauberndsten Lächeln beide Hände entgegen.

Aber Komteß Vicki verbarg die ihrigen rasch auf ihrem
Rücken und eilte an jener vorbei aus der Veranda.

Fräulein Bandemer war eine sehr erfahrene Dame, aber
sie hatte doch nicht bedacht, daß mit einem verliebten jungen
Mädchen hundertmal schwerer fertig zu werden sei als mit
dem halsstarrigsten und klügsten Manne, sobald es sich eben
um die frische Herzenswunde handelt. Sie atmete heftig

und nagte zornig ihre Lippen, während sie fortfuhr den Tisch zu decken. —

Vicki war planlos in den Park hineingelaufen. Sie mußte durch eine heftige Bewegung ihre innere Aufregung betäuben — und dazu kamen ihr gerade die beiden großen Hunde recht. Sie griff Lord links und Lady rechts in das Halsband und rannte dann mit ihnen so rasch sie konnte den Tannengang hinunter nach dem Teich zu. Die beiden Tiere waren außer sich vor Vergnügen über diesen Spaß, bellten wie toll und zerrten, plump voranspringend, das atem= lose Mädchen zwischen sich fort. Und wie sie unten am Ufer des Teiches angekommen waren, da trat hinter einer dicken Rüster hervor, den Hut nachlässig in den Nacken ge= schoben, die Hände in den Hosentaschen verborgen, niemand anders als — Meister Fink, der sich bei dem Gespräche der Herren über die Moorkultur sehr bald überflüssig vorgekommen und nachdenklich den Park hinunter geschlendert war.

Komteß Vicki ließ mit einem leisen Aufschrei die beiden Hunde plötzlich los und flog — sie war nun einmal im Schwunge und konnte nichts dafür — dem Maler um den Hals.

Er wagte nicht, sie an sich zu drücken. Er legte seine Arme nur lose um ihre volle Gestalt. Worte hatte er vor= läufig noch nicht, nur das köstliche Gefühl, daß dies von den vielen schönsten Augenblicken seines Lebens höchst wahrschein= lich der allerschönste sei.

Vicki fand, sobald sie einigermaßen zu Atem gekommen war, das erste Wort; aber er verstand sie nicht, weil die beiden Hunde nicht aufhören wollten, laut blaffend um sie herum zu springen. Dreimal mußte sie wiederholen: „Nicht wahr, Hans, es ist nicht wahr?"

„Was denn?" fragte er zurück und bemühte sich, die Hunde zum Schweigen zu bringen.

„Daß du so ein schlechter Mensch sein sollst."

„Ich? Wer sagt denn das?"

„Wer denn anders als dieses abscheuliche Fräulein Ban= demer mit ihrem dummen Gethu und Gehabe. Sie sagt, du gingest nur darauf aus, uns Mädchen zu bethören — das ist doch gewiß nicht wahr!"

Hanswurstfink machte ein sehr wunderliches Gesicht, riß die Augen weit auf, spitzte die Lippen, als wenn er pfeifen wollte, und sagte schließlich kopfschüttelnd: „Nein, das hat noch keiner meinem Vater seinem Sohne nachgesagt! Im Gegenteil, ich kann wohl sagen, daß ich immer der Bethörte gewesen. Ganz besonders aber in diesem Falle; denn einem so über alle Begriffe reizenden Komteßchen mag der Teufel widerstehen."

Vicki sah ihm entzückt in die Augen. O, wie berauschend das Bewußtsein ihres Sieges ihr in die Seele drang! So sah also der erste Mann aus, der vor ihr die Waffen streckte — und dafür wollte sie ihn auch ihr lebelang in allen Treuen lieben!

„Ich habe es dir also wirklich angethan?" flüsterte sie selig. „Und doch hast du mich seit heute morgen kaum ein einziges Mal mehr angesehen und nicht ein Wort zu mir gesprochen! War es dir denn schon wieder leid geworden?"

„Leid? Nein, das gewiß nicht," erwiderte Fink ziemlich verlegen. „Aber wenn ich mir's recht überlege, dann war es doch vielleicht nicht recht, daß ich so ... na, es ist einmal geschehen, und schön war's jedenfalls! Aber wissen Sie — weißt du — ich traf nachher die Cousine Vandemer im Garten — die hat nämlich die ganze Geschichte durch die verwünschte Glasthür mit angesehen und mir ganz gehörig den Standpunkt klar gemacht. Wenn sie es nun deinen Eltern petzt, dann bin ich erstens einmal scheußlich hereingefallen, und zweitens — was das allerschlimmste ist — nehmen Sie an Ihre — hm! an deine erste Liebe eine Erinnerung mit, die ... ich habe mir nämlich so eine Art Privatphilosophie zurecht gemacht, die den obersten Grundsatz hat: nur nicht ängstlich; immer was riskieren; aber alles was man thut, so thun, daß man nachher keine unangenehme Erinnerung ins fernere Leben mitschleppt!"

Vicki machte sich schmollend von ihm los und sagte: „Eigentlich ist es Ihnen doch schon leid — und bloß weil Sie sich fürchten, daß die alte gräßliche Person uns verklagt. Lassen Sie sie doch schwatzen. Einmal müssen es ja die Eltern doch erfahren! Und wer will zwei Herzen trennen, die sich wahrhaft lieben?!"

Jetzt bekam Hanswurſtfink aber doch einen gelinden
Schrecken.

„Ach du lieber Himmel!" rief er erbleichend aus. „Sie
glauben doch nicht wirklich, daß wir beide ein Paar werden
könnten?"

„Warum denn nicht? Ich habe immer gehört, um einen
berühmten Künſtler bemühten ſich ſogar Prinzeſſinnen. Und
wenn wir uns leiden mögen, geht es doch keinen weiter etwas
an. Aber freilich, wenn Sie ſich von Fräulein Bandemer
einſchüchtern laſſen!" Sie warf ironiſch den Kopf auf.

Fink haſchte nach ihrer Hand und legte ſeinen linken
Arm feſt um ihre Hüfte. „Du liebes, ſüßes Herz," ſagte
er. „Von Fräulein Bandemer ließe ich mich gewiß nicht
einſchüchtern, wenn nur ſonſt die Sache in Ordnung wäre.
Aber ſiehſt du, ich bin zweiundbreißig Jahre alt und du . . .?"

„Schon lange ſechzehn geweſen!"

„Nu ſiehſt du, da bin ich alſo gerade noch einmal ſo
lange auf der Welt wie du — und wie ſich dein Köpfchen
das denken mag, ſo geht es nun einmal nicht darin zu, das
mußt du mir nun ſchon glauben — ſo einem alten Herrn
wie ich bin! Und dabei komme ich mir doch zum Heiraten
immer noch zu jung vor; denn wenn man heiratet, dann
ſollen von Rechts wegen die Dummheiten aufhören und man
fängt ſchon an, von ſeinen Erinnerungen zu zehren, wie die
Bienen im Winter. Und da meine ich immer, ich hätte
noch zu viel leere Zellen in meinen Waben und könnte am
Ende in meinem Alter noch einmal Hunger leiden. — Laß
uns Honig eintragen, Vicki — ſüße Vicki!"

Dabei küßte er ſie dicht unter ihrem weichen, roſigen
Ohrläppchen auf den Hals.

Vicki wußte nichts zu ſagen — ſie begann alſo leiſe zu
weinen und er fuhr nach einer kleinen Pauſe fort, nachdem
er ſie noch feſter in ſeine Arme genommen hatte: „Siehſt
du, Kind, ich habe wohl ſchon an die tauſend Lieben gehabt
— genau kann ich's nicht ſagen —, aber daß du die reizendſte
von allen biſt, das kann ich dir ſchwören."

Vicki begann etwas lauter zu weinen und Hans ſtrich
ihr tröſtend über das Haar, indem er fortfuhr: „Aber das

schadet wirklich gar nichts, du kannst es mir glauben! Jede
Liebe ist wieder schön und die letzte ist immer die aller=
schönste! Für die meisten Menschen hat das Leben so ver=
wünscht wenig Spaßhaftes, daß sie es nur immer dankbar
mitnehmen sollten, was ihnen von Liebe am Wege blüht,
denn das muß ich dir aus meiner zweiunddreißigjährigen
Praxis sagen: außer der Liebe ist alles fauler Zauber in der
Welt, und selbst die Liebe verträgt's nicht immer, daß man
ihr zu sehr auf den Grund geht."

„Ach, Sie sind doch ein recht abscheulicher Mensch!"
schluchzte das Komteßchen und verbarg ihr Gesicht an seiner
Schulter. „Ich weiß es ganz bestimmt, ich werde dich
nun doch ewig lieben müssen, ich armes, unglückliches Ge=
schöpf!"

„O nein, ganz bestimmt nicht," versicherte er ernsthaft:
„Nur bis zum nächsten Mal! Und wer weiß, wie viele
Nachfolger ich noch bekomme, ehe du, wie sich's gehört, deinen
Grafen oder was er sonst Gutes sein mag, heiratest! Und
nun denke einmal an: wenn das nun nach einigen Jahren
ein recht langweiliger alter Peter geworden sein wird, mit
welchem Vergnügen wirst du dann an die schöne Zeit zurück=
denken, wo dir Hans Fink hinter seiner Leinwand den ersten
Kuß gab."

„Nein, dann würde ich mir erst recht die Augen aus=
weinen, daß ich damals meinen Hans nicht bekommen habe!"

„Ja, aber der Hans würde ja doch mit der Zeit auch
so ein langweiliger alter Peter werden."

„Das glaube ich nicht."

„Doch, das ist so gut wie sicher," lachte Fink. „Ich
fange ja schon an, dick zu werden, und Dickwerden ist aller
Laster Anfang! Uebrigens — wenn auch hie und da mal
einer den Kopf oben behält bis zuletzt, dann sind es sicher
seine frohen Erinnerungen, die ihn jung erhalten haben —
das ist nun einmal mein bombenfester Glaube! Was kann
man denn Besseres thun, als glücklich sein und glücklich machen?
Das erhält den Menschen jung und gesund — wenn man nur
immer so weit auf sich aufpaßt, damit man nichts thut, was
man als anständiger Mensch bereuen müßte. — Ja, nun siehst

du mich groß an. Einen solchen Philosophen hättest du wohl nicht in mir gesucht? Siehst du, das habe ich alles von meinem prachtvollen Alten! Der hat sich bei dieser Weisheit immer sehr wohl befunden, trotzdem es ihm manchmal schlimm genug ergangen ist. Und der ist denn auch ausnahmsweise kein langweiliger alter Peter geworden."

„Und hat nie etwas zu bereuen gehabt?" frug das Komteßchen ernsthaft.

„Nicht das ich wüßte," lachte Hans. „Außer Einem freilich: daß er einmal seinem besten Freunde hundert Thaler geliehen hat — und nachher ging der Kerl hin und eröffnete ihm gerade gegenüber ein Geschäft in Teer, Pinseln und anderm Schiffskram."

„Es ist wirklich empörend!" rief Vicki da aus. „Denke dir, die gräßliche Person hat mir erzählt, dein Vater wäre ein ganz berüchtigter, gewissenloser Mensch, der sogar schon so und so oft im Gefängnis gesessen hätte! Da ist doch gewiß kein Wort davon wahr?"

Fink war sprachlos vor Entrüstung. Dann aber machte er seinem Herzen in einer Weise Luft, daß dem Komteßchen ordentlich eine Gänsehaut überlief und es alle Mühe hatte, ihn davon abzuhalten, daß er nicht spornstreichs davonlief, um der Verleumderin seine Meinung zu sagen. Er gab endlich ihrem Flehen nach, verschwor sich aber hoch und teuer, daß ihr die Strafe für ihre Nichtswürdigkeit nicht geschenkt bleiben sollte. Nur sehr allmählich gelang es Vickis Schmeicheln und Kosen, ihn von jenem Thema ab- und zu der beglückenden Wirklichkeit zurückzubringen. Sie bestiegen dann zusammen den kleinen Kahn, ruderten auf den Teich hinaus, und wo das hohe Schilf ihnen Deckung bot, da herzten und küßten sie sich und vergaßen die ganze Welt ringsum — samt der Kaffeegesellschaft auf der Veranda.

Zwölftes Kapitel.

Als nach Verlauf der halben Stunde die Herren die Veranda betraten, war der Graf sehr erstaunt, keine seiner Damen zum Empfang des Gastes bereit zu finden. Friedrich mußte erst die Stütze rufen, und diese wiederum die Gräfin aus süßem Schlummer wecken.

„Ich hatte doch Vicki aufgetragen, einstweilen die Honneurs zu machen," sagte die Gräfin ärgerlich. „Man kann sich doch in nichts auf sie verlassen! Wo mag sie denn wieder stecken?"

„Sie lief vorhin in den Park und jagte sich mit den Hunden herum," versetzte das Fräulein.

„Das sieht ihr ähnlich! Gerade wo sie ausnahmsweise mal anständig angezogen ist zum Empfang eines Besuches! Sie werden sehen, sie kommt mit ganz zerdrücktem Kleide und rot wie eine Päonie wieder zum Vorschein."

„Ich vermute, daß Komteß Vicki mit dem Herrn Fink zusammen getroffen ist — wenigstens sah ich den vorhin auch in den Park gehen."

„So? Das wäre mir ganz lieb," sagte die Gräfin, „da wird sie sich doch wenigstens nicht mit dem guten Kleide auf dem Rasen wälzen. Ein recht netter Mann, der Herr Fink — gefällt mir ganz gut."

„Ich fürchte nur, gnädige Frau Gräfin, daß er Komteß Vicki etwas zu gut gefällt!" lächelte Sophie, die Mundwinkel etwas herbe auseinanderziehend.

„So, meinen Sie?" erwiderte die alte Dame sehr ruhig. „Na, das schadet ja auch nicht — sie bekömmt ja hier so wenig junge Leute zu sehen. Wissen Sie, ich bin gar nicht so wie manche Mütter, die ihre Töchter womöglich gleich in den Strickbeutel stecken möchten, wenn sich nur ein junger Mann in der Nähe sehen läßt. Man muß den jungen Mädchen ihre Harmlosigkeit lassen, sonst werden sie schon mit zwanzig Jahren alte Jungfern! Jungen Mädchen aus guter Familie braucht man gar nicht erst zu sagen, wie weit sie gehen dürfen, das haben sie in sich! Ich habe als junges Ding thun und lassen können, was ich wollte — und wir hatten immer das Haus voll junger Offiziere!"

„Frau Gräfin haben sich aber doch gewiß nicht küssen lassen, sobald Ihre Frau Mutter einmal einen Augenblick die Augen zumachte?"

Die Gräfin blieb stehen, betrachtete ihre Stütze etwas von oben herunter und sagte streng: „Das ist eine etwas naseweise Frage, Fräulein. Ich liebe so etwas nicht — merken Sie sich das! Wollen Sie übrigens damit sagen, daß meine Tochter? . . ."

Fräulein Sophie kochte innerlich vor Wut, daß sie sich in diesem Tone maßregeln lassen mußte. Aber was half's? Sie hatte einmal die Rolle übernommen — sie mußte sie zu Ende führen. Sie machte also einen unterwürfigen Knicks vor der Gräfin und berichtete dann, was sie durch die Glas= thür gesehen hatte.

„Ich danke Ihnen, Fräulein," sagte die Gräfin gemessen. „Ich werde mir Herrn Fink mal ernstlich vornehmen; denn an solchen Dummheiten tragen die Herren doch immer allein die Schuld! Nicht wahr, Fräulein Vandemer? Das war ja doch auch Ihre Ansicht, als Ihnen das kleine Malheur mit dem Grafen passierte?"

Der Stich saß gut. Sophie mußte einsehen, daß sie ihren Einfluß auf die Gräfin weit überschätzt habe und daß sie gut thäte, in der Verfolgung ihrer Pläne nicht allzu sehr auf die Leichtgläubigkeit und Lenksamkeit der alten Dame zu bauen. —

Die Gräfin begrüßte Herrn von der Maltitz recht warm und stellte dann, nur so obenhin, ihre Stütze vor. Der Gast machte derselben eine höfliche Verbeugung, beachtete sie dann aber gar nicht weiter, was das erwähnte Fräulein nicht wenig kränkte.

„Weißt du nicht, wo unser Künstler steckt?" wandte sich der alte Graf an seine Gemahlin. „Herr von der Maltitz ist ein Kenner und möchte ihm gern sein Kompliment machen über die vorzügliche Anlage deines Porträts."

Friedrich wurde entsendet, um Herrn Fink im Garten zu suchen. Die Gräfin setzte gleich hinzu, daß Komteß Viktoria wahrscheinlich mit ihm zusammen sein werde.

Die Herren nahmen das unterbrochene Gespräch wieder auf. Es war selbstverständlich von der Politik des Reichskanzlers die Rede gewesen und die Herren zeigten sich sehr befriedigt davon, daß der Fürst immer eifriger bestrebt sei, die Interessen der Landwirtschaft gegen die Uebermacht der Industrie, des Kapitalismus zu verteidigen. Herr von Norwig hatte sich ziemlich schweigsam verhalten und nur hier und da auf die höchst junkerhaften Gemeinplätze des Grafen Bencken ein Lächeln nicht zu unterdrücken vermocht.

„Nun, Herr von Norwig," wandte sich der Senthiner Nachbar an diesen: „Sie kommen ja aus Amerika, Sie sind gewiß unfern feudalen Ansichten da drüben ganz untreu geworden — womöglich als roter Republikaner zurückgekehrt!"

„O nein, durchaus nicht," versetzte Norwig lächelnd. „Ich habe im Gegenteil da drüben erst recht erfahren, daß es mit dem blauen Blut doch eine ganz eigne Sache ist. Man kann dem Menschen jede Freiheit lassen, aus seiner Haut zu fahren steht darum doch nicht in seinem Belieben. Schiller hat ganz recht, wenn er sagt: Die Mehrheit ist der Unsinn! Es wird immer Sache des einzelnen sein, der die Mehrheit zu tyrannisieren versteht, ihren Unsinn wieder gut zu machen, und diese einzelnen, die den Mut ihrer eignen Meinung haben, die sind meiner Meinung nach die wahren Aristokraten. Es bildet sich in der Republik gerade so gut eine Aristokratie aus wie überall — die Bedingung dazu ist nur, daß es dem Lande vergönnt ist, sich naturgemäß zu entwickeln, ohne durch gewaltsame Umwälzungen gestört zu werden. Ich habe mich daran gewöhnt, auch die sozialen Verhältnisse vom Standpunkte des Darwinismus zu betrachten."

Graf Bencken machte ein recht einfältiges Gesicht und suchte in der Verlegenheit seinen Kneifer besser auf der Nase zu befestigen. Und die Gräfin bewegte mißbilligend den Kopf und rief: „Aha, ich habe mir's doch immer gedacht, daß Sie ein Freigeist sind. Es ist Ihnen also ganz einerlei, ob Ihr Stammvater Adam gewesen ist, oder der erste beste Orang=Utang!"

„Ja, gnädigste Gräfin," lachte Norwig, „dieser Zweifel macht mir allerdings keine Schmerzen. Ich habe ja auch den Trost, daß Adam noch eben so weit von dem würdigen Urjoko entfernt war wie ich von Adam. Sie sehen, auf diese Weise können wir alle unsern Stammbaum noch um ein halbes Dutzend Jahrtausende weiter hinauf verlegen — und das ist doch ein erhebendes Bewußtsein."

Graf Pfungk zog die Brauen empor und strich sich über den Bart. Es war ihm peinlich, daß das Gespräch in Gegenwart seiner Gattin eine solche Wendung genommen hatte. Er liebte es überhaupt, dergleichen Dinge auf sich beruhen zu lassen und brachte daher das Gespräch wieder auf eine allgemeine Frage zurück.

„Sie sagten vorhin," bemerkte er gegen Norwig, „daß sich in Amerika auch eine Aristokratie herausbilde. Sie meinen wohl die Aristokratie des Geldes?"

„Das Geld trägt allerdings dazu bei, eine Aristokratie zu schaffen," versetzte Norwig, „aber erst im Laufe mehrerer Generationen, nachdem sich die Anpassung an die neue Sphäre der Bildung und der ästhetischen Lebensführung vollzogen hat. Es gibt keinen widerlicheren Plebejer als den reich gewordenen, wohl aber können sich in dessen Nachkommen die Spuren des trüben Ursprungs bald mehr oder weniger verwischen, je nachdem ernstes Bildungsstreben und die Beimischung neuen, guten Blutes die Veredelung der Rasse beschleunigen. Es können also nur vollständig stumpfsinnige Menschen, denen die Natur ein Buch mit sieben Siegeln ist, nicht einsehen wollen, daß der Adel eine naturnotwendige, oder sagen wir — eine göttliche Einrichtung ist."

Diese Wendung fand allgemeine Zustimmung, und Herr von der Maltitz setzte noch hinzu: „Wir Landwirte sollten eigentlich dieser Belehrung nicht bedürfen. Unser ganzes Streben geht ja doch im Grunde darauf hinaus, unter unsrer Feldfrucht wie unter dem lieben Vieh — Aristokraten zu züchten."

„Nein, über diese verrückten neumodischen Anschauungen!" rief die gute Gräfin in drolligem Entsetzen. „Da werden Sie wohl nächstens von mir verlangen, daß ich unsern Preisochsen mit cher cousin anreden soll!"

Die Gräfin stimmte selbst in das heitere Gelächter mit ein, welches ihr Ausruf erregt hatte. Nur Karl Egon Emich hatte sich mit einem matten Lächeln begnügt, dieweil er eben einem großen Gedanken auf der Spur war. Es war ihm immer peinlich, stumm dabei sitzen zu müssen, wenn gebildete Männer ein ernsthaftes Gespräch führten. Er glaubte aber den Grundgedanken von Norwigs Ausführungen erfaßt zu haben, und wandte sich mit der Frage an diesen: „Wenn ich Sie recht verstanden habe, müssen Sie also ein abge= sagter Feind aller Mesalliancen sein?"

„Gewiß bin ich das," versetzte Norwig, den blonden Grafen argwöhnisch ansehend. Hatte diese Aeußerung eine ironische Anspielung enthalten sollen? Graf Bencken wußte ja, daß er selbst eine untergeordnete Schauspielerin von recht zweifelhafter Herkunft geheiratet hatte. Doch wurde es ihm nicht schwer, den Hieb, wenn es einer sein sollte, zurückzugeben.

„Damit soll freilich nicht gesagt sein," fuhr er fort, „daß ein Edelmann nur ein Edelfräulein heiraten dürfe. Jede Familie, in der Bildung und gute Sitte seit Gene= rationen heimisch sind, halte ich für ebenbürtig; dagegen gibt es ja auch zahlreiche Adelsfamilien, in welchen nur Geistes= trägheit und plumper Hochmut erblich sind. Es sind also sehr wohl Mißheiraten auch zwischen den ältesten Stamm= bäumen möglich."

In diesem Augenblick wandte Fräulein Sophie aller Augen auf sich, indem sie unwillkürlich einen leichten Schrei ausstieß. Sie war sehr bleich und ihre Lippen bebten, als sie, vor die Gräfin hintretend, mit fast keuchendem Atem stammelte: „Verzeihen Sie mir meine Ungeschicklichkeit, gnädige Frau Gräfin! Ich habe beim Abtrocknen den Henkel abgebrochen." Sie reichte dabei eine der bewußten Familientassen hin.

„Te te te — wie schade! Mußte es auch gerade Ur= großvater Jobst Heinrichs Hochzeitstasse sein!" rief die Gräfin, ihren Aerger des Gastes wegen mühsam unterdrückend.

Jetzt erst kehrte Friedrich aus dem Park zurück mit der Meldung, daß er weder den Herrn Maler noch die Komteß habe finden können. Die Gräfin fühlte, daß Fräulein

Bandemer sie ansah und rückte etwas ungeduldig auf ihrem Stuhle hin und her.

Indem kam Komteß Marie, ihrem Versprechen getreu, heraus, und wurde von Herrn von der Maltitz ehrerbietig begrüßt.

„War Vicki vielleicht oben bei dir im Zimmer?" erkundigte sich die Gräfin mit wachsender Unruhe.

Die Komteß verneinte.

„Es scheint, daß ich nicht den Vorzug haben soll, Komteß Viktoria zu begrüßen," sagte der Senthiner bedauernd. „Als ich das letzte Mal bei Ihnen war, ließ sich die Komteß auch nicht sehen. Sollte mir ein so ungünstiger Ruf vorangehen, daß die jungen Damen vor mir davonlaufen?"

Hier erschien der Diener wieder und meldete, mühsam seine Lachlust unterdrückend, daß der alte Hinrich aus der Stadt zurückgekehrt sei und — der Herr Bahnhofinspektor um die Ehre bitte.

„Der Herr Bahnhofsinspektor!" rief der Graf erstaunt.

„Der Herr Bahnhofsinspektor?" echote seine Gattin. „Wenn da nicht Herr Hinrich eine großartige Dummheit gemacht hat . . .! Sie gestatten vielleicht, daß ich den Herrn hierher bitte."

Auf Herrn von der Maltitz verbindliche Zustimmung befahl sie dem Diener, den Bahnhofsinspektor und zugleich auch den alten Hinrich herzuführen.

Norwig glaubte zu bemerken, daß seine Frau, oder vielmehr Fräulein Sophie, die Farbe wechselte. Auch war es auffällig, daß sie sich immer noch hier zu thun machte, obwohl Komteß Marie für Kaffee gedankt hatte und die Tassen von ihr bereits, wie die Gräfin es wünschte, gewaschen und abgetrocknet worden waren. Auch Graf Bencken hatte die Unruhe des Fräuleins bemerkt, doch schrieb er dieselbe dem Zauber seiner Blicke zu, mit welchen er jeder ihrer anmutigen Bewegungen gefolgt war.

Jetzt trat der Bahnhofsinspektor herein und verbeugte sich militärisch der Reihe nach vor allen Anwesenden.

Der Graf ging ihm entgegen und reichte ihm die Hand: „Ach mein lieber Herr Büchting — was verschafft uns das Vergnügen?"

„Frau Gräfin wünschten mich zu sprechen," versetzte der Beamte einigermaßen erstaunt. „Hinrich sagte, daß er mich gleich mitnehmen sollte — und da ich gerade auf zwei Stunden dienstfrei bin . . ."

„Aber bester Herr," rief der Graf mit einem verwunderten Blicke auf seine Frau. „Wir würden uns doch nicht erlauben, in dieser Weise über Ihre Zeit zu verfügen."

„Na Hinrich, nu komm man brief hierrup und vertell mi mal, wo bi dat gahn is." Das sagte die Gräfin mit einladender Handbewegung.

Der alte Hinrich, der am Fuße der Treppe gewartet hatte, stolperte die Stufen herauf, machte seinen Kratzfuß, und reichte, seine vier Zähne grimmig fletschend, der Gräfin ein Paket in weißem Papier hin.

„Da is de Kuhnhahn werrer," stotterte er. „Hei seggt, hei wull mit sonne Saken nix to dhaun hebben. Hei wihr ein'n ehrlichen Minschen, seggt hei, un dat Fröln müchten man Ehren Breif mit samt Ehren Kuhnhahn behollen."

„Wat is dat, Hinrich? Dat is ja einen verdüwelten Snack! Wän hast du denn den Kuhnhahn brocht?"

„Je, den häw ick den Klavierstimmer Möller brocht — un do is de Breif vun dat Fröln."

Sophie wollte den dargereichten Brief rasch ergreifen, aber die alte Gräfin war schneller als sie und riß ihn dem Alten aus der Hand. „Was ist denn das nun wieder?" rief sie mit einem vernichtenden Blick auf das Fräulein, nachdem sie die Aufschrift gelesen hatte. „Sie schreiben hier an Frau Bandemer und haben uns doch erzählt, daß Ihre Mutter tot sei!"

Norwig hing mit gespanntester Erwartung an Sophiens Lippen. Was würde sie sagen! Was bedeutete dieser ganze geheimnisvolle Vorgang, den die Vergeßlichkeit des alten Kutschers an den Tag gebracht hatte?

Das Fräulein hatte sich rasch genug gefaßt und erwiderte mit wahrhaft vornehmer Haltung: „Ich habe wohl nicht nötig, mich vor allen diesen Herrschaften zu rechtfertigen; doch werde ich Frau Gräfin unter vier Augen jede gewünschte Aufklärung erteilen."

Komteß Marie vermochte nicht mehr an sich zu halten. Sie sprang auf und rief, mit einer Handbewegung gegen Sophien, welche deutlich besagte, daß sie entlassen sei: „Herr Fink wird im stande sein, uns die nötige Aufklärung zu geben, Mama; er kennt die Familie Bandemer zur Genüge. Wir brauchen das Fräulein nicht länger zu bemühen."

Und gleich dem Wolf in der Fabel erschien in diesem Augenblick Fink selber auf der Treppe der Veranda und ihm folgte auf dem Fuße Komteß Vicki — aber in welchem Aufzuge!

Alle Anwesenden sprangen unwillkürlich von ihren Sitzen mit Ausrufen des Erstaunens. Aber ehe noch jemand eine Frage thun konnte, rief schon Komteß Vicki äußerst vergnügt: „Mama, Mimi! Denkt euch, ich bin ins Wasser gefallen — und Herr Fink hat mich herausgeholt!" Und dann brach sie in ein unbändiges Gelächter aus und schüttelte ihre noch immer triefenden Kleider.

„Und darüber lachst du?" rief die Gräfin. „Den Tod kannst du dir holen, wenn du dich nicht augenblicklich zu Bette legst!"

„Ja, Mama, erst war ich auch sehr erschrocken, aber es ist ja glücklicherweise gar nicht tief — und dann kamen wir uns so furchtbar komisch vor."

Vicki bemerkte jetzt erst Herrn von der Maltitz und unterbrach ihr Gelächter, um ihm eine rasche Verbeugung zu machen. „Ach, guten Tag! Verzeihen Sie, ich sah Sie nicht gleich."

Herr von der Maltitz wurde von ihrer Heiterkeit angesteckt und sagte lachend: „Ah, Komteß, ich werde wieder anfangen, an Feen zu glauben, seitdem ich eine so reizende Wassernixe mit meinen leiblichen Augen gesehen habe."

„Ah — das war aber hübsch gesagt!" rief Vicki geschmeichelt. „Sie bleiben doch noch, damit ich mich Ihnen auch in Civil präsentieren kann?"

„Jetzt werden keine Witze gemacht, sondern ohne Murren ins Bett gegangen!" schloß die Gräfin ziemlich unwirsch die Unterhaltung, nahm ihr Töchterchen beim Arm und führte es hinaus.

Auch Meister Fink zog sich zurück, um seine Kleider zu wechseln. Fräulein Sophie schlüpfte, ohne weiter beachtet zu werden, hinter ihm in den Hubertussaal und holte ihn im Hausflur mit einigen raschen Schritten ein. Sie blieb an seiner Seite, während er die Treppen hinaufstieg, und flüsterte ihm zu: „Sie scheinen Ihr Versprechen recht bald vergessen zu haben!"

Da versetzte er, unbekümmert ob jemand sie hören mochte, laut und barsch: „Haben Sie ein Recht, mir Vorwürfe zu machen? Ich weiß jetzt, wie ich mit Ihnen daran bin, Sie falsche Heuchlerin Sie!"

„Still doch, still! Wie können Sie so schreien!"

Aber Fink ließ sich nicht abhalten, mit noch lauterer Stimme fortzufahren: „Nein, ich werde nicht schweigen. Meinetwegen mag es das ganze Haus hören, was ich von Ihnen denke. Eine Person, die sich nicht scheut, einen in Ehren graugewordenen alten Mann nichtswürdig zu verleumden, bloß um dem Sohne einen Tort anzuthun, von der wird man auch wohl sonst nicht viel Gutes zu erwarten haben."

Sie waren auf dem oberen Flur angekommen, gerade vor dem Schlafzimmer der Komtessen. Sophie schritt rasch an ihm vorüber, um ihm zu entfliehen. Doch er war mit einem Sprunge an ihrer Seite, umfaßte mit hartem Griff ihren Arm und rief: „Oho, dageblieben! Ich bin noch nicht fertig mit Ihnen! Ich will Ihnen nur offen gestehen, daß es mir doch noch sehr zweifelhaft scheint, ob Sie wirklich die Tochter der Tante Bandemer sind. Sie könnten zwar mit ihren verdammten Redensarten den Teufel betrunken machen, aber seit dieser Niedertracht glaube ich Ihnen kein Wort mehr. Mir scheint dieser Graf Bencken ein besseres Gedächtnis für alte Zeiten zu haben, wie Sie!"

Da that sich die Thür des Schlafzimmers auf, die alte Gräfin erschien darin und rief, ihre ganze Würde zusammennehmend: „Ich muß mir solche lauten Auftritte in meinem Hause ernstlich verbitten. Gehen Sie auf Ihr Zimmer, Fräulein. Ich werde Sie rufen lassen, wenn ich Zeit für Sie habe."

Sophie gehorchte schweigend; Fink aber trat rasch auf die Gräfin zu und suchte ihre Hand zu fassen mit den Worten: „Verzeihen Sie, Frau Gräfin; ich weiß, daß ich mich sehr unpassend benehme; aber diese Dame hat sich in einer zu empörenden Weise . . ."

Die Gräfin entzog ihm ihre Hand und unterbrach ihn: „Schon gut, schon gut! Mit Ihnen möchte ich nachher auch noch ein Wort sprechen; aber jetzt ziehen Sie sich gefälligst erst mal trockne Beinkleider an." Sie warf ihm einen bedeutsamen Blick zu und begab sich wieder in das Zimmer zurück.

Komteß Vicki lag bereits im Bett, als ihre Mutter wieder eintrat. „Was hat er gesagt, Mama? Hat er es der alten falschen Person tüchtig gegeben?" erkundigte sie sich eifrig.

Die Gräfin nahm auf dem Rande des Bettes Platz und sagte streng: „Du hättest Ursache, nicht so vorlaut zu sein. Fräulein Bandemer that nur ihre Pflicht, indem sie mir mitteilte, wie sehr du dich vergessen hast."

„Das brauchte sie dir gar nicht erst mitzuteilen," rief Vicki, ohne sich durch den strafenden Blick ihrer Mama einschüchtern zu lassen; „das hätte ich dir schon selbst gesagt; denn ich liebe ihn so furchtbar, daß ich nicht ohne ihn leben kann! Ach Mama, du mußt uns deinen Segen geben, oder ich gehe ins Wasser." Vickis Augen glänzten in hellem Feuer, sie richtete sich auf und umschlang leidenschaftlich den Hals ihrer Mutter.

Die Gräfin ließ das ruhig geschehen und sagte ganz trocken: „Du kommst ja eben aus dem Wasser — was willst du denn da schon wieder drin?"

„O, ich suche mir die tiefste Stelle aus. Man kann sehr gut ertrinken in unserm Teich."

„Ich will dir was sagen, Kind," versetzte die Gräfin, indem sie sich aus der Umarmung Vickis befreite: „Ich weiß eine viel bessere Abkühlung für dich: du wirst mal ein bißchen verreisen. Ich werde heute noch an Tante Auguste schreiben, ob sie dich für ein Jahr oder je nachdem, längere oder kürzere Zeit, gebrauchen kann."

„Wie!" rief Vicki entsetzt: „Ich soll zu Tante Auguste ins Krankenhaus? Doch nicht etwa als Schwester? Immer in schwarzer Wolle und den gräßlichen weißen Hut auf dem Kopf!"

„Ja, das sollst du allerdings. Es scheint mir höchste Zeit, daß du dir das Leben auch einmal von einer andern Seite ansiehst. Ich habe geglaubt, du wärst noch ein richtiges Kind und habe dich ruhig austoben lassen. Ich habe auch gar nichts dagegen einzuwenden, wenn du einen jungen Herrn gern leiden magst und vergnügt mit ihm herumstrolchst. Aber sich gleich so mir nichts dir nichts mit ihm abküssen und hinter dem Rohr im Teich verkriechen, daß euch kein Mensch finden kann, und Kobolz ins Wasser hineinschlagen, und dann schließlich noch um meinen Segen bitten — das geht mir denn doch ein bißchen zu weit!"

Vicki brach in Thränen aus: „Aber Mama, was soll man denn anders machen, wenn man sich liebt? Man muß sich doch wenigstens küssen — es sieht ja sonst zu dumm aus!"

„Wenn du erst ein paar Jahre älter geworden bist, wirst du erst einsehen, wie dumm die ganze Geschichte sich ausnimmt — mit oder ohne Küssen, das bleibt sich ganz gleich!" versetzte die Gräfin, welche Mühe hatte, der Naivetät ihrer verliebten Vicki mit dem nötigen Ernste zu begegnen. Und dann fuhr sie fort, indem sie dem weinenden Mädchen mütterlich auf die Wangen klopfte: „Du bist wirklich noch eine so dumme Dirn, mein Kind, wie es sich für sechzehn Jahre kaum noch schickt. Ich will nicht, daß du dein Probejahr als Schwester für eine Strafe ansehen sollst. Ich will dir nur Gelegenheit geben, dich in Werken der christlichen Liebe zu üben und dabei einsehen zu lernen, daß auch ein junges Mädchen von Adel, das es sonst nicht nötig hätte, sich nützlicher und ernster — und außerdem Gott wohlgefälliger beschäftigen kann, als wenn es zu Hause wie so ein junger Hund in den Tag hineinlebt, und sich von jedem leichtsinnigen Künstler abküssen läßt!"

„Aber Mama," rief Vicki mit dem Brustton der Ueberzeugung: „Mein Hans ist kein leichtsinniger Künstler! Er ist ein so erfahrener, edler Mann — schon zweiunddreißig Jahre alt! Und ein Philosoph — ich sage dir, ein Philosoph! Weißt du, was er gesagt hat? Außer der Liebe wäre alles fauler Zauber in der Welt! Und das Leben hätte so verwünscht wenig Spaßhaftes, daß man immer dankbar mitnehmen müßte, was einem von Liebe am Wege blüht — ja, am Wege blüht, hat er gesagt!"

„Na, das ist ja recht nett!" rief die Gräfin, und ihre vollen Wangen schaukelten dabei — es war nicht ganz klar, ob vor Entrüstung oder Vergnügen. „Ein recht gemütlicher Philosoph, das muß ich sagen! ‚Freut euch des Lebens, weil noch das Lämpchen glüht, pflücket die Rose, eh' sie verblüht!' Dein Hanswurstfink nimmt aber auch mit Gänseblümchen vorlieb, scheint's! Solche Bescheidenheit findet man heutzutage wirklich selten!"

Vicki war sehr empört und schluchzte laut auf: „O Mama, dein Spott wird dich noch gereuen! Du wirst es sehen, ich überlebe es nicht acht Tage, wenn du Hans und mich auseinander reißt!"

„Na, na, tröste dich nur," beruhigte die Gräfin: „ihr sollt beide ganz bleiben; und jetzt wirst du erst mal eine schöne Tasse Fliederthee trinken. Wenn du erst ordentlich in Schweiß kommst, wird dir schon leichter ums Herz werden. Du glaubst nicht, wie verliebten Leuten das Schwitzen gut bekömmt — ich weiß es aus Erfahrung." Sie gab Vicki einen Kuß auf die Stirn, klopfte ihr noch einmal zärtlich die glühenden, weichen Wangen, und überließ sie dann sich selbst. —

Draußen auf dem Korridor überlegte die Gräfin einen Augenblick, welchen Teil ihres Richteramtes sie nun zunächst erledigen wolle. Sie entschloß sich, zunächst den Maler und Philosophen Hans W. Fink zu verhören, und stieg bedächtig die Treppen nach dem obern Stockwerk hinauf. Sie klopfte kräftig an seine Thür und rief laut: „Herr Fink, haben Sie schon die Hosen an?"

Der Künstler öffnete ihr selbst und sagte, daß er eben im Begriff gewesen sei, hinunter zu gehen.

„Nein, bleiben Sie noch einen Augenblick," versetzte

die alte Dame: „Wir können uns ja hier auch ganz gut aussprechen."

Fink verbeugte sich zuvorkommend und bot ihr einen Platz auf dem Sofa an, indem er die darauf nachlässig hingeworfenen feuchten Kleidungsstücke hastig zusammenraffte und in die Ecke auf die Erde schleuderte.

„Frau Gräfin haben Ursache, über mich ungehalten zu sein," eröffnete er das Gespräch. „Ich habe keine andre Entschuldigung für mich, als mein Künstlerblut und die unwiderstehliche Anmut Ihrer Komteß Tochter."

Dies ehrliche Geständnis und die Art, wie es vorgebracht wurde, beeinflußte unwillkürlich die Gräfin zu gunsten des Verbrechers.

„Nun, es freut mich, daß Sie wenigstens nicht leugnen," begann sie, indem sie das erste beste Blatt Papier vom Tische nahm und sich damit Kühlung zufächelte. „Ich hoffe, Sie bereuen auch aufrichtig, was Sie gethan haben!"

„Offen gestanden, nein!" platzte Hans heraus. „Es war zu schön!"

Die Gräfin ließ die Hand mit dem Papier in ihren Schoß sinken und starrte den offenherzigen Maler wie ein Meerwunder an. Endlich sagte sie: „Nun freilich, bei Ihrer Windhunds=Philosophie braucht man sich über solche Verstocktheit nicht zu wundern. Aber sagen Sie mal, was denken Sie sich eigentlich dabei, wenn Sie solchem dummen Ding, wie Vicki ist, einreden, daß außer der Liebe alles fauler Zauber wäre?!"

Hans lächelte und erwiderte: „Das ist allerdings meine feste Ueberzeugung, Frau Gräfin; und Sie werden mir zugeben, daß . . ."

„Gar nichts gebe ich zu, als daß Ihre sogenannte Philosophie der richtige faule Zauber ist! Ihre Ansichten gehen mich freilich nichts an, und ihr Künstler werdet wohl alle nicht viel taugen; aber das möchte ich Ihnen doch begreiflich machen, daß man einem jungen, unerfahrenen Mädchen nicht solche Dinge in den Kopf setzt. Ihr mögt euch dabei ganz wohl befinden, wenn ihr als Schmetterlinge von einer Blume zur andern flattert, aber für ein junges Mädchen ist solche Liebe ein zu gefährliches Spielzeug. Solch armes Ding ist im stande und grämt sich sein Leben lang über so eine Dummheit, die ihr am andern Tage schon vergessen habt. Anständige junge Mädchen lieben nicht auf Probe — die wollen gleich geheiratet werden! Denn unglückliche Liebe macht sie alt und dann kriegen sie so leicht keinen Mann mehr. Es ist etwas Schreckliches, so eine alte Jungfer, die sich von verliebten Erinnerungen nährt und dabei immer noch unverrichteter Sache herumläuft! Ihr Männer könnt das freilich nicht begreifen — ihr seid nun einmal eine andre Sorte Menschen."

„Ich gebe zu," versetzte Fink nachdenklich, „daß Ihre Schilderung unter Umständen zutreffen mag, wenn es sich um ein sentimentales Mädchen handelt. Aber von Komteß Vicki glaube ich das nicht. Die Sentimentalität liegt ja auch gar nicht in der Familie — Sie, Frau Gräfin, haben wenigstens nichts davon, Sie mit ihrem goldnen Humor — ich müßte mich sehr irren, wenn Komteß Vicki den nicht auch geerbt hätte."

„Ach was! Lustigkeit und kindliche Unvernunft sind noch kein Humor; den haben höchstens alte Frauen wie ich, die schon etwas im Leben durchgemacht haben und wissen, worauf sie sich verlassen können, wenn ihnen die Welt einmal zu verdreht vorkömmt," sprach die Gräfin. Und dann fügte sie noch hinzu: „Aber Sie haben doch wenigstens nicht den romantischen Gedanken gehabt, etwa mit dem Kinde durch= zugehen nach Gretna=Green, nicht wahr?"

„O nein, wahrhaftig nicht! Das habe ich der Komteß auch gleich gesagt."

„Na, das ist schön, dann wird sich ja die Sache vielleicht noch zurechtziehen," sagte die Gräfin, indem sie sich erhob. „Von Rechts wegen hätte ich Sie gleich ersuchen müssen, Ihren Koffer wieder zu packen — aber ich kann doch nicht gut mein Bild in dem jetzigen traurigen Zustande zum ewigen Gedächtnis Ihrer . . . Philosophie hier herumstehen lassen! Meine Tochter wird daher morgen das Haus verlassen, und Sie müssen mir versprechen, nicht wieder durch heimliche Briefe oder sonstwie mit ihr anzufangen. Geben Sie mir Ihre Hand darauf."

Hans Fink war sehr bewegt, als er nach kurzem Zögern ehrlich einschlug. „Ich verspreche es," sagte er. „Nur eins erlauben Sie mir wohl! Daß ich die Zeichnung, die Sie eben in der Hand hielten, der Komteß als Andenken lassen darf?"

Es war das Bild der lesenden Vicki, und die Gräfin konnte sich nicht enthalten, bei dessen Anblick auszurufen: „Ach wie reizend, wie sprechend ähnlich! Ja, das mögen Sie ihr gerne schenken."

Dann gingen sie zusammen hinunter.

Unterdessen hatten sich die Herrschaften von der Veranda in den Park begeben. Graf Pfungk ging mit Herrn von der Maltitz und seinem Neffen voraus, während Komteß Marie, von Herrn von Norwig geführt, langsam folgte.

„Sie haben meine Zeilen erhalten?" eröffnete Norwig das Gespräch.

„Ja," sagte die Komteß; „ich danke Ihnen für Ihren Vorschlag. Aber eine Frage müssen Sie mir jetzt gleich beantworten: Ist Ihre Frau eine geborene Bandemer?"

„Keineswegs," erwiderte er. „Ich heiratete meine Frau unter dem Namen Josephine Schweichel, unter welchem sie auch aufgetreten war. Ihre Papiere waren vollständig in Ordnung. Ihre Eltern habe ich allerdings nicht mehr gekannt, doch hat mir Josephine verschiedene Briefe ihres Vaters gezeigt, aus welchen hervorging, daß er gleichfalls Schauspieler und überdies ein Mann von originellem Geist gewesen ist, wenn auch ohne eigentliche Bildung. Auch die Mutter soll Schauspielerin gewesen, aber schon gestorben sein, als Pepi noch ein Kind war."

„Und wie kommt die Frau jetzt zu diesem neuen Namen?"

„Das ist mir selbst ein Rätsel, Komteß. Sie weigert sich auf das allerbestimmteste, mir darüber Auskunft zu geben; behauptet aber, daß man ihr keinerlei Fälschung nachweisen könne, und daß es ganz in ihrem Belieben stehe, ob sie sich hier in Deutschland als Frau von Norwig oder als Frau Bandemer aufhalten wolle."

„Ich bin fest überzeugt, daß sie sich ihre neuen Papiere auf irgend eine unrechtmäßige Weise angeeignet hat. Wir werden ja nun durch Herrn Fink erfahren, ob sie wirklich dieselbe Sophie Bandemer ist, auf die ihre Papiere ausgestellt sind."

Norwig blieb verwundert stehen. Er begriff nicht, was der Maler mit dieser Sache zu schaffen hätte und die Komteß mußte ihn erst über dessen Beziehungen zur Frau Bandemer aufklären.

„Sollte sich mein Verdacht bestätigen," fuhr die Komteß fort, „so würden Sie ja eine neue Waffe gegen sie in die Hand bekommen. Sie würden dann doch kaum mehr zögern, die Scheidungsklage wieder aufzunehmen."

„Ich fürchte, ich würde damit wieder nicht durchbringen," seufzte Norwig. „Denn nach den Erklärungen, die mir Graf Bencken heute morgen gegeben hat, fällt der entscheidende Punkt der Klage fort." Er teilte ihr in Kürze den Inhalt des Gespräches mit ihrem Vetter mit. „Und an Urkundenfälschung oder dergleichen glaube ich auch nicht recht. Sie muß doch irgend welche Beziehungen zu dieser Frau Bandemer haben — wie würde sie sonst wagen, ihr zu schreiben?"

„Ach, was fällt mir da ein!" rief die Komteß, wieder stehen bleibend: „Fink ließ ja Andeutungen fallen, nach welchen Fräulein Sophie mit dem Sohne des Hauses, in dem sie in Hamburg in Stellung war, sehr intime Beziehungen angeknüpft habe, und ich erinnere mich, daß in dem Empfehlungsschreiben der Frau Konsul Wuvermann diese Beziehungen als Grund der Entlassung angedeutet wurden."

„Herr Fink würde mir allerdings einen wichtigen Dienst erweisen, wenn er über diesen Punkt sichere Thatsachen mitteilen könnte; aber Sie begreifen: da ich es um jeden Preis verhindern möchte, daß irgend jemand außer Ihnen meine wahren Beziehungen zu diesem angeblichen Fräulein auch nur ahne, so kann ich natürlich Herrn Fink nicht selbst um eine derartige Auskunft angehen."

„Verlassen Sie sich ganz auf meine Diplomatie," sagte die Komteß, indem sie sich fester an seine Seite schmiegte und ein zartes Rot der Begeisterung ihre Züge verschönte: „Ich will thun, was menschenmöglich ist, um Sie von Ihren unwürdigen Fesseln zu befreien!"

Er küßte ihr bewegt die Hand und sagte leise: „O, teuerste Komteß, ich fürchte, das wird eine Aufgabe sein, die selbst Ihre Liebe nicht zu lösen im stande sein wird. Ich habe kaum noch eine Hoffnung, als die eine, daß Sie mich nicht verachten möchten, wenn Sie erst mein Manuskript gelesen haben werden."

„Mein Gott, was werde ich erfahren!?"

„Lassen Sie mich die wenigen Stunden meiner Henkersfrist genießen. Sie wissen nicht, wie unendlich kostbar sie mir sind!" flüsterte Norwig, ihren Arm zärtlich an seine Seite pressend. „Das Bewußtsein, daß Sie mich geliebt haben, wird mir den Glauben an mich selbst erhalten, auch wenn vielleicht Schande und Verbannung meiner warten sollten."

Längere Zeit vermochte keins von beiden ein Wort zu finden, um sich der Stimmung ängstlicher Spannung zu entreißen. Er fühlte ihr Herz gegen seinen Arm schlagen und ihre ruhelos beweglichen Nasenflügel verrieten ihre heftige Erregung.

„Lassen Sie mich hier niedersitzen — ich bin erschöpft!" sagte sie endlich, als sie sich einer Bank näherten, von welcher aus sich ein prächtiger Ausblick auf die sanfte Hügellandschaft darbot. Die andern Herren kehrten sich auch gerade um und beeilten sich, der leidenden jungen Gräfin Gesellschaft zu leisten.

Dort fanden auch die Hausfrau und Meister Fink die Herrschaften noch versammelt, als sie bald darauf in den Park hinauskamen. Natürlich erkundigte man sich angelegentlichst, wie Komteß Vicki das unfreiwillige Bad bekommen sei.

„O, ich danke, ganz gut," versetzte die Gräfin. „Ich habe ihr sogar den Kopf noch einmal nachträglich gewaschen."

„Nun, das nenne ich mir ein Komteßchen, das sich gewaschen hat!" rief Herr von der Maltitz lachend. „Entschuldigen Sie, gnädigste Gräfin, daß ich den Scherz auf Ihr Fräulein Tochter anzuwenden wagte. Ich muß gestehen, ich habe nie etwas Entzückenderes erlebt als diese Scene, die mir die Bekanntschaft der Komteß verschaffte. Meinen Sie nicht, Herr Fink, daß das ein reizendes Genrebild abgeben müßte?"

Hanswurstfink pflichtete trübselig lächelnd bei, und der Senthiner wandte sich wieder an die Gräfin mit der erneuten Versicherung, daß er durch Komteß Vickis Erscheinung auf das angenehmste überrascht worden sei. Er habe ein Kind erwartet, und eine vollkommene junge Dame in ihr gefunden. — Kurz vor Sonnenuntergang verabschiedete sich der Gast, freilich ohne Vicki „in Civil" gesehen zu haben. —

Als die Gräfin mit ihrem Gemahl allein war, machte sie ihm pflichtgemäß Mitteilung von dem ebenso kurzen als pikanten Roman, der sich im Laufe dieses Tages im Schoße ihrer Familie abgespielt hatte, und unterbreitete ihm das Urteil, das sie gegen Vicki gefällt hatte, zur väterlichen Bestätigung. Es wurde dem guten Grafen recht schwer, der Verbannung seines Lieblings zuzustimmen. Das drollige Mädchen hatte so viel Sonnenschein im Hause verbreitet — es würde nun Winter werden, solange es ihm fern blieb! Doch gegen die Entschlüsse seiner Gemahlin richtete er erfahrungsmäßig wenig aus. Da die Gräfin ihres Bildes wegen an Räsendorf gefesselt war, so fiel ihm selbst das Amt zu, die Verbannte zu geleiten. Uebrigens bot ihm die Aussicht, einige Tage der Freiheit in der Reichshauptstadt genießen zu dürfen, in seinem Vaterschmerze einigen Trost. Die Tante Auguste, welche fortan Vicki zu Werken der christlichen Liebe anleiten sollte, war eine Schwester der Gräfin, Oberin eines bekannten Berliner Krankenhauses im Westen der Stadt, und gleich ihrer jüngeren Schwester keine sauertöpfische Frömmlerin, sondern vielmehr eine heitere und sehr thatkräftige alte Dame.

Zum Schluß ihrer Unterredung bemerkte die Gräfin noch, daß Vicki ihr einen entschiedenen Eindruck auf Herrn von der Maltitz gemacht zu haben scheine.

„Das ist dir also auch aufgefallen?" versetzte der Graf. „Ein sehr angenehmer Mann, unser Herr Nachbar — sehr thätig und solide — gute Gesinnungen — allerdings nur kleiner Adel; aber alt und sehr respektabel — eine Maltitz war, glaube ich, sogar einem Kurfürsten von — ja, wo war's doch gleich? — morganatisch angetraut; ihre Kinder wurden ja bekanntlich gefürstete Grafen von Dings da . . . mein Gedächtnis ist zu schlecht für solche Sachen!"

„Ist mir auch sehr gleichgültig," sagte die Gräfin. „Jedenfalls sind die Verhältnisse recht dürftig — und dann die Verwandtschaft! Denke doch nur, einer von den Brüdern ist ja Schriftsteller und hat natürlich eine skandalöse Heirat gemacht, wie man munkelt! Mit solchen Leuten kann man sich doch nicht liieren!"

Damit war dieser Gegenstand vorläufig erschöpft. Die Gräfin begab sich in ihr Zimmer hinüber, um nunmehr das Fräulein Sophie vor ihren Richterstuhl zu ziehen. —

Das Verhör gestaltete sich wesentlich anders, als die Gräfin erwartet hatte. Denn nicht schuldbewußt und ängst=lich, sondern voll edlen Stolzes trat Fräulein Sophie vor ihre gestrenge Herrin hin und erklärte den Umstand, daß sie ihre Mutter verleugnet habe, ungefähr mit denselben Worten, welche sie erst heute früh dem Vetter Fink gegen=über gebraucht hatte. Was ihre abscheuliche Verleumbung betraf, so gab sie zu, daß die Wahl des Mittels eine un=glückliche gewesen sei, betonte jedoch, daß die Verirrung der Komteß ja nur zu deutlich bewiesen habe, wie sehr bei der Unerfahrenheit des jungen Mädchens eine eindringliche War=nung am Platze gewesen sei.

Die Gräfin mußte zugestehen, daß die Handlungsweise des Fräuleins erklärlich und ihre Absicht eine gute zu nen=nen sei. „Aber wissen Sie," fuhr sie fort, „mag Ihre Ab=sicht auch noch so löblich gewesen sein, die Jesuiterei ist mir in den Tod zuwider! Gelogen ist gelogen — und wenn Sie dadurch einem das Leben retten können! Das heißt: jeder Mensch lügt ja bei Gelegenheit mal ein bißchen, aber es ist doch ein großer Unterschied, ob ich damit einem an=dern die Ehre abschneide oder bloß eine eigne kleine Dumm=heit damit vertuschen will. Und was die Geschichte mit Ihrer Mutter anbetrifft, so hatten Sie es wahrhaftig nicht nötig, erst unsern Herrn Bahnhofsinspektor mit Ihren parfü=mierten Billets-doux zu Heimlichkeiten zu verleiten. Habe ich Ihnen vielleicht den Eindruck gemacht, als ob ich Sie entgelten lassen könnte, was etwa Ihre Eltern verbrochen haben mögen? Wir wollen uns ja nicht verheiraten! Was geht mich also Ihre Familie an — wenn ich nur weiß, daß ich mich auf Sie selbst verlassen kann! Aber nach dem, was mir Herr Fink eben erzählt hat, scheint es mir doch recht zweifelhaft, ob Sie überhaupt die sind, für die Sie sich ausgeben."

„Ich muß gestehen," erwiderte Sophie, „daß Herr Fink mit Erfolg bemüht gewesen ist, sich für die Kränkung seines Vaters an mir zu rächen. Wenn Frau Gräfin in mir eine gemeine Betrügerin sehen wollen, so bleibt mir nichts übrig, als um meine Entlassung zu bitten."

„Und was wäre damit bewiesen?" frug die Gräfin ruhig. „Mögen Sie mit Ihrer Mutter stehen wie Sie wollen, das können Sie doch wenigstens von ihr verlangen, daß sie Ihnen schriftlich ihre Echtheit bestätigt."

„Ich bin für meine Mutter seit einem Jahrzehnt beinahe verschollen gewesen," wandte Sophie ein, „sie wird mich kaum aus meiner Handschrift erkennen können, denn die war damals noch recht kindisch. Einzelheiten über ihre Familie und das Leben ihrer Tochter könnte ich ja auch auf anderm Wege erfahren haben — wie sollte sie mich also erkennen, ehe sie mich mit eignen Augen gesehen hat?"

„Da haben Sie allerdings recht," bestätigte die Gräfin. „Es bleibt also nichts andres übrig, als daß Sie Ihre Mutter hierher kommen lassen. Die Reisekosten will ich gern tragen."

„Frau Gräfin werden, nach den Andeutungen, die ich machte, ermessen können, wie peinlich es mir sein muß, diese Frau hier im Hause als meine Mutter anzuerkennen — ganz besonders während der Anwesenheit des Herrn Fink. Vielleicht gewähren mir gnädige Frau einige Tage Urlaub, damit ich mich ihr selbst in Lüneburg vorstellen kann. Ich bringe Ihnen dann die schriftliche Bestätigung zurück . . ."

„Die können Sie sich ja auch selbst schreiben," warf die Gräfin kühl ein.

„Und wenn ich die Handschrift meiner Mutter amt=
lich beglaubigen lasse, würde das Frau Gräfin genügen?"
rief das Fräulein tiefgekränkt mit herausfordernd erhobenem
Haupte.

Die Gräfin gab zu, daß dies genügen dürfte, doch
wolle sie erst das Urteil des Grafen einholen, ehe sie den
Urlaub gewähren könne. Mit diesem Bescheide entließ sie
das Fräulein. —

Ungeachtet der vielfachen Kränkungen, die Fräulein
Bandemer im Laufe des Tages über sich hatte ergehen lassen
müssen, saß sie doch bei der Abendandacht wieder in jener
bemütig frommen Haltung da, die ihr so gut stand: Das
Köpfchen gottergeben zur Seite geneigt, die Hände im Schoße
gefaltet und die zierlichen Füße gerade vorgestreckt und über=
einander gelegt. Graf Bencken, das edle Biest von Büsterloh,
wähnte nicht anders, als daß das wohlgezielte Feuer seiner
blauen Augen bereits eine erkleckliche Anzahl von Kernschüssen
in das Herz der schönen Sophie entsendet, und daß sie jene
verführerische Haltung lediglich ihm zu Gefallen eingenommen
habe. Wenn sie nur einmal den Blick zu ihm erhoben hätte
— seine Augen sollten dann schon eine Sprache reden, welche
sie verstehen mußte! Ihre Füße kamen ihm heute womöglich
noch kleiner vor als gestern, und er nahm sich im stillen
selber das feste Versprechen ab, daß er ihr heute noch eine
Schmeichelei darüber sagen wollte. Wenn nur seine ver=
wünschte Schüchternheit ihm nicht wieder einen Streich spielte!
Wie oft hatten sich Seiner Erlaucht schon die entzückendsten
Abenteuer förmlich aufgedrängt, und doch hatte ihn stets im
richtigen Augenblick der nötige Schneid verlassen. Da sein
Oheim morgen früh mit Cousine Vicki nach Berlin reiste,
konnte er nicht gut anders als sich ihnen anschließen. Wenn
er also noch einen kleinen Sieg erringen wollte, so war keine
Zeit zu verlieren. Um seinen Mut zu befeuern, schwur er
sich, daß er sich selber, und zwar schriftlich, für ein Nilpferd
erklären wolle, falls er nicht heute noch einen Ausfall auf
seinen schönen Feind wagte. Indem er über solchen Plänen
brütete, bedeckte eine verräterische Glut seine sorgfältig rasierten
Wangen, und unter dem auf russisch in die Stirn frisierten,

schon etwas dünnen Blondhaar perlten verstohlen einige kühle Tröpfchen hervor. —

Komteß Vicki hatte nicht beim Thee erscheinen dürfen, obwohl ihr, abgesehen von ihrem Liebesschmerz, nichts Besonderes fehlte. Selbst ihr inständiges Flehen, daß Mama doch wenigstens noch eine einzige, erste und letzte Tanzstunde erlauben möge, war vergebens gewesen. Schwester Marie, die sich gleich nach dem Thee zurückgezogen hatte, leistete ihr Gesellschaft. —

Als die Abendandacht vorüber war, nahm Graf Bencken einen kräftigen Anlauf, seinen Schwur zu erfüllen. Unter dem Vorwande, daß er dem Diener einen Auftrag zu geben habe, blieb er zurück und folgte dem Fräulein Sophie in den Hausflur. Aber wie fatal — das Fräulein stand am Fuße der Treppe in angelegentlicher Unterhaltung mit dem Inspektor Reusche! Er konnte doch unmöglich, ohne seiner Würde etwas zu vergeben, das Ende dieser Unterhaltung abwarten und dann dem Fräulein auf der Treppe nachlaufen! Still seufzend über sein Mißgeschick begab er sich zu seinem Oheim. —

„O mein lieber Herr Inspektor," sagte das Fräulein, ihre schönen Augen verheißungsvoll zu dem verwirrten Ludolf aufschlagend: „Sie wissen nicht, wie sehr ich mich gerade heute nach einer Aussprache sehne. Ich habe namenlose Kränkungen erdulden müssen — da thut es so wohl, sich einer mitfühlenden Seele mitzuteilen. Aber die Frist ist zu kurz, bis Friedrich die Hausthür schließt!"

Der Inspektor wurde kühn. „Könnten wir nicht nachher? ..." stotterte er: „Der Schlüssel der Hausthür bleibt ja innen stecken. Wenn Sie vielleicht ..."

Das Fräulein schien mit einem Entschluß zu kämpfen. Nach kurzer Ueberlegung flüsterte sie errötend: „Ich will es versuchen. Wenn alles im Hause schläft ... es ist ja wahrscheinlich das letzte Mal — denken Sie darum nicht schlecht von mir!"

„Wollen Sie fort von hier?" rief Ludolf überrascht. Und dann fügte er feurig hinzu: „Ich gehe mit Ihnen, Fräulein, ich folge Ihnen bis ans Ende der Welt."

„Wirklich, Sie wären im stande?! Edler Mann!" Sie drückte ihm warm die Hand. „Ja, lassen Sie uns in stiller, verschwiegener Nacht alles überlegen. Erwarten Sie mich zwischen Elf und Zwölf an der Statue des kleinen Amor in der Jasminlaube. Hoffentlich gehen die Herrschaften nicht so spät schlafen! Sie können doch ungehindert aus dem Hause?"

„Ja, gewiß. Der Herr Verwalter kommt glücklicherweise heute früh herüber. Er hat mir schon gesagt, daß er heute nacht noch viel zu schreiben hätte. Er läßt auch den Schlüssel innen stecken."

„Nun, dann ist ja alles gut. Mag jetzt kommen, was da will, da ich Ihrer Liebe gewiß bin! Auf Wiedersehen also!"

„Auf Wiedersehen!" gab Ludolf innig zurück. Und dann entfernte er sich, während das Fräulein die Treppe hinaufhuschte.

Kaum aber hatte er die Hausthür hinter sich geschlossen, da kehrte sie wieder um, als habe sie etwas vergessen. Sie eilte noch einmal in die Küche hinunter und fand dort das anmutige Lining allein, noch mit dem Aufwaschen des Geschirres vom Abendessen her beschäftigt.

Dreizehntes Kapitel.

In welchem es zugeht wie in einem richtigen Roman und der geneigte Leser alles finden wird, was ihm zu wissen wünschenswert erschienen sein mag. Spielt bei Nacht und verbreitet Licht.

Da man am andern Morgen früh reisen wollte, gingen die Herrschaften nach der Andacht auch bald auf ihre Schlafzimmer; die beiden Grafen, um ihre leichten Koffer selbst zu packen, Herr von Norwig, um die versprochene Denkschrift auszuarbeiten, und die Gräfin, um in einem längeren Schreiben ihr Töchterchen der Tante Auguste warm ans Herz zu legen. Meister Fink kam der frühe Aufbruch auch gelegen,

weil er noch aus der frischen Erinnerung heraus eine Kopie
der Zeichnung von Vicki in Wasserfarben ausführen wollte.

Im Schlafzimmer der jungen Damen herrschte noch rege
Geschäftigkeit, da die Komtessen noch dabei waren, mit Hilfe
von Anna und Louise Vickis großen Reisekorb zu packen.
Bei dem Gedanken, daß sie fast nichts von ihren schönen
Kleidern mitnehmen durfte, weil sie ja nun bald in die Uni=
form der christlichen Nächstenliebe gesteckt werden sollte,
flossen immer neue Thränenströme, und Komteß Marie hatte
dem Abschiedsschmerz und der Unvernunft der Schwester
gegenüber, die am liebsten ihre ganzen Habseligkeiten mitge=
schleppt hätte, einen schweren Stand. Es war nahezu elf
Uhr geworden, ehe sie die beiden Mädchen entlassen und
Vicki bewegen konnte, sich niederzulegen. —

Als Graf Bencken sein Zimmer betrat, kam ihm die
Luft darin so schwül vor, daß er Thür und Fenster öffnete,
um den frischen Nachthauch hindurchstreichen zu lassen. Man
hatte ihn zwischen Fink und Fräulein Sophie einquartiert.
Er legte sein altes Lieutenants=Kofferchen offen über zwei
Stühle und begann seine Siebensachen einzupacken. Da
kamen auch, sauber in Seidenpapier eingewickelt, jene be=
rühmten Ballschuhe der schönen Frau von Norwig zum Vor=
schein. Er löste die rote Atlasschleife, mit welcher das Paket
zierlich umschnürt war und wickelte die kostbaren Pfänder
seiner schönsten Erinnerung aus ihrer Umhüllung. Da stan=
den sie nun, hübsch auswärts gestellt auf dem Tische, und
der Graf betrachtete sie durch seinen goldenen Klemmer mit
zärtlichster Aufmerksamkeit.

Würde er noch im stande sein, seinen Schwur einzu=
lösen? Er horchte aufmerksam, ob sich aus dem Neben=
zimmer, wo die Holde schlief, kein Laut vernehmen ließe,
der ihm Gewißheit brächte, ob sie schon zur Ruhe gegangen
sei. Er vermochte jedoch nicht das leiseste Geräusch wahr=
zunehmen, und schloß daraus, daß Sophie ihr Zimmer noch
nicht aufgesucht habe. Er nahm sich fest vor, den Augen=
blick, wo die Reizende an seiner offenen Thür vorbeikommen
würde, zu einer Anrede zu benutzen, und dann — möchte
ihm Amor gnädig sein! Die Erwartung regte ihn dermaßen

auf, daß seine Hände zitterten, und jedes Geräusch draußen oder im Hause ihn zusammenfahren machte. Er schloß das Fenster, ließ den Vorhang herab und stellte sich dann laut klopfenden Herzens dicht an der Thür auf die Lauer.

Jetzt hatte er sich nicht getäuscht! Die Treppe knarrte unter einem leichten Tritt, und nun näherte sich dieser unverkennbare Tritt seiner Thür. Sie war es! Wie zufällig überschritt Karl Egon Emich seine Schwelle und stammelte hastig: „Ah, Fräulein Bandemer! Noch nicht zu Bett?"

„Wie Sie sehen, Herr Graf," versetzte sie lächelnd und wollte mit einer kleinen Verbeugung an ihm vorbei.

„Es ist heute so warm in den Zimmern!" stieß er überstürzt heraus. „Ich habe mir noch etwas Luft gemacht."

Sie neigte abermals das Haupt und sagte nur, da seine Bemerkung wohl kaum eine Antwort erheischte: „Ich wünsche wohl zu schlafen, Herr Graf."

Mit dem Mute der Verzweiflung wagte er ihr zwei Schritte nachzuthun und sagte: „Ich fürchte, aus dem Schlafen wird wenig werden!"

„Wieso?"

„Nun weil . . . ich meine . . . äh! Ich werde zuviel an eine gewisse . . . äh! reizende Dame . . ." Er schielte hilflos zu ihr hinüber.

Sie drohte ihm schelmisch mit dem Finger: „Ach — Herr Graf sind verliebt?"

„In der That, das ist das rechte Wort — ich kann unmöglich von hier abreisen, ohne Ihnen gesagt zu haben, daß . . ."

„Aber Herr Graf, ich bitte Sie — wenn uns jemand hörte!"

„Sie haben recht, ja . . . wollen Sie nicht einen Augenblick in mein Zimmer treten?"

„Nein, nein, das geht nicht, um keinen Preis!" flüsterte sie ängstlich und wandte sich zum Gehen.

Da ergriff er sie bei der Hand und sagte leise: „Fürchten Sie nichts. Sie sind im Schutze eines Kavaliers. Ich wollte Sie nur um eine kleine Gefälligkeit bitten."

„O, Herr Graf, ich weiß nicht . . ."

Sie ließ sich, nur leicht widerstrebend, als sei sie von seinen Worten wie bezaubert, in das Zimmer führen. Doch blieb sie dicht an der Thür stehen und heftete in reizender Verwirrung ihren Blick auf den Boden.

Er zog die Thür hinter sich zu, ergriff zaghaft ihre beiden Hände und begann dann stockend: „Ich kann es immer noch nicht fassen, daß Sie nicht Frau von Norwig sein sollen: die Aehnlichkeit ist effektiv lächerlich — sogar die Sprache! Und die wunderbarste Aehnlichkeit liegt im Fuß . . . Pardon mein Fräulein! . . . Außer bei Frau von Norwig habe ich nie etwas Aehnliches von Grazie und Finesse bei einer Dame gesehen! Der Fuß ist für mich das Entscheidende! . . . äh! Ich möchte behaupten . . ."

„Sie haben diese Frau von Norwig wohl geliebt, Herr Graf?"

„Und wie!" versicherte er treuherzig. „Ich bin bis heute noch Junggeselle geblieben, weil ich die Erinnerung an diese Frau nicht los werden kann. Als ich aber Sie hier sah . . . Sie begreifen, mein Fräulein!"

Sie zog ihre Hände aus den seinen, zupfte verlegen an ihrer Schürze und flüsterte: „O, Herr Graf . . . Sie beschämen mich! Ich weiß wohl, daß ich keinen Anspruch auf Schönheit machen darf. Ich bin ein armes, einfaches Mädchen . . ."

„Nein, Pardon!" unterbrach Graf Emich fast feurig. „Ihre entzückenden Füße sind für mich so gut wie ein Adels=brief. Das ist ein untrügliches Merkmal guter Rasse — ich möchte parieren so hoch Sie wollen, daß Sie blaues Blut in der Familie haben."

Sophie lächelte schamhaft und ließ ihr Köpfchen noch tiefer hängen. „Ich will es nicht leugnen, Herr Graf, da Sie es doch einmal erraten haben — mein Vater war aller=dings . . . sein Rang erlaubte ihm nicht, meiner Mutter die Hand zu reichen."

„Ah, ich verstehe!" rief der Graf mit triumphierendem Lächeln. „Es konnte nicht anders sein!" Und dann nahm er die zierlichen Atlasschuhe vom Tische und sagte: „Sehen Sie diese Chaussüre — kann man sich etwas Feenhafteres vorstellen!"

„Ach wie entzückend!" rief sie, näher tretend und klatschte
kindlich in die Hände. „Ja, die vornehmen Damen haben
es freilich leicht, sich hübsch zu machen!"

„Wie sich wohl Ihr Füßchen darin ausnähme?" sagte
der Graf zögernd. „Würden Sie mir es sehr übel nehmen,
wenn ich Sie bäte, sie einmal anzuprobieren?"

Der Graf hatte nie in seinem Leben Goethes Faust
aufführen sehen, da er grundsätzlich nicht in klassische Stücke
ging, sonst würde er wohl durch die allerliebste Komödie,
welche Fräulein Sophie vor diesen Schuhen aufführte, an
die Scene erinnert worden sein, wo Gretchen das Schmuck=
kästchen findet. Nachdem sie eine schickliche Weile zwischen
Eitelkeit und Befangenheit gekämpft hatte, ließ sie sich
endlich herbei, seinem Wunsche zu entsprechen, streifte im
Stehen ihre Lederschuhe ab und schlüpfte dann, ihm den
Rücken kehrend, ohne Schwierigkeit in die Atlasschuhe,
welche sie vor langen Jahren auf jenem Kasinoballe ge=
tragen hatte.

„Nein, wirklich ... sehen Sie nur! Sie sitzen wie an=
gegossen," rief sie glückstrahlend, indem sie sich auf dem
Haken herumdrehte und dann kokett den Saum ihres Kleides
zurückschob.

In diesem Augenblicke hallte ein lauter Schlag durch
den Korridor. Die beiden fuhren erschrocken zusammen und
lauschten erbleichend nach der Richtung, aus welcher der
Schall gekommen war, hin. (Hanswurstfink hatte nämlich
seine Stiefel etwas unsanft vor die Thür gesetzt.)

„Ach Gott, ich armes Geschöpf," begann Sophie hände=
ringend. „Es kam von Herrn Finks Zimmer her. Er hat
uns gewiß belauscht. Nein, nein, ich weiß es bestimmt!
Er spürt mir überall nach, der abscheuliche Mensch! Er wurde
so dreist gegen mich neulich abend, und da habe ich ihn ge=
hörig abfallen lassen, darum sein Haß auf mich. O Herr
Graf, was haben Sie gethan! Man wird mich aus dem
Hause weisen ... wie soll ich mich rechtfertigen? Sie haben
mein Lebensglück zerstört! Man wird mich in keinem an=
ständigen Hause mehr aufnehmen wollen!" So hasteten bei=
nahe schluchzend die abgebrochenen Sätze hervor, und der

gute Karl Egon Emich fühlte sich schier erdrückt von der schweren Schuld, die er auf sich geladen hatte.

„Mein teures Fräulein, ich bedaure unendlich … ich hoffe, Sie haben sich getäuscht! Aber wenn wirklich fatale Folgen für Sie entstehen sollten … ein Bencken hat niemals eine Dame kompromittiert, ohne nachher seine Schuldigkeit zu thun! Hier ist meine Karte, Fräulein: Friedenau bei Berlin — ich stehe jederzeit zu Ihrer Verfügung." Er verbeugte sich militärisch vor ihr und spähte dann zur Thür hinaus. „Die Luft ist rein," flüsterte er.

Sie zog hastig die Atlasschuhe ab, nahm ihre eignen in die Hand und huschte auf Strümpfen an ihm vorbei und in ihr Zimmer. Noch einmal steckte sie den dunklen Kopf heraus, drohte ihm schmollend und warf ihm dann eine Kußhand zu, welche er mit dem Bestreben zurückgab, bei dieser Handbewegung die Grazie eines alten Marquis zu entwickeln. Dann zog sie geräuschlos die Thür hinter sich zu — und er hörte sie den Riegel vorschieben.

Der Graf drückte die fortgeworfenen Schuhe, welche die kleinsten Füße der Welt soeben erst zu erwärmen begonnen hatten, mit Inbrunst und zu wiederholten Malen an seine Lippen, bevor er sie wieder mit dem Seidenpapier und dem rosa Bändchen umwickelte. Dann setzte er das Licht vor den Spiegel und betrachtete sich lange Zeit darin, ehe er daran dachte, sich zur Ruhe zu begeben. — —

Etwa eine halbe Stunde nachdem Komteß Marie die beiden Zofen entlassen hatte, öffnete Sophie geräuschlos ihre Zimmerthür und tappte im Dunkeln vorsichtig den Korridor entlang und dann die Treppe hinunter. Obwohl sie auf Strümpfen ging und möglichst leise auftrat, konnte sie doch nicht verhindern, daß die hölzerne Treppe bei der tiefen Stille der Nacht vernehmlich knarrte. Es war nicht das erste Mal in ihrem Leben, daß sie ein abenteuerliches Wagnis unternahm, aber doch klopfte ihr das Herz so arg, daß sie öfters stehen bleiben und nach Atem ringen mußte. Unten im Hausflur angekommen, machte sie noch einmal Halt, ja sie mußte sich sogar für einen Augenblick auf der dort aufgestellten Bank niedersetzen, bis ein leichter Schwindelanfall vorüber ging. Die große alte Wanduhr aus dem vorigen Jahrhundert, welche der Hausthür gegenüber in einer Nische aufgestellt war, tickte so vordringlich laut, daß die ängstlich ringsum Lauschende keine Gewißheit erlangen konnte, ob sonst im Hause alles still sei. Der plumpe langsame Pendel= schlag hallte in dem leeren weiten Steingewölbe des Vor= platzes unheimlich wider, und einer der hellen Mondstrahlen, die durch die schmalen hohen Bogenfenster über den Estrich bis nach der gegenüberliegenden Wand hinliefen, beleuchtete gespenstisch den unteren Teil des Uhrgehäuses, in dessen dunkles Mahagoni=Fournier die Gestalt des Todes mit Stundenglas und Hippe aus Elfenbein eingelegt war.

Sophie zog das schwarze Wollentuch fester um ihre Schultern, erhob sich tief aufatmend und schlich dann rasch durch den hinteren Korridor nach den Gesindestuben. Sie öffnete vorsichtig Lines Kammerthür und trat geräuschlos ein. Das Mädchen lag angekleidet auf seinem Bett und schnarchte fürchterlich. Sophie mußte sie erst eine längere Zeit kräftig am Arme schütteln, bevor sie unwillig grunzend die Augen aufschlug.

„Line, es ist Zeit! In einer halben Stunde machst du dich auf — verstanden?" Sie mußte ihre Worte mehr= mals wiederholen, ehe das schlaftrunkene Mädchen deren Sinn erfaßt hatte. „Thu mir nur den Gefallen und schlaf nicht wieder ein, Mädel! Warte noch bis die Uhr Mitter= nacht geschlagen hat. Setze dich lieber im Vorplatz auf die Bank — hier schläfst du doch wieder ein. Die Hausthür findest du offen."

Line versicherte nun alles begriffen zu haben, und Sophie entfernte sich auf demselben Wege, auf welchem sie gekommen war. Noch einmal trat sie an den Fuß der Treppe und horchte mit vorgehaltener Hand hinauf. Dann huschte sie, da sie nichts Verdächtiges wahrnehmen konnte, nach der Haus= thüre, drehte mit einem entschlossenen Griff den großen Schlüssel herum — und war im nächsten Augenblick im Freien. Zunächst zog sie nun ihre Schuhe an, dann klinkte sie behutsam die schwere Thür hinter sich zu und lief endlich, den knirschenden Kies vermeidend, und sich fortwährend nach allen Seiten hin umschauend, den Fahrweg entlang nach

dem Parkthor. Unbemerkt erreichte sie den Hof und das
Wirtschaftshaus. Hinter dem Fenster des ersten Stockwerks,
rechts über der Hausthür, brannte Licht; dort saß also der
Oberverwalter noch über seiner Schreiberei. Sophie drückte
rasch die Klinke nieder — ah! die Thür gab nach — der
Inspektor wartete also bereits in der Jasminlaube. Wieder
zog sie die Schuhe von den Füßen, und dann flog sie mehr
als sie ging die Treppe hinauf, und befand sich nach wenigen
weiteren Schritten vor dem Zimmer ihres Gatten. Sie
näherte ein Auge dem Schlüsselloch und sah ihn an seinem
Schreibtisch sitzen. Die Lampe beleuchtete hell sein edles,
scharf geschnittenes Gesicht und die weiße schlanke Hand,
welche die Feder so rasch über das Papier hingleiten ließ.
Eine ganze Weile beobachtete sie ihn und suchte aus dem
Spiel seiner Mienen zu erraten, was sein Inneres bewegte,
was seine Feder schrieb. Dann reckte sie sich langsam in
die Höhe, lehnte sich gegen den Thürpfosten und strich mit
beiden Händen ihr dunkles, schon für die Nachtruhe auf-
gelöstes Haar von den Schläfen zurück. Ihr Busen flog,
in allen Schlagadern drängte und zerrte das Blut und ängstlich keuchend, fast pfeifend, ging ihr Atem aus und ein.
Noch einmal preßte sie die Rechte fest gegen ihr Herz —
dann trat sie ein. — —

Nachdem sie die beiden Mädchen entlassen hatte und
Vicki eingeschlafen war, streckte sich Komteß Marie noch einmal auf dem Sofa in ihrem Wohnzimmer aus, um ihre
Gedanken zu sammeln und aus den Vorgängen dieses er-
eignisreichen Tages für ihr ferneres Verhalten den Schluß
zu ziehen. Sie hatte eben die Lampe gelöscht, um sich zur
Ruhe zu begeben, als sie durch das Knarren der Treppe aus
ihrem einsamen Sinnen aufgeschreckt wurde. Sie trat rasch
in die Thür und lauschte aufmerksam auf das verdächtige
Geräusch. Als alles wieder still zu sein schien, öffnete sie
leise ihre Thür, trat ohne das Licht an die Treppe und
beugte sich gespannt horchend über das Geländer. Doch außer
dem schwerfälligen Ticken der Hausuhr war kein Laut zu
vernehmen. Trotzdem verharrte sie unbeweglich wohl länger

als fünf Minuten und kehrte dann erst langsam nach ihrem Zimmer zurück. Aber in dem Augenblicke, als sie die Thür hinter sich zuziehen wollte, hörte sie deutlich das Knacken, welches die Umdrehung des Hausschlüssels verursachte. Nun war sie nicht mehr im Zweifel, daß hier irgend etwas Unrechtes vorgehe. Sie beeilte sich, einen wärmeren Schlafrock anzuziehen, und begab sich dann, so rasch die Schwäche in ihren Gliedern es erlaubte, in den Speisesaal hinüber, dessen Fenster nach vorn hinaus sahen. Sie spähte eifrig in die mondhellte Nacht, und glaubte eine dunkle Gestalt von der Parkthür aus nach dem Verwalterhause eilen sehen. Doch war die Entfernung zu groß, als daß sie hätte erkennen können, ob dieselbe einem Manne oder einem Weibe angehöre. Sie setzte sich am Fenster nieder und wartete, ob etwas Verdächtiges sich zeigen würde. Aber länger als eine Viertelstunde starrte sie vergebens nach dem Hof hinüber. —

Die Gestalt zeigte sich nicht wieder und auch im Hause rührte sich nichts. Die Augen begannen ihr schließlich von dem angestrengten Sehen weh zu thun, sie wandte sich ins Zimmer zurück und ließ den Blick ausruhend über die Wände des weiten Saales schweifen. Da schauten aus dem dunklen Getäfel die Bilder ihrer Ahnen auf sie hernieder und das unsichere graublaue Mondlicht verlieh allen diesen starren Augen etwas seltsam Lebendiges, als suchten sie gleich ihr die Dämmerung zu durchdringen und die Spur des Frevlers auf den betauten Wegen zu entdecken, welcher durch sein lichtscheues Beginnen den Burgfrieden der ehrlichen Pfungks verletzt hatte. Die Ritter im stählernen Harnisch, die Hofleute mit den schweren Gnadenketten und wallenden Locken, die bezopften Herren im gestickten Frack — und nicht minder die ehrwürdigen Damen mit den tadellosen Spitzenkrausen, die selbstbewußt dreinschauenden tief entblößten Schönheiten im steifen Mieder des siebzehnten Jahrhunderts, die geziert lächelnden des achtzehnten mit ihren großen Mandelaugen und endlich die freundlichen Herrschaften der jüngeren Vergangenheit — alle, alle schienen sie ihre Enkelin zu mahnen: es ist gut, daß du wachst! In unserm Hause soll nicht die Lüge nächtlich umgehen und mit ihrer Brut unter unserm stolzen Dache sich einnisten, um Ratten gleich die Wurzeln unsrer Kraft zu benagen. Mache dich auf zur That — du stehst in unserm Schutze, du kühne, tolle Komteß!

Wie wenn sie die heimlichen Stimmen vernommen hätte, erhob sich Gräfin Marie nun plötzlich und stieg rasch die Treppe hinunter nach dem Vorplatz. Schon wollte sie die Hausthür öffnen, als sie auf der Bank ein wunderlich vermummtes Wesen erblickte, das den Kopf tief auf die Brust herabgesenkt trug. Die Komteß trat geräuschlos heran, spähte tief herniedergebeugt der Sitzenden ins Gesicht und erkannte zu ihrem größten Erstaunen — Line, die Küchenmagd, welche diese harte Ruhestätte ihrem heißen Federbett vorgezogen zu haben schien, denn sie war in festen Schlaf verfallen. Seltsam! Das Mädchen hatte ihr nie den Eindruck gemacht, als könnte es etwa mondsüchtig sein, denn das wäre doch immerhin etwas Besondres gewesen, und an Line war schlechterdings alles gewöhnlich! Schon wollte sie ihr die Hand auf die Schulter legen, um sie wach zu rütteln, als die Uhr mit heiserem Schwirren und Schnarren ausholte, um Mitternacht zu verkündigen. Line zuckte zusammen, und die Komteß verbarg sich rasch hinter dem Kleiderständer rechts von der Thür, welcher, mit dem großen Wettermantel des Grafen und verschiedenen andren Kleidungsstücken behängt, genügende Deckung bot.

Line fuhr empor, rieb sich verwundert die Augen, schien sich zu besinnen, was sie hier gewollt — und schlurfte mit plumpem Schritt nach der Thür. Noch einmal sah sie sich um, dann öffnete sie sie mit ziemlichem Geräusch — und war verschwunden.

Die Komteß sah sie durch das Fenster am Hause entlang schleichen, dann ging sie nach der Thür und drehte den Schlüssel herum.

„So!" murmelte sie halblaut vor sich hin. „Nun wollen wir das weitere abwarten." Sie tappte durch den Hinterkorridor bis zur Kellerthür, wo in einem Verschlage, der im Winter zur Aufnahme des Holzvorrats diente, die beiden Hunde ihr Nachtlager aufgeschlagen hatten.

„He, Lord! Lady — aufgewacht!"

Die beiden Tiere erhoben dumpf brummend den Kopf, sprangen jedoch, als sie die Herrin erwittert hatten, auf und schmiegten sich an ihre Seiten, indem sie sich gähnend reckten und mit ihren Fahnen ihr Kleid peitschten. Sie nahm nun denselben Weg wieder zurück und hieß durch einen leisen Pfiff die Hunde folgen. In ihrer Begleitung betrat sie den links vom Eingang gelegenen Hubertussaal, rückte sich einen Korbsessel vor eins der verhängten Fenster und ließ sich erschöpft hineinsinken. Lord und Lady duckten sich alsbald bei ihr nieder, klopften mit den Schwänzen auf die Diele und blickten erwartungsvoll zu ihr empor.

„Schlaft nur, schlaft!" flüsterte sie lächelnd. Da legten sie die schönen Köpfe zwischen ihre Pfoten und ließen sich's behaglich gefallen, daß die Komteß mit ihren Fußspitzen ihnen den zottigen Rücken kraute. Sie stützte den Kopf sinnend auf ihre Rechte und schloß die Augen — aber sie schlief nicht! — —

Als seine Frau so plötzlich, wie aus dem Boden gewachsen, vor ihm stand, war Norwig mit einem unverständlichen Ausruf aufgesprungen und hatte zunächst das erste beste Aktenstück über die dicht beschriebenen Briefbogen auf seinem Schreibtisch geschoben. Dann trat er einige Schritte auf sie zu und flüsterte bebend vor Zorn und Ueberraschung: „Was soll das bedeuten? Wie bist du herein gekommen? Was ist das für ein sinnloses Beginnen?"

Mit bittend erhobenen Händen, sprachlos, schwer atmend, stand sie vor ihm.

„Was willst du von mir? Sprich! Du darfst hier nicht bleiben."

Immer noch schien sie nach Worten zu ringen. Ihre Augen hefteten sich mit wunderbarem Glanze an die seinen und dann trat sie plötzlich dicht vor ihn hin — und sank laut aufstöhnend ihm zu Füßen.

„Was soll das?" rief er bestürzt. „Ich bitte dich, stehe auf! Um alles in der Welt keine Komödie!" Er faßte sie fast hart um die Arme und suchte sie aufzurichten.

Da umklammerte sie leidenschaftlich seinen Körper, bog

ben Kopf weit zurück und blickte mit Augen voller Thränen
flehend zu ihm empor.

„Was willst du?" sagte er etwas sanfter. „Ich kann
dich hier nicht anhören. Versuche unbemerkt in den Park
zu kommen — ich will dir dahin folgen."

Aber sie achtete seiner dringenden Mahnung nicht. Es
schien, als hätte sie seine Worte gar nicht verstanden. Sie
starrte nur wie verzückt zu ihm empor, und dann endlich
sagte sie ganz leise, mit tief zu Herzen bringendem, bebendem
Geflüster: „Vergib mir, mein Rolf, vergib mir! Ich liebe
dich unsäglich — ich kann nicht ohne dich leben!"

Mit einem heftigen Ruck machte er sich von ihr los,
trat einen Schritt zurück und streckte gebieterisch die Hand
nach der Thür aus. „Geh!" rief er heiser. „Zwischen uns
ist alles aus! Glaube nicht, daß du mich noch einmal schwach
sehen wirst. Dein ganzes Leben ist Lüge gewesen von jeher.
Hättest du mich je geliebt, dann hättest du nicht so grausam
mein Leben zerstören können. Wozu also die erbärmliche
Komödie!"

„Es ist wahr," sagte sie, „ich habe mich schmählich gegen
dich vergangen — ich war ein eitles, selbstsüchtiges Geschöpf
— ich war deiner Liebe nicht wert — ich habe sie schändlich
ausgebeutet, um mein elendes Dasein mit hohlem Glanze
zu füllen — in einem ewigen Rausche Entschädigung zu
suchen für die Leere, die das Aufgeben meiner Kunst in
meiner Seele gelassen hatte."

„Das lügst du wieder! Du bist niemals eine echte
Künstlerin gewesen. Die Bühne hat dir gerade so wie die
Ehe nur dazu dienen sollen, eine maßlose Selbstsucht und
Eitelkeit zu befriedigen. Deine Rollen hast du ebensowenig
ernst genommen, wie nachher deine Pflichten als Hausfrau,
als Gattin und Mutter. Wenn du mir nach einiger Zeit
gesagt hättest: ‚Laß mich fort — ich kann ohne meine Kunst
nicht leben,' dann hätte ich dich sicherlich nicht zurückgehalten
und meinen Namen nicht entehrt geglaubt, wenn eine wahre
Künstlerin ihn in die Oeffentlichkeit getragen hätte. Aber
eine solche Sehnsucht hat dich nie angewandelt — leugne
es nicht! Die leichten Triumphe, die deine wenig wählerische

Gefallsucht in der Gesellschaft dich feiern ließ, waren dir weit wertvoller, als der Pöbelbeifall, den deine erlogene Kunst fand. Im Salon fühltest du dich als große Schauspielerin — auf der Bühne konnte ein Hauch von Natur und Empfindung den ganzen Zauber deiner Reize vernichten. Du bist viel zu klug, um das nicht selbst empfunden zu haben! — Was hinderte dich denn, jetzt wieder zur Bühne zu gehen, wenn der Drang so mächtig in dir wäre? Aber du ziehst ja auch jetzt noch das Komödienspiel in der Gesellschaft weit vor. Es wäre mir wahrhaftig lieber, du trätest als Frau von Norwig in Krähwinkel auf, als daß du hier unter falschem Namen dich in ein Haus einschleichst, das ..."

„O schweig! Wie kannst du mich so verkennen? Was anders hat mich denn in die Heimat zurückgetrieben, als die Hoffnung, dich wiederzufinden? Ist nicht der Zufall, der uns hier zusammenführte, ein deutlicher Wink des Schicksals? Kannst du nicht vergessen? Habe ich dir nicht auch so viel zu vergessen? — Und doch liege ich hier und bettle demütig um deine Liebe — die Liebe, die du mir einst mit tausend Eiden zugeschworen hast!"

Er trat rasch auf sie zu, blickte ihr finster ins Auge und rief: „Ich sage dir, du lügst wieder! Warum der erborgte Name, warum dies unwürdige Versteckspiel, warum all der Hohn, die Drohung? ..."

„Ich wählte die Maske, weil dein Name hier in Deutschland uns beiden gefährlich werden konnte. Ich habe sie beibehalten, wahrhaftig mehr um deinet= als um meinetwillen. Kann es dich wundern, wenn zunächst der tiefe Groll sich Luft machte, den ich gegen dich hegen mußte? Du magst recht haben mit allem, was du mir hier vorwirfst — ich bin deiner Liebe unwert gewesen. Aber als du mich verließest, mein Kind mit dir fortnahmst und für mich verschollen bliebst — Jahr und Tag — da begann sich erst die große Leere in meinem Herzen fühlbar zu machen. Und als ich hörte, daß du dich nun auch vor dem Gesetz von mir scheiden wolltest, da ergriff mich eine furchtbare Sehnsucht — da erst, das gestehe ich dir heute, da erst begann ich dich zu lieben. Es war die Liebe, die mich über das Meer zu dir trieb!"

Norwig lachte kurz auf: „Damals hast du anders gesprochen. Ich sehe noch die wilde Schadenfreude aus deinen Augen blitzen, als du erfuhrst, daß es dir gelungen war, mir abermals die Möglichkeit eines neuen Glückes, eines würdigen Lebens zu zerstören."

„Zeige mir die Frau, die nicht zur Furie würde, wenn sie sich so schmählich verraten sieht!" rief sie laut.

„Schweig, ich bitte dich — die Wände haben hier Ohren!"

„Siehst du, wie du zitterst vor den Folgen deines Verbrechens!" Sie erhaschte seine Hand und sah, sie fest zwischen ihre beide pressend, mit lohenden Blicken zu ihm empor. „Ich zittere nicht vor der Entdeckung meines Betruges. Bedingungslos will ich mich dir hingeben und dir folgen unter welchem Namen du willst. Und wenn die Strafe dich ereilt — sie muß dich ereilen, denn diese Menschen sind unversöhnlich — dann will ich die ganze Schwere deiner Schmach mit dir tragen — und das alles, weil ich dich liebe, weil ich nicht ohne dich leben kann!" Sie schluchzte laut auf und bedeckte seine Hand mit brennenden Küssen.

Er ward wider seinen Willen ergriffen. Er fürchtete sich, ihrem Auge zu begegnen, und versetzte, düster zur Seite blickend: „Es ist zu spät. Ich habe dich zu oft in deiner wahren Gestalt gesehen. Ich will glauben, daß diese Regung dir aus dem Herzen kommt, aber ich kann nicht glauben, daß sie andauern wird. Kein Mensch ändert seine Natur so völlig — du bist nun einmal nicht zum Dulden und Entbehren geschaffen. Verlasse dieses Haus — und ich will versuchen, deiner ohne Groll zu gedenken."

„Du weisest mich von dir wie eine Schuldige," sagte sie mit mildem Vorwurf. „Haben wir nicht beide schwer gefehlt? Konntest du von mir erwarten, daß ich mich so ohne weiteres in die Stellung einer Landedelfrau hineinfinden würde, ich, ein Schauspielerkind, das kaum eine andre Natur kannte, als die gemalte der Coulissen. Ich war ja so jung und lebenslustig — hast du wirklich geglaubt, daß ich ohne

Verkehr, ohne Vergnügen, ohne allen nervösen Reiz des Ge= sellschaftslebens glücklich sein könnte? Warum hast du allen meinen Wünschen nachgegeben? Wenn du nicht selbst eitel auf mich gewesen wärst, hättest du ja meiner unsinnigen Verschwendung beizeiten einen Riegel vorschieben können. Und wenn ich auf deine Ermahnungen nicht hörte, warum hast du nicht Gewalt gebraucht? Du hättest mich einsperren, hungern lassen, mich schlagen können — ich hätte es dir alles vergeben und vergessen, denn ich hätte doch daraus ge= sehen, daß du um keinen Preis mich aufgeben wolltest, daß dir daran lag, den Dämon meiner Eitelkeit zu besiegen — mich zur Liebe zu zwingen!"

„Dich zwingen? Wer vermöchte überhaupt ein herzloses Weib zu irgend etwas zu zwingen? Mein Gedächtnis ist nicht so kurz, daß du mir dergleichen vorgaukeln könntest. Habe ich nicht, schon ehe noch unsre Flitterwochen abgelaufen waren, deine furchtbare Herzensleere, deine völlige Gemüt= losigkeit erkennen müssen? Und als das Kind geboren war und ich es erleben mußte, wie ein Weib selbst den Natur= trieb der Mutterliebe verleugnen kann, da starb die Liebe in meinem Herzen völlig ab, und was zurückblieb, war nur noch die halb wahnsinnige Sehnsucht meiner Sinne, die deine ver= ruchte Koketterie immer noch lebendig zu erhalten wußte. Du zwangst mir die schmachvolle Rolle eines eifersüchtigen Ehemanns auf und triebst die Frechheit so weit, mich im Beisein deiner Liebhaber zu verspotten."

„O, Rolf, was habe ich dir gethan!" rief sie in tiefer Zerknirschung, als gingen ihr jetzt erst die Augen auf über die wahre Größe ihrer Verworfenheit. „Hättest du mich doch damals vor allen den Leuten ins Gesicht geschlagen — das hätte mich zur Erkenntnis gebracht! Ich fühle es heute — das hätte mich gerettet!"

„So? Wirklich? Erinnerst du dich nicht mehr deiner Worte, als ich wirklich einmal die Hand zum Schlage gegen dich erhob, damals, als unser Bill im Fieber lag und du durchaus zum Balle fahren wolltest? — ‚Schlage mich nur' — sagtest du ganz kühl — ,dann lasse ich mich wegen Miß= handlung scheiden. Du mußt mir noch eine Rente zahlen

und über neun Monate beglücke ich irgend einen andern mit
meiner Hand — den erlauchten Büsterloher zum Beispiel —
er ist reicher als du und hat dabei noch den Vorzug, so dumm
wie ein Puter und so verliebt wie ein Frosch zu sein!' —
Du siehst, ich habe sogar deine geschmackvollen Vergleiche
auswendig behalten — du mußtest mir jede Stunde, die
wir miteinander allein waren, zu einer wahren Höllenqual
zu machen. Ich sah meinen Ruin vor mir — und ich ließ
mich mit vollem Bewußtsein mit in den Strudel hineinreißen,
denn ich wußte, daß du das Leben der Entbehrung und der
Arbeit, das meiner wartete, nicht mit mir teilen würdest.
Du hättest dich dann doch endlich einem andern an den Hals
geworfen — und ich wäre befreit gewesen!"

„Du weißt, es kam nicht so. Ich bin dir treu geblieben,
selbst nachdem du mich mit dem Kinde heimlich verlassen
hattest. Der Verdacht, auf den hin du dich scheiden lassen
wolltest, war grundlos — ich schwöre es dir!"

„Das weiß ich, aber ich weiß nicht, ob nicht kühnere
Bewerber mehr Glück bei dir gehabt haben. Doch wenn das
auch nicht der Fall gewesen wäre, so wärest du doch nur
standhaft geblieben, um deine Rache wirksamer zu machen.
Diese Zurückhaltung läßt dich unendlich viel verworfener er=
scheinen, als ein heißblütiges Weib, das im Rausche einer
unwiderstehlichen Leidenschaft ihre Pflichten als Gattin ver=
letzt. Hat dich deine Treue je einen Kampf gekostet? Nein!
Du wartetest nur die Zeit ab, um deinen Haß befriedigen
zu können. Du wolltest deine Stellung in der Gesellschaft
verbessern — und das konntest du nur, wenn du eine
Scheidung zu deinen Gunsten erreichtest. Du wärest mir
nicht nach Amerika nachgekommen, wenn du nicht erfahren
hättest, daß ich mich dort emporgearbeitet hatte, daß es mir
gut ginge. Ein amerikanisches Abenteuer war ganz nach
deinem Sinn — und du magst wohl schon im voraus ge=
schwelgt haben im Genusse deiner befriedigten Rachsucht. Was
hast du in New York getrieben nach meiner Flucht?"

„Ich habe mich mit den Clarks verbunden, dir nach=
zuspüren, um dich deiner Strafe zuzuführen," erwiderte sie
reuig. „Aber seitdem ich dich nun wirklich gefunden hatte,

da schwanden mir alle Rachegedanken. In diesem freudlosen Jahre bin ich zur Besinnung gekommen über mich selbst, und ich habe gelernt die Welt zu erkennen, seit ich genötigt war, mir unter Fremden mein Brot zu verdienen. Und als ich dich hier wiederfand, als ich sah, wie du, der du zum Dienen gekommen warst, dich sofort und ohne Widerspruch zum Herrscher aufwerfen konntest in diesem Inselreiche des geistlosen Hochmuts und der pfäffischen Beschränktheit, da fiel es mir wie Schuppen von den Augen, da erkannte ich erst deinen wahren Wert — und liebte dich mit der ganzen Glut einer ersten, reinen Liebe!"

„Worte, Worte, nichts als Worte! Du hast dir deine Rede herrlich einstudiert! Aber das verfängt jetzt alles nicht mehr. Auch mir sind in diesem Inselreiche — der Ausdruck ist wirklich gut — auch mir sind hier die Augen aufgegangen über die verhängnisvolle Thorheit meiner Jugend. Hier ist es mir erst klar geworden, was in unsrer Zeit ein Edelmann sich schuldig ist! Beschränkt mögen diese Menschen sein, aber sie sind aus edelm Stoff gemacht, sie sind kerngesund, weil sie wahr sind gegen sich selbst. Ich will jetzt auch wahr sein gegen mich — weißt du, was ich thun werde? Ich werde mich selbst den Gerichten stellen, ich werde meine Strafe auf mich nehmen, und dann werde ich hingehen und die Scheidung von dir verlangen! Und diesmal werde ich durchdringen! Dank dem Zufall, der diesen Fink ins Haus führte, werde ich dir beweisen können, was das Gesetz verlangt. Der junge Wuvermann . . ."

Mit wutfunkelnden Blicken war sie emporgesprungen und unterbrach ihn nun fast schreiend: „Und dann willst du diese garstige, plumpe Person heiraten, die dir das alles zugetragen hat, der du im Pferdestall Liebeserklärungen machst . . . ah! Laß doch sehen, was du da für ein kostbares Schriftstück so eilig zu verstecken hattest!" Mit einem Sprunge war sie am Schreibtisch und hatte, ehe er es verhindern konnte, die beschriebenen Briefbogen an sich gerissen.

Er versuchte sie von hinten zu umfassen, um ihr die Arme an den Leib zu drücken. Doch sie drehte sich mit einem

kräftigen Ruck herum und stieß ihn mit beiden Händen vor
die Brust, so daß er einen Schritt zurücktaumelte.

Einen Blick warf sie auf das zerknitterte Papier in ihrer
Rechten und las laut die Worte: „Sie, teuerste Komteß,
werden die Verworfenheit dieses Weibes ..."

Er umspannte mit eisernem Griff ihre Rechte. „Nicht
weiter!" knirschte er.

„Ist auch nicht nötig," höhnte sie. „Ich weiß genug!"
Und blitzschnell griff sie mit der freien Linken zu und riß
die Papiere in Fetzen auseinander.

Er ließ sie los und trat erbleichend zurück. Unfähig zu
sprechen, wies er mit bebenden Lippen nach der Thür.

„Ja, ich gehe," sagte sie kurz auflachend. „Und da
— so werfe ich dir deinen Namen und all den lächerlichen
Plunder vor die Füße! Du hast es nicht anders gewollt —
du sollst bald von mir hören!"

Noch einmal riß sie die Stücken durch und warf
sie heftig vor ihn hin, so daß sie weit zerstreut über die
Diele hinflatterten. Dann verließ sie raschen Schrittes das
Zimmer.

Rolf Norwig sank wie gelähmt in den Sessel vor seinem
Schreibtisch und vergrub das Gesicht in seinen Händen.

Als Josephine von Norwig aus der Hausthür trat,
stand Inspektor Reusche vor ihr. Er stieß einen Ruf der
Ueberraschung aus und sagte: „Haben Sie mich dort ge=
sucht, Sophie? Ich glaubte schon ... Ach, du bist ein
süßer Schelm!"

Er wollte sie umarmen, aber sie entzog sich ihm behende
und rief verächtlich: „Was fällt Ihnen ein?" Und ohne
ihn noch weiter eines Blickes zu würdigen, schritt sie
eilig davon.

Der Inspektor war aus allen Himmeln gefallen.
„Falsche Schlange!" murmelte er grimmig und trat über die
Schwelle. — —

Komteß Marie hatte nicht lange auf ihrem Beobachtungs=
posten auszuharren gebraucht. Schon nach etwa zehn Minuten
hatte sich Lines schlurfender Schritt wieder auf dem Kies
vernehmen lassen. Die Komteß war sofort nach der Haus=

thür geeilt, hatte aufgeschlossen und sodann, die beiden Hunde
am Halsband festhaltend, Lines Eintritt abgewartet.

Das Mädchen mußte das Knacken des Schlosses überhört haben, denn es trat arglos herein und kreischte laut
auf, als es die hohe Gestalt ihrer jungen Gebieterin mit
den knurrenden Hunden zur Seite so unvermutet vor sich
stehen sah.

„Wo warst du, Line?" frug die Komteß streng.

„Ach Gott, ach Gott! Jck ... wär man'n bäten in'n
Gaarden. Dat Fröln het mi seggt, ick süll man nah'n
bäten nah den Mand kieken, de schint so schön!"

„Ist das Fräulein etwa auch im Garten?"

„Dat weit ick nich. Dat Fröln het mi blot be Döhr
upsloten, un denn, seggt dat Fröln, ick sall nah'n bäten
täuwen, bis de Klock Twölfe sleiht. Ach Gott, gnä Kunteß,
ick wihr ja nich alleen rut — dat Fröln het mi blot tum
Narren hollen woll'n!"

„Schon gut, Line, schon gut! Lat mi man blot mit
din Fröln tofräden. Geh to Beer un holl din Mul, sust
— du weitst woll as dat Sprüchwurt seggt: Wer den Schaden
hat, braucht für den Spott nicht sorgen."

Das Mädchen brach in Thränen aus und schlich sich
zitternd davon. Die Komteß aber schloß wieder zu und setzte
sich sodann auf die Bank im Vorplatz. Wiederum hatte sie
nur wenige Minuten gewartet, als die Klinke vernehmlich
heruntergedrückt wurde. Rasch war sie zur Stelle und öffnete.
Lord, den sie dabei hatte loslassen müssen, war mit einem
Sprunge draußen und hätte fast die erschrockene Frau von
Norwig rückwärts die steinernen Stufen hinunter gestoßen.
Unwillkürlich war sie über die Treppenwange auf den Rasen
heruntergesprungen und drückte sich aufschreiend an die Wand,
um sich den Rücken zu decken.

„Zurück, Lord!" rief die Komteß gedämpft.

Aber die Tiere waren durch das Ungewöhnliche dieses
nächtlichen Abenteuers, durch das Warten unruhig geworden
und sahen in der ihnen noch nicht vertrauten Person der
Stütze den erwarteten Feind. Lord gehorchte nicht gleich,
sondern sprang an der angstvoll in die Ecke gedrückten Frau

hinauf, freilich ohne nach der gutmütigen Art seiner Raſſe zuzubeißen. Auch Lady zerrte ſo heftig vorwärts, daß Komteß Marie die Treppe mit hinunter mußte. Dann aber gelang es ihr, auch Lord wieder beim Halsband zu faſſen und beide Tiere mit aller Kraft zurückzureißen. Während ſie noch damit beſchäftigt war, die Hunde zu beruhigen, vermochte Frau von Norwig Atem zu ſchöpfen und ſich zu ſammeln.

„Ah, bravo Komteß!“ keuchte ſie mühſam hervor und preßte ihre beiden kleinen Fäuſte gegen ihre heftig arbeitende Bruſt. „So iſt es recht — hetzen Sie nur Ihre Hunde auf die Leute, die Ihnen ein Dorn im Auge ſind! Das iſt vermutlich ſehr ariſtokratiſch!“

„Schweigen Sie und antworten Sie mir, was ich Sie frage!“ herrſchte die Komteß ſie an. „Wo kommen Sie her?“

Mit vorgebeugtem Nacken, wie eine zum Sprunge bereite Katze, trat das falſche Fräulein auf die Komteß zu. Sie war faſt um zwei Kopfeslängen kleiner als dieſe und ſah hohnlächelnd zu ihr empor, ſo daß ihre dunkeln Augenſterne faſt unter den Lidern verſchwanden und das Weiße unheimlich glänzte. „Wo ich herkomme? Nun, Ihnen kann ich es ja ſagen — aus dem Zimmer meines Mannes.“

Die Komteß war keines Wortes mächtig. Sie mußte ihre ganze Kraft zuſammennehmen, um dieſer Frau gegenüber ihre Haltung zu bewahren.

Und jene fuhr fort: „Leider ſtörte ich ihn bei einer ſehr wichtigen Beſchäftigung. Er war im Begriff, für eine gewiſſe ‚teuerſte Komteß‘ ſeine Memoiren zu ſchreiben. Sie verdenken es mir hoffentlich nicht, daß ich ſo frei war, dies kompromittierende Schriftſtück zu vernichten!“

„Das haben Sie gethan? Was glauben Sie damit erreicht zu haben?“ entgegnete die Komteß. „Sind Sie noch nicht überzeugt davon, daß für Sie kein Raum in dieſem Hauſe iſt? Sie werden es morgen verlaſſen!“

„Allerdings werde ich das, und zwar ohne Sie zu fragen.“

„Hoffen Sie nicht, daß man Sie weiter ſchonen wird aus Furcht vor Ihren Drohungen. Was Herr von Norwig

auch gefehlt haben mag, den Dank hat er sich um uns ver=
dient, daß wir ihn vor der Schmach der Lüge befreien, die
Sie ihm aufzwingen wollen. Da Sie einmal wissen, daß
ich Ihre Beziehungen kenne — ich ahnte sie von dem Augen=
blick an, als ich Sie in sein Zimmer treten hörte in der
ersten Nacht Ihres Hierseins! — so mögen Sie auch wissen,
daß ich alles daran setzen werde, um die Beweismittel zur
Stelle zu schaffen, wie unwürdig Sie sich seiner gezeigt
haben."

„Und sich dann selbst an meine Stelle setzen — ha ha!
Entschuldigen Sie, meine gnädigste Komteß, daß ich lache!
Ihr Schicksal ist wirklich tragikomisch! Der erste Mann, der
Ihr stolzes Herz zu rühren vermochte — Ihr Achilles,
schöne Penthesilea — er hat einen dummen Streich be=
gangen, eine Mesalliance — du lieber Gott, das kommt in
den besten Familien vor! Man beweist einfach der Person
einen kleinen Fehltritt — der nötige junge Mann stellt sich
ja wie gerufen ein! — und dann reicht man ihm selbst die
allergnädigste gräfliche Hand und sühnt damit den Frevel
wider das blaue Blut."

„Unverschämte — ich verbitte mir diese Sprache!"

„Haben Sie nicht auch einen Revolver in der Tasche?"
höhnte die zierliche Furie weiter. „Ich möchte mich nicht
gern in einen Kampf mit diesen Vierfüßlern einlassen — da
ich leider nicht über Ihre Körperkräfte verfüge, Komteß!"

Die Komteß schleppte sich die Stufen wieder hinauf
und betrat mit den beiden Hunden den Vorplatz. Dort ließ
sie sie los und jagte sie in ihren Verschlag zurück.

Frau von Norwig war ihr ins Haus gefolgt und hatte
die Thür hinter sich zugeschlossen. Mit herausfordernd er=
hobenem Haupte wartete sie die Rückkehr der Komteß ab.
Diese wollte stumm an ihr vorbei die Treppe hinaufschreiten,
als sie sie mit gedämpfter Stimme nochmals anredete: „Nur
ein Wort, Komteß!"

„Ich habe keine Lust, Ihre Insulten weiter anzuhören."

„Ich will auch nur meinem Manne die Mühe sparen
ein zweites Manuskript zu verfassen. Ich war ja auch mit
meiner Tragikomödie noch nicht fertig! Also denken Sie

sich: wenn Sie mich arme Unwürdige auch wirklich in mein Nichts
zurückstoßen — ha ha! — so ist er darum doch noch nicht
frei für Sie, denn . . ." Sie trat dicht an die Komteß heran
und flüsterte ihr langsam und deutlich, jede Silbe betonend,
ins Ohr: „Er hat noch eine zweite Frau in Amerika, die
nur darauf wartet, daß ich ihr seinen Aufenthalt verrate,
um ihn den Gerichten auszuliefern."

Komteß Marie mußte sich an das Treppengeländer an-
klammern, um nicht umzusinken. „Eine zweite Frau!" stöhnte
sie heiser.

„Ja, so ist es — Bigamie nennt man das ja wohl?
Er hat ein so weites Herz, mein teurer Gatte! Die Dame,
Miß Clark hieß sie, wenn Sie es wissen wollen, verliebte
sich in ihn, wie Sie, Komteß! Er war bei ihrem Vater in
Stellung und sollte als Teilhaber in das Geschäft eintreten,
wenn er die Tochter mit in den Kauf nehmen wollte. Es
wäre doch unritterlich gewesen, einer werbenden Dame einen
Korb zu geben, nicht wahr? Zudem war Miß Clark gar nicht
so übel, eine sehr energische, gebildete junge Dame — wie
Sie, Komteß! Und dabei eine stattliche Erscheinung — hm
— wie Sie, Komteß! Was that es, daß sich Norwig als
Witwer ausgegeben hatte? Eine Scheidung mußte sich leicht
bewerkstelligen lassen. Ein guter Freund empfahl ihm Ihren
edeln Vetter Karl Egon Emich als Sündenbock — aber leider
hatte der gute Graf niemals an so unmoralische Dinge gedacht! Und außerdem ging die Sache unsre Gerichte nichts
an, weil mein Mann seinen Wohnsitz drüben hatte. Als
ich etwa drei Wochen später in New York ankam, da war
das Unglück geschehen und unser gemeinschaftlicher Gatte sah
sich veranlaßt, sich in die Pampas zu flüchten. — Da haben
Sie den ganzen Roman. Nun fehlte nur noch, daß wir
nach Salt Lake City auswanderten und Sie sich als Dritte
im Bunde ihm ansiegeln ließen! — Und nun wünsche ich
wohl zu schlafen, Komteß!"

Sie streifte die zierlichen Schuhe von den Füßen und
huschte leicht wie eine Sylphe die Treppe hinauf und in ihr
Zimmer. — —

Die Hausuhr verkündete dumpf die erste Stunde des

neuen Tages, als Komteß Marie aus einer tiefen Ohnmacht zu sich kam. Schwerfällig schleppte sie sich hinauf in ihr Zimmer. Gegen morgen erst scheuchte der barmherzige Schlaf das wilde Heer quälender Gedanken von ihrem Lager.

Vierzehntes Kapitel.

Handelt von Abschieden und Ueberraschungen, bringt eine Stil=
probe der Witwe Bandemer und endlich auch eine Verlobung.
Die tolle Komteß nimmt eine ernste Beichte ab.

Am andern Morgen um acht Uhr fand ein thränen=
reicher Abschied statt. Vicki war schon ganz verweint zum Frühstück heruntergekommen, und als ihr Hanswurstfink sehr gerührt sein Aquarell als Erinnerungszeichen einer unver=
geßlich schönen Stunde überreichte, da brach der Jammer vollends los und machte sich in herzbrechendem Schluchzen und in einem Strom von Thränen Luft. Der Künstler be=
eilte sich zur Thür hinaus zu kommen, denn des alten Teer=
finken Sohn mit einem ganz unvernünftigen Komteßchen um die Wette heulen zu sehen, das sollte man auf Räsendorf nicht erleben. Ganz besonders gerührt war die Dienerschaft, die einmütig für ihre Komteß Viktoria schwärmte. Sötbier, der Gärtner, hatte den guten Einfall, einen Korb voll der ersten reifen Aepfel zur Wegzehrung darzubringen, denn ihre Vorliebe für dieses Obst war von früher Kindheit an eine wahrhaft leidenschaftliche gewesen. Sie ließ auch ihren Aepfelkorb nicht aus dem Arm, als sie endlich die Kutsche bestiegen hatte, und stellte so in ihrer frischen saftigen Fülle, ihrer zarten reifen Rundung das Idealbild einer jugend=
lichen Pomona dar.

Komteß Marie hatte von ihrer Schwester schon im Bett Abschied genommen. Sie fühlte sich so elend, daß sie nicht aufzustehen vermochte. Doch stellte sie ihren baldigen Besuch

in Berlin in Aussicht, wohin sie doch bald werde reisen
müssen, um einen berühmten Frauenarzt zu Rate zu ziehen.

Das Fräulein Sophie hatte beim Frühstück ihres Amtes
gewartet wie gewöhnlich; doch war dem Grafen Karl Egon
Emich nicht entgangen, wie merkwürdig alt und übernächtig
sie aussah. Er machte sich die heftigsten Vorwürfe darüber,
daß sein kecker Streich und die Angst vor den möglichen
Folgen desselben dem armen Mädchen eine schlaflose Nacht
bereitet habe. Auch fiel es ihm auf, daß die Gräfin das
Fräulein heute mit kränkender Absichtlichkeit wie nicht vorhanden betrachtete, und einmal glaubte er auch einen vorwurfsvollen Blick aus den großen, dunkel umränderten Augen
Sophiens empfangen zu haben.

Am Nachmittag desselben Tages reiste auch Fräulein
Sophie ab mit dreitägigem Urlaub nach Lüneburg. Norwig
hatte sie vorher nicht wiedergesehen, da er sein Mittagessen zu früherer Stunde auf seinem Zimmer eingenommen
hatte.

Es war ein arbeitsreicher Tag gewesen, und man hatte
später Feierabend gemacht als gewöhnlich. Noch niemals
hatte der sanfte Ludolf Reusche so grimmig geflucht und
gewettert wie heute. War es das abscheuliche Regenwetter,
das ihn so verstimmte, oder war es eine Mitteilung des
Wirtschafters Brinkmann, die er am frühen Morgen entgegengenommen hatte. Sicher war, daß zwischen diesen
beiden, die sonst einigermaßen auf dem Kriegsfuße standen,
eine plötzliche Busenfreundschaft ausgebrochen war, welche
sich besonders darin zeigte, daß die beiden mit auffallender
Uebereinstimmung die gleiche steife, kühle, schweigsame Haltung gegen den Herrn Oberverwalter einnahmen. Trotz des
schlechten Wetters warf sich der Inspektor nach Feierabend
noch in seinen feierlichsten Sonntagsstaat, um bei dem Herrn
Prediger seine Aufwartung zu machen. Und am nächsten
Tage, kurz vor Tische, erbat er sich eine Audienz bei der
gnädigen Frau Gräfin, in welcher er seine Verlobung mit
Fräulein Beate Meusel anzeigte.

Am dritten Tage nach der Abreise des Fräuleins Sophie
traf für Herrn Maler Hans W. Fink ein Brief mit dem

Poststempel Lüneburg ein, welcher von diesem der Gräfin vorgelegt wurde und also lautete:

"Sehr geehrter Herr Fink!

"Obwohl ich von Ihre Familie, die mich nie auch nur das Schwarze unter dem Nagel nicht gegönnt hat weder vor dem Wachtmeister noch als Wittwe sondern im Gegentheil nur immer über der Achsel angesehen und nichts von mir wissen wollen außer mal geuhzt wegen den Papagei ich habe ihn den Hals umgedreht und ausstopfen lassen! So will ich doch Ihre Bitte endsprechen da sie in anständige Form abgefaßt ist. Ich theile also mit, daß die Dame, wo sie das Bild von gezeichend haben, meine Tochter Sophie nicht ist und bemerke noch vorzüglich daß mir von Bildung und Sprachen und was Sie sonst schreiben an meine Tochter nichts bekannt ist außer das ellegande Auftreten was sie von mir haben muß. Ich habe zwar die Sophie immer fleißig zur Schule angehalten und einen moralischen Lebenswandel empfolen aber das Göhr war immer faul wie die Sünde und nicht zu halten und war ich froh wie mir mit vierzehn Jahren ihr Vater das Geld schickte, daß ich sie nach Amerika schicken konnte denn als anständige Wachtmeister Tochter paßte sie gar nicht. Zuletzt hat sie geschrieben vor fünf Jahren daß sie einen Schwarzen geheirathet hätte der Koch in einem reichen Hause war und bedaure ich diesen Menschen! Seitdem habe ich nichts weiter gehört und freut mich das sehr denn ich bin eine anständige Wittwe und wüßte auch nicht, was sie in Deutschland zu suchen hätte.
"Ihre Grüße erwiedere ich freundlichst und zeichne ergebenst

Selma Bandemer
verw. Wachtmeisterin jetzt
Posamentir und Schnittwaaren."

Da Fräulein Sophie selbst weder zurückkehrte, noch sonst etwas von sich hören ließ, so hielt man sich für überzeugt, daß die kecke Abenteurerin das Weite gesucht habe.

„Te te te" — machte die Frau Gräfin. „Daß man sich so in einem Menschen täuschen kann! Und da habe ich die arme Beate gar noch übel angeblasen, daß sie mir das saubere Treiben dieser Personage aufdecken wollte! Na, ich werde mal heut gleich hinüber gehen und der kleinen Braut abbitten. Ein schönes Hochzeitsgeschenk soll sie auch haben. — Und mein guter Mann ... potztausend, habe ich den schlecht gemacht! Und er hat alles auf sich genommen — er ist doch wirklich ein ganzer Kavalier, mein Helmut! Nein, nein — nie wieder nehme ich mir eine solche Person ins Haus! Man weiß ja nie was für Schlangen und Otterngezücht man da an seinem Busen wärmt." —

Der Graf schrieb, daß Vicki von Tante Auguste mit offenen Armen empfangen worden sei und um baldige Sendung eines neuen Korbes Aepfel bitte, da sie gleich am Tage ihrer Ankunft ihren ganzen Vorrat unter die Schwestern verteilt hätte. Um ihr ein bildendes Vergnügen zu machen, habe er sie am zweiten Tage in das Museum geführt. Aber die alten Bilder habe sie gräßlich gefunden und behauptet, Herr Fink könnte doch viel schöner malen. Durch die Skulpturensäle seien sie anstandshalber sehr schnell hindurch gegangen. Vicki habe auch den alten zerbrochenen Puppen nicht viel nachgefragt; nur die Bildsäule des Kaisers Augustus habe ihr Eindruck gemacht, und als sie aus dem Katalog ersehen, wen sie vor sich hatte, habe sie ganz laut den Scheffelschen Vers aus dem bekannten Römerliede heruntergeschnurrt: „Dem Augustus blieb vor Schrecken ein Stück Pfau im Halse stecken." Und darüber sei ein würdiger alter Herr in ihrer Nähe von einem derartigen Lachkrampf befallen worden, daß der Galeriediener ihm schleunigst Wasser ins Gesicht spritzen mußte. — Das ausführliche Schreiben des Grafen schloß mit einer Bitte um Verlängerung seines Urlaubes um einige Tage, da er einige liebe alte Freunde angetroffen habe, die ihn sobald nicht loslassen wollten.

Und da die gute Gräfin sich noch der grausamen Schwitzkur wegen ihrem Gatten gegenüber schuldig fühlte, so gewährte sie in einem zärtlichen Schreiben diese Erlaubnis, sogar ohne die üblichen Ermahnungen. —

Meister Fink malte in dieser Zeit mit einem wahren Feuereifer darauf los; es drängte ihn offenbar, bald aus diesem Hause herauszukommen, das so wehmütig süße Erinnerungen für ihn hegte und ihm trotz der Liebenswürdigkeit der Gräfin so schauerlich öde und unheimlich erschien, seit das glockenhelle Lachen Viktoria Pomonas nicht mehr durch die weiten Hallen schallte. —

Komteß Marie hatte sich in jener denkwürdigen Nacht eine Erkältung mit leichtem Fieber zugezogen, welche sie wiederum tagelang ans Bett fesselte. Am fünften Tage erst vermochte sie aufzustehen, durfte aber noch nicht ihr Wohnzimmer verlassen. Am Nachmittag erschien die Mutter, um sie zu fragen, ob sie vielleicht Herrn von Norwig in einer gewissen wirtschaftlichen Angelegenheit die erbetene Auskunft geben könne. Die Komteß bejahte und ersuchte die Mutter, ihr den Verwalter heraufzuschicken.

Norwig fand die Komteß auf ihrem Ruhebett ausgestreckt. Ein Morgenrock von dunkelblauem Tuch schmiegte sich in weichen Falten um ihre herrliche Gestalt. Mattgelbe Stores dämpften das Licht, wie der dicke Teppich das Geräusch der Schritte. Eine milde Dämmerung lag wie ein leichter Schleier auf den messingbeschlagenen Rokokomöbeln, den geblümten Polsterbezügen und den zahlreichen zwecklosen Kleinigkeiten in Porzellan, Metall, Holz und Leder, wie sie sich in den Wohnzimmern vornehmer junger Damen anzuhäufen pflegen. Auf dem geschweiften Schreibtisch stand eine zopfige kleine Pendüle, deren spitzes hastiges Ticken etwas frauenhaft Nervöses an sich hatte.

„Kommen Sie, setzen Sie sich hier zu mir," sagte die Komteß, nachdem sie sich begrüßt und einige Worte über ihren leidenden Zustand gewechselt hatten.

Norwig zog einen Stuhl an den Diwan heran und setzte sich so, daß er ihr Gesicht sah. „Was werden Sie sagen, Komteß," begann er, „daß ich die versprochene schriftliche Beichte nun doch nicht mitbringe?"

„Sie brauchen sich nicht zu entschuldigen — ich weiß alles!" Und sie erzählte ihm mit kurzen Worten, was sie aus dem Munde seiner Frau erfahren hatte, ohne jedoch

VI. 2.   8 der beleibigenden Form, in welcher dies geschehen war, zu erwähnen.

„Sie hat Ihnen die Wahrheit gesagt," versetzte Norwig leise, aber fest, nachdem sie mit ihrem Bericht zu Ende war. „Ich lege mein Geschick in Ihre Hand, Komteß. Sie haben mir eine Neigung entgegengebracht, die meinen Stolz noch einmal mächtig aufgestachelt hat zum Trotz gegen mein Schicksal. Sie wissen jetzt, daß ich mir dieses Schicksal selbst verdiente, daß ich Ihres hochherzigen Vertrauens unwürdig bin. Ihnen kommt es zu, zu richten — ich werde mich Ihrem Spruche unbedingt fügen."

„Sagen Sie mir nur eins," begann die Komteß nach einer Pause des Nachsinnens, „liebten Sie Miß Clark?"

Er lächelte bitter und antwortete: „Ob ich sie liebte? Die Fähigkeit zu lieben war mir unter den entsetzlichen Erfahrungen meiner Ehe abhanden gekommen! Bedenken Sie doch: zu jenem wahnwitzigen Streich hatte mich doch nur Liebe, blinde, tolle Liebe verführt — das heißt, was ich damals dafür hielt. Als ich den Boden der Neuen Welt betrat, hatte ich mir einen ganz neuen Lebensplan, eine ganz neue Philosophie zurecht gelegt. Ich hatte eine wahrhaft närrische Angst bekommen vor allem, was mir bisher Ideal hieß; ich wollte mich daran gewöhnen, die Dummheit und Nichtswürdigkeit der Menschen mit cynischem Lachen als etwas Selbstverständliches, dem Wissenden Ergötzliches hinzunehmen. Ich wollte arbeiten, um zu leben, und vielleicht, wenn es mir glückte — leben, um zu genießen! Mein altes Ich konnte ich zu diesem Zweck nicht mehr gebrauchen, das fühlte ich schon nach kurzem Aufenthalte nur allzu deutlich an dem Mißbehagen, gegen das meine aristokratische Wohlerzogenheit auf Schritt und Tritt anzukämpfen hatte. Ich habe Ihnen schon davon erzählt. Die vornehmen Familien in den Vereinigten Staaten, die Knickebockers und F F Virginians sind stolzer und unnahbarer als unser ältester Adel. Ein deutscher Entgleister darf nicht hoffen, in diesen Ring einzudringen. Vielleicht daß er mit seinem ramponierten Rittertum in den Kreisen der Snobs und Nobodys noch einigen Effekt macht. Mir wenigstens führte die Ironie des

Schicksals einen solchen Liebhaber von Antiquitäten in den
Weg. — Mister Clark war ein Getreidespekulant, der seine
Geschäfte vorwiegend nach Deutschland hin machte. Er kannte
deutsche Verhältnisse und Anschauungen einigermaßen von
seinen Geschäftsreisen her, auf denen ihn auch seine einzige
Tochter wiederholt begleitet hatte. Diesem Umstande hatte
ich es wohl zu verdanken, daß mich die Herrschaften mit
ihrem besondern Interesse beehrten. Ich trat als eine Art
Agent bei ihm ein, hatte bestimmte ländliche Bezirke zu be-
reisen und das Getreide bei den Farmern aufzukaufen.
Schon nach wenigen Monaten hatte ich mir das Vertrauen
des Chefs so sehr gewonnen, daß er mir eine leitende
Stellung in seinem New Yorker Bürcau einräumte. In
dieser Stellung war ich eifrig bemüht, die deutsche Landwirtschaft ruinieren zu helfen, indem ich den deutschen Juden
mit unserm billigen amerikanischen Getreide ihre Speicher
den Rhein hinab bis Mannheim füllen half. Ich, derselbe
Mann, der über diesen Gegenstand noch vor wenigen Jahren
eine Broschüre geschrieben hatte, welche meiner Meinung
nach nicht verfehlen konnte, dem deutschen Michel den Schlaf
aus den Augen zu reiben! Aber freilich, damals steckte ich
noch in der ideologischen Puppe — da drüben erst lernte
mein Geist seine Flügel gebrauchen, um über alle alten Vorurteile lustig hinweg zu flattern. — Ah, Pardon . . . ich
schweife ab. — Die Clarks behandelten mich bald wie zur
Familie gehörig, und ich merkte aus dem Benehmen des
Vaters wie der Tochter bald genug, wo ihre Liebenswürdigkeit hinaus wollte. Der Alte war ein self made man,
schlau, gutmütig, von komischem Aplomb im Auftreten, ängstlich und ungeschickt in den Formen — natürlich ohne alle
Bildung. Seine Frau war gestorben, ohne die Glanzzeit
des Geschäfts erlebt zu haben; die Tochter in den feinsten
Pensionaten der Heimat wie des Auslandes erzogen worden.
Sie war erst vor kurzem heimgekehrt, ausgerüstet mit
sämtlichen Mordwaffen der modernen Bildung. Eine Kon-
versation mit ihr nach dem Thee war eine geistige Anstrengung, welche ungefähr der des Abiturientenexamens
gleichkam. Außerdem leistete sie Hervorragendes an Finger-

fertigkeit auf dem Klavier, mit Zeichenstift und Pinsel. Da=
bei war sie innerlich so kühl, wie es mein Bestreben war,
es gleichfalls zu werden. Erst nachdem ich meine sämtlichen
Examina mit der Zensur 2 a bestanden hatte, begann sie
kühnere Hoffnungen in meinem Herzen zu nähren. Zu der
Zeit war es, als ich die Scheidungsklage gegen meine Frau
einreichte — ich hatte mich als Junggeselle ausgegeben, weil
die Annonce, die mich Herrn Clark zuführte, einen unver=
heirateten Mann verlangte. Mein Söhnchen hatte ich gut
untergebracht in der Familie eines Privatschuldirektors, der
mich eine Zeitlang als Lehrer beschäftigt hatte. Sie werden
vielleicht begreifen, Komteß, daß mir Miß Clark in meiner
damaligen Geistesverfassung sympathisch war. Ich sah sogar
mit einer gewissen Verehrung zu ihr hinauf, als einem Wesen
höherer Ordnung. Eine Ehe mit ihr konnte unmöglich die
grausamen Enttäuschungen einer Liebesheirat im Gefolge
haben! Sie würde ihre hübsche runde Million mit mir
teilen, im übrigen aber nichts von ihrem Wesen aufgeben
und auch meinen geistigen Besitzstand unangetastet lassen.
Ich hatte mich nicht bemüht, ihr Herz zu berauschen, sie
handelte also nach freiem, vernünftigen Ermessen, wenn sie
mich heiratete. Wo sollten da die Enttäuschungen her=
kommen? Ich beschloß, mich heiraten zu lassen und danke
schön zu sagen! An dem Ausgang meines Prozesses zweifelte
ich nicht."

„Aber warum eröffneten Sie dem Fräulein nicht ehrlich
die volle Wahrheit, sobald Sie die Gewißheit hatten, daß
Sie begehrt wurden?" warf die Komteß ein.

„Weil dann das Unwürdige, Abenteuerliche meiner Ehe
an den Tag gekommen wäre — und dann wäre es um meine
Respektabilty geschehen gewesen! Amerikanische Empor=
kömmlinge, welche sich erst in die gute Gesellschaft ihres
Landes hineinarbeiten wollen, vermeiden aber nichts so ängst=
lich, wie eine Heirat mit abenteuerlichem Beigeschmack. Man
wollte einen Mann von unzweifelhaft guter Familie, ohne
unbequemen Anhang, mit feinen Formen und guten Kennt=
nissen, der sowohl als usher in für die Gesellschaft, wie als
tüchtige Arbeitskraft im Geschäft zu gebrauchen war. Ich

durfte mir schmeicheln, diese Eigenschaften in meiner Person zu vereinigen. — Mister Clark legte mir eines schönen Tages die Sache so nahe, daß ich nicht mehr zögern konnte, ihn um die Hand seiner Tochter zu bitten. Sie wurde mir von beiden Seiten ohne weiteres zugestanden und die Vorbereitungen zur Hochzeit in Angriff genommen. Zum Glück war mein Schwiegervater nicht so hinterlistig gewesen, Erkundigungen über meine Person in Deutschland einzuziehen. Uebrigens hatte ich vorsichtshalber bei meinem Schreiben an das Landgericht die Adresse jenes Schuldirektors angegeben, der meine Verhältnisse kannte, und auf dessen Verschwiegenheit ich zählen durfte. Ich war mir wohl bewußt, daß trotzdem ein mißgünstiger Zufall die Wahrheit an den Tag bringen konnte — aber ich war einmal entschlossen, va banque zu spielen. Eine Woche vor dem festgesetzten Hochzeitstage erhielt ich die Ablehnung meiner Klage. Meine Verlegenheit war groß. Ich zermarterte mir das Gehirn, um einen triftigen Vorwand zum Aufschub der Hochzeit zu ersinnen. Ich machte meinem Schwiegervater den Vorschlag, mir die nötigen Mittel vorzustrecken, um mein Gut wieder zurückzukaufen, da ich in den Augen der Gesellschaft von New York nicht als der arme Schlucker dastehen wolle, der der Großmut seiner Frau allein alles zu verdanken hätte. Allein diese nachträgliche Regung meines Zartgefühls wurde mit schlecht verhehltem Mißtrauen entgegengenommen. Nach der Hochzeit könnte ich mir ja irgendwo in den Staaten Land kaufen, wozu Mister Clark mir gern größere Summen zur Verfügung stellen wollte. Ich sah ein, daß ich auf diese Weise meinen Zweck nicht mehr erreichen würde. Ich hatte nur zu wählen, ob ich die Wahrheit sagen und dadurch meinen sichern Sturz herbeiführen oder der Gefahr der Entdeckung kühn ins Auge sehen wollte. Ich glaubte, meine Frau habe von meiner Absicht, mich scheiden zu lassen, gar nichts erfahren und die Angelegenheit würde danach ruhen, bis ich sie einmal gelegentlich einer Geschäftsreise nach Deutschland erledigen könnte. Mein einziger Schmerz war der, daß ich meinen lieben Bill jetzt nur mehr heimlich sehen durfte. Das Kind war kaum sechs Jahre alt — es mußte also die Erinnerung an seine Eltern doch bald verlieren; und dann wollte ich ihm, je nachdem die Zukunft sich gestaltete, so oder so wieder nahe treten. — Nun, Sie wissen, wie prompt die Strafe meinem Vergehen auf dem Fuße folgte. Josephine suchte, sobald sie in New York gelandet war, zunächst meinen Freund, den Direktor auf, und es gelang ihr bald genug, trotzdem er meinen derzeitigen Aufenthalt nicht zu kennen vorgab, mich ausfindig zu machen. Ich war etwa einen Monat verheiratet, als sie eines schönen Tages mit Bill an der Hand eintrat und ... Sie erlassen mir wohl die nähere Schilderung dieser Scene? — Ich war feige, ich floh vor der Strafe — ich floh vor mir selbst! Ich schrieb einen Abschiedsbrief an meine zweite Frau, in dem ich mich selbst wahrlich nicht schonte, und einen zweiten an meinen Freund, um ihm meinen Knaben auf die Seele zu binden. Ich gelangte unbehelligt nach Brasilien. Ich ging in das Innere, wie Sie wissen, und wurde dort so eine Art Oberroßhirt. In der großen Einsamkeit meines Daseins hatte ich Muße, mich auf mich selbst zu besinnen. Ich erkannte, daß in dieser Welt der ungesühnten Missethaten doch darin wenigstens eine ewige Gerechtigkeit sichtbar wird, daß kein Mensch ungestraft seine eigne Natur verleugnen darf. Das Blut, das in unsern Adern fließt, ist die bewegende Kraft, die unsre Maschine auf dem Geleise des Lebens vorwärts treibt. Wollen wir durchaus den Kessel mit einem fremden Stoffe füllen, so machen wir kläglich Halt, oder wir fliegen mit einem Knall in die Luft — jedenfalls hat es die Maschine zu büßen! — Ich hatte mein vierzigstes Lebensjahr noch nicht erreicht; ich konnte nicht mit zerbrochenem Räderwerk am Wege liegen bleiben, und darum brachte ich endlich die Maschine zur Reparatur wieder in die Werkstatt, aus der sie hervorgegangen war. Mit dürren Worten: mein Geist vermochte die völlige Vereinsamung nicht länger als drei Jahre zu ertragen. Ich kehrte nach Deutschland zurück, um ein neues Leben zu beginnen, unter den Bedingungen, welche meine Natur und die Ordnung der Gesellschaft mir vorschrieben. Ich bin zu Ende!" —

Wie furchtbar unruhig doch die Uhr tickte! Wie wenn

sie den Aufruhr der Gefühle im Herzen ihrer Eignerin mit=
fühlte und durch ihr haftiges Ticken und Tacken ihn auch
dem Manne zum Bewußtsein bringen wollte, der ihn ver=
schuldet hatte. Es deuchte Norwig eine Ewigkeit, bis die
Komteß ihr beängstigendes Schweigen brach. Aber alles
andre hätte Norwig eher erwartet, als die Frage, die sie
nun an ihn richtete, eine Frage, durch die sie unwissentlich
bewies, wie sehr die Liebe sie zum Weibe gemacht hatte.

„Und blieb Miß Clark auch nach der Hochzeit so kalt,
so rein verständig?"

Aeußerst überrascht suchte Norwig nach Worten. „O
Komteß, ich weiß nicht ... sie war eine anmutige, junge
Frau — ob sie glücklich war, weiß ich nicht — wir sprachen
nicht darüber, so viel ich mich erinnere. Ich weiß nur, daß
sie mich gleich anfangs zu ihrem gehorsamen Sklaven herab=
zudrücken versuchte, um mich fühlen zu lassen, daß ich doch
nur Ihrer Majestät gnädigst erwählter Prince Consort sei."

„Und Sie willigten darein?"

„Ah — ich erinnere mich, es gab eine Scene. Sie
wollte eine Gesellschaft besuchen, die mir nicht recht war.
Sie war sehr ungnädig den Tag über und schloß sich in
ihrem Zimmer ein."

„Und Sie?"

„Ich ging in meinen Klub."

„Jeden Abend?"

„Nein, allerdings nicht mehr häufig seit jenem Tage:
sie liebte es, mir abends vorzuspielen oder Deutsch vorzu=
lesen, um ihre Aussprache zu verbessern."

„Ah wirklich! Und waren Sie nicht glücklich in Ihrer
neuen Häuslichkeit?"

„Ich hatte ja mein Herz verloren! Und nicht Zeit ge=
habt, zu dieser Frau ein bestimmtes geistiges Verhältnis zu
gewinnen. Ich kann nur sagen: sie war mir sympathisch,
doch ich hätte sie nie begehrt, wenn sie mir nicht angetragen
worden wäre."

Die Komteß vermochte nicht ein tiefes, schmerzvolles
Aufatmen zu unterdrücken. „Können Sie vergessen?" sagte
sie leise und mühsam, während dunkle Glut sich auf ihr

Antlitz legte: „Können Sie vergessen, daß ich mich hin=
reißen ließ ... ich werde nie aufhören, mir darüber Vor=
würfe zu machen ... es soll meine letzte — Tollheit ge=
wesen sein!“

Da sank Norwig vor ihrem Lager auf die Kniee, ergriff
ihre Hand und bedeckte sie mit Küssen. „Das je zu ver=
gessen, wäre ja die härteste Strafe, die mich für meine
Sünden treffen könnte! Ich bin der letzte, der Ihnen Ihre
Tollheit falsch auslegen dürfte. Nein, lassen Sie Ihr Ge=
ständnis den Anker sein, an dem sich dies schwankende Fahr=
zeug festklammert in höchster Not. Es ist Licht geworden
in meiner Seele seit jenem Tage — ich sehe ein hohes Ziel
vor Augen: mich Ihrer wert zu machen. Ich darf nicht
wagen, nach Ihrem Besitze zu streben, schmachbeladen wie
ich bin, aber ich werde die Kraft finden, meine Strafe so
zu tragen, wie Sie es von mir erwarten müssen. Das ist
der einzige Dank, den ich Aermster der Armen Ihnen bieten
kann.“

Sie hatte sich langsam aufgerichtet und die Füße zu
Boden gestellt. Sie legte nun ihre Hand leicht auf sein
Haar und sagte: „Der Aermste der Armen sind Sie nicht.
Sie haben ein Kind, dessen Herz Sie sich wieder gewinnen
dürfen und — eine Frau, die Sie liebt!“

Er blickte überrascht zu ihr empor. „Eine Frau? ...“

„Ja — ich bin überzeugt, daß Ihre zweite Frau Sie
lieben gelernt hat, weil Sie ihr den Mann gezeigt haben.
Das war das Entscheidende! — Und nun will ich Ihnen
sagen, was wir thun wollen. Wir müssen diese Abenteurerin
entlarven, wir müssen die Scheidung durchsetzen — und dann
müssen Sie nach Amerika zurückkehren und zu Ihrer zweiten
Frau sagen: Hier bin ich, ein freier Mann ... und dein,
wenn du mir vergeben kannst! Ich glaube, sie wird ver=
geben.“

„Du Heilige — das würdest du thun, weil du mich
liebst!“ rief Norwig mit bebender Stimme: „Aber sie ...
nach einem solchen Skandal ... es ist undenkbar!“

„Es ist Ihre Pflicht, sich ihr zu stellen.“

„Und wenn sie mich auch wieder aufnähme, wenn sie

nicht schon längst die Erinnerung an mich aus ihren Gedanken ausgestrichen und die Freiheit erlangt hätte, aufs neue zu wählen — wenn das alles auch nicht wäre: was könnte ich ihr jetzt noch sein!"

„Jetzt, wo Sie zu sich selbst zurückgekehrt sind, werden Sie ihr mehr sein als damals! Und wenn sie Sie liebt . . . man sagt: Liebe zeugt Liebe."

„Ja, ja, ja — tausendmal ja! Fühlst du das nicht selbst, Marie? Und du denkst nur an andre!"

In tiefer Erregung schlug die Komteß die Hände vor ihr glühendes Gesicht. Und dann fühlte sie sich plötzlich von seinen Armen fest umschlossen und seine Stimme raunte ihr mit berauschendem Klange ins Ohr: „Marie, ich liebe dich! Es ist ein neuer Frevel, den ich damit begehe, aber ich kann nicht anders — ich liebe dich, ich bete dich an!"

Lange hielt er sie fest umschlossen, dann sagte sie endlich: „Wenn du mich liebst, so gehe. Wir können so nicht miteinander leben. Thue deine Pflicht — ich will dir helfen. Und dann, wenn alles gekommen ist, wie es kommen soll, dann — schicke mir deinen Sohn! Laß mich seine Mutter sein!"

Thränen brachen aus seinen Augen. Er versprach alles, was sie wollte — und dann drängte sie ihn sanft von sich und bedeutete ihm zu gehen. Er gehorchte.

Noch an demselben Abend setzte sich Komteß Marie hin und schrieb einen langen Brief an Frau von Norwig, geborne Clark in New York. Mit einem heiligen Ernste, fast wie eine Mutter zur Tochter spricht, ermahnte sie die ihr unbekannte Dame, über ihren entflohenen Gemahl nicht den Stab zu brechen, wie über einen gemeinen Schwindler. Sie setzte ihr auseinander, daß in der Rückkehr zu seiner bessern Natur eine sichere Gewähr für ihre Zukunft liege, wenn nur ihre Liebe stark genug sei, um ihm die Schmach zu vergessen, die er ihr angethan habe. Von der Verworfenheit der ersten Gattin entwarf sie ein so grell beleuchtetes Bild, daß auch der strengste Richter dem Manne mildernde Umstände zugebilligt haben würde, der eine solche Zerstörerin seines

Lebensglückes als nicht mehr für sich vorhanden betrachten wollte. Zum Schluß bat sie, zunächst ihr Aufklärung darüber geben zu wollen, ob sie sich noch als Norwigs Gattin betrachte, und ob sie den reuig zu ihr Zurückkehrenden wieder in Liebe aufnehmen würde, wenn inzwischen die Scheidung von der ersten Frau wirklich erfolgt sei, und selbst wenn dieselbe die Bestrafung seiner Doppelehe in Deutschland nach sich ziehen sollte. Ueber ihr eignes Verhältnis zu Norwig verlor sie kein Wort; die Empfängerin mußte den Eindruck erhalten, als rühre dieses Schreiben von einer älteren Dame her, welche Norwig zur Vertrauten seiner Reue und seiner liebenden Sehnsucht nach der Verlassenen gemacht habe. Wenn sie ihn wirklich jemals geliebt hatte, so mußte diese echt weibliche, und doch auch vernünftig überzeugende Verteidigungsschrift zum mindesten das Herz der Verlassenen tief ergreifen, auch wenn es nicht in ihrer Macht lag, durch ihr Entgegenkommen das Geschehene ungeschehen zu machen. — —

Graf Pfungk kehrte nach einigen Tagen aus Berlin zurück, und zwar in nicht besonders heiterer Stimmung; denn er hatte in eingeweihten Kreisen über die wahrscheinliche nächste Zukunft gewisser agrarischer Hoffnungen recht wenig Erfreuliches, ja sogar bestimmte trostlose Prophezeiungen zu hören bekommen. Die Folge davon war, daß er den Urheber seiner kostspieligen Moorkultur mit weit weniger freundlichen Augen ansah, als wie bisher. Der Wege- und Brückenbau war bereits im Gange, zahlreiche Bestellungen gemacht und die Kaution für die Pacht erlegt. Inspektor Reusche, der von Anfang an, wenn auch nur aus Bequemlichkeit, gegen die Neuerung eingenommen gewesen war, triumphierte jetzt und ließ es an bissigen Bemerkungen gegen den vorschnellen Oberverwalter nicht fehlen. Auch der Graf konnte sich nicht enthalten, trotz der Achtung, welche er nach wie vor dem überlegenen Geiste Norwigs zollte, hin und wieder seinem Mißmute durch den Vorwurf Luft zu machen, daß er doch, als eben erst aus Amerika zurückgekehrt und besonders mit den mecklenburgischen Marktverhältnissen gar nicht vertraut, sich füglich etwas länger hätte besinnen

sollen, ehe er ihn, den Grafen, zu einer solchen Unter=
nehmung drängte. Herr von Norwig nahm dergleichen
Vorwürfe stillschweigend hin, ohne sich in seiner Ueber=
zeugung von der Ersprießlichkeit seines Werkes irre machen
zu lassen.

Der gute Graf hatte übrigens in dem Strudel seiner
vergnügten Berliner Tage seiner älteren Tochter nicht ver=
gessen, sondern ihr vielmehr einen reizenden Korbwagen und
ein Paar Ponie=Grauschimmel erstanden, welche mit dem
schon vorhandenen Paar ein stattliches und allerliebstes Vier=
gespann bildeten. Da die Komteß sich von ihrer letzten
Krankheit rasch wieder erholte, so konnte sie auch des väter=
lichen Geschenkes bald froh werden. Allerdings gewährte
das Kutschieren ihr bei weitem nicht dieselbe übermütige Lust
wie früher das Reiten, aber bei dem herabgedrückten Zu=
stande ihrer physischen Kräfte genügte es ihr doch zur Er=
haltung des Gleichgewichts zwischen Geistes= und Körperkraft.
Sie fuhr viel mit ihrem Vater spazieren, machte mehr als
sonst Besuche in der Umgegend und wußte sogar ihre Mutter
nicht selten zur Teilnahme an diesen Ausfahrten zu ver=
locken, obwohl die letztere, wie sie sagte, ihr Leben viel
lieber dem alten Hinrich anvertraute. Sie bestieg auch nie
den neuen Korbwagen, ohne vorher Gott ihre Seele in einem
Stoßgebet zu befehlen.

Auffallend war es, daß die Komteß es so geflissentlich
vermied, mit Herrn von Norwig allein auszufahren. In=
spektor Reusche glaubte diesen Umstand darauf zurückführen
zu dürfen, daß er und Brinkmann die Kunde von dem nächt=
lichen Abenteuer des Herrn Verwalters mit der schönen
Stütze angelegentlichst verbreitet hatten, und daß sie durch
das Dienstpersonal auch wohl den Weg zu den Ohren der
Herrschaften gefunden haben müßte. Darüber, ob das Fräu=
lein freiwillig gegangen oder davongejagt worden sei, war
nichts Sicheres zu erfahren. Die einzigen Personen im Weich=
bilde von Näsendorf, welche nach der Entfernung des Fräu=
leins noch treu zu ihr hielten, waren — die beiden Pastors=
töchter!

Nach fünfzehntägiger eifriger Arbeit hatte Meister Fink

das Bildnis der Gräfin vollendet und zwar zur größten Zu-
friedenheit aller derer, die es zu sehen bekamen. Der Graf
hatte zu Ehren des Künstlers ein kleines Abschiedsessen ver-
anstaltet und dazu diejenigen seiner Nachbarn eingeladen,
denen er einiges Kunstverständnis zutraute. Die Veranstal-
tung erfüllte vollkommen ihren Zweck, indem sie dem Künstler nicht nur schmeichelhafte Anerkennung, sondern auch einen
neuen Auftrag einbrachte.

Kurz vor seiner Abreise händigte Fink dem Grafen
auch das sauber ausgeführte Aquarell nach der Photographie
des Fräuleins Bandemer aus.

Der Graf war entzückt davon und verleibte es mit
großer Genugthuung seiner Galerie weiblicher Schönheiten
ein, in welche er auch den Künstler einen Blick thun ließ.
Hanswurstfink heuchelte großes Interesse für die verblaßten
Zeugen menschlicher Schwäche; fühlte er doch, daß er der
seinigen ein unvergängliches Denkmal in seinem Herzen bewahren würde, ja vielleicht auch in seiner Kunst — welche
sich thatsächlich späterhin weit schönheitsfreudiger gestaltete.
Zum Schluß ihrer vertraulichen Unterredung hatte übrigens
der Graf noch eine Mitteilung aufgespart, welche ihn in nicht
geringes Erstaunen versetzte.

„Es gibt doch wirklich Leute, denen man den Schwerenöter durchaus nicht ansieht," begann der alte Graf lachend.
„Von Ihnen hat mich's weiter nicht gewundert, als meine
Frau mir erzählte ... nun, lassen wir das, die Geschichte
ist ja schon vergessen. Wir sind allzumal Sünder und
mangeln des Ruhms ... nicht wahr, mein lieber Meister
Fink? Ha ha! Aber hätten Sie wohl diesem Duckmäuser,
meinem Neffen Bencken, etwas dergleichen angesehen? Ich
würde es nie geglaubt haben, wenn ich es nicht mit eignen
Augen geschaut hätte! Ich teile Ihnen das natürlich nur
unter dem Siegel der tiefsten Verschwiegenheit mit — Sie
haben ja aber ein gewisses Anrecht darauf, da es Ihnen ja
auch gelungen ist, den kecken Schwindel unsers frommen
Fräuleins Sophie zu entdecken."

„Ah, Sie sprechen von dem sogenannten Fräulein
Bandemer?"

„Ja, denken Sie: Als ich bei meinem Neffen in Frie=
benau einen unangemeldeten Abschiedsbesuch machte, huschte
im Korridor eine Dame an mir vorüber, die ich ganz be=
stimmt als unser Fräulein Sophie erkannte. Das ist ja
beinahe eine Entführung, was? Wo der gute Emich nur
die Courage hergenommen hat! — Na, er ist ja sein freier
Herr — gönnen wir ihm das Abenteuer! Ich that natür=
lich, als hätte ich nichts gesehen — es wäre dem guten
Emich doch vielleicht genant gewesen, von seinem würdigen
alten Onkel ertappt zu werden — ha ha! Meine Frau
darf natürlich nichts davon wissen. Die Conduite der Dame
geht uns ja auch nicht das Geringste mehr an, seit sie
unserm Hausstande nicht mehr angehört. Helfen Sie mir
nur, der Gräfin und meiner Tochter den sonderbaren Ge=
danken auszureden, dem Fräulein gegenüber Polizei spielen
zu wollen! Mag sie heißen, wie sie will — sie ist jeden=
falls so hübsch, daß man sie ihrem Berufe, Männer zu be=
zaubern, nicht gewaltsam entziehen darf! Schöne Hexen
werden ja heute, Gott sei Dank, nicht mehr verbrannt!" —

In der That lehnte Meister Fink die Bitte der Komteß
Marie, ihr seine Hilfe zur Aufdeckung der Vergangenheit des
spurlos verschwundenen Fräuleins zu leihen, höflich, aber ent=
schieden ab, weil er weder das Verhältnis seiner Familie zu
der Frau Bandemer noch etwa die Liebesabenteuer seines
jungen Freundes Wuvermann durch einen Strafprozeß an
die Oeffentlichkeit gezogen wissen wollte.

Vierzehn Tage nach der Abreise Finks langte aus Helgo=
land ein Schreiben für den Grafen an, in welchem Karl
Egon Emich, Graf und edler Herr zu Bencken=Büsterloh
seine Vermählung mit Fräulein Sophie Eleonore Bandemer,
einzigen Tochter der verwitweten Frau Selma Bandemer
anzeigte, und um freundliche Nachsicht bat. Nach den ihnen
bekannten Vorgängen auf Schloß Räsendorf sei es seine
Pflicht als Edelmann gewesen, die unschuldig gekränkte Ehre
des Fräuleins wieder herzustellen.

„O edles Biest von Büsterloh," rief der Graf in komi=
scher Verzweiflung aus, „jetzt erkenne ich dich wieder!"

Die Ausbrüche lebhafter Anerkennung für diese Helden=

that, welche die Gräfin für angemessen hielt, entziehen sich der Wiedergabe. Aber die Anspielung auf die „bekannten Vorgänge" blieben ihnen allen rätselhaft.

Fünfzehntes Kapitel.

Vickis „seraphische Liebe". Ein verhängnisvoller Kuß. Ein Brief aus Italien bringt Aufklärungen, welche die tolle Komteß zu thatkräftigem Eingreifen anspornen. Gräfin Bencken tritt vom Schauplatz ab.

Man hatte nicht umhin gekonnt, auch Herrn von Norwig die erschütternde Nachricht von Vetter Emichs Heirat mitzuteilen, und es hatte diesen nicht geringe Ueberwindung gekostet, seine allzu lebhafte Anteilnahme im Beisein der Herrschaften nicht an den Tag zu legen. Er suchte umsonst noch an demselben Tage Gelegenheit, mit Komteß Marie zu sprechen.

Der Graf und seine Frau hatten sich dahin geeinigt, daß sie die Neuvermählten mit einigen höflichen Zeilen abfinden, fortan aber den Vetter Emich als ins Ausland verzogen betrachten wollten. Der Graf machte geltend, daß der unglückselige Büsterloher seinen thörichten Streich bald genug bereuen würde, und dann könne man ihm ja immer noch durch freundschaftliche Aufklärung aus der Bredouille helfen. Sollte er sich aber gar im Besitze der reizenden Intrigantin mit den kleinsten Füßen glücklich fühlen, so möge man ihn darin nicht stören!

Komteß Marie war nun freilich andrer Ansicht und erwiderte auf Norwigs völlig ratloses „Was nun?", daß sie nun sofort an ihren so arg betrogenen Vetter schreiben wolle, um ihm reinen Wein einzuschenken.

Norwig wandte ein, daß dadurch sein Verhältnis zu dieser Frau früher als beabsichtigt, das heißt, ehe er aus Amerika Antwort erhalten habe, an den Tag kommen würde;

doch blieb die Komteß dabei, daß endlich dieser Hydra der Lüge, ehe ihr immer neue Köpfe wüchsen, vollends der Garaus gemacht werden müßte. Norwig war nahezu verzweifelt über diese neue Verwickelung seiner Lage, doch die Komteß war beinahe heiter gestimmt dadurch und führte aus, daß sie ja nun ganz der immerhin unangenehmen Notwendigkeit überhoben würden, einen Scheidungsprozeß anzustrengen, dessen Ausgang, wie alles im Gebiete des Rechtes, unsicher sei. Es gelte ja jetzt nur, nachzuweisen, daß sie nicht Fräulein Bandemer, sondern vielmehr Josephine von Norwig, geborne Schweichel, sei. Dadurch würde sie ja selbst der Doppelehe überführt und die gerichtliche Auflösung beider Ehen zur selbstverständlichen Folge. Norwig mußte die Richtigkeit dieses Gedankens zugeben, blieb aber dabei, daß ihm eine Ahnung sage, er habe von seinem Schicksal nur noch schlimmere Wendungen zu erwarten. Josephine sei viel zu klug, als daß sie sich nicht in ihrer neuen Stellung der nötigen Deckung nach allen Seiten hin versichert hätte. Er sei überzeugt, daß es ihrer Schlauheit leichter fallen würde, einem Richter zu beweisen, daß er selber nicht Heinz Rolf von Norwig, als ihm, daß sie nicht Sophie Bandemer sei. Seinem Gelöbnis nach konnte er aber nichts anders thun, als sich dem Willen der Komteß ergeben.

Und sie zögerte nicht, ihrem erlauchten Vetter in einem langen Briefe die Augen zu öffnen. Das klassische Schreiben der Witwe Bandemer legte sie als Beweisstück bei. Aus der Andeutung am Schlusse seiner Heiratsanzeige vermutete sie ganz richtig, daß Fräulein Sophie ihre Entlassung als Folge irgend eines harmlosen Annäherungsversuches dargestellt habe, und verfehlte nicht, auch diesen Schwindel in das rechte Licht zu rücken.

Schon nach einigen Tagen traf die Antwort auf diesen Brief ein. Aber die Adresse zeigte nicht die großen steifen Züge des edeln Herrn zur Bencken, sondern eine zierliche Damenhand. Frau Gräfin Bencken-Büsterloh, geborne Bandemer, gab sich die Ehre, Komteß Pfungk mitzuteilen, daß sie nicht so thöricht sei, irgend welche aufregenden, unnützen Schriftstücke in die Hände ihres teuren Gatten gelangen zu lassen. Der Grundsatz: „Was dem einen recht ist, ist dem andern billig," sei freilich ein erzdemokratischer, aber die gnädige Komteß hätten in ihrem großmütigen Sinn ja so viel Verständnis für menschliche Schwäche und würden es ihr ebensowenig verdenken, daß sie zwei Männer für sich ersprießlich achte, wie sie Herrn von Norwig seine zwei Frauen mißgönnen würde. Sie möchte ihr sogar empfehlen, nunmehr die heilige Dreizahl zu erfüllen, da sie, Sophie, sich ja freiwillig kaltgestellt habe. Allerdings müsse sie sich für den Fall erneuter Angriffe die eventuelle Rückverwandlung in Frau von Norwig I. vorbehalten und darauf aufmerksam machen, daß ihr ein mächtiges Hilfscorps in Gestalt der Frau von Norwig II. jederzeit zur Verfügung stehe. Zum Schluß machte sie noch die ergebenste Mitteilung, daß sie, dank dem gütigen Entgegenkommen ihres Mannes, die Freude habe, ihre liebe Mama jetzt dauernd bei sich behalten zu dürfen! In einem eignen Postskriptum erklärte thatsächlich die verwitwete Wachtmeisterin, vormals Posamentier- und Schnittwaren, derzeit Rentiere Selma Bandemer, daß nur die „miserabelichte Malerei von den sauberen Herrn Fink" sie vermocht hätte, ihre geliebte Tochter zu verleugnen, welche sie vielmehr zweifelsohne als ihr leibliches Kind erkannt hätte, sobald sie persöhnlich (persönlich war mit einem h geschrieben!) in Lüneburg sich vorgestellt hätte.

Komteß Marie wurde durch die nichtswürdige Form dieses Briefes so gereizt, daß sie nahe daran war, Herrn von Norwig zu erklären, sie dürfe mit seinen Angelegenheiten fortan nichts mehr zu thun haben, da sie sich unmöglich als Dame derartigen unerträglichen Angriffen aussetzen könne.

Norwig bezeigte die größte Lust, auf der Stelle nach Friedenau zu reisen und diese teuflische Zerstörerin seines Lebens einfach über den Haufen zu schießen. Seine völlige Verzweiflung erweckte aber den selbstlosen Opfermut der Komteß aufs neue, und sie versprach, mit allem Fleiß auf neue Mittel und Wege zur Erreichung ihres Zieles sinnen zu wollen. — —

Aber es war Winter geworden, ohne daß die Angelegenheit irgendwie gefördert worden wäre, oder gar von selbst eine günstigere Wendung genommen hätte. Bei solchem hoffnungslosen Zuwarten war die Stellung der beiden Liebenden zu einander wie zu den Hausgenossen eine wahrhaft qualvolle geworden. An ihre etwaige Vereinigung war jetzt weniger zu denken denn je, und Norwig konnte nichts thun, um sein Wort einzulösen, solange keine Antwort aus New York eintraf. Sein Freund, der Schuldirektor, hatte ihm geschrieben, daß der Aufenthaltsort der Clarks nicht zu ermitteln sei. Der Alte habe sein Geschäft verkauft und befinde sich seit Jahren mit seiner Tochter auf Reisen. Dadurch erklärte sich zwar das Ausbleiben der bang erwarteten Antwort, aber gleichzeitig wurde auch die Angelegenheit zum völligen Stillstand verurteilt. Unter diesen Umständen mußten sie beide um so ängstlicher voreinander auf der Hut sein, besonders seit dem Oberverwalter in der Person der jungen Frau Reusche — der Inspektor hatte Mitte November geheiratet — eine neue und gefährliche Aufpasserin erstanden war. Herr von Norwig wohnte auch seither im Schlosse, da den Inspektors das ganze obere Stockwerk des Wirtschaftshauses eingeräumt worden war. Trotzdem hatte sein Verhältnis zum Grafen an Herzlichkeit ein wenig eingebüßt, da dieser durch den sehr mittelmäßigen Ausfall der Ernte und gewisse geschäftliche Aergernisse, an denen freilich der Verwalter keinerlei Schuld trug, recht übellaunig und reizbar geworden und daher der böswilligen Flaumacherei Reusches in betreff der sehr teuren Moorkultur besonders zugänglich war. Es war schon so weit gekommen, daß der Inspektor es hatte wagen dürfen, dem Grafen durch die Blume zu verstehen zu geben, daß er recht wohl ohne einen Oberverwalter auskommen könnte, beziehungsweise daß er, Reusche, selbst eine solche Stellung vollkommen auszufüllen vermöge. Andrerseits hielt es Norwig für seine Ehrenpflicht, jede persönliche Empfindlichkeit zu unterdrücken und auf seinem Posten auszuharren, bis er dem Grafen durch den Erfolg bewiesen hätte, daß er sein Vertrauen keinem eitlen Gaukler geschenkt habe. Die schwierige Arbeit war ja nun glücklich vollendet, in den nächsten Tagen ging es an die Bestellung. Er konnte ohne jedes Bangen dem Frühling entgegensehen, der seine Kühnheit glänzend rechtfertigen mußte.

Norwigs bester Freund war und blieb naturgemäß Herr von der Maltitz, aber diese Freundschaft konnte ihm freilich zur Zeit wenig nützen. Es war auch nicht zu verwundern, daß Herr von Norwig mit der Zeit seinen Reiz als amüsanter Gesellschafter für den Grafen mehr oder weniger verlor, da es ihm nicht gelang, die tiefe Niedergeschlagenheit seiner Seele völlig zu verbergen.

Wäre doch wenigstens Vicki zu Hause gewesen! Zu Weihnachten sollte sie kommen. Tante Auguste hatte in ihrem letzten Briefe geschrieben, sie sei zwar ein liebes, herziges Ding, aber zur Diakonissin durchaus nicht geeignet. Der Anblick der ersten Operation habe sie geradezu krank gemacht und es wäre mehr als grausam, sie zu etwas zwingen zu wollen, wogegen ihre frische Jugend sich mit allen Fasern sträubte. Nur zu einem Dienst sei sie wie keine andre geeignet: nämlich dazu, den auf dem Wege der Besserung befindlichen Kranken durch ihre lustigen Kindereien die Langeweile zu vertreiben. In dem Saale der Revierkranken herrsche oft eine so ausgelassene Heiterkeit, daß man sich eher in einem Vergnügungsort denn in einem Hospital zu befinden glaube. Selbst dem salbungsvollen und gemessenen Anstaltsgeistlichen, dem Licentiaten Theophil Wurm, sei es unmöglich, in ihrer Gegenwart ernst zu bleiben. Die Schwestern wetteiferten darin, sie zu hätscheln und zu verziehen und würden ihr Scheiden innig bedauern, trotzdem aber müsse sie dazu raten, das Mädchen wieder nach Hause zu nehmen, um so mehr, als sie ihre Liebesgrillen glücklich überwunden zu haben schiene.

Aber als Vicki dann wirklich kam, entsprach sie gar nicht den Vorstellungen, die man sich nach der Schilderung der Tante von ihr gemacht hatte. Sie schien sich alle Mühe zu geben, den Ihrigen durch ihr ungemein sittsames, zurückhaltendes Betragen und einen beinahe unheimlichen Eifer für allerlei Uebungen der Frömmigkeit zu beweisen, daß der Aufenthalt in Berlin ihre Sinnesrichtung thatsächlich so vollkommen verwandelt habe, daß von der kindischen, leichtherzigen Vicki kaum eine Spur mehr übrig geblieben sei. Die Eltern glaubten, daß ihr Kind absichtlich Komödie spiele, um sie zu überzeugen, daß schon das eine Vierteljahr vollkommen geleistet habe, was sie von einem ganzen erwartet hatten. Sie kamen sich in diesem Wahne sehr klug vor und beschlossen, Vicki als Weihnachtsfreude die Eröffnung zu machen, daß sie nicht wieder in das Krankenhaus zurückzukehren brauche. Komteß Marie aber schüttelte den Kopf zu solchem Verdachte, sie wußte, daß planmäßige Verstellung ihrer Schwester völlig fremd war, und überdies hatten die heimlichen Seufzer, ohne welche Vicki nie einzuschlafen pflegte, ihre Vermutung bestärkt, daß ihre Schwärmerei für das Krankenhaus und ihre Sehnsucht nach Berlin doch wohl einen tieferen Grund haben müßten.

Wie sie allen Zweifeln stets ohne Zaudern auf den Leib zu rücken gewohnt war, so zögerte sie auch nicht lange, ihr Schwesterchen ordentlich ins Gebet zu nehmen, indem sie eines Abends also zu ihr sprach: „Weißt du, Vickichen, daß du mir als weltflüchtige Himmelsbraut sehr komisch vorkommst? Sei einmal ganz ehrlich: du trauerst wohl immer noch um deinen davongeflogenen Finken?"

„Wie kannst du nur so spotten!" erwiderte Vicki mit frommem Augenaufschlag. „Seit mein Geist erweckt worden ist, kann ich nicht ohne tiefe Scham an meine — Verirrung denken. Nein, wie der Mensch zu mir gesprochen hat! Gerade wie die Schlange zur Eva! Mich schaudert, wenn ich noch daran zurückdenke. Ach, früher habe ich mir nie etwas darunter vorstellen können, wenn Mama sagte, daß der Teufel in mancherlei Gestalt unter den Menschen wandle...."

„Ach jetzt hör auf! Du willst wohl gar unsern guten Hanswurstfink zum leibhaftigen Gottseibeiuns machen! Welch ein Dompfaff hat dir den Finken so verleidet?"

Das Komteßchen seufzte tief auf: „O Ma, wie ich dich bedauere! Du bist eben noch ganz verstrickt in eitler Hoffart und Weltlust. Du solltest mit mir kommen in unser geweihtes Heim. Ich bin überzeugt, wenn du unsern Prediger Wurm hörtest, würden dir auch die Augen aufgehen!"

Komteß Marie konnte sich nicht enthalten, herzlich zu lachen: „O du unverbesserliche Vicki! Ich sehe schon, dieser geistliche Ohrwurm hat sich in dein Herz geschlängelt — du bist wieder einmal verliebt!"

„Pfui, wie kannst du so reden!" rief Vicki weinerlich. „Wie dürfte ich wagen, meine eitlen Wünsche zu solchem Manne zu erheben! Er hat meine Seele errettet, er hat mein Herz für den Himmel erobert und dafür will ich ihm mein Leben lang durch innige Verehrung danken."

„Ist er verheiratet?"

„Nein."

„Jung?"

„Am zehnten November ist er neunundzwanzig Jahre geworden; denke dir, an einem Tage mit unserm teuren Martin Luther geboren! Ach, und er ist so schön! Ich muß immer an den Apostel Johannes denken. Freilich hat er keine so langen Haare und auch einen Bart — weißt du, so einen ganz kleinen, blonden Backenbart! Und ein Organ!"

„Ei, das muß ja ein wahrhaft seraphischer junger Gottesmann sein! Liebt er dich denn wieder?"

„Wie kannst du so etwas denken? Sein Sinn ist nur auf die ewigen Dinge gerichtet. Freilich kann er auch ganz heiter sein — er macht sogar Witze — natürlich nicht im Amt! Aber bei Tische ging es oft so fröhlich zu, wie auf der Hochzeit zu Cana. Denke nur — einmal sagte er zu mir — es gab Pellkartoffeln und ich hatte ein rundes Dutzend für ihn geschält — halten Sie ein, Komteß, sagte er, ich bin ein sterblicher Mensch! ha, ha, ha!"

„Was ist denn dabei so furchtbar witzig?" frug Komteß Marie verwundert.

Doch Vicki beachtete den Einwand nicht und fuhr fort: „Ja, denke dir — und nach Tisch — die Schwestern waren schon hinausgegangen — da traf er mich auf dem Korridor — du mußt es auch gewiß niemandem weiter sagen! — und sagte: ‚Ach ja, ich bin ein sterblicher Mensch! Und eine Kartoffel, von Ihren Händen geschält, könnte einem armen Adam gefährlicher werden als der Apfel der Erkenntnis!' Und dabei sah er mich so an."

Das war wieder ganz die alte Vicki! Und wie sie ihre lustigen Augen verdrehte, um den seraphischen Blick des Licentiaten Theophil Wurm zur Anschauung zu bringen, da mußte die Schwester sie lachend in die Arme schließen.

Sie versäumte nicht, Vickis Geheimnis den Eltern zu verraten und gab selbst, als bestes Mittel, die bedenkliche Empfänglichkeit dieses siebzehnjährigen Herzens unschädlich zu machen, den Eltern den Entschluß ein, das Komteßchen schon in diesem Winter in die Gesellschaft einzuführen. So wurde denn, ohne daß des Licentiaten Theophil Wurm weiter Erwähnung geschah, feierlichst die Absicht verkündigt, zu Neujahr nach Schwerin zu übersiedeln, um daselbst den Fasching zu verleben und sich fleißig bei Hof und in der Gesellschaft herumzutummeln. Modezeitungen und Stoff= proben wurden bestellt, Schneiderinnen ins Haus genommen, ja sogar ein Privattanzmeister für einen vierzehntägigen Kursus aus der Stadt geholt. Mit demütiger Ergebung ließ Vicki alle diese Weltlichkeiten über sich ergehen; und als sie sich in dem ersten fertigen Ballkleide dem erstaunten Papa vorstellen durfte, da jauchzte sie sogar aus Versehen laut auf.

Der Graf war freilich nicht allzu entzückt von dem Gedanken, drei Monate hindurch als Ballvater sich herum= schleifen lassen zu müssen und in großer Gala mit alten Excellenzen beim Whist auszuharren, bis das eilige Souper und das Glas Sekt verdient war. Die Gräfin hätte keine Frau sein müssen, wenn ihr die Aussicht, ihre Vicki bewun= dert und umworben zu sehen, nicht geschmeichelt hätte; aber ihr gutes Herz that ihr weh bei dem Gedanken an ihre älteste Tochter, welche durch die frischen Reize der Schwester nun gänzlich in den Schatten gestellt werden würde, abge= sehen davon, daß ihr seit dem Sturze das Tanzen verboten war. Ueberdies langweilte sie das Gesellschaftstreiben der Residenz gründlich und dem Herumstehen und Knicksen bei Hofe unterzog sie sich nur unter stillem Protest.

Das Opfer, welches Komteß Marie ihrer Schwester brachte, indem sie sie nach der Residenz begleitete, ver= mochte niemand von den Ihrigen in seiner ganzen Größe zu

begreifen. Wie ganz anders als früher würde sie jetzt die
Haltung der genußfrohen Gesellschaft der reizlosen Frau
gegenüber empfinden! Zwar ist es ein Hauptmerkmal guter
Erziehung und ritterlicher Sitte, daß die Herren der besten
Gesellschaft es ängstlich zu vermeiden suchen, die häßlichen
jungen Damen über den hübschen zu vernachlässigen; aber
ein fein empfindendes Gemüt merkt den Unterschied nur
allzu leicht: die Unterhaltung ist gezwungen, Höflichkeit und
guter Wille sind an die Stelle der gefallsüchtigen Liebenswürdigkeit, des heimlich werbenden Eifers getreten! — Marie
hatte einen Karneval mitgemacht und sich auf ihre Weise
prächtig unterhalten dadurch, daß sie durch ihr Wesen, ihre
Offenheit, die manchmal bis zur Derbheit ging, und durch
ihre Unzugänglichkeit für allen blauen Dunst und alle Geckerei
die Herrenwelt in eine Bestürzung versetzte, die ihr sehr
drollig vorkam. Nun aber war sie ein liebendes Weib geworden. Und da sollte sie hinaus in die Welt, um sich dort
bestätigen zu lassen, was ihr selbst schon so schmerzlich bewußt war! Daß sie in den Augen der Männer nicht liebenswürdig und begehrenswert erschien! Sie glaubte an die
Liebe, die Norwig ihr entgegenbrachte, aber sie fragte sich
auch mit bangem Zweifel: würde diese Liebe auch Bestand
haben, wenn nicht mehr die Einsamkeit und Herzensverlassen-
heit sie nährte, wenn ihm Gelegenheit würde, zu vergleichen!?
— Aber mit ihm allein im Hause zurückbleiben? Unmöglich! Sie mußte daran denken, wie damals im Stall die
Leidenschaft sie hingerissen hatte — und sie wies den Gedanken, allein daheim zu bleiben, weit von sich. —

Eines Abends, es war wenige Tage vor der festgesetzten
Abreise der Familie, stieg Norwig die Treppe empor, um
sich zum Thee umzukleiden. Da trat ihm auf der Flur des
ersten Stockwerkes, den eine Öllampe matt erhellte, Komteß
Marie entgegen. Sie kam aus dem Zimmer ihres Vaters,
dem sie sich in einer eben fertig gewordenen Toilette gezeigt
hatte, und schritt wieder ihrem Zimmer zu. Norwig sah
nicht das schillernde Seidengewand, das sich eng um ihre
königliche Gestalt schmiegte, er sah nicht die kostbaren Spitzen,
welche in reicher Fülle leicht über die raschelnden Falten

fielen, er sah nicht den prachtvollen Strauß künstlicher Thee-
rosen, der an ihrem Busen prangte — auch nicht das Gesicht, das sie ihm lächelnd und errötend zuwandte — er sah
nur den stolzen Nacken, die blendenden Schultern, die klassische
Büste, die unverhüllt aus den duftigen Spitzen hervor-
wuchsen, den vollen weißen Arm, wie er in marmorner
Pracht lose an ihrer Seite lag, um die Schleppe zu halten.
Und er stürzte wie ein Rasender auf sie zu, umschlang die
üppige Gestalt fest mit beiden Armen und heftete einen
tollen Kuß auf ihre Schulter.

Die Komteß schrie auf vor Scham und Schmerz und
stieß ihn gewaltsam von sich. Zugleich öffnete sich die Thür
ihres Schlafzimmers und die Mutter, Vicki, die Zofe und
die Schneiderin erschienen mit bestürzten Gesichtern in der
Oeffnung.

Die Komteß zitterte am ganzen Körper. Vergebens
suchte sie sich zu fassen, eine Lüge zu ersinnen, um den
Skandal vor den Leuten zu vermeiden.

Die Gräfin konnte nicht darüber im Zweifel sein, was
hier vorgegangen sei. Sie drückte rasch die Thür hinter
sich ins Schloß, trat mit zornroten Wangen auf Herrn
von Norwig zu und sagte mit vor Entrüstung zitternder
Stimme: „Sie werden begreifen, mein Herr, daß Sie unser
Haus verlassen müssen. Ich werde sofort mit dem Grafen
reden."

Komteß Marie floh in ihr Wohnzimmer und riegelte
die Thür hinter sich zu. Norwig folgte der Gräfin in das
Zimmer ihres Gatten. Auch dieser war sprachlos vor Entrüstung. „Wie ist es möglich," rief er endlich aus, „daß
Sie, ein Mann von vierzig Jahren — ein Edelmann —
einen solchen Vertrauensbruch begehen konnten. Ja, einen
Vertrauensbruch nenne ich das! Ich habe erfahren, daß
Sie auch mit der Dame, die jetzt die Gattin meines Neffen
ist, ein . . . ein weitgehendes Verhältnis unterhalten haben
— ich habe dazu stillgeschwiegen, aber wenn nun auch mein
Haus nicht vor Ihnen sicher ist. . . ."

Ein dumpfer Klagelaut entrang sich Norwigs Lippen und
er streckte wie abwehrend die Hände gegen den Grafen aus.

„Haben Sie etwas zu Ihrer Entschuldigung anzu-
führen?"

„Nein — nichts! Ich werde versuchen, noch heute nacht
den Jahresabschluß fertig zu machen und Ihnen morgen die
Bücher vorlegen. Dann werde ich Sie ohne Zögern von
meiner unwürdigen Gegenwart befreien." Er verbeugte sich
und verließ das Zimmer.

Bald ruhelos umherwandernd, bald ihr Haupt in die
Kissen des Diwans hineinwühlend, wachte die Komteß Marie
die Mitternachtsstunde heran. Und noch einmal, ehe sie zur
Ruhe ging, betrachtete sie im Spiegel das rote Mal auf
ihrer Schulter. Sie fühlte es — nie würde das aufhören
zu brennen und sie daran zu mahnen, daß eine Frau nicht
ungestraft dem Manne ihre Leidenschaft zuerst verrät. Hätte
er je gewagt, sie so zu beschimpfen, wenn nicht jene Scene
im Pferdestall vorausgegangen wäre? Hatte er denn etwas
Aergeres gethan als sie? Weshalb zürnte sie ihm denn so
sehr? Und sie mußte sich gestehen: Hätte er dich auf den
Mund geküßt, du hättest in seliger Hingebung standge-
halten und keinen Laut von dir gegeben. Und wäre auch
die Mutter dazu gekommen — du hättest frei und offen
deine Liebe bekannt.

Dieser Kuß aber war ihr kein Zeichen seiner Liebe gewesen! Und wenn sie sich vorstellte, daß sie dieses Mannes
Gattin werden sollte, dann dämmerte ihr die grausame Erkenntnis auf, daß in dieser Ehe die duftige Blüte holdester
Sinnenlust niemals aufblühen werde. Dankbarkeit und
Seelenverwandtschaft allein könnten das Glück der Liebe
nicht ersetzen und ... sie starrte lange in den Spiegel und
dann schlug sie die Hände vor das Gesicht und brach in
krampfhaftes Schluchzen aus. — —

Am andern Mittag stand Norwig auf dem Bahnhof
von Mellenthin und sah in der Richtung, von wo der Zug
nach Berlin erwartet wurde, das Gleis hinauf. Herr Büchting, der Bahnhofsinspektor, stand neben ihm und ärgerte
ihn weidlich durch seine Klagen über den Weggang des reizenden Fräuleins Bandemer. Im tiefsten Vertrauen teilte
er ihm mit, daß das Fräulein damals gar nicht nach Lüne-

burg abgefahren sei, sondern vielmehr heimlich den Berliner
Zug abgewartet habe. Es seien köstliche Stunden gewesen,
die er mit ihr verplaudern durfte. Sollte er ihr vielleicht
zufällig — dabei erlaubte er sich bedeutsam mit den Augen
zu winken — in Berlin begegnen, so möge er sie doch recht
schön von ihm grüßen.

Die Signalglocken schlugen an — H G E! Mit schrillem
Klang schnitt die Erinnerung an den Tag seiner Ankunft
auf diesem Bahnhofe Norwig ins Herz. Und wie damals
pfiff er jene Walzermelodie vor sich hin.

„Ha ha!" lachte Herr Büchting. „Es ist mir auch schon
aufgefallen!" Und mit einem heisern Nasentenor intonierte
er vergnügt: „Denn ich hab' sie ja nur auf die Schulter
geküßt!"

Der Berliner Zug kam und Norwig bestieg eiligst einen
Abteil zweiter Klasse. Er war allein. Er warf sich erschöpft auf das Polster und versuchte zu schlafen, denn er
hatte die ganze Nacht mit wüstem Kopf und hämmernden
Pulsen über dem Hauptbuch gesessen. Aber er konnte nicht
schlafen — unaufhörlich und unnachsichtig dröhnte in seinen
Ohren jene Leierkastenmelodie und der rollende Zug klapperte
den Takt dazu. — —

Zu Neujahr hatte Vetter Emich, wie alljährlich, den
Pfungks seine pflichtschuldigen Glückwünsche auf einer Post-
karte abgestattet. Zum Schluß hieß es darauf: „Meine
gute Schwiegermutter und ich sehen dem neuen Jahr mit
ernstester Sorge entgegen — unsre liebe Sophie ist lebens-
gefährlich erkrankt."

Und etwa vierzehn Tage später traf ein Schreiben für
Komteß Marie ein mit dem Poststempel Neapel und mit
einer Fürstenkrone auf dem Umschlag. Die Komteß erbrach
es neugierig und las zunächst die Unterschrift: Arabella,
Princesse da Mirandola, née Clark. Das Schreiben war
in elegantem Französisch abgefaßt und lautete in der Uebersetzung etwa folgendermaßen:

„Ihr Brief, verehrte Komteß, ist mir monatelang durch
die halbe Welt nachgereist. Zum Glück traf er mich allein,

denn er erweckt die Erinnerung an eine Vergangenheit, von der mein Gatte nichts ahnt. Erfahren Sie also folgendes: Sobald Herr von Norwig mich nach der Entdeckung seines Betruges verlassen hatte, war es mein und meines Vaters erstes Bestreben, einen öffentlichen Skandal zu vermeiden. Ich gestehe, daß ich schwach genug war, jene Person, seine erste Frau, nicht sofort aus unserm Hause zu weisen; denn es drängte mich, über den Mann, der, wie ich nicht leugnen will, eine wärmere Neigung in mir zu erwecken gewußt hatte, möglichst viel zu erfahren — sei es nun, um ihn ent= weder entschuldigen, oder so verachten zu können, daß sein Bild völlig aus meiner Seele getilgt wurde. Sie werden sich vorstellen, in welchem Sinne jene Frau mich einzunehmen suchte. Nach unsern Gesetzen war meine Ehe allerdings ohne weiteren Prozeß als null und nichtig anzusehen; Herr von Norwig dagegen wegen Betruges zu verfolgen. Es kostete viel Ueberlegung und manche Lüge, um ein peinliches Auf= sehen zu vermeiden. Natürlich war uns nichts unbequemer als die Anwesenheit der Frau von Norwig in unserm Hause, besonders nachdem es feststand, daß ihr Gatte dem Arme des Gesetzes glücklich entronnen und ihre Aussicht ihn wiederzuge= winnen, abermals in weite Ferne gerückt sei. Bisher hatte sie die grausam mißhandelte Gattin, die schnöde ihres Kindes beraubte Mutter gespielt — jetzt benutzte sie ihre eigentüm= liche Stellung, um für ihr Schweigen Geld zu erpressen. Sie kostete meinem Vater erhebliche Summen und noch viel mehr Angst und Aerger; ja, diese Furcht vor dem immer drohenden Skandal trieb ihn zuletzt zu dem Entschluß, sich von dem Geschäft zurückzuziehen und mit mir auf Reisen zu gehen. Ich brauche Ihnen nicht zu sagen, daß ich nach dieser Erfahrung das Vergehen meines Gatten weit milder beurteilen lernte. Ja, ich kann sagen, daß in der Erinne= rung an die wenigen Wochen voll häuslichen Glückes und geistiger Anregung, die ich an seiner Seite verlebte, sowie besonders im Vergleiche mit den Männern der großen Welt, die ich auf unsern Reisen kennen lernte, das Bewußtsein seines Wertes sich eher verstärkte als verblaßte. Ich habe Jahre gebraucht, ehe ich mich entschließen konnte, den Wer=

bungen, die an mich herantraten, Gehör zu geben. Ich bin erst seit einem halben Jahre die Gattin des edlen und feinsinnigen Fürsten Mirandola.

„Was aus jener Person geworden ist, nachdem sie unser Haus verlassen hatte, weiß ich nicht. Ich erinnere mich nur, daß sie eine Dienerin unsres Hauses, die Frau unsres farbigen Kochs, veranlaßte, ihr heimlich zu folgen. Es war eine Deutsche und hieß Sophie. Ihren Mädchennamen habe ich vergessen, doch weiß ich, daß ihre Mutter eine Wachtmeistersfrau in Lüneburg war. Vielleicht glückt es Ihnen, diese Spur zu verfolgen und über die Dame Näheres zu erfahren.

„Mit der Bitte, Herrn von Norwig mitteilen zu wollen, daß ich ihm verziehen habe und ohne Groll seiner gedenke, empfehle ich mich Ihnen als Ihre 2c." — —

Auch der Schweriner Arzt, welchen die Gräfin über das Leiden ihrer Tochter befragte, hatte ihr geraten, zu jenem berühmten Berliner Spezialisten zu gehen, um sich nötigenfalls in dessen Privatklinik einer Operation zu unterwerfen.

Man hatte bisher immer noch gezögert, diesem Rate nachzukommen, weil ja die Komteß durch ihr Leiden wenigstens nicht in ihren Lebensgewohnheiten empfindlich gestört wurde. Als aber einige Tage nach dem Eintreffen des Briefes der Fürstin eine den Pfungks befreundete ältere Dame nach Berlin zu reisen im Begriff war, benutzte Komteß Marie die Gelegenheit, sich ihr anzuschließen, indem ihr plötzlich die Erkenntnis aufgegangen zu sein schien, daß es doch ein sträflicher Leichtsinn sei, die Mahnung des Arztes so lange unbeachtet zu lassen. In Berlin war ja Obdach und Pflege durch ihre Tante Auguste aufs beste vorgesehen.

Sie hatte absichtlich unterlassen, die Stunde ihrer Ankunft mitzuteilen. So konnte sie denn am Hamburger Bahnhof allein eine Droschke besteigen und sich nach Friedenau hinausfahren lassen.

Es war eine sehr einfache, einstöckige Villa, welche ihr erlauchter Vetter bewohnte. Die hölzernen Jalousieen waren

an der Stirnseite des schmucklosen Häuschens sämtlich herab=
gelassen, so daß die Komteß befürchten mußte, die Bewohner
seien verreist. Sie zog an der Glocke des Gartengitters und
hörte den gellenden Klingelton im Hause durch das Kläffen
eines Hundes beantworten. Erst als sie nach einer längern
Pause ungeduldig zum zweitenmal geschellt hatte, kam ein
Junge von etwa zwölf Jahren, mit geborstenen Lackstiefeln
und schlecht geflicktem Anzug bekleidet, um das Haus herum=
gelaufen und fragte, ohne die Thür zu öffnen, nach ihrem
Begehr.

„Hier wohnt Graf Bencken?"

„Jawoll, det stimmt."

„Ist der Herr Graf zu Hause?"

„Allemal! Aber rinlassen darf ick Ihnen nich."

„Wer bist denn du, du ungewaschener kleiner Schlingel?"

„Ick bin der jräfliche Jrohm," versetzte der Schmutzfink
stolz. „Ick kenne meine Schuldigkeit."

„Aber warum willst du mich denn nicht einlassen?"

„Die Frau Jräfin liejen auf'n Dode."

„Dann muß ich sofort herein!" herrschte die Komteß
den verdutzten Groom an. „Ich bin eine nahe Verwandte
des Grafen."

„Det kann jeder sagen. Haben Sie nich wenigstens
Ihre Karte bei sich?"

Die Komteß griff ärgerlich in ihre Tasche und ent=
nahm ihrer Börse einen Thaler, den sie dem verfrorenen
Jungen durch das Gitter reichte.

„Donnerwetter! Eenen janzen Dahler! Na, denn
kommen Sie man rin — davor kann ick mir schon eene
Backseife jefallen lassen, wenn't nachher nich recht ist!" Er
lief davon, um den Schlüssel zu holen.

Es war bitter kalt. Die Komteß mußte lange warten,
bis der kleine Diener zurückkehrte. Er hatte es für nötig
befunden, sich in aller Geschwindigkeit wenigstens die Livree=
jacke überzuziehen. Durch die Hinterthür geleitete er sie ins
Haus. Eine dumpfe, stickige Luft schlug ihr entgegen, als
sie, von einem hinkenden Dachs grimmig angeblafft, den
halbdunklen Korridor betrat. Der Groom öffnete ihr die

Thür des „Salons" und lud sie ein, einen Augenblick dort zu warten. Es war vollständig finster in dem Zimmer und er mußte erst eine Jalousie aufziehen, damit sie überhaupt einen Stuhl finden konnte. Die Polstermöbel steckten alle in grauen Staubmänteln, ein Läufer von grobem Sacktuch war über den Teppich gelegt. Der Kronleuchter war auch sorgfältig eingewickelt und es sah aus, als ob da ein großer Kampferbeutel von der Decke herabhinge, um die Motten von all der verhüllten Herrlichkeit fern zu halten. Ein un= gemütlicheres Zimmer hatte die Komteß in ihrem Leben noch nicht gesehen — und dabei war es eisig kalt.

Gleich nachdem der Junge hinausgegangen war, hörte sie im Nebenzimmer das leise Schelten einer Frauenstimme und bald darauf trat er wieder herein und bedeutete ihr achselzuckend, daß sie nur wieder ihrer Wege gehen möge — weder der Graf noch die Frau Schwiegermutter könnten sich jetzt von dem Sterbebette entfernen. Mit einem Seufzer folgte die Komteß dem Knaben hinaus. Hinter der ersten Thür, an der sie vorüberschritten, hörte sie ein krampfhaftes Husten. Sie blieb stehen, bis der Anfall vorüber war, dann drückte sie rasch entschlossen auf die Klinke und betrat leisen Schrittes das Zimmer. Auch hier war es trotz der frühen Nachmittagsstunde so dämmrig, daß sie nur eben die Umrisse der im Zimmer befindlichen Gestalten erkennen konnte.

Die kleine, formlose Frau, welche am Kopfende des Bettes saß, fuhr auf und machte Miene, dem unberufenen Eindringling entgegenzutreten, aber der Graf, der am Fuß= ende saß, bedeutete ihr, sobald er seine Base erkannt hatte, durch eine Bewegung des Kopfes, daß sie sich beruhigen möge. Dann nickte er mit trübseligem Lächeln der Komteß zu — und sie trat geräuschlos hinter ihn und legte die Hände auf seine Schulter.

„Guten Tag, lieber Emich," flüsterte sie ihm zu. „Ich konnte doch nicht nach Berlin kommen, ohne zu sehen, wie es bei euch steht."

„Schlecht, sehr schlecht," gab der Graf zurück. „Der Arzt ist schon gegangen — gar keine Hoffnung mehr!" Er ließ den goldenen Klemmer von der Nase fallen — große

Thränen liefen ihm in den blonden Schnurrbart, der unge-
pflegt, schlaff über die Mundwinkel herabhing. Aber selbst
in seinem tiefsten Schmerze vergaß er doch nicht die Pflicht
der Höflichkeit und stellte die Komteß mit der Würde eines
alten Kammerherrn seiner Schwiegermutter vor. Die kleine
Dame machte einen tiefen Knix, rückte ihre Haube zurecht
und nahm ihren Platz am Kopfende des Bettes wieder ein.

„Was ist es?" frug die Komteß leise.

„Schwindsucht!"

In dem breiten, reich geschnitzten Benckenschen Erb-
ehebette, über welchem sich, auf vier gedrehten Holzsäulen
ruhend, ein purpurner Himmel ausspannte, lag die sterbende
Frau. Ihre Augen waren geschlossen, die langen schwarzen
Wimpern zeichneten sich scharf gegen die durchsichtig weiße
Haut ab. Der bleiche Mund war halb geöffnet, und der
rasche aber schwache Atem blähte kaum mehr die zarten
Flügel der gar so schmal und spitz gewordenen Nase. Die
dunkle Lockenfülle breitete sich wirr über das weiße Kissen
und die reich gestickte Morgenjacke aus. Frau Bandemer
hielt die rechte Hand in der ihren, mit der linken krallte sich
die Sterbende in den Falten des Gewandes über ihrer Brust
fest. Und aus diesen Falten hervor lugte der Kopf einer
schlafenden grauen Katze.

Komteß Marie stieß ihren Vetter leicht an und deutete
fragend auf das Tier.

„Sie friert so furchtbar," stammelte der Graf, mühsam
ein lautes Aufschluchzen unterdrückend. „Die Katze muß
immer auf ihrem Busen liegen, sonst, sagt sie, wäre ihr das
Herz wie Eis. Ihre Füße sind schon wie abgestorben."

Und mit neuem Eifer begann der arme Graf diese
kalten, kleinen, weißen Füße unter der Bettdecke zu reiben
und zu drücken; wie er es nun schon wochenlang unermüd-
lich gethan hatte.

Wie sehr die Komteß auch dieses Weib verachtete, das
sein Leben hindurch nichts als Falschheit geübt, jetzt, da sie
es im Sterben, und ein Menschenherz in ehrlichem Jammer
ihm nachweinen sah, überkam auch sie eine Rührung, die
ihr fast die Thränen in die Augen trieb. Sie setzte sich

still nieder und lauschte gleich den andern auf die immer schwächer werdenden Atemzüge der Sterbenden, welche in der unheimlichen Stille des Zimmers von dem behaglichen Schnurren der Katze übertönt wurden.

Plötzlich schlug die Gräfin Bencken die Augen groß auf und heftete sie glänzend und starr auf ihre Feindin. Sie schien nicht verwundert zu sein, sie hier zu sehen, obwohl etwas wie ein Wiederschein des Erkennens über ihre Züge huschte. Sie bewegte die Lippen — aber der schwache Atem reichte nicht mehr aus, verständliche Worte zu formen. Unruhig warf sie den Kopf hin und her, dann winkte sie mit der Linken die Komteß näher heran und preßte, als diese das Ohr ihrem Munde näherte, mit verzweifelter Anstrengung die Worte hervor: „Sagen Sie ihm . . . sagen Sie ihm . . ." ihre Kraft war erschöpft — die Lippen bebewegten sich noch, aber sie waren auf immer verstummt.

Der Graf sprang auf und beugte sich über sie. „Sophie, stirb nicht! Hast du kein Wort für mich?"

Ein mattes Lächeln verklärte für einen Augenblick ihre wachsbleichen Züge, dann war es aus. — —

Die graue Katze sprang plötzlich wie entsetzt von ihrem Ruheplatz empor und mit einigen Sätzen über die Kissen hinweg an einer der hölzernen Säulen hinauf. Sie schlug ihre Krallen in die schweren Falten des Vorhangs ein, ihre grünen Augen richteten sich voll Grausen auf den starren Leib der Herrin, dessen Kälte sie aus ihrem Schlummer emporgeschreckt hatte — und dann ließ sie ein langgezogenes, überaus klägliches Miauen ertönen.

Der Graf brach an dem Bette zusammen und schluchzte wie ein Kind. Die Komteß wußte weiter nichts zu thun, als ihm immer wieder über die Schultern zu streicheln. Da hob er sein thränenüberströmtes Gesicht und rief laut aufjammernd, indem er das seidene Deckbett von den Füßen der Leiche zurückschob: „Sieh doch nur! Sind sie nicht göttlich schön? Und das ist nun alles tot — verloren auf immer!" Und er bedeckte die kleinen starren Füße mit glühenden Küssen. — —

Angesichts des furchtbaren Schmerzes des armen Vetters

war es der Komteß natürlich unmöglich, ihn über den Be=
trug aufzuklären, dem er sein kurzes Eheglück zu verdanken
gehabt hatte — denn ihn hatte dieses Weib wirklich zu
beglücken vermocht! Aber die Frau Bandemer nahm sie doch
alsbald ernstlich ins Gebet. Der erschütternde Tod ihrer
angeblichen Tochter hatte doch einen solchen Eindruck auf
ihr Gemüt gemacht, daß sie sich bald genug zu dem Ge=
ständnis bequemte, Fräulein Sophie habe sie durch die ver=
lockende Aussicht, die Schwiegermutter eines Grafen zu
werden und in dessen Hause ihren alten Tagen sorgenlos
entgegenzugehen, zu bestimmen gewußt, sie als ihre Tochter
anzuerkennen. Die Papiere hatte sie ihrer wirklichen Tochter
abgekauft, als diese, die einer Strafthat wegen polizeilich
gesucht wurde, sich unter falschem Namen nach den Süd=
staaten begab. Ihre echten Papiere wurden in ihrem Nach=
laß gefunden und die Komteß nahm sie, im Einverständnis
mit Frau Bandemer, an sich, ohne ihrem Vetter etwas da=
von zu verraten. Mochte er in glücklichem Wahne ohne
Bitterkeit seiner Sophie nachtrauern.

Es waren nun über fünf Jahre vergangen, seit Frau
von Norwig Deutschland verlassen hatte. Und wenn das
Gesetz sie auch noch nicht für verschollen erklären durfte, so
lag doch in der Thatsache, daß sie so lange voneinander
getrennt gelebt und nichts voneinander hatten hören lassen,
ein triftiger Scheidungsgrund. Mochte man ihn auch der
böswilligen Verlassung für schuldig erklären, weil er sie all
die Jahre hindurch nicht unterstützt hatte — was kümmerte
ihn dies Schuldig. Er konnte verurteilt werden, für ihren
Unterhalt auch ferner zu sorgen — aber ihre Spur war ja
nun von der Erde verwischt. Für den wenig wahrschein=
lichen Fall, daß eifrigste polizeiliche Nachforschungen in den
Vereinigten Staaten die wirkliche Sophie Bandemer ent=
decken sollten, konnte ja immer noch bewiesen werden, wer
in Wahrheit als Gräfin Bencken gestorben war. Aber dieser
Fall war undenkbar, solange nicht etwa die Witwe Ban=
demer sich selbst verriet und ihre Mitschuld an dem Betrug
eingestand. Doch diese ehrwürdige Dame machte durchaus
nicht den Eindruck, als ob sie sich von Gewissensbissen über

eine derartige Kleinigkeit aus ihrem warmen „Austrag-
stüberl" in der bescheidenen Residenz des edeln Büsterlohers
vertreiben lassen würde. Sie führte ihm sehr umsichtig die
Wirtschaft und setzte sich besonders dadurch in Ansehen, daß
sie ihm unter dem Siegel der Verschwiegenheit eröffnete,
seine verstorbene Gattin sei die Tochter eines Prinzen von
Geblüt gewesen. Daher die kleinen Füße! — — —

Sechzehntes Kapitel.

In welchem Vicki ihr Herz zur Ruhe setzt, eine neue, wichtige
Person auftritt, die tolle Komteß vernünftig wird, und der Ver-
fasser mit einigen passenden Worten von einem hohen Adel und
geneigten Publiko gerührten Abschied nimmt.

Während Gräfin Marie von jenem Sterbebette weg in
das Krankenhaus wanderte, um sich der Wissenschaft unter
das Messer zu liefern, flatterte in Schwerin die glückselige
Vicki von Fest zu Fest. Den vereinten Bemühungen des
großherzoglichen Offiziercorps war es in überraschend kurzer
Frist gelungen, den seraphischen Licentiaten aus dem Felde
zu schlagen, so daß der holdseligen Pomona bald nichts
wurmstichiges mehr anzumerken war.
      Jungen Edelfräulein, die ganz in ländlicher Abgeschieden-
heit groß geworden, und auf den kleinen Gesellschaftskrieg
der Geschlechter noch nicht eingedrillt sind, pflegt der flotte
Lieutenant, besonders wenn er in geschlossener Kolonne auftritt, ein vorzüglicher Lehrmeister zu sein — vorausgesetzt,
daß betreffendes Gänschen nicht als Gans geboren und auf
eine fette Leber hin von unverständigen Eltern geistig ver-
nudelt wurde! Mädchen von Vickis kräftigem Schlage aber,
welchen das Glück zu teil geworden, zwar in strenger, christlicher Zucht, aber ohne trobblige Sentimentalitäten und ver-
bohrten Gouvernantenkrimskrams aufwachsen zu dürfen, als
seelische Prießnitzkur und gesellschaftliche Schweningerei durch-

aus zuträglich. Junge Offiziere sind, wenn schon nichts andres, so doch fürs erste einmal Leute von guter Erziehung; was die aristokratische Gesellschaft gute Sitte heißt, ist ihnen durch frühe Gewohnheit natürlich geworden; zum andern läßt ihr harmloses Geplauder zwar ungern tiefe, entschieden aber keine trübseligen Gedanken aufkommen; drittens, und das ist das beste, gilt es unter ihnen selbst für lächerlich und unsoldatisch, jungen Mädchen gegenüber den Romanhelden des Backfischstiles zu spielen: den Hohen-Hehren, den Unverstandenen, den faselhaft Geistreichen, den tief Schwermütigen, den übermenschlich Edeln, den dämonisch Vulkanischen, den gletscherhaft Keuschen — und wie sie alle heißen mögen. Dazu besitzt der Lieutenant fast immer auch ein scharfes Auge für alles Unnatürliche an den Damen und weiß alberne Heuchelei durch gebührende Neckerei oder gar härter zu bestrafen. Nur dumme Mädchen, wie gesagt, geraten leicht in die Gefahr zu „verlieutenanten", klugen und natürlichen jedoch werden so ein oder einige Ballwinter in einer feschen Garnison durchaus zuträglich sein. Und wenn das Herzchen an einer Lieutenantsangel hangen bleibt — was thut's? Offiziere haben den Ruf, die besten Ehemänner zu stellen! Ob es wahr ist, das könnte vielleicht eine amtliche Umfrage bei den Lieutenantsgattinnen feststellen! Thatsache ist, daß Offiziere mit Geigen und Weinen die Eigenschaft gemein zu haben pflegen, daß sie je älter desto besser werden.

So sammelte denn auch das Pfungksche Komteßchen auf dem Manöverfelde des Hofparketts reiche Erfahrungen, lernte besonders des Feindes Schwächen erkennen und zu Zwecken der Verteidigung wie des Angriffs taktisch ausnützen. Das Gefühl der Hilflosigkeit im Verkehr mit Männern verlor sich sehr bald, sie lernte sich als junge Dame fühlen und gab sich doch mit voller kindlicher Unbefangenheit dem Genusse des Augenblicks hin. Ihrer frischen Jugend, ihrer robusten Anmut huldigte alles, von der Frau Großherzogin bis zu der Friseuse herab, welche sie in Behandlung hatte, von der ältesten Excellenz bis zum jüngsten Pagen. Aber sie wurde darüber nicht eitel und gefallsüchtig, wenn es sie auch mit übermütiger Freude erfüllte. Daß die allgemeine Anbetung sie gegen die des einzelnen gleichgültiger machte, war bei ihrer Feuergefährlichkeit gewiß kein Unglück.

Die gute Mama, die mit schweren Seufzern alle die Bälle, Thees, Routs, Konzerte u. s. w. über sich ergehen ließ, versäumte zwar nicht, hie und da Gelegenheit zu nehmen, ihr Töchterchen in seinem glücklichen Rausche zu mahnen an „das Eine, was da not thut"; aber sie hütete sich auch wohl, allzuviel Wasser in ihren Freudenwein zu schütten. „Ja, ja — Jugend muß sich austoben" — pflegte sie zu sagen. „Es ist ja auch eine wahre Freude, wie sich das gute Kind die Finken und die Würmer aus dem Kopfe schlägt! Jammerschade nur, daß es sich nicht schickt, solch Ding allein in der Residenz zu lassen! Alle Abende sich in das französische Korsett schnüren lassen, und ein= bis zwei= mal die Woche gar ausgeschnitten —! Nein, nein, das ist doch 'n bißchen zu viel für eine solide Frau in meinen Jahren. Ich wünscht', ich säß' erst wieder in Räsendorf und könnt' mit min' Fründ Jehan Sötbier Plabbütsch snaken!"

Den Grafen griffen die Strapazen der Faschingscam= pagne sogar noch mehr an, als seine würdige Gemahlin. Unter ihrem wachsamen Auge war es ihm unmöglich, seine immer noch flugkräftigen Schmetterlingsflügel zu entfalten, und das ewige Whistspiel mit den Großwürdenträgern des Reichs wünschte er zu allen Teufeln. Vickis glänzende Er= folge aber stimmten ihn geradezu ernst und wehmütig. Der Gedanke, daß nun täglich die Stunde zu erwarten war, in der er seine Lerche einem fremden Vogelsteller überlassen mußte, brachte ihm erst recht zum Bewußtsein, wie sehr das Kind ihm ans Herz gewachsen war. Mit Grausen malte er sich die Zukunft auf Räsendorf aus, ohne seine Vicki. Nie hatte er es so schmerzlich empfunden wie jetzt, daß kein Sohn da war, der die Verwaltung des Gutes ihm abnehmen könnte — besonders jetzt, seit die arme Marie durch ihr Unglück gehindert war, mit derselben männlichen Energie wie vordem sich der Wirtschaft anzunehmen — seit an die Stelle des so klugen, überlegenen und doch weltmännisch verbindlichen, unterhaltsamen Norwig der geistvolle Ludolf

Neusche mit seinem gewichsten Schnurrbart und seinen Frosch=
augen getreten war und seit — die hübschen Stützen durch
die entzückende Sophie für ewige Zeiten auf Näsendorf un=
möglich gemacht worden waren! Jede Nacht, wenn Graf
Pfungk zu seinen Balldamen in die Kutsche stieg, war seine
erste Frage an Vicki: „Hast du dich wirklich auch nicht ver=
liebt heute?“ Und wenn sie dann lachend erwiderte: „Nein,
wirklich nicht — aber ich finde sie alle reizend!“ dann drückte
er ihr so zärtlich und dankbar die Hand, als hätte sie ihm
ein persönliches Opfer gebracht.

Eines schönen Tages aber — Vicki war gerade mit
einer Freundin Schlittschuhlaufen gegangen — ließ sich Herr
von der Maltitz aus Senthin bei den Pfungkschen Herr=
schaften melden und erklärte, es sei ihm daheim so einsam
geworden, daß er eine Woche in der Residenz zubringen
möchte. Trotzdem der Graf es ihm noch nicht vergessen
konnte, daß er an ihn so viel schönes Geld für Sumpf
und Sand los geworden war, wurde er doch recht gut
aufgenommen. Er dehnte seinen Besuch auffallend lange
aus und bemühte sich mit etwas nervösem Eifer, ein Ge=
spräch über allerlei Gleichgültigkeiten im Fluß zu halten.
Mindestens eine halbe Stunde hatte er schon so dagesessen,
als die Gräfin durch einen Damenbesuch abgerufen wurde.
Und kaum hatte sie den Herren den Rücken gewendet, als
Wolf Dietrich von der Maltitz ohne weitere Einleitung dem
Grafen die Eröffnung machte, daß er Komteß Viktorias ent=
zückendes Bild nicht aus seinen Gedanken zu verbannen im
stande und daß die Vorstellung ihm geradezu unerträglich
sei, wie sie hier im Wirbel des Tanzes von einem Lieute=
nantsbusen an den andern sinke. Mit einem Wort, er sei
sich während ihrer Abwesenheit darüber klar geworden, daß
der Eindruck, den Vicki gleich damals bei der ersten Vor=
stellung als Wassernixe auf sein Herz gemacht, sich inzwischen
zu einer ernsten Leidenschaft ausgewachsen habe — er bitte
um die Erlaubnis, um Komteß Viktorias Gegenliebe werben
zu dürfen.

Was sollte der gute Graf hierauf erwidern? Seine
Gemahlin, die gewiß auf der Stelle eine entscheidende Ant=

wort gegeben hätte, war nicht zur Hand — es wurde ihm überhaupt schon schwer, einen Bittenden abschlägig zu bescheiden — zudem hatte er ja Gelegenheit gehabt, an diesem Manne allerlei vertrauenerweckende Charaktereigenschaften zu entdecken — er konnte ihm also doch wirklich nicht gut etwas andres sagen, als daß sein Töchterchen eigentlich wohl noch zu jung zum Heiraten sei, daß er aber ihren Gefühlen niemals Zwang anthun werde und also das weitere ganz ihm überlassen müsse.

Mit dieser Antwort zog denn auch der Senthiner ganz zufrieden ab, der Graf aber befreundete sich mit dem Gedanken, ihn zum Schwiegersohn zu bekommen, um so leichter, als ihm dann ja wenigstens die liebe Vicki so nahe blieb, daß er sie tagtäglich erreichen konnte. —

Am selben Abend war Hofball. Am Fuße der Treppe hatte sich Herr Wolf Dietrich aufgestellt, um die Pfungks abzufassen. Eine gute halbe Stunde mußte er dort ausharren, ehe er endlich des ersehnten Komteßchens ansichtig wurde, wie es in Pelzkragen und Shawltücher verpackt, die Füße in schrecklichen Filzüberschuhen und den raschelnden Drachenschweif von Tüll und gestickten Unterrockskanten mit der Linken so gut emporraffend, daß man auch ein hübsches Stück der prall sitzenden schwarzen Seidenstrümpfe bewundern konnte, über den Vorplatz huschte. Da machte der Senthiner eine kurze, stumme Verbeugung vor den Eltern und wandte sich dann rasch an die Komteß Tochter: „Guten Abend, Komteß — kann ich wohl den Kotillon mit Ihnen tanzen?" Und er schritt an ihrer Seite die Treppe hinauf.

„Ah — sind Sie es wirklich — Herr von der Maltitz?" rief Vicki überrascht und musterte ihn mit einem lustigen, wohlgefälligen Blick. „Und in Uniform! Das ist ja reizend, daß Sie sich auch einmal hier sehen lassen. Aber den Kotillon — haha, wo denken Sie hin! — den habe ich schon vor acht Tagen vergeben! Wissen Sie was — den Souperwalzer habe ich noch frei — den reserviere ich immer für besonders würdige Herren."

„Vielen Dank für die Ehre — soupieren wir also zusammen."

Im ersten Vorzimmer ward Vicki sofort von einem dichten Schwarm von Verehrern umdrängt, so daß Maltitz nichts Beßres thun konnte, als sich fürs erste zurückzuziehen. Der Anstand gebot, daß er sich im Laufe des Abends auch ein wenig am Throne der Frau Mama sehen ließ, um ihr seine pflichtschuldigen Huldigungen darzubringen. Er ergriff die nächste sich darbietende Gelegenheit hierzu.

„Nun sagen Sie bloß," schnitt die Gräfin ihm die ersten höflichen Redensarten ab, nachdem sie ihn eingeladen, neben ihr Platz zu nehmen. „Sie haben es sich wirklich in den Kopf gesetzt, meine Vicki zu heiraten? Das Nestküken, das eben erst flügge geworden ist!"

„Aber wie flügge! Sehen Sie nur, gnädigste Gräfin, wie es fliegen kann!"

„Jawohl, von einem Arm in den andern und immer rundum wie ein Brummkreisel; aber . . . denken Sie bloß, lieber Maltitz, all diese Lieutenants liebt sie — Sie müßten eine ganze Brigade durch Ihre fabelhafte Liebens= würdigkeit niedermetzeln, ehe Sie an das Herzchen heran= kommen!"

Wolf Dietrich nahm ihren Ton auf und versetzte: „Und wenn ich bis an die Kniee im Blute meiner Nebenbuhler waten müßte — ich wage den Versuch, mich durchzuschlagen! Es ist zwar eine große Vermessenheit, den Kampf gegen so viele jüngere, glänzendere und — besser situierte Kameraden aufnehmen zu wollen, aber . . ."

„Nun was den letzten Punkt betrifft," unterbrach ihn die Gräfin, ihm gutmütig den Arm mit dem Fächer klopfend, „so viel, daß Sie wieder ganz munter obenauf zu schwimmen kämen, gäben wir unserm Kinde schon mit. Aber nun lassen Sie mich aus dem Spiel: wenn die Grundlage gut ist, dann haben sich die Alten in Herzensangelegenheiten der Jungen nicht zu mischen."

Der stattliche Dragoner küßte der Gräfin dankbar die Hand und machte sich dann auf, um Vicki zu einer Extra= tour aufzufordern. Sie willigte ein, obwohl sie eben erst, schier atemlos, von der letzten Runde Halt gemacht hatte. Maltitz war ein vorzüglicher Tänzer und die große, üppige

Komteß ein wenig zu schwer, um für eine Sylphe erster Klasse gelten zu können. Aber in seinem starken Arm kam sie sich selber federleicht vor und hätte am liebsten ihren Tänzer, einen spinnenbeinigen Grenadier, im Stiche gelassen, um diese Wonne ganz auszukosten. Mit glänzenden Augen und hochklopfendem Herzen lieferte er sie ihrem Ritter wieder aus.

„Hören Sie, Herr von der Maltitz, ich sehe Sie schon den ganzen Abend thatenlos an den Thüren herumstehen — das geht nicht. Sie dürfen uns Ihre wertvolle Kraft nicht entziehen. Sehen Sie, da hinten sitzen noch eine ganze Masse überzähliger Damen — wollen Sie sich wohl gleich nützlich machen!"

„Wenn Sie befehlen, Komteß."

„Ja, ich befehle."

Und sie hieß ihren Tänzer als Adjutanten mit ihm gehen, um ihm jene minderschönen, aber um so dankbareren Mauerblüten vorzustellen. —

Als die Souperpause gekommen war, stellte sich Wolf Dietrich wieder bei Vicki ein. Sie legte zutraulich ihren Arm in den seinen und schwaßte so eifrig auf ihn ein, daß er kaum zu Worte kommen konnte. Absichtlich schloß er sich dem langen Zuge nach dem Speisesaal so zögernd an, daß sie bereits alle die kleinen Tische zu vier bis sechs Personen besetzt fanden, welche für die nicht zur herrschaft-lichen oder zur Marschallstafel Befohlenen gedeckt waren. Ein einziges Tischchen für zwei Paare stand noch verwaist, und dort nahmen die beiden allein Platz.

Auf diese Wahrscheinlichkeit hatte der Senthiner ge-rechnet, denn er hatte die feste Absicht, wenn irgend mög-lich, gleich heute abend zu reden.

Zunächst freilich eröffnete Vicki das Gespräch: „Nun, wie sieht es denn jetzt bei uns zu Hause aus? Papa hat Sie ja sozusagen zum geheimen Oberkontrolleur von Räsen-dorf ernannt."

„Ich bin auch oft drüben gewesen, um nach dem Rechten zu sehen, sehr oft, Komteß — ach!"

„Warum seufzen Sie denn so komisch?"

„Weil es dort gar zu gräßlich aussah!"

„Gräßlich?"

„Ja, so einsam, so öde, so kalt und tot — wie überall, wo Sie nicht sind, Sie Reizende, Sie Einzige, Sie Unvergleichliche!"

Vicki begann plötzlich sehr hastig von dem Ragout zu essen und machte den schwachen Versuch, ihren gar zu überschwenglichen Nachbar auszulachen.

Der aber fuhr unbeirrt fort: „Ich kann mir nicht helfen — und wenn Herr Ludolf Reusche inzwischen ganz Räsendorf und Senthin dazu einpackte und damit durchginge! — ich mußte hierher und Sie wiedersehen, Komteß."

„Aber nein, wie können Sie so reden! Das ist wirklich nicht hübsch von Ihnen, sich so über mich lustig zu machen."

„Lustig — ich mich über Sie lustig machen? O Komteß — bitte, schauen Sie mich einmal an — sehe ich so aus, als ob ich mich über Sie lustig machen wollte?"

Statt ihn anzuschauen, verbarg das Komteßchen vielmehr ihr erglühendes Gesicht hinter ihrem Fächer und wehte sich eifrig Luft zu.

„Wollen Sie nicht? Ahnen Sie, was jetzt kommen muß? Wissen Sie, daß es mich ganz toll macht, so zusehen zu müssen, wie alles Sie umschwärmt? Daß mir zu Hause allnächtlich die Liebeserklärungen in den Ohren summten, die Ihnen hier gemacht wurden, und mich nicht einschlafen ließen?"

Wieder lachte Vicki verlegen. „Aber mir hat doch kein einziger eine Liebeserklärung gemacht."

„Wirklich nicht? — Dann käme ich armer Landjunker doch noch nicht zu spät, wenn ich Ihnen nun ..."

Ein Lakai präsentierte den zweiten Gang — Rehrücken. Komteß Vicki spießte in der Verwirrung drei große Stücke auf, die schwer auf ihren Teller aufklatschten.

„O weh!" sagte sie erschrocken: „Was mache ich denn da? Nehmen Sie das, Herr von der Maltitz — denken Sie, ich hätte es für Sie genommen."

Sie wechselten die Teller und Vicki wählte nun bedächtig ein ganz dünnes Scheibchen für sich aus.

„Soll das vielleicht ein Wink sein, Komteß," fuhr der Dragoner fort, sobald der Diener sich entfernt hatte, „daß ich meinen Mund zu etwas Besserem gebrauchen soll?"

„Nein, gewiß nicht, ich ... ich weiß nicht, wo ich hingucken soll ... die Leute sehen uns gewiß alle an!"

„Nun, dann lassen Sie mich Ihnen im Angesichte der ganzen Menschheit sagen, daß ich Sie liebe, Komteß, von dem Augenblicke an, als ich Sie zum erstenmal sah! Sie kamen aus dem Wasser, wissen Sie noch? — Aber mir legten Sie Feuer ans Herz! Ich liebe Sie über alles in der Welt, Vicki, ich kann nicht ohne Sie leben!"

„Sehen Sie doch, sehen Sie doch auf —" mahnte Vicki mit bebender Stimme. „Der Herzog Paul möchte Ihnen zutrinken."

Wolf Dietrich erhob sein Sectglas, verbeugte sich dankend gegen den Herzog, der ihm liebenswürdig zulächelte, und trank dann auf einen Zug aus.

„Ich leerte mein Glas auf das Glück in der Liebe," wandte er sich flüsternd an die Komteß. „Werde ich es finden? Darf ich hoffen?"

Zögernd, ängstlich erwiderte Vicki: „Ach Gott ... ich weiß wirklich nicht ... was man in solchem Falle sagt ... Mama wird mich auslachen — ich bin noch so jung ... und viel zu dumm zum — zum Heiraten, sagte Mama."

„Sie möchten also noch nicht heiraten?"

„Ach doch — furchtbar gern; aber Mama ..."

„Oh mit Mama habe ich schon gesprochen. Die erlaubt es!"

„Mama erlaubt's?! Nein, gehen Sie aber energisch vor?" rief Vicki, indem sie zum erstenmal und zwar bewundernd zu ihm aufblickte.

„Nicht wahr, Komteß? Schneidige Kavallerieattacke! Schlagen Sie ein? Sagen Sie ja?"

„Ach Gott — ich bin ganz wirr! Wenn ich nun ja sage, dann — dann wären wir ja verlobt!"

„Allerdings, das wäre dann freilich die nächste üble Folge."

„Seien Sie mir nicht böse, Herr von der Maltitz —

ich schwatze so dummes Zeug, aber mir ist so wirr im Kopf ... ich kann mich noch nicht fassen. Lassen Sie mich erst zur Besinnung kommen. Morgen früh um elf — Sie laufen doch Schlittschuh? — da bin ich auf dem großen See. — Wir könnten ja vielleicht nach Kaninchenwerder oder Zippendorf laufen."

"Bis an den Nordpol, wenn Sie es wünschen, Komteß! Uebrigens haben Sie recht: es ist eine garstige Idee, sich beim Essen zu verloben!" — —

Kalt und klar war der andre Tag heraufgezogen, kein böses Tauwetter machte das Eis und die schöne Hoffnung des verliebten Senthiners zu Wasser. Und Vicki kam ihm frisch und rot, mit leuchtenden Blauaugen entgegen und rief: "Wissen Sie schon das Allerneuste, Herr von der Maltitz? Heute früh kam ein Brief aus Berlin von Marie — sie hat sich mit Herrn von Norwig verlobt. Papa und Mama waren ganz starr. Aber natürlich müssen sie es zugeben, denn gegen Marie richten sie doch nichts aus, wenn die sich etwas in den Kopf gesetzt hat. Glauben Sie nicht auch, daß die beiden sehr gut zu einander passen?"

"Gewiß — ich weiß es längst, daß sie sich liebten," versetzte Wolf Dietrich lächelnd. "Und was wird jetzt aus uns, Komteß?"

Lange zögerte Vicki mit der Antwort. Sie hatte ihre Hand in die seine gelegt und in sausendem, köstlichem Fluge glitten sie über die glatte Bahn, über das grüne, krystallklare Eis dahin. Endlich, als sie den großen Schwarm der Schlittschuhläufer weit hinter sich gelassen, begann Vicki: "Ich muß eine unbescheidene Frage thun, Herr von der Maltitz, eine Gewissensfrage: haben Sie wirklich Keine vor mir geliebt?"

"Ich schwöre Ihnen, daß ich bis jetzt, wo mich die wahnsinnigste Sehnsucht und Angst, daß ein andrer Sie mir rauben könnte, hierher trieb, noch nicht gewußt habe, was Liebe sei!" rief Maltitz feurig und ohne sich einen Moment zu besinnen.

"Dann — ach mein Gott!" schluchzte Vicki urplötzlich auf, indem sie seine Hand losließ und den kleinen Pelzmuff gegen ihre Augen drückte. „Dann bin ich Ihrer gar nicht wert; denn ich habe schon zweimal — oder eigentlich dreimal geliebt.“

„Wirklich, Vicki?“ flüsterte Wolf Dietrich lächelnd und legte seinen Arm um ihre Taille. „Aber darf man fragen, wie?“

„Oh, das erste Mal — aber das dauerte nur acht Tage und war nicht sehr — Herr von Norwig gefiel mir nämlich so gut.“

„Der kommt nicht mehr in Betracht. Seinen Schwager darf man ja auch ein wenig lieben. Und das zweite Mal?“

„Das zweite Mal — ach, das war sehr schlimm, da — da habe ich mich sogar küssen lassen und ...“

„Wieder geküßt?“

„Ja — auch wieder geküßt! Nicht wahr, Sie haben gewiß noch nie ein fremdes Mädchen geküßt?“

„O, das möchte ich nicht eben beschwören; ein Heiliger bin ich auch nicht gerade gewesen. Küssen ist ja noch nicht immer lieben!“

„Sie haben geküßt — wirklich? Kann ich mich darauf verlassen? Wie oft wohl schon?“

„Gezählt habe ich es nicht. Jedenfalls aber öfter als Sie, meine süße, offenherzige, kleine Komteß!“

„O, dann ... dann ... Aber wissen Sie, Herr Fink war wirklich zu nett und ich hätte ihn gern geheiratet, wenn — seine Philosophie es ihm erlaubt hätte.“

Wolf Dietrich lachte hell auf. „Seine Philosophie erlaubte es ihm nicht? Das finde ich ausgezeichnet! — Herr Fink — ei, ei! Eine Künstlerliebe — die macht jedes junge Mädchen einmal durch. Darum grämen Sie sich nicht! Sie sind mir jetzt aber noch den dritten Vorgänger schuldig.“

„Ach, der hieß Wurm — das Schaf — von dem rede ich gar nicht!“ Und Vicki, vergessend, daß sie die Holländer an den Füßen hatte, wollte ärgerlich aufstampfen, rutschte dabei aus und — setzte sich mit wuchtiger Plötzlichkeit aufs Eis.

Das war so überraschend gekommen, daß alle beide, Wolf und Vicki, nicht umhin konnten, in ein lautes, herzliches Gelächter auszubrechen, das lustig über den weiten glitzernden See hinschallte. Er faßte sich zuerst, hob sie lachend auf, nahm sie in die Arme und küßte sie wohl ein dutzendmal rasch hintereinander auf die vollen Lippen, ehe sie sich losmachen und, immer noch lachend, die Tauspuren seines gefrorenen Schnurrbarts aus ihrem glühenden Gesicht reiben konnte.

Nun waren sie also verlobt! Und sie fragten nicht danach, ob diese wunderliche Liebesscene unter allerfreiestem Himmel Zeugen gehabt haben mochte, sie kehrten vielmehr spornstreichs um, ihr Glück der ganzen Welt zu verkünden. — — —

Mit Mariens überraschender Verlobung aber hatte es folgende Bewandtnis gehabt.

Es hatte sich in der That eine Operation als notwendig herausgestellt, und sie hatte sich derselben ohne Zögern unterworfen. Sie war vollständig geglückt und nun lag die Dulderin im Krankenhause und ließ sich von der vortrefflichen Tante Auguste und den Schwestern gesund pflegen. Acht Tage lag sie, fast ohne sich zu rühren — und dabei hatte sie Muße über die Zukunft nachzudenken. Eine stille Heiterkeit, eine himmlische Ruhe war über sie gekommen, so daß Tante Auguste „die tolle Komteß" von einst gar nicht wieder erkannte. Der berühmte Professor, der sie operiert, hatte ihr offen gesagt, daß sie aller Voraussicht nach vollkommen gesund werden würde, aber die Hoffnung aufgeben müsse, jemals Mutterfreuden zu genießen. Und diese Eröffnung, statt sie niederzudrücken, richtete sie vielmehr aus ihrer Verzagtheit auf. Jetzt konnte sie sogar den Kuß verzeihen, der ihr erst jüngst so grausam die Augen geöffnet hatte über das traurige Verhängnis ihres reizlosen Gesichtes. Sie konnte dies Gesicht nun nicht an ihre Kinder vererben, die es dann dem alternden Vater beständig wie einen Spiegel vorhielten, von dem er in mühsam verhaltenem Groll seine schönheitsdurstigen Augen abwenden mußte. Sie fühlte sich jetzt ganz frei und völlig der Aufgabe gewachsen, Norwig eine neue Gefährtin für das Leben und seinem Sohne eine wirkliche Mutter zu werden. Und er war auch frei und durfte von seiner Freiheit den Gebrauch machen, den sein Herz ihm vorschrieb. Aber nun war er ja auch für sie verschollen, denn niemandem hatte er gesagt, wohin er sich wenden wollte.

An dem Tage, an dem sie zum erstenmal ihr Bett verlassen durfte, brachte ihr die Schwester, die sie bediente, einen prachtvollen Blumenstrauß.

„Von wem?" frug sie froh bewegt.

„Der Herr hat seine Karte in die Blumen gesteckt. Er fragt, ob er Ihnen vielleicht in den nächsten Tagen seine Aufwartung machen dürfe. Er hat einen wunderhübschen Knaben bei sich."

Die Komteß hatte einen Blick auf die versteckte Karte geworfen und rief leicht errötend: „Bitte, lassen Sie den Herrn sogleich eintreten."

Wenige Minuten später erschien Heinz Rolf von Norwig auf der Schwelle und führte an der Hand seinen elfjährigen Bill herein, ein wirklich ungewöhnlich hübsches Kind mit dunklem Krauskopf, frischen, gesunden Farben und großen, lustigen blauen Augen. Er verbeugte sich stumm an der Thür und dann flüsterte er dem Knaben ins Ohr: „Go up to this lady, Bill, and kiss her hand — she has been very, very kind to your poor papa!"

Und mit strammem, stolzem Schritt ging der kleine Amerikaner auf die Komteß zu und streckte ihr seine Hand entgegen. Sie aber kniete rasch nieder, zog ihn an sich und sagte, indem sie ihm mit überströmender Zärtlichkeit ins Auge sah: „Willst du mir nicht lieber den Mund küssen, Bill?"

Der Kleine küßte sie herzhaft auf die bebenden Lippen — und sie preßte seine schmächtige, zierliche Gestalt fest an sich und brach in lautes Schluchzen aus.

„Komteß, teuerste Komteß — was bewegt Sie so?" rief Norwig. „Sie sehen, ich löse mein Wort ein, soweit ich es vermag — Bill gehört Ihnen."

Master Bill machte sich ungeduldig aus der Umarmung los und rief mit possierlichem Stirnrunzeln: „How now! I dont like to see great big people a crying. Pa says, you was rather a jolly woman and would let me have a pony to ride on."

Durch Thränen lächelnd trat die Komteß auf Norwig zu, reichte ihm beide Hände hin und sagte: „Seien Sie mir herzlich willkommen — Beide! Ihr Bill hat mit seinen unschuldigen Lippen das Mal verlöscht, das sein böser Papa . . ." Sie errötete tief und ließ den Satz unvollendet. „Wie haben Sie mich hier entdeckt?"

„Ich wandte mich an meinen Freund, Herrn von der Maltitz — er hat mir Ihre Adresse mitgeteilt. Und als ich in der Zeitung las, daß — sie gestorben ist, da konnte ich nicht widerstehen: ich mußte es wagen, zu Ihnen zu bringen, um Ihre Verzeihung zu erflehen!"

Sie hielten einander so lange umschlungen, bis der kleine Bill sie sehr energisch auf die Langweiligkeit ihres Betragens aufmerksam machte. —

„Ja, wir drei wären nun wohl miteinander im reinen," sagte Heinz Rolf im Verlaufe des Gesprächs. „Aber wie werden es die Eltern aufnehmen? Wie werden sie dich empfangen, wenn du ihnen den Mann, den sie mit Schimpf und Schanden aus dem Hause gejagt, als deinen Verlobten wieder bringen willst?"

„Schimpf und Schande werden wohl auf mir sitzen bleiben müssen," versetzte Marie, indem sie ihr Haupt an seine Schulter lehnte. „Sie sind ja die Tollheiten von mir gewöhnt und haben mir schon mancherlei zu verzeihen gehabt, was man für gewöhnlich shocking findet. Sie haben mich ja immer damit geneckt, daß ich mich wie ein Mannsbild betrüge — nun, da bin ich ja gar nicht einmal aus der Rolle gefallen, als ich damals — den ersten Schritt that." Sie legte ihre Arme um seinen Hals und flüsterte ihm erglühend ins Ohr: „Nicht wahr, mein Rolf, du versprichst es mir, daß zwischen uns nie von dieser Geschichte die Rede sein soll? Ich wußte ja damals nicht, was ich that — wirklich, ich wußte es nicht! Aber seit mich die Liebe zum Weibe gemacht hat, empfinde ich es erst, daß es solche Dinge gibt, die eine Frau niemals ungestraft thut! Nun — du hast mich dafür gestraft, und ich habe nichts zu vergeben; aber jetzt, nicht wahr, jetzt erinnerst du mich nie mehr daran?"

Er strich ihr zärtlich über das Haar: „Mein gutes Herz, ich verspreche dir, was du willst — wir können ja sogar Potrimpos und Obotrit abschaffen, damit uns die Zeugen deiner tausendmal gesegneten Tollheit aus den Augen kommen. Aber du kannst mir nicht verwehren, an jene Stunde ewig dankbar zurückzudenken. Hättest du nicht das erlösende Wort gesprochen, wie hätte ich armseliger, schuld-beladener Mensch jemals wagen dürfen, um deine Hand zu werben — um die starke, liebreiche Hand, die mir so un-verzagt aus dem Sumpfe meiner Vergangenheit herausge-holfen hat." In überströmendem Gefühle kniete er vor ihr nieder und bedeckte ihre Hand mit Küssen. Und sie drückte kosend seinen dunklen Kopf zwischen ihren Handflächen und erwiderte glücklich lächelnd: „Und was habe ich dir zu danken, mein Freund? Du hast glücklicherweise gar keine Ahnung, was für ein unwissendes, talent- und gedanken-loses Frauenzimmer ich im Grunde bin! Seit ich dich kennen lernte, sind mir erst die Augen aufgegangen über mich selbst und über noch so manches andre, Wichtigere in der Welt. — Dabei fällt mir ein: meine Mama wird nicht eben sehr erbaut davon sein, daß du mich denken lehrtest! Sie hält dich, seit du dich 'mal so offen zum Darwinis-mus bekannt hast, für einen ganz schlimmen Atheisten, weißt du!"

„Und obendrein Sozialdemokraten, Nihilisten und Dy-namitarden am Ende gar — haha! Nun, ich hoffe ihr mit der Zeit eine günstigere Meinung von mir beizubringen — wenn uns die Gelegenheit dazu geboten wird. Was wird die liebe, gute Gräfin — übrigens habe ich vor ihrer Fröm-migkeit die größte Hochachtung — nur die Abendandachten ausgeschlossen! — was wird deine Mama erst sagen, wenn sie meinem Bill das Glaubensbekenntnis abnimmt. Come along, Bill, how goes your first article — at school, you know?"

Und der kleine Kerl ließ sofort Kaffee und Kuchen, womit man seine Ungeduld beschwichtigt hatte, im Stich und schmetterte mit gefalteten Händen die Worte heraus: „At the beginning there was the Protoplasm!"

„Haben Sie je so etwas gehört? Hahaha! — Im Anfang war das Protoplasma! Das hat der Knirps in der Schule gelernt! Sein Direktor, mein alter Freund, hat eben auch seinen kleinen Sparren. Er machte sich hier damit unmöglich — aber drüben hat er es wirklich fertig gebracht, eine darwinistische Klippschule ins Werk zu setzen. Ich möchte wissen, was sich der Junge von seinem heiligen Urschleim für eine Vorstellung macht. Jedenfalls hat er ihn ebensowenig jemals mit Augen geschaut wie wir unsern lieben Herrgott. Er hat also seinen Glauben so gut wie wir, aber ich möchte wetten, er wird sich darum in Worten und Werken durchaus nicht von den andern Buben seines Alters unterscheiden. Er wird ‚ach Gott!' und ‚Gott sei Dank!' sagen wie jeder ehrliche Christenmensch und sich ebensowenig dabei denken. Ich hoffe aber, es soll trotz Urschleim und Uraffe ein so tüchtiger deutscher Edelmann aus ihm werden, als seine Descendenz es ihm irgend erlaubt. Seine Seele ist heute noch so weich wie — Protoplasma; vielleicht daß unsre Erziehung eine solche glückliche Schiebung der Atome in ihm zuwege bringt, daß es ihm gelingt, abzustoßen, was etwa . . . nun, lassen wir sie ruhen! Sie sehen, es hat nur jeder Glaube seine besondre Sprache. Im Grunde streben alle tüchtigen Leute auf der ganzen Erde nach dem einen Ziele der Veredlung ihres eignen Selbst, nach Bereicherung ihres Gedanken= und Empfindungslebens zum Zwecke der Erhöhung der eignen Glückseligkeit, der Selbsterlösung von dem dumpfen Drucke der Furcht und Verzweiflung, die kleinmütige Menschen angesichts all der Ungerechtigkeit und Not dieser Welt überwältigt. Aus den Adels=Affen gingen die ersten Menschen hervor — vielleicht daß aus den Adels= Menschen, wie ich sie im Sinne habe, einmal eine neue Gattung hervorgeht, von der wir mit unsern Begriffen von Menschlichkeit uns keine Vorstellung machen können. Ich glaube an eine solche unendliche Entwicklungsfähigkeit — — und auch noch an manches andre: an die Allmacht der Liebe zum Beispiel, meine gute, starke, herrliche — tolle Komteß!"

Noch am selben Abend schrieb Heinz Rolf von Norwig an den alten Grafen Pfungk nach Schwerin einen langen Brief, in welchem er ihm, mit der Bitte, den armen Grafen Bencken niemals aus seinen so wehmütig glücklichen Illusionen zu reißen, über das angebliche Fräulein Sophie und seine Beziehungen zu ihm die nötigen Aufklärungen und damit auch den Schlüssel zu seinem verborgenen Verhältnis zu Komteß Marie gab. „Ich bin ein Mann, der außer seinem Kinde und seiner Arbeitskraft, nichts besitzt, worauf er seine Zukunft gründen könnte" — hieß es dann weiter. „Die Welt wird ohne Zweifel sagen, und vielleicht werden auch Sie es denken, daß ich in meiner dienenden Stellung das hochherzige Vertrauen der Komteß mißbraucht habe, um mir durch sie wieder zu Ansehen und Besitz zu helfen. Nun, wir beide wissen, daß ganz andre Erwägungen uns zusammengeführt haben und wir werden fest zusammenhalten, auch wenn uns der elterliche Segen und dereinst das elterliche Erbe nicht zu teil werden sollten. Meine teure Braut ist entschlossen, wenn es sein muß, auch ein Leben voll Entbehrung und Arbeit mit mir zu teilen, wie sie auch entschlossen ist, meinem Sohne eine zweite, in höherem Sinne ja sogar eine erste Mutter zu werden! Aber wir bitten Sie und Ihre verehrte Frau Gemahlin trotzdem um diesen Segen, weil wir uns bewußt sind, daß unser Verhältnis des Segens der edelsten Eltern würdig ist. Ich stehe Ihrer herrlichen Tochter nicht nur in materieller Beziehung als armer Schlucker und Sünder gegenüber; ich blicke zu ihr hinauf als zu meiner Retterin — die Hand, die sie mir in hochherziger Wallung entgegenstreckte, darf ich nicht zurückweisen aus irgend welcher Bedenklichkeit eines spitzfindigen Ehrgefühls. Ich bin stolz genug, die Gewißheit zu hegen und auszusprechen, daß ich nunmehr auch ihr etwas mehr werde sein können, als ein dankbarer Schuldner. — Ich habe an mir selbst alle die Gefahren erlitten, welche einem Edelmanne in unsern Tagen so häufig drohen. Ich bin leichtsinnig eine unwürdige Ehe eingegangen, die in der Folge mich materiell zu Grunde richtete und mich in ein Leben hineintrieb, in welchem meine festesten Ueberzeugungen ins Schwanken gerieten. Schwerer

Versuchung bin ich erlegen, Ekel und Verzweiflung wurden mein Lohn, Einsamkeit mein Los — als ein Abenteurer kam ich in Ihr Haus. Aber die frische, gesunde Luft, die ich dort atmen durfte, hat mich gestählt zu dem letzten, schweren Kampfe gegen jenes Weib, das das Verhängnis meines Lebens geworden war, und zur rechten Zeit, in höchster Herzensnot durfte ich die Hand Mariens erfassen, und mich von ihr zu meinem bessern Selbst zurückgeleiten lassen. Im Bunde mit dieser echten Edelfrau werde ich mich wieder als echter Edelmann fühlen dürfen und meinen Sohn zu einem solchen erziehen können. Verehrtester Herr Graf, verehrteste Frau Gräfin: ich bitte Sie um die Hand Ihrer Tochter Marie."

Das Schreiben der Komteß hatte bereits die Eltern überzeugt, daß gegen den festen Entschluß der Tochter mit Allerweltsgründen nicht zu kämpfen sein würde; sie hatten aber auch zu dem klaren Blick und dem hohen sittlichen Ernst Mariens von jeher ein so festes Vertrauen gehegt, daß sie sich einigermaßen versichert halten konnten, daß sie ihre seltsame Wahl nicht im Rausche einer blinden Leiden= schaft getroffen habe. Der edle, männliche Ton im Schreiben Norwigs that zudem auch das Seine, um die beiden treff= lichen Leute mit dem Gedanken zu versöhnen, sich einen Schwiegersohn mit dem Kinde einer andern Frau ins Haus zu nehmen. —

Der Graf schrieb einen kurzen, sehr höflichen Brief an Norwig, in welchem er ihn als Schwiegersohn willkommen hieß und ihn einlud, sich baldmöglichst mit Braut und Sohn in Räsendorf einzufinden, wohin man nach dem kurzen und erfolgreichen Schweriner Ballfeldzug demnächst zurückzukehren gedachte.

Es wurde dem Grafen und seiner Gattin keineswegs leicht, ihre beiden Töchter an so wenig glänzende, einfache Edelleute wegzugeben, aber da beide Töchter nicht thöricht und gefährlich gewählt hatten, so durften sie ihrem Glücke nicht in den Weg treten. Der Senthiner war ja auch ein prächtiger Bursche, ein zuverlässiger, tüchtiger Mann, wie die lose Vicki einen brauchte, und dabei kein Philister, der

dem luftigen, warmblütigen Mädchen feine Jugend verfauert
hätte. Aber das, wie der Graf immer noch zu glauben
geneigt war, weggeworfene Geld für die Pacht, das zog er
ihr doch von der Mitgift ab, und fein Moor mochte er
fich felbft weiter kultivieren, zur Strafe, daß er die liebe
Lerche von Räfendorf entführte!

Uebrigens find wir in der Lage, dem Lefer zu ver=
raten, daß Norwigs wirtschaftliche That, die berühmte Moor=
kultur, fich bereits im nächften Jahre glücklich bewährte
und für die Folgezeit glänzende Erträge verhieß. Unter
diefen Umftänden konnte auch der Senthiner die „gnädige
Straf" des geftrengen Schwiegerpapas gleichmütig über fich
ergehen laffen, denn die gefegnete Moorkultur erwies fich
bald als der ficherfte Reingewinn aus feiner fo brüderlich
belafteten Wirtfchaft. Ludolf Reufche war freilich nicht wenig
ergrimmt darob, daß feine Unglücksweiffagungen fich nicht
erfüllt hatten. Er fah fich darum bald nach der feierlichen
Doppelhochzeit veranlaßt, Räfendorf zu verlaffen; und da
bekanntlich feine Beate „ein bifchen was mitgekriegt hatte",
fo übernahm er eine eigne kleine Pachtung. Brinkmann
trat an feine Stelle — doch ift „Achneß" Meufel trotzdem
bis heute unvermählt geblieben! —

In Bezug auf die Zukunft befchloß der Graf nach
vielem ernften Nachdenken und gründlicher Erwägung mit
feiner Frau, Räfendorf einft Vicki zu vermachen, falls fie
männliche Nachkommen haben follte, weil er es bei der
Wahrfcheinlichkeit, daß Marie kinderlos blieb, nicht mit feinem
feudalen Familienfinn vereinigen konnte, die alte Pfungkfche
Herrfchaft in ganz fremde Hände gelangen zu laffen — noch
dazu an den Sohn jener reizenden Schlange, verwünfchten
Angedenkens! Dagegen follte Norwig fchon in einigen Jahren
die Verwaltung Räfendorfs felbftändig übernehmen und die
Einkünfte daraus zum größern Teile beziehen, fo daß er bei
einiger Umficht und Sparfamkeit dereinft im ftande wäre, fich
wieder felbft anderswo anzukaufen. Der alte Graf freute
fich eigentlich darauf, fich nun bald ganz von der Wirtfchaft
zurückzuziehen, um dann auf Reifen leben zu können. Daß
feine gute Gattin ihn nicht überall hin begleiten werde, des

war er gewiß — und darauf gründete er allerlei leichtfertige
Pläne, dieser unermüdliche Bewunderer der Jugend und der
Schönheit! Die Frau Gräfin gedachte dagegen aus ihrem
Altenteil in Räsendorf und Senthin gutwillig nicht zu
weichen; aber auch sie freute sich auf die Schwieger= und
besonders die Großmutterschaft. Die böse Freigeisterei Nor=
wigs war ihr freilich ein Wermutstropfen in den Freuden=
kelch, aber endlich beruhigte sie sich doch bei dem Gedanken,
daß ja nun ihrer schwiegermütterlichen Missionsthätigkeit
eine hohe Aufgabe harre, welche erfolgreich zu lösen ihr des
Himmels besondern Segen ins Haus bringen müsse.

Die Arme ahnte nicht, daß auch ihre Tochter bereits
so sehr abtrünnig geworden war, daß sie gleich ihrem heid=
nischen Verlobten sich als höchsten Lebenszweck die Aufgabe
gestellt hatte, ihren Bill zu einem Edelmann der neuen Zeit
zu erziehen, welche er als Mann vielleicht berufen war, auch
für den deutschen Adel mit heraufzuführen. Ein Mann sollte
aus ihm werden, der seinen Vorzug vor andern Menschen=
kindern nicht darin sehe, daß er gegen eigne Ueberzeugung,
gegen die innerste Empfindung seiner Generation an alten
Vorurteilen zäh festhalte, sich absperre gegen die Forderungen
der Gegenwart und in pfäffischer Gedankenlosigkeit die Er=
kenntnis von „dem Volke" fern zu halten strebe, sondern
vielmehr ein Mann, der seinen Adel dadurch bethätige, daß
er in stolzer Selbstachtung sich fern halte von der Gemein=
schaft mit all der Niedrigkeit, der Heuchelei, der kalten
Grausamkeit und unwürdigen Liebedienerei, die der wütende
Interessenkampf der Gegenwart allüberall erzeugt, und den
gemeine Naturen sich zu nutze machen, um lachend im Trüben
zu fischen. Reine Hände, reines Herz! Edle Sitte, edler
Sinn! Den Kopf weit offen für alles Neue und Jung=
Gesunde, aber das Haus ängstlich verschlossen vor den
Dünsten des großen Sumpfes, in welchen all die trüben
Wässerlein aus den Höhen des Gesellschaftslebens hinunter=
sickern und aus dem die glänzenden Irrlichter aufsteigen, die
so leicht den Mann verlocken, der nicht mit dem Wappen=
schilde des echten Adels sich die Augen verdeckt.

Ende.

www.ingramcontent.com/pod-product-compliance
Lightning Source LLC
Chambersburg PA
CBHW060523030726
47498CB00004B/1052